AF289798

plaisir
L
d'amour

FSC
www.fsc.org
MIX
Papier aus ver-
antwortungsvollen
Quellen
Paper from
responsible sources
FSC® C105338

HAYLEY FAIMAN

KILLER

BEFREIE MICH AUS DER DUNKELHEIT

Hayley Faiman
Außergewöhnliche Helden Teil 4:
Killer – Befreie mich aus der Dunkelheit

Aus dem Amerikanischen ins Deutsche übertragen von J.M. Meyer

© 2020 by Hayley Faiman unter dem Originaltitel „Killer (An Unfit Hero Novel, Book 4)
© 2023 der deutschsprachigen Ausgabe und Übersetzung by Plaisir d'Amour Verlag, D-64678 Lindenfels
www.plaisirdamour.de
info@plaisirdamourbooks.com
© Covergestaltung: Sabrina Dahlenburg
(www.art-for-your-book.de)
© Coverfoto: Shutterstock.com
ISBN Print: 978-3-86495-594-5
ISBN eBook: 978-3-86495-595-2

INHALT

Prolog

Louis

Ich heiße Louis Kingston und ich bin ein Killer.

Ein Schlag. Das war alles, was es brauchte, um ein Leben zu beenden. Ich habe den Mann nicht gehasst. Ich kannte ihn ja nicht einmal richtig. Ich habe nur meinen Job gemacht. Ich tat das, wozu wir beide ausgebildet worden waren. Ich weiß genau, wohin ich schlagen muss und wohin nicht. Ich habe mein ganzes Leben damit zugebracht, zu trainieren, um genau dieses Szenario zu vermeiden.

Trotzdem habe ich einen Mann getötet.

Ich führe die Flasche des extrem teuren *Louis-XIII-Cognacs* an meine Lippen und nehme einen großen Schluck. Sie war ein Geschenk von meinem Agenten zu einem meiner Siege. Ich habe sogar dreißig insgesamt von ihm geschenkt bekommen. Für jeden Profikampf, den ich gewonnen habe, eine Flasche. Ich bin mir sicher, dass er irgendeinen Deal mit dem Hersteller hat, und ich habe bis heute nie daran gedacht, eine zu öffnen.

Normalerweise bevorzuge ich Bier, und selbst davon trinke ich nur wenig, wenn ich mich zwischen den Kämpfen ausruhe. Wenn ich im Training bin, trinke ich überhaupt keinen Alkohol. Ich halte meinen Geist rein und ernähre mich gesund. Selbst mein Körper bleibt rein, von Frauen halte ich mich generell fern.

Ich schließe die Augen und lasse meinen Kopf gegen die Stuhllehne fallen. Es wird eine Untersuchung geben. Sie haben mir bereits Blut abgenommen, die Polizisten haben mich schon befragt und ich soll morgen zu einem noch gründlicheren Verhör auf das Polizeirevier kommen.

Die *Association of Boxing Commissions*, eine gemeinnützige Organisation für professionelles Boxen, hat meine Aussage und die Videoaufzeichnungen des Kampfes zur Durchsicht mitgenommen. Der Ringrichter sowie die Punktrichter werden ebenfalls befragt werden.

Ich weiß zweifelsohne, dass mich keine Schuld trifft, aber Regeln sind nun mal Regeln, und diese müssen genaustens eingehalten werden. Doch nichts lindert meine Schuldgefühle. Ich werde diese Schuld für den Rest meines Lebens verspüren. Sie wird nie wieder verschwinden. Sie wird niemals verblassen. Ich habe ein Leben ausgelöscht.

***

Monate sind vergangen. Die Ermittlungen sind abgeschlossen. Die Autopsie wurde vorgenommen und die Ergebnisse wurden nicht nur mir, der Kommission und der Polizei zur Verfügung gestellt, sondern auch der Öffentlichkeit.

Die Welt weiß nun, dass ich diesen Mann nicht absichtlich getötet habe. Die Welt weiß, dass ein Arzt ihm Wochen bevor er mit mir in den Ring stieg gesagt hat, dass er nur ein paar Schläge vom Tod entfernt ist. Er hat diese Informationen jedoch für sich behalten, er war einfach zu stolz.

All das spielt aber keine Rolle mehr, denn am Ende des Tages hat meine Faust sein Leben beendet.

Man sagt, dass die Zeit die Schuldgefühle lindert. Dass man irgendwann die Geräusche des Moments nicht mehr hört, der dein gesamtes Leben verändert hat. Das ist ein Irrtum. Ich glaube nicht, dass ich jemals vergessen werde. Im Gegenteil, ich höre die Geräusche, die Klänge, die mich in jener Nacht umgaben, in einer verdammten Dauerschleife.

Bei Tag, bei Nacht, schlafend oder wach.

Seine Beerdigung ist gekommen und vorrübergegangen. Ich musste dastehen, während seine Ehefrau und seine Tochter schluchzten, während sein kleiner Sohn ausdrucklos auf die Holzkiste starrte, die in das Erdloch herabgelassen wurde.

Die Leute können mir jede Minute des Tages sagen, dass ich keine Schuld an seinem Tod trage. Sie können mir sagen, dass er wusste, was er tat, dass er sich der Risiken bewusst war, die er einging, als er in den Ring stieg. Sie können es mir wieder und wieder vorbeten, und doch wird die Schuld, ihm das Leben genommen zu haben, bleiben.

Ich schnaube, während ich die fünfte Flasche des *Louis-XIII-Cognac* austrinke. Ich habe im letzten Monat nicht ein einziges Mal trainiert. Fuck, ich habe nicht einmal die Sonne gesehen, seit ich auf der Beerdigung war. Manche würden sagen, dass ich hier in Las Vegas verkümmere, mich vor der Welt verstecke.

Und sie hätten Recht.

Ich sollte trainieren oder zumindest meinen Körper fit halten. Doch ich kann nicht. Alles, was ich tun will, ist trinken und mich in meiner Schuld, meinem Selbstmitleid und Selbsthass suhlen.

Ich lasse die fünfzehnhundert Dollar teure, leere Flasche auf den Boden fallen, schließe die Augen und das Bild, das vor meinem geistigen Auge auftaucht, ist mir alles andere als unwillkommen. Zum ersten Mal seit Wochen sehe ich nicht den Mann, den ich getötet habe vor mir, sondern ich sehe *sie*.

Kurze blonde Haare, die ihren Kopf umrahmen, große blaue Augen, die direkt in meine verdammte Seele blicken. Sie ist nackt, ihre Titten sind etwas weniger als eine Handvoll. Ihre Taille ist schmal und ihre Hüften sind ausladend. Ihre Oberschenkel sind breit. Ihre Haut ist seidig glatt.

Dann leckt sie sich über ihre vollen Lippen, bevor sie diese zu einem kleinen Lächeln verzieht.

„Louis", flüstert ihre süße, leise Stimme. Es hört sich an, als wäre sie meilenweit von mir entfernt, doch ich sehe sie direkt vor mir.

Ich stöhne auf, als sie sich auf ihre Ellenbogen stützt, ohne dabei den Blick von mir zu nehmen. „Komm zu mir zurück", sagt sie ausatmend. *„Bitte, Louie."*

Mit einem tiefen Atemzug reiße ich die Augen auf, stoße einen langen Seufzer aus und beuge mich vor, um Luft zu holen. Mein Herz beginnt zu rasen. Es fühlt sich an, als wolle es sich aus meinem Körper befreien, während es wie wild gegen meine Rippen hämmert.

„Fuck", knurre ich. „*Fuck.*"

Das ist so viel besser, als die Erinnerungen an den Mann, der durch mich gestorben ist, aber es tut so verdammt weh, sie so vor mir zu sehen, mehr als die Schuldgefühle, die mich innerlich auffressen. Ich habe mich sofort in Tulip Fisher verliebt und mich an ihr verbrannt. Schwer verbrannt.

Ich stehe auf und schwanke aufgrund meiner Fantasie, gepaart mit viel zu viel Schnaps.

Ich muss mich davon befreien, von all dem.

Von allem.

Tulip ist Geschichte. Antoni Byers ist tot und kann nicht wieder zurückgeholt werden, nicht einmal durch meine eigenen, lähmenden Schuldgefühle. Ich muss mir selbst vergeben. Sie vergessen und einen Weg finden, dieses Leben verdammt noch mal durchzustehen.

Ich muss zurück nach Hause.

***

Tulip

Als ich die Wohnung betrete, erschaudere ich bei dem

Anblick, der sich mir bietet. Joey liegt auf der Couch, einen Arm hinter dem Kopf verschränkt, den anderen in seiner Hose vergraben, während er sich eine alte Folge der Serie *Sex and the City* anschaut.

Ich höre, wie er stöhnt, und werfe einen Blick auf den Fernseher, ehe ich wieder ihn ansehe. Sein Arm bewegt sich, woraufhin ich schlussfolgere, dass er sich einen runterholt, während Samantha sich von jemanden in der Serie ficken lässt. Ich schlucke, unsicher, ob ich eintreten oder mich umdrehen und ihm seinen Moment lassen soll.

„Komm rein und lass mich den Spaß auf deinen Titten beenden", ruft er mir zu.

Seine Worte lassen mich zusammenzucken, doch meine Füße bewegen sich nicht vom Fleck. Joey hört nicht damit auf, sich zu befriedigen, er schaut nicht einmal in meine Richtung. Mein Blick huscht immer wieder zwischen seinem sich schnell bewegenden Arm und dem Fernseher hin und her, bis ich sein überdeutliches Stöhnen vernehme, als er zum Höhepunkt kommt.

Er stößt einen Seufzer aus, nimmt die Fernbedienung und schaltet die Glotze aus, ehe er aufsteht. Ich sehe ihm dabei zu, wie er in die Küche geht und ein Papiertuch wegwirft. Er dreht sich zu mir um und neigt seinen Kopf lachend zur Seite.

„Du bist verdammt prüde, Babe. Wann wirst du endlich mal ein bisschen lockerer? Wir sind zusammen, seit du vierzehn bist und du bist noch immer so verflucht schüchtern."

Ich sage ihm nicht, dass ich bloß so zurückhaltend bin, weil er mir das Gefühl gibt, nicht gut genug für ihn zu sein. Er kritisiert alles an mir. Von meinen Haaren über meinen Körper bis hin zu meinen Fähigkeiten im Bett. Alles, was ich tue, ist falsch, ist albern und dumm.

„Was kochst du mir zum Abendessen? Ich habe einen Mordshunger“, meint er und wechselt das Thema.

Meine Füße lösen sich vom Fußboden und ich gehe in die Küche, während er an mir vorbeimarschiert und sich wieder auf die Couch setzt. Ich werfe ihm einen strengen Blick zu und frage mich, warum ich ihn nur wieder zurückgenommen habe. Nicht nur in meine Wohnung, sondern auch in mein Bett und mein Leben?

Ich habe den ganzen Tag geschuftet, von sechs Uhr morgens bis um sechs am Abend. Dann musste ich nach ein paar Stunden Pause zu meinem Zweitjob, wo ich bis zwei Uhr morgens gearbeitet habe. Vier Stunden Schlaf pro Nacht ist alles, was ich bekomme. Ich arbeite, um ihn zu unterstützen, um für uns zu sorgen. Und er tut nichts.

Meine Gedanken schweifen zu Louis, zu der Art und Weise wie er seine Arme um mich gelegt hat. Ich hatte ihn damals nicht verdient, und ich verdiene ihn auch heute nicht. Ich war egoistisch und habe mich von ihm verwöhnen lassen. Aber ich wusste, dass ich das nicht länger zulassen konnte. Es wäre nicht richtig gewesen, denn er verdient ein Mädchen aus seiner sozialen Schicht an seiner Seite, jemanden, der besser ist als ich.

Ich bin nämlich nichts weiter als Abschaum. Das war ich schon immer. Meine Unsicherheit hat mein Selbstwertgefühl ruiniert. Ich habe es für einen Mann weggeworfen, der nichts anderes tut, als von mir zu nehmen. Er gibt mir nichts. Nicht das Geringste. Nicht einmal Orgasmen.

Louis Kingston verdient eine Frau, die ihren Wert kennt, die stark ist. Nicht schwach, wie ich. Er könnte mit jeder zusammen sein, nur eben nicht mit mir. Ich bin schwach, erbärmlich und irgendwie traurig, was vermutlich der Grund ist, warum ich bei Joey bleibe, obwohl ich weiß, dass er ein Taugenichts ist.

Joey ist einfach gestrickt. Er erwartet nicht mehr von mir, als dass ich mich um die Rechnungen kümmere. Und ich erwarte absolut nichts von ihm. Es ist ein trauriges Dasein, aber es ist einfach, und obwohl er mich verletzen wird, wird Joey mich nie zerstören.

Wenn ich einen Mann wie Louis verlieren würde, wäre ich irgendwann nur noch ein Schatten meiner selbst. Ich weiß nämlich nicht, ob ich jemals dazu in der Lage wäre, den Verlust eines Mannes wie ihn zu überleben. Ich meine damit nicht sein Geld. Es ist nur so, dass er ein guter Kerl ist. Der Beste, den ich je kennengelernt habe.

Zugegeben, wir haben nicht viel Zeit miteinander verbracht, aber ich habe schon oft gehört, wie Channing, Exeter und Hutton über ihn sprachen. Er ist unglaublich und ich bin seiner einfach nicht würdig.

Ich wende Joey den Rücken zu und beginne damit, für uns beide zu kochen. Tränen steigen mir mit jeder Bewegung in die Augen. Tränen der Frustration, des Schmerzes und des Selbsthasses laufen mir über die Wangen.

***

Einen Monat später

Louis

Tief einatmend sehe ich mich in meiner Wohnung um und erschaudere. Sie ist eine verdammte Vollkatastrophe. Sie könnte locker Beaumonts Haus in Texas, auf dem Zenit seiner Sucht, in den Schatten stellen. Genug ist genug. Ich habe die letzten drei Monate mit Selbstmitleid und Abscheu verbracht. Es ist an der Zeit, meinen Scheiß auf die Reihe zu kriegen und meinen Mann zu stehen.

Ich suche nach meinem Telefon und rufe den Reinigungsservice an, der meine Wohnung gründlich säubern soll. Ich erlaube ihnen jedoch nicht, alles zu putzen. Ich habe dieses Chaos verursacht, als werde ich den Großteil des Mülls eigenhändig entsorgen.

Ich schleppe gerade die vierte Mülltüte nach draußen, als mein Handy in der Tasche bimmelt. Ich vermute, dass mein Agent oder vielleicht mein Pressesprecher oder so mich zu erreichen versucht, doch ich habe nicht damit gerechnet, dass es Wyatt ist.

„Yeah?" Ich schnaube das Wort regelrecht in den Lautsprecher, während ich den Müll in die Tonne werfe.

„Es überrascht mich, dass du endlich mal rangehst. Ich versuche schon seit vier Monaten, dich an die Strippe zu kriegen", sagt er.

Lachend fahre ich mir mit der Hand über meinen kahlen Kopf. „Jepp, ich habe eine Menge Scheiße hinter mir", gebe ich ohne Scham zu.

Er gibt ein Geräusch von sich, dann räuspert er sich. „Ich erinnere mich gut daran, dass Beaumont auch einst ziemlich in der Scheiße steckte und du ihm zur Seite gestanden hast. Du warst sogar, genauso wie Ford, mächtig angepisst, dass er euch nicht früher erzählt hat, was bei ihm abging." Wyatt erinnert mich an eine Zeit, die noch nicht lange zurückliegt, und er hat recht. Ich war genervt und frustriert wegen Beau, weil er nicht mit uns gesprochen hat. Mit uns, seinen Freunden, seiner Familie.

„Ja", murmele ich.

Er brummt. „Jepp, das ist verdammt richtig. Wann kommst du nach Hause?" Sein Tonfall verlangt eine sofortige Antwort.

„Ich weiß es nicht", erwidere ich.

„Wäre schön, wenn du eine Idee hättest. Es gibt keinen Grund, sich zu verstecken, wenn du eine Familie hast, die dir dabei helfen kann, wieder auf den Damm zu kommen."

„Kannst du das denn?", will ich wissen.

Ich bin mir sicher, dass meine Frage ziemlich klugscheißerisch rüberkommt, aber ich meine das gar nicht so. Ich bin mir nur nicht sicher, dass er mir behilflich sein kann. Ich habe verdammt noch mal jemanden getötet.

„Rylan kann es", sagt er mit leiser Stimme.

Ich zische und erinnere mich daran, dass Rylan vor einigen Jahren eine schwangere Frau bei einem Autounfall getötet hat. Er fuhr unter Alkoholeinfluss. Er hat sie und ihr ungeborenes Baby umgebracht. Ich schließe die Augen, atme tief ein und lasse den Atem mit einem langen Zischen wieder heraus.

„Wie ich schon sagte, die Familie kann dir helfen, Louis. Komm zurück nach Gallup und lass uns für dich da sein. Die Mädels drehen schon durch, weil sie nicht dazu in der Lage sind, dich zu bemuttern."

Lachend schüttele ich den Kopf, auch wenn es angestrengt klingt, lässt mich der Klang dennoch zusammenfahren. Ich habe mein eigenes Lachen schon seit Monaten nicht mehr gehört. Ich öffne die Augen und nicke, als ob er mich sehen könnte.

„Ich habe diese Woche noch ein paar Meetings, danach komme ich für ein paar Monate nach Hause."

„Gut. Schreib mir."

Wyatt beendet das Telefonat und ich bin nicht überrascht, dass er so schnell wieder aufgelegt hat. Er ist kein Typ, der stundenlang am Handy hockt und dummes Zeug labert. Er hat viel zu tun, hat einen körperlich und geistig anstrengenden Job. Ein Baby ist auf dem Weg, und eine neue Nichte oder ein neuer Neffe wird direkt nach seinem Kind auf die Welt kommen.

Sein Leben hat sich weiterentwickelt, ihm ist viel Gutes widerfahren, während ich hier in meiner Wohnung in Vegas sitze und das Leben an mir vorbeiziehen lasse. Ich habe genug. Ich habe genug davon, im Selbstmitleid zu baden.

Diese Scheiße hat jetzt und hier ein Ende.

Ich kehre in das Gebäude zurück, steige in den Aufzug und beobachte, wie die Zahlen aufleuchten, während ich nach oben zum Penthouse fahre. Als Erstes werde ich die Wohnung verkaufen. Ich bin hier nicht glücklich, ich war es noch nie.

Vegas ist der Ort, den ich früher mein Zuhause nannte. Die Stadt, in der ich geboren und aufgewachsen bin, aber sie fühlt sich nicht mehr wie meine Heimat an. Gallup ist nun mein Zuhause und Vegas nur noch ein Ort, an dem trainiere und manchmal kämpfe.

Ich brauche hier keine eigene Wohnung. Zur Hölle, ich kann mir einfach ein Haus oder ein Apartment mieten, für die paar Monate, die ich im Jahr hier bin. Es ist Zeit für eine Veränderung, und der Einzige, der sie herbeiführen kann, bin ich.

Schmunzelnd entsperre ich mein Handy und suche in den sozialen Medien die Frau, die ich in den hintersten Winkel meiner Gedanken verbannt habe. Ihr Bild starrt mich an, diese traurigen Augen, die mich regelrecht einsaugen, sind direkt vor mir.

Als ich zu ihrem Beziehungsstatus herunterscrolle, verziehen sich meine Lippen zu einem breiten Grinsen: *Single.* Vielleicht empfindet sie es als einen Fehler, mit jemandem zusammen zu sein, der eine andere Hautfarbe als sie selbst hat. Ich werde ihr zeigen, dass sie falsch liegt, dass ihre voreingenommene Meinung völlig Banane ist. Ich bin ein guter Kerl und der Richtige für sie.

Wenn sie mich dann noch immer nicht will, kann ich zumindest sagen, dass ich es versucht habe. Aber ich

kann nicht einfach kampflos aufgeben, ohne ihr gezeigt zu haben, wer ich in meinem Inneren bin. Sie
muss mich voll und ganz kennenlernen. Genauso wie
ich mich danach sehne herauszufinden, wer sie ist.

Kapitel 1

Einen Monat später

Tulip

Joey beobachtet mich von der anderen Seite des Zimmers. Ich weiß nicht, warum er wieder hier ist. Obwohl, nein, ich weiß es. Er will mich zurück, oder ich sollte wohl lieber sagen, er will den wieder freigewordenen Platz in meinem Leben einnehmen. Vor zwei Monaten habe ich mit ihm Schluss gemacht. Ich habe ihn rausgeschmissen und mich geweigert, ihn zurückzunehmen, egal wie viel Honig er mir ums Maul geschmiert oder wie oft er sich bei mir entschuldigt hat.

Ich habe seine Faulheit akzeptiert. Ich habe ihm immer alles durchgehen lassen. Alles, außer einer Sache.

Fremdgehen.

Vielleicht bin ich dumm, weil ich diese harte Grenze gezogen habe. Ich sollte ihn vermutlich zurücknehmen, aber etwas in meinem Inneren kann das nicht. So wenig Respekt ich auch vor mir selbst habe, das ist etwas, dass ich nicht hinnehmen kann.

Ich versuche heimlich zu verschwinden, ohne dass er mich sieht, und weiß, dass ich kläglich versagt habe, als ich spüre, wie sich seine Finger um meinen Bizeps legen.

„Tulip", sagt er leise, beinahe säuselnd.

Ich drehe meinen Kopf, schaue auf und zucke bei seinem Anblick zusammen. Sein Bart ist struppig, seine Haare sind wie immer. Er sieht aus und riecht, als hätte er nicht mehr geduscht, seit ich ihn rausgeworfen habe. Ich räuspere mich. „Joey."

„Bitte", bettelt er.

Wenn ich glauben würde, dass er es aufrichtig meint,

würde ich ihn wahrscheinlich mit offenen Armen empfangen, wie ich es schon etliche Male getan habe. Aber ich weiß, dass dem nicht so ist. Es tut ihm leid, aber nicht, weil er Sex mit einer anderen hatte, sondern weil er dabei erwischt wurde.

„Du musst mich endlich in Ruhe lassen oder ich rufe die Polizei", warne ich ihn und versuche, meinen Arm aus seinem Griff zu winden.

Er grinst. „Du liebst mich. Das würdest du nie tun."

„Würde ich nicht?", frage ich und ziehe eine Augenbraue in die Höhe.

Stirnrunzelnd tritt er einen Schritt zurück und schüttelt dabei den Kopf. Langsam schaut er mich wieder an. „Nein, das würdest du nicht. Ich kenne dich, seit du dreizehn Jahre alt bist, Tulip. Ich weiß, dass du mir so einen Scheiß niemals antun würdest. Ich gebe dir noch etwas Zeit, ein paar Wochen, aber dann lässt du mich wieder nach Hause kommen und zurück in dein Herz."

Ohne zu antworten, kehre ich ihm den Rücken zu und schaue über meine Schulter. „Warum gehst du nicht einfach zu Raylee zurück? Ich bin mir sicher, dass sie dich mehr will als ich."

Er schüttelt den Kopf, seine Augen verengen sich. „Ray ist ja ganz lustig und so, aber du bist mein Mädchen, Tulip."

„Bin ich nicht."

Ich wende mich von ihm ab und marschiere in Richtung Pausenraum davon, ohne mich noch einmal zu ihm umzudrehen. Das brauche ich auch nicht. Joey gehört meiner Vergangenheit an, und das hätte ich schon vor Monaten, nein, vor Jahren, kapieren müssen. Er nutzt Menschen aus und missbraucht sie emotional, und aus irgendeinem Grund war ich davon überzeugt, dass ich all das verdiene, was er mit mir macht. Vielleicht habe ich das sogar. Aber ich denke nicht, dass ich das noch länger akzeptieren sollte.

Ich lehne mich gegen den kleinen Tisch, lasse mich nieder und schließe für einen Moment die Augen. Mein Handy vibriert und ich sehe, wie es auf der Tischplatte tanzt, ehe ich lächele.

Es ist eine Nachricht von Exeter.

Exeter: *Abendessen morgen Abend. Achtzehn Uhr. Bei mir. Bring Hummingbird-Kuchen mit.*

Ich könnte darüber beleidigt sein, dass Exeter mich nur zum Dinner einlädt, damit ich ihr einen Hummingbird-Kuchen, ein Bananen-Ananas-Gewürzkuchen, backe, aber da sie fast im achten Monat schwanger und wahrscheinlich meine beste Freundin ist, bin ich es nicht.

Ich: *Ich werde da sein.*

Exeter: *Mit Kuchen?*

Ich: *LOL. Ja. Mit Kuchen.*

Exeter: *JAAAAAAAAA*

Ich schüttele den Kopf und kann nicht verhindern, dass aufgrund des Nachrichtenverlaufs ein Lächeln meine Lippen umspielt. Ich bin froh, dass ihre Dinner-Einladung auf einen Donnerstagabend fällt und nicht auf einen anderen Tag der Woche, da dies mein einziger freier Tag von meinem Zweitjob ist.

„Er ist immer noch da draußen", meint Charlie und lässt sich auf den freien Stuhl neben mir fallen. Ich seufze, weil ich nicht über Joey reden oder gar an ihn denken will. Ich will einfach nur, dass er verschwindet. Ich will vergessen, dass ich so viele Jahre damit verschwendet habe, zu hoffen, dass wir eine schöne Zukunft miteinander haben werden. Ich bin nicht dumm genug, um auf ein großartiges Leben zu hoffen. Das war ich noch nie. Allerdings auf ein anständiges. Ein anständiges Leben würde ich nehmen und es mit beiden Händen festhalten.

„Ich habe das Gefühl, dass ich ihn nie wieder loswerde“, seufze ich.

Sie lacht und beugt sich leicht nach vorne. Sie blickt mich mit großen Augen an und ein Lächeln umspielt ihre Lippen. „Schnapp dir einen anderen Kerl. Lass ihn das für dich regeln, zumindest so lange, bis dieser Typ seine Sachen packt. Und zwar für immer.“

Ich schüttele den Kopf und kann nicht anders, als in ihr Lachen einzustimmen. „Ich wünschte, es wäre so einfach, aber ich glaube nicht, dass es das ist. Außerdem bin ich noch nicht bereit für etwas Neues. Ich glaube, ich muss erst eine Weile allein sein.“

Charlie schnaubt. „Mädchen, was du brauchst, ist ein Mann, der deine Welt zwischen den Bettlaken zum Beben bringt. Es muss nichts Ernstes sein, nur richtig gut.“

Ich presse meine Lippen aufeinander und meine Augen weiten sich, da ich an den einzigen Mann denken muss, mit dem ich je zusammen war, abgesehen von Joey. Louis Kingston. Gott, wenn ich nur an ihn denke, durchfährt ein Kribbeln meinen ganzen Körper.

Monate sind seither vergangen und es ist, als könnte ich seine Gegenwart noch immer spüren, allein bei dem Gedanken an ihn. „Wer ist er?“, will Charlie wissen.

Ich erwache aus meiner Louis-Trance und sehe sie an. „Ist nicht wichtig.“

„Du verdienst einen Mann, der dir genau diesen Gesichtsausdruck verpasst, den du gerade hattest, als du an ihn gedacht hast“, meint sie und steht auf.

Ohne etwas darauf zu erwidern, sehe ich ihr nach, als sie geht. Ich atme tief ein und weiß, dass sie recht hat. Ich muss wieder da raus. Einen Moment lang schließe ich noch die Augen und zucke zusammen, als mein Handy abermals über die Tischplatte tanzt.

Channing: *Hat Exeter mir gerade wirklich geschrieben, dass du Hummingbird-Kuchen machst und morgen Abend vorbeikommst?*

Ein kurzer Lachanfall überfällt mich, als meine andere schwangere Freundin sich nach dem Kuchen erkundigt.

Ich: *Ja. Sowohl der Kuchen als auch ich werden anwesend sein.*

Channing: *Ich kann es kaum erwarten. Dich zu sehen und den Kuchen zu verputzen.*

Ich: *Geht mir genauso.*

Ich schalte mein Handy aus, stehe auf und gehe zu meiner Handtasche. Ich werfe das Gerät in das vordere Taschenabteil und stoße einen Seufzer aus, als ich es Charlie gleichtue und den Aufenthaltsraum verlasse.

Bei dem Gedanken, meine Freundinnen wiederzusehen, muss ich lächeln. Ich habe sie nicht mehr zu Gesicht bekommen seit der Nacht, in der ich Raylee und Joey in meinem Wohnzimmer auf meiner verdammten Couch erwischt habe, auf der er seine Tage und Nächte verbracht hat.

Exeter, Channing, Wyatt und Rylan halfen mir dabei, das Scheißmöbelstück aus meiner Wohnung zu schaffen und ich sah mit großer Freude dabei zu, wie sie es über das Balkongeländer schmissen. Es knackte und zerbrach, als es unten auf dem Asphalt aufschlug.

Das war wirklich befreiend, auch wenn es gleichzeitig bedeutete, dass ich von da an keine Sitzgelegenheit mehr in meinem Wohnzimmer hatte. Doch damit hatte ich ehrlich gesagt gar kein Problem.

Ich reiße die Tür auf und atme tief ein, während die Musik meinen Körper durchdringt. Ich setze mein falschestes Lächeln auf, als ich aus dem kleinen Raum in die Höhle des Löwen trete.

***

Louis

Als ich aus dem Flugzeug steige, kann ich nicht anders, als die ganze Umgebung in mir aufzusaugen. Ich bin nicht überrascht, Beaumont am Ende der Rollbahn auf mich warten zu sehen. Genauso wie ich auf ihn gewartet habe, als er nach seiner Zeit im Entzug nach Hause kam und uns nicht an sich herangelassen hat.

„Schön dich zu sehen, Bruder", sagt er, als ich nah genug bin, um ihn zu hören.

Schnaubend strecke ich einen Arm aus, lege meine Finger um seine Schulter und ziehe ihn in eine Umarmung. „Wir sind schon ein verdammter Chaoshaufen, oder?"

„Sprich nur für dich selbst", entgegnet er lachend und tritt einen Schritt zurück.

Als ich in seine Augen schaue, sehe ich es.

Zufriedenheit.

Er ist so verdammt glücklich, dass es praktisch aus ihm herausquillt.

Dieser Ficker.

„Die Mädels machen da morgen Abend dieses Ding. Ich warne dich, weil du das Gleiche für mich getan hast, als ich wieder in die Stadt kam. Außerdem weißt du, dass kein Weg daran vorbeiführt", meint er.

Lachend gehe ich zum Heck seines Wagens und bugsiere meine Tasche auf die Ladefläche. „Jepp, ich habe vermutet, dass sie irgendetwas planen", entgegne ich. Ich öffne die Tür seines Trucks und steige ein.

„Willst du darüber reden?", erkundigt sich Beaumont, als er den Motor startet und den Gang einlegt.

„Nicht wirklich", gebe ich wahrheitsgemäß zurück. „Aber ich denke, dass ich wohl keine andere Wahl habe."

Er lacht, doch es klingt angestrengt. „Du musst nicht reden, wenn du nicht willst, aber ich denke, dass es guttun würde, darüber zu sprechen."

„Ich habe Cognac im Wert von fast zehntausend Dollar gesoffen. Vorher hatte ich das Zeug noch nie probiert, bin immer bei Bier geblieben. Aber dann habe ich die erste Flasche geöffnet, dann noch eine und noch eine."

„Und alles, was du gefühlt hast, ist für eine Weile verschwunden, richtig?"

„Jepp." Ich nicke.

Er räuspert sich, als er auf die Landstraße biegt, die zu dem Ort führt, den wir unser Zuhause nennen. „Das macht es aber nicht besser, Louis. Das macht es nie. Der Alkohol ist nur ein provisorisches Pflaster. Glaub mir."

Als ich mich wegdrehe und aus dem Fenster blicke, denke ich über seine Worte nach. Er hat natürlich recht, und vor ein paar Monaten hätte ich den gleichen Scheiß auch zu ihm gesagt.

„Ich bin zurückgekommen, weil hier mein Zuhause ist, aber auch, weil ich noch etwas zu erledigen habe. Sollte ich damit nicht abschließen können, kann ich mich immer noch weiter mit diesen verdammten Cognac-Flaschen betäuben. So reich ich auch bin, ich kann nicht einfach herumsitzen und literweise Alkohol in mich hineinkippen.“

Schnaubend biegt Beaumont auf meine lange Auffahrt auf. „Nein, verdammt. Weißt du, meinem Bankkonto geht es um einiges besser, seit ich mir das Leben nicht mehr mit Alkohol versaue, auch wenn ich hin und wieder beim Schreiben noch rauche.“

„Eine Gewohnheit löst eine andere ab, Bruder“, merke ich an.

„Ich sollte mir das Rauchen wahrscheinlich bald wieder abgewöhnen. Hutton wird mich sicher nicht mehr in ihrer Nähe oder der des Hauses quarzen lassen.“

„Beau?“, frage ich, als er den Wagen parkt.

Als er sich mir zuwendet, verziehen sich seine Lippen zu einem trägen Lächeln. „Ich habe es auch erst heute Morgen erfahren. Es ist ganz frisch, wir waren noch nicht mal beim Arzt.“

„Fuck“, grunze ich. „Glückwunsch. Scheiße. Ihr bekommt jetzt wohl alle Babys.“

Er nickt. „Jepp, es scheint an der Zeit zu sein. Vielleicht ist das etwas, an dem du auch arbeiten kannst, während du hier bist und deinen Scheiß regelst.“

„Abschließen, Beau. Ich will mit etwas abschließen, während ich hier bin. Dieser Scheiß beinhaltet ganz sicher keine Kinder.“ Ich schnaube.

Er zuckt mit einer Schulter. „Man weiß ja nie“, ruft er mir zu, als ich die Wagentür öffne.

Ich springe aus dem Truck, angele meine Tasche von der Ladefläche und ziehe sie schweratmend zu mir heran. Ich hebe eine Hand und winke ihm zu.

„Soll ich dich morgen abholen kommen?“, will er wissen.

Ich schüttele den Kopf. „Ich werde um achtzehn Uhr bei Wyatt sein. Ich stelle mir vorsichtshalber den Wecker.“

Während ich die Treppenstufen erklimme, ist es einen Moment lang still. „Ruf mich an, wenn du ein offenes Ohr brauchst“, ruft er mir hinterher.

Verdammte Scheiße. Das ist der Grund, warum ich ihn als meine Familie betrachte, warum ich sie alle als meine Familie ansehe. Egal was du auch tust, sie halten dir den Rücken frei. Sie sind da, um dich aufzufangen, wenn du fällst, auch wenn du dich nicht auffangen lassen willst. Sie klopfen dir den Dreck ab und stellen dich wieder auf die Beine.

All das ist der Grund, warum ich nicht sofort nach Hause gekommen bin, nachdem es passiert war. Erst als ich dazu bereit war. Beaumont sollte es verstehen, auch wenn es sonst niemand tut. Ich konnte nicht zulassen, dass sie mich auffangen. Konnte nicht zulassen, dass sie mich sahen, als ich den Tiefpunkt erreicht hatte. Ich musste herausfinden, wie ich mich selbst wieder aufraffen kann.

Sobald ich das Haus betrete, stelle ich fest, dass die Luft steht, dass ich fast ersticke. Ich gehe umher und öffne so viele Fenster wie möglich, um etwas frische Luft hereinzulassen, wohlwissend, dass das Öffnen der Fenster den Landstaub ins Haus trägt. Aber das ist viel besser, als nicht atmen zu können, weil es so verflucht stickig ist.

Ich mache mich auf den Weg in die Küche, gehe zur Spüle und umklammere fest den Rand des Waschbeckens. Ich schließe die Augen, lasse den Kopf sinken und atme einen Moment lang einfach nur durch. Die Sonne geht unter, aber ich kann ihr dabei nicht zusehen. Zumindest nicht jetzt.

Ich lasse die Schwingungen des Raumes auf mich wirken. Zu Hause. Ich bin daheim. Ich habe mich nie wirklich irgendwo zu Hause gefühlt, bis ich Gallup entdeckte. Vielleicht liegt es an dem Ort, aber ich habe das Gefühl, dass es mehr mit den Menschen zu tun hat, die hier leben.

Meiner Familie.

Beaumont, Wyatt, Rylan und Ford. Und da wären noch ihre Frauen, die zu ihnen gehören. Channing, Exeter und Hutton. Ich hatte gehofft, dass ich in Tulip mein fehlendes Stück Heimat gefunden hätte, aber da lag ich falsch.

Deshalb bin ich zurückgekommen. Um mit ihr abzuschließen. Ich brauche diesen Abschluss, um nach vorne blicken zu können. Um hoffentlich endlich jemanden zu finden, der mich für das liebt, was ich bin. Den Mann liebt, der in diesem Körper steckt. Das hatte ich noch nie und verdammt, genau das will ich – ich brauche es.

Kapitel 2

Tulip

Den Gewürzkuchen in der Hand, drücke ich auf die Klingel. Ich habe dem Kuchen ein paar zusätzliche Schichten verpasst, da sowohl Exeter als auch Channing eine so große Sache daraus gemacht haben. Allerdings glaube ich, dass sie meine Backkünste vollkommen überschätzen.

„Hey Tulip", begrüßt Wyatt mich mit seiner charmanten Stimme, als er die Tür öffnet. Ich lege meinen Kopf, so weit es mir möglich ist, in den Nacken und lächele ihm zu. Mit einem Grinsen auf den Lippen, nimmt er mir dankend den Kuchen ab. „Sie haben dich dazu überredet, nicht wahr?"

„So viel Überzeugungsarbeit war gar nicht nötig." Ich zucke mit den Schultern.

„Ich hätte mit ihnen verhandeln sollen. Nun gut, zumindest habe ich dafür gesorgt, dass das berühmt berüchtigte Kartoffelpüree heute Abend auf dem Tisch steht." Er zwinkert mir zu.

Ich stöhne und wünschte mir, er hätte sich nicht so sehr für das Kartoffelpüree eingesetzt. Das ist nämlich das Letzte, was meine ohnehin schon viel zu dicken Oberschenkel gebrauchen können. „Du wirst meinen Jeans ziemlich gefährlich, Wyatt", sage ich und trete durch die Tür.

Ich spüre, dass etwas in der Luft liegt, als ich das Wohnzimmer betrete. Etwas, das elektrostatischer Energie gleichkommt. Wyatt räuspert sich, dreht sich um und ich sehe ihm dabei zu, wie er sich schleunigst aus dem Staub macht.

Lächelnd blicke ich in die Runde und erstarre, da mich wütende grün schimmernde Augen anblicken. Mir stockt der Atem und ich stolpere sofort nach hinten. Allerdings erlaubt er es mir nicht, vor ihm zurückzuweichen oder auf den Hosenboden zu fallen.

Als hätte er Inspektor Gadget-Arme, streckt er sich vor und schlingt seine Finger um meinen Bizeps, bevor er mich sanft zu sich heranzieht. Ich lehne den Kopf zurück und schaue ihm in die Augen. Weder kann ich mich rühren noch atmen bei seinem Anblick.

Es ist Monate her, seit ich ihn zuletzt im Supermarkt gesehen habe, und noch länger, seit wir diese eine Nacht zusammen verbracht haben. Die absolut beste Nacht meines Lebens. Ihm nun gegenüberzustehen, lässt mich realisieren, dass meine Fantasien dem echten Mann nicht das Wasser reichen können.

„Tulip", grollt er mit seiner tiefen Stimme.

Ich streiche mir ein paar Strähnen hinter das Ohr, nachdem er einen meiner Arme losgelassen hat. „Hey, Louis. Ich wusste nicht, dass du auch hier sein würdest."

Er schnaubt. „Ich bin mir sicher, dass du davon nichts wusstest." Er schaut über seine Schulter, dann richtet er den Blick wieder auf mich. „Elende Kuppler."

„O ja", hauche ich, unfähig meinen Blick von seinem zu lösen.

Er schüttelt den Kopf, seine Augen scannen mein Gesicht. „Ich möchte später mit dir sprechen, wenn wir unter vier Augen sind."

„Okay."

Nun gibt er auch meinen anderen Arm frei und tritt einen Schritt zurück. Sofort vermisse ich seine Berührung. Ich möchte ihn anflehen, mich noch einen Moment länger festzuhalten. Einfach seine Nähe zu spüren. Er ist warm und stark, und riecht himmlisch. Hutton räuspert sich und stupst mich mit einer Schulter an.

Ich schaue sie an und ziehe eine Grimasse aufgrund

ihres Lächelns. „Ich würde ja gerne sagen, dass ich dagegen war, euch wieder zusammenzubringen, aber das war ich nicht."

„Vielen Dank auch", erwidere ich.

Hutton zuckt mit den Schultern. „Vergeude kein Jahr deines Lebens, wenn du weißt, dass etwas genau richtig ist. Ich habe das selbst schon erlebt. Ihr wisst beide, dass da mehr zwischen euch ist. Sei mutig, Tulip."

Kopfschüttelnd schiebe ich meine Hände in die Gesäßtaschen meiner Jeans, um nicht länger an meinen Haaren herumzufummeln. „Das spielt keine Rolle. Ich kann nicht mit jemandem wie ihm zusammen sein."

„Mit jemandem wie ihm?"

„Berühmt, gutaussehend, lieb. Ich kann es nicht. Ich bin nicht wie du."

Lachend wirft Hutton ihren Kopf zurück. Es ist ein Lachen, das direkt ihrem Bauch entspringt. Ich erröte aufgrund ihrer Reaktion. „Mädchen, ich bin eine einfache Friseurin aus Burnet. Glaubst du, dass ich mit einem prominenten, gutaussehenden, guten Mann zusammenpasse?"

„Natürlich. Du bist wunderschön, süß und erfolgreich. Außerdem habt ihr euch schon ineinander verliebt, bevor er berühmt war."

„Ruhm bedeutet einen Scheißdreck", mischt sich Beaumont in unsere Unterhaltung ein. Mein Gesicht schmerzt vor Scham, da er uns belauscht hat. „Louis ist bescheiden. Er ist ein guter Kerl, und wenn du das nicht siehst, dann hast du ihn wirklich nicht verdient."

„Beau", zischt Hutton.

„Es stimmt doch", schnauzt er zurück.

Hutton schüttelt den Kopf und öffnet ihren Mund, doch ich halte meine Hand hoch. „Lass gut sein. Beaumont hat recht. Louis hat etwas Besseres verdient als mich."

Ich beschließe, dass ich auf keinen Fall zum Abendessen bleiben kann. Ich fühle mich einfach zu fehl am Platz. Allerdings kann ich nicht von hier verschwinden, solange Hutton und Beaumont mich beobachten. Daher frage ich Hutton, wo ich die Toilette finde, und biege um die Ecke.

Ich weiß, wenn ich mich einen Moment auf der Toilette verstecke, kann ich, wenn ich zurückkomme, einfach durch die Tür schlüpfen, ohne dass jemand etwas mitbekommt. Morgen werde ich Exeter anrufen und mich bei ihr entschuldigen. Sie wird es sicher verstehen. Das hier sind gute Menschen, viel zu gut für jemanden wie mich. Ich habe mir selbst etwas vorgemacht, als ich dachte, ich könnte ein Teil ihrer Clique werden.

Ich schließe die Badezimmertür hinter mir, atme tief ein und betrachte mich einen Moment länger als nötig im Spiegel. Ich verfluche mich selbst. Ich sollte besser als das hier sein, reifer, aber anscheinend bin ich das nicht.

Ausatmend schaue ich auf mein Handy und stelle fest, dass bereits zehn Minuten verstrichen sind. Ich öffne die Badezimmertür, schaue nach links und nach rechts und verlasse auf leisen Sohlen den Raum, um durch den dunklen Flur zu schleichen.

„Wo willst du denn hin?", fragt mich eine Stimme in der Dunkelheit.

Mit einem Aufschrei zucke ich zusammen. Ich spüre, wie sich starke Arme um meine Taille legen und mein Rücken gegen die Wand gepresst wird. Ich versuche, mich nicht auf Louis´ starken, muskulösen Körper zu konzentrieren, der sich an meinen drückt.

Ich befeuchte meine Lippen, lehne den Kopf zurück und schaue in seine grünen Augen. „Du trägst ja gar keinen Ring mehr", stellt er unnötigerweise fest.

Ich zucke mit den Schultern und antworte ihm nicht. Ich bin mir sicher, dass die Mädels ihm erzählt haben, dass ich jetzt Single und Joey für immer los bin.

„Du hast dir die Haare wachsen lassen", murmelt er und nimmt eine Hand von meiner Taille, um mir eine Strähne hinter das Ohr zu streichen.

Ich nicke und bleibe stumm, wie eine verdammte Idiotin.

„Sie sehen hübsch aus", sagt er und senkt sein Gesicht zu meinem herab.

Würde ich mit meinen Lippen seine berühren wollen, wäre das jetzt ein Kinderspiel. Ich müsste mich bloß auf die Zehenspitzen stellen und eine Kostprobe von ihnen nehmen.

Er grinst, als ob er genau wüsste, was in mir vorgeht. „Außerdem hast du abgenommen, das gefällt mir hingegen überhaupt nicht."

Ich zucke mit den Schultern. Ich habe an Gewicht verloren. Ich weiß nicht, wie viel, aber zwei Jobs, bei denen ich die ganze Zeit auf den Beinen sein muss, und dazu keine Zeit oder Energie zum Essen zu haben, hat mir enorm dabei geholfen, abzunehmen.

„Ich liebe diese kräftigen Schenkel und den Arsch, den du mal hattest, Tullie. Ich mag Frauen mit Kurven." Die Lippen aufeinander gepresst, drehe ich meinen Kopf zur Seite. „Wir müssen miteinander reden."

„Tun wir das nicht gerade?", will ich wissen und schaue ihn wieder an.

„Ich war Alleinunterhalter. Das hier waren die ersten Worte, die du mit mir gesprochen hast."

„Was willst du von mir?", bricht es aus mir heraus.

Er schüttelt den Kopf. „Nicht hier, nicht heute Abend. Treffen wir uns morgen, wenn deine Schicht zu Ende ist?"

Nun bin ich diejenige, die den Kopf schüttelt. „Sorry, aber ich muss danach schnell nach Hause und mich für meinen Zweitjob fertig machen. Ich habe also keine Zeit. Heute ist mein einziger freier Abend."

Etwas huscht über sein Gesicht, doch er schüttelt es schnell ab. „Du hast zwei Jobs?"

„Sie bezahlen meine Rechnungen." Ich zucke mit den Schultern.

Grunzend stößt er sich von der Wand ab. „Versprich mir, dass du mir schreibst. Ich treffe dich überall und zu jeder Zeit, Tullie. Gib mir einfach Bescheid."

Ich sehe ihm dabei zu, wie er geht. Er biegt jedoch nicht um die Ecke. Stattdessen schaut er über eine Schulter zu mir zurück. „Wenn du dich heute Abend herausschleichst, verletzt du die Gefühle der Mädels. Bleib hier. Ich werde dir auch keinen Ärger machen."

Ohne noch etwas hinzuzufügen, geht er und lässt mich mit dem Rücken an der Wand lehnend im dunklen Flur zurück.

„Scheiße", zische ich.

Ich straffe meine Schultern und tue etwas, das ich mich noch vor ein paar Monaten nicht getraut hätte. Ich laufe nicht weg, sondern kehre ins Wohnzimmer zurück und geselle mich zu meinen Freunden.

Louis tut genau das, was er mir versprochen hat. Den Rest des Abends spricht er kein Wort mit mir. Doch ich möchte, dass er es tut. Ich möchte, dass er eine Million Dinge zu mir sagt, doch er sieht nicht einmal in meine Richtung. Ich weiß das so genau, weil ich ihn den ganzen Abend über so lange und oft wie möglich beobachte.

***

Louis

Seufzend starre ich die dunkle Decke an. Ich schiebe meine Hand unter meinen Hinterkopf. Unfähig, mich selbst zu kontrollieren, verziehen sich meine Lippen zu einem kleinen Lächeln. Tulip war heute Abend verdammt hinreißend, und ebenso hinreißend frustrierend.

Ich dachte, bei dieser Reise ginge es mir um einen Abschluss. Ich dachte, es ginge darum, Tulip zu beweisen, dass ich gut genug für sie bin, um sie dann stehenzulassen – doch dem ist nicht so. Hier geht es alleine um Tulip und darum, sie dazu zu bringen, sich mir zu öffnen. Ich bin nämlich noch nicht über sie hinweg, nicht im Geringsten. Und wenn ich so an heute Abend denke, dann ist sie auch noch nicht mit mir fertig.

Die Art und Weise, wie sie mich beobachtet hat, hat meinen verdammten Schwanz steinhart werden lassen. Genauso wie die Art, wie sie lächelte, als sie glaubte, dass ich es nicht sehe, wie ihr Gesicht errötete und wie dieses kleine Grinsen ihre Lippen umspielte.

Diese Geschichte ist noch nicht beendet, sie wurde nur noch nicht für Tullie und mich geschrieben. Sie muss nur wissen, dass ich ihr sicherer Hafen sein kann. Ich werde alles aus dem Weg räumen, was sie von mir fernhält. Ich bin stark genug, um das zu tun.

Mein Handy vibriert auf meinem Nachttisch. Als ich danach greife, runzele ich die Stirn. Der Name, der auf dem Display aufleuchtet, lässt das Stirnrunzeln nur noch tiefer werden.

„Was?“, antworte ich.

„Das heißt *ja bitte*. Hab etwas Respekt“, schnauzt mich die Person am anderen Ende der Leitung an.

Ich sollte ihm sagen, dass er sich zum Teufel scheren soll, aber ich tue es nicht. Respekt muss man sich verdienen, und dieser Mann hat absolut nichts dafür getan, um sich meinen zu verdienen. Im Gegenteil, er hat alles gegeben, um mir zu beweisen, dass er meinen Respekt nicht verdient.

„Was willst du?“, verlange ich zu wissen.

Er wartet einen Moment mit dem Antworten, um

mir zu zeigen, dass er glaubt, die Oberhand zu haben. Doch die hat er seit Jahren nicht mehr, was mich betrifft. Eigentlich schon nicht mehr, seit ich ein Kind war.

„Warum kümmerst du dich nicht um deine Großeltern?", fragt er.

Ich schnaube. *Großeltern.* Was für ein beschissener Witz. Diese Leute sind widerwärtig. Sie haben sich einen Dreck um mich geschert, bis sie mich im Fernsehen sahen, bis ich ein unaufhaltsamer Sieger im Ring wurde. Erst dann fingen sie damit an, sich für mich zu interessieren, und das auch nur, weil sie etwas von mir wollten – nämlich mein Geld.

„Du hast also schon alles ausgegeben, was ich dir diesen Monat geschickt habe?"

„Weißt du, meine Pillen sind teuer."

Kopfschüttelnd kneife ich die Augen zusammen, dann öffne ich sie wieder. „Du meinst wohl, dass dein Schnaps und dein Dope teuer sind."

„Genau, meine Pillen."

Fuck. Ich hätte ihm nie einen gottverdammten Cent geben sollen. Ich hätte ihm sagen sollen, dass er sich verpissen soll, als er das erste Mal vorbeischneite und bei mir herumschnüffelte. Aber ich hatte Mitleid mit ihnen. Meine Großeltern sollten nicht von Sozialhilfe leben müssen. Nicht, wenn ich sie unterstützen kann. Ich wusste nur nicht, dass sie süchtig waren und dass ich, wenn ich ihnen aushelfe, nur ihre Gewohnheiten fördere.

Als ich aufwuchs, hat mein Vater sie nie zu uns geholt, aber er sagte mir nie, wieso. Jetzt verstehe ich es. Wenn er noch am Leben wäre, würde ich ihm sagen, was für ein gottverdammtes Chaos ich angerichtet habe.

„Ich kann das nicht mehr tun. Ich habe es satt, dir dabei zu helfen, die wenigen Jahre, die dir noch bleiben, zu verschwenden.“

Es herrscht eine lange Pause, ein Moment der Stille, ehe ich ihn knurren höre. „Dein Daddy hat dich vergiftet. Du bist ein undankbares Stück Scheiße, genau wie er.“

„Ja, er war der beste Mann, den ich je kannte. Also danke für das verdammte Kompliment“, schnauze ich und beende das Telefonat.

Ohne groß darüber nachzudenken, scrolle ich durch meine Kontakte und blockiere die Rufnummer meines Großvaters. Dieser Scheiß wird mir nicht dabei helfen, mich wieder in den Griff zu bekommen. Wenn er ein unglücklicher alter Mann sein will, dann ist das allein seine Sache. Aber über meinen Vater herzuziehen, der diese Welt verlassen hat, als ich gerade mal zehn Jahre alt war, ist verdammt noch mal inakzeptabel.

Ich beschließe, meine Mutter vorzuwarnen. Nur für den Fall, dass meine Großeltern etwas überstürzen und sie mitten in der Nacht anrufen.

„Hallo“, bellt eine tiefe Stimme.

„Ist Mom da?“, murmele ich.

Es herrscht einen Moment lang Stille, dann höre ich Stoff rascheln, ehe die verschlafene Stimme meiner Mutter ertönt.

„Nutzt er dich noch immer aus, Mom?“, frage ich sie.

Ich höre ihr frustriertes Ausatmen. „Du weißt doch, dass er hier wohnt, Louis. Warum rufst du mich so spät noch an?“

Ächzend setze ich mich im Bett auf und erzähle ihr von dem vorausgegangenen Telefonat. „Ich wollte dich nur vorwarnen. Ich habe seine Nummer blockiert, er bekommt nichts mehr von mir.“

„Gut. Du hättest ihm nie einen Cent geben sollen, mein Lieber. Dein Vater musste vor vielen Jahren das Gleiche tun. Es ist schwer zu sehen, wie die Menschen, die man liebt, sich selbst verletzen. Doch zu wissen, dass man ihnen dabei geholfen hat, ist noch viel härter."

Mit zusammengepressten Lippen denke ich an meinen eigenen kurzen Abweg in die Selbstzerstörung. Wäre irgendjemand zu mir gekommen und hätte mir Alkohol oder Schlimmeres gegeben, hätte ich es ohne zu zögern angenommen. Ich war in einem Meer aus Depressionen und Selbsthass verloren.

Zum Teufel, das bin ich noch immer. Ich kämpfe jede Minute eines jeden Tages darum, mich aufrecht zu halten und nicht auf meine verdammte Fresse zu fallen.

„Brauchst du etwas?", frage ich sie, wohl wissend, dass sie verneinen wird, selbst wenn dem so wäre.

„Nein, mir geht es gut, Louis. Ich möchte, dass du auf dich aufpasst, hörst du?"

Ich räuspere mich, erkläre mich einverstanden und beende das Gespräch. Bevor ich versuche, in den Schlaf zu finden, überweise ich zehntausend Dollar auf ein Konto, dass sie und ich uns teilen. Ein Konto, vom dem ihr Mann nichts weiß. Er ist ein Stück Scheiße, ein Schmarotzer, und verdammt faul. Ich hoffe, dass meine Mom eines Tages stark genug sein wird, dieses Arschloch zu verlassen.

Ich sinke in die Kissen zurück, schließe meine Augen und probiere zu schlafen, aber es klappt nicht. Stattdessen habe ich die Bilder von Antoni Byers im Kopf. Von seinem leblosen Körper und wie sein kleiner Junge ausdrucklos den Sarg anstarrte.

Nach nur einer Stunde Schlaf wache ich schweißgebadet auf. Anstatt zu versuchen, meine Augen wieder zu schließen, ziehe ich mir meine Sportklamotten an und mache mich auf den Weg in mein hauseigenes Fitnessstudio.

Ich verbringe die nächsten vier Stunden damit zu

trainieren. Laufen, Seilspringen, Gewichte heben. Alles, was meinen Körper in Bewegung hält und auch meinen Geist und meine Seele auspowert.

Kapitel 3

Tulip

Die Stunden im Supermarkt vergehen wie im Flug. Ich lächele jedem Kunden zu, der an mir vorbeikommt, und betreibe Smalltalk, aber eigentlich denke ich nur an Louis. Er ist wieder da. Und die Art und Weise, wie er mich im Flur angesehen hat, wie er mir das Haar hinter das Ohr gestrichen hat.

Gott, ich will, dass er mich noch öfter berührt. Ich will seine starken Hände auf meinem nackten Körper spüren. Einmal war nicht genug. Ihn gestern Abend wiederzusehen, hat mich nur noch durstiger werden lassen. Ich sehne mich verzweifelt nach ihm, nach irgendeinem Teil von ihm, und verstehe einfach nicht, warum.

Ja, mit ihm fühle ich mich besser, als ich mich je mit Joey gefühlt habe. Ja, seine Lippen sind perfektes Kussmaterial. Ja, er ist groß, stark, gutaussehend und vermutlich der netteste Kerl, dem ich je begegnet bin. Ja, er ist reich und berühmt. Und ja, er spielt völlig außerhalb meiner Liga.

Ich will wieder von ihm kosten, nur noch einmal. Ich möchte jeden einzelnen Moment genießen, während ich mein Bett und meinen Körper mit Louis Kingston teile, in der Hoffnung ihn nie wieder zu vergessen.

„Tulip?", ruft eine Stimme.

Ich zucke zusammen, da ich Joeys Mutter gegenüberstehe. „Hallo, Mrs. Perry." Ich lächele sie an.

Es ist nicht ihre Schuld, dass ihr Son ein Arschloch ist. Obwohl, vielleicht ist es das doch. Sie war eine richtige Helikoptermutter und ist es noch immer. Ich bin überrascht, dass er nicht wieder bei ihr eingezogen ist, nachdem ich ihn rausgeworfen habe. Es scheint mir das Logischste zu sein und sie wäre sicherlich mehr als glücklich darüber gewesen, ihn wieder bei sich zu haben. Andererseits hat sein Dad vielleicht ein Veto eingelegt, denn sie hatten schon immer ein recht angespanntes Verhältnis.

„Joey hat mir erzählt, dass ihr gerade eine schwierige Phase durchmacht", sagt sie und beginnt damit, ihre Einkäufe aus dem Wagen zu räumen und aufs Förderband zu legen.

Ich räuspere mich, weil ich nicht darüber sprechen will. Weder mit ihr noch mit sonst jemanden. Ich möchte einfach so tun, als hätte es Joey nie gegeben. Einfach in einer Zeit leben, in der ich mich nicht habe erniedrigen, ausnutzen und von ihm missbrauchen lassen. Aber das ist nicht möglich. Weder hier in Gallup noch sonst irgendwo hier in der Region *Texas Hill Country*.

Ich werde für immer das Mädchen von Joey Perry sein – sein dummes, naives Mädchen. Und ich werde Mr. und Mrs. Perry ewig etwas schulden, das ich nie zurückbezahlen kann.

„Ich glaube, dass mit uns ist vorbei, Mrs. Perry", sage ich, während ich damit beginne, ihre Einkäufe einzuscannen.

Sie summt. Ich kenne dieses Summen. Sie glaubt mir nicht, und warum sollte sie auch? Joey und ich haben uns schon so oft getrennt und sind jedes Mal wieder zusammengekommen, dass ich den Überblick verloren habe. Ich mache ihr da keinen Vorwurf.

„Du bist immer an meinem Esstisch willkommen, Tulip." Sie lächelt.

Nickend fahre ich damit fort, ihre Einkäufe so schnell zu scannen, wie meine Kasse es hergibt. Mrs. Perry schweigt nicht lange und erzählt mir von Joeys Vater und allem, was er in letzter Zeit so getrieben hat. Als ob mich das interessieren würde. Mrs. Perry kümmert sich um Mr. Perry, denn dieser Mann ist ihr ganzes Leben.

„Weißt du, ich bin ganz überrascht, dass du Joey noch nicht am Ohr gepackt und vor den Altar geschleift hast. Er muss endlich sesshaft werden und du brauchst ein Baby. Ich sage es dir nur ungern, Süße, aber du kommst langsam in ein Alter, in dem man nicht mehr allzu lange warten sollte", sagt sie in ihrem leichten Singsang.

Ich nehme an, dass ich mich mit meinen fünfundzwanzig Jahren allmählich dem Ende meiner fruchtbaren Jahre nähere, aber ich bin doch noch nicht tot. Sie tut ja fast so, als stünde ich kurz vor dem Abnippeln. Ich reagiere nicht auf ihre Worte. Das Letzte, was ich tun will, ist, ihr zu sagen, dass ihr Sohn ein Arschloch ist. Stattdessen schenke ich ihr einfach ein falsches, breites Lächeln.

„Sie haben heute einundzwanzig-sechsundfünfzig gespart, Mrs. Perry. Ich wünsche Ihnen einen schönen Abend", verkünde ich fröhlich.

Sie kneift die Augen zusammen, bevor sie mir den Kassenbon entreißt und ihr Kinn in Richtung des Einpackservices ruckt, damit dieser ihr zum Auto folgt.

Ich stoße den Atem aus und schließe für einen Moment die Augen. Als ich sie wieder öffne, sehe ich meinen neuen Marktleiter, Mark, mit einem Grinsen am Ende meiner Kasse stehen. Er ist erst seit ein paar Monaten hier und jagt mir eine Heidenangst ein.

„Geh und mach Feierabend. Ich finde, du hast es dir verdient, ein paar Minuten eher zu gehen, nachdem du dich mit diesem Blödsinn herumschlagen musstest." Er lacht, seine Augen gleiten zu meinen Brüsten. Dann wandern sie wieder höher, und er blickt mich an.

Mit einem Schnauben nehme ich die Einnahmen aus

der Kassenschublade. „Danke. Die Mutter meines Ex-Freundes“, erkläre ich.

Er lacht. „Das habe ich auch schon erlebt.“

Ohne noch ein weiteres Wort zu verlieren, wendet er sich von mir ab, sodass ich Feierabend machen kann. Ich bin froh, dass unser Gespräch beendet ist, zumindest für den Moment. Ich wünschte, ich müsste heute nicht mehr arbeiten, aber ich muss. Ich muss jetzt nach Hause fahren, mich duschen und für meinen Zweitjob umziehen. Mit gesenktem Kopf eile ich zu meinem Auto und pralle gegen einen harten Körper, als ich die Fahrerseite erreiche.

„Tullie“, dröhnt seine tiefe Stimme, als ich den Kopf hebe und in seine Augen blicke.

Jadegrüne Augen schauen in meine und mir stockt der Atem. „Was machst du hier?“

Er lächelt. „Ich wollte nur ganz kurz mit dir quatschen, denn du sagtest ja, du hättest noch einen weiteren Job. Ich will also gar nicht zu viel deiner Zeit in Anspruch nehmen.“

„Das stimmt, und ich bin quasi auch schon auf dem Weg nach Hause, um mich dafür umzuziehen“, schnauze ich.

„Tullie“, schnurrt er. „Hast du morgen eine Mittagspause?“

„Ja, fünfundvierzig Minuten.“

„Ich bringe dir Mittagessen vorbei, wenn du magst.“

„Wieso? Was willst du mir sagen?“

Er schüttelt den Kopf, dann neigt er das Kinn. Ich spüre seinen Atem an meinen Lippen, doch er berührt meinen Mund nicht mit seinem. Er rührt sich nicht, und ich werde wie eine Süchtige high von seinen Atemzügen.

„So viele Dinge, aber zuerst will ich dir ein paar Fragen stellen und dafür haben wir jetzt keine Zeit“, entgegnet er.

„Okay. Morgen zwölf Uhr dreißig."

„Ich werde da sein. Stehst du immer noch auf den Truthahnsalat mit den frittierten Gurken von *Bill's Burger*?", will er wissen und tritt einen Schritt zurück.

Ich bedaure sofort, dass er sich von mir entfernt. Ich wünschte, ich wäre mutig genug, ihn zu bitten, mir wieder näherzukommen. Aber ich bin es nicht. Statt zu betteln, trete ich zur Seite, um ihm zu gestatten zurückzutreten, damit ich einsteigen und nach Hause fahren kann, bevor ich wieder zur Arbeit muss.

„Tulip?", ruft er, als ich meine Hand um den Türgriff lege. Ich drehe mich um und sehe ihn über meine Schulter hinweg an. „Es ist schön, wieder zu Hause zu sein."

Ich komme nicht mehr dazu, ihn zu fragen, was er damit meint. Er wendet sich von mir ab und joggt zu seinem großen, teuren Truck. Anstatt ihm dabei zuzusehen, wie er einsteigt und davonfährt, setze ich mich auf den Fahrersitz meines Wagens und starte den Motor, bevor ich noch eine verzweifelte Dummheit begehe.

***

Louis

Schon die zweite Nacht in Folge schlafe ich nicht. Das ist verdammt lächerlich, und jedes Mal, wenn ich versuche, meine Augen zu schließen, sehe ich nur Antoni und seine Familie vor mir. Ich angele nach den Schlaftabletten, die mein Arzt mir verschrieben hat, entscheide mich dann jedoch dazu, sie nicht einzunehmen und werfe sie wieder in die Schublade meines Nachttisches.

Ich strampele mir die Bettdecke vom Körper, ziehe mich an und beschließe, heute Abend etwas anders zu machen. Anstatt ins Fitnessstudio zu gehen, werde ich draußen laufen. Ich habe schon verdammt lange keinen Langstreckenlauf mehr absolviert, und ich muss an meiner Ausdauer arbeiten.

Ich mache mich auf den Weg in die Stadt, anstatt nur, wie sonst, um mein Grundstück herum zu joggen. Ich wohne etwa zehn Meilen außerhalb der Innenstadt. Ein Zwanzig-Meilen-Lauf wird mich bestimmt genug ermüden, um vielleicht eine oder zwei Stunden zu schlafen, ohne von einem Albtraum geweckt zu werden.

Ich stecke mir meine AirPods in die Ohren, öffne meine Jogging-Playliste und starte sie. Dann mache ich mich auf den Weg.

Es ist dunkel draußen, weit nach zehn Uhr am Abend, und ich sollte wahrscheinlich nicht auf diesen Schotterpisten laufen, wo sich viele wilde Tiere herumtreiben, aber im Moment bin ich auch nicht bei klarem Verstand.

Alles, woran ich denken kann, ist Antoni, und ich muss ihn endlich aus meinem Kopf bekommen.

Also renne ich.

Die Augen nach vorne gerichtet, die Beine pumpen, der Schweiß rinnt mir über den Körper. Fast zwei Stunden später halte ich an, da meine Uhr mich auf die Distanz von zehn Meilen aufmerksam macht, die ich mir vorgenommen habe.

Ich stütze meine Hände in die Hüften, beuge mich leicht vor und versuche, wieder zu Atem zu kommen. Mir wird klar, dass ich mich auf einem Parkplatz befinde. Ich hebe den Kopf und begutachte das Gebäude. Ich habe nämlich nicht darauf geachtet, wohin ich renne, sondern nur darauf, dass ich in Richtung Stadt unterwegs bin.

Headlights - Scheinwerfer.

Der Name des Ladens blinkt über dem kleinen Metallgebäude auf. Offensichtlich handelt es sich um eine Wohnanlage, ähnlich wie der von Wyatt, doch ich habe das Gefühl, dass diese hier von innen ganz anders aussieht. Ich war noch nie hier, wusste nicht einmal, dass das hier existiert, obwohl ich nicht sicher bin, wie das möglich ist.

Schmunzelnd blicke ich auf die Uhr auf meinem Handy und weiß, dass es nur eine Person gibt, die wach genug ist, um mir zurückzuschreiben.

Ich: *Gallup hat einen Stripclub?*

Ford: *Headlights?*

Ich: *Das klingt verdammt kitschig.*

Ford: *Wir sind hier in Gallup. Wir haben verdammt viele Rehe. Ich habe nie behauptet, wir wären klug.*

Ich: *Warst du schon mal drin?*

Ford: *Ich bin Single. Alle meine Freunde sind verheiratet. Ich habe nichts anderes zu tun. Es ist allerdings schon eine Weile her. Aber keine Muschis. Sie behalten alle ihre Slips an.*

Ich schmunzele aufgrund unseres Austauschs und der Tatsache, dass Ford genau weiß, was in diesem Gebäude abgeht. Ich schaue wieder das Haus an, meine Augen scannen den Parkplatz und bleiben plötzlich an etwas kleben. Mein ganzer Körper verkrampft sich.

Ich: *Morgen Abend. Um Mitternacht.*

Ford: *Wir sehen uns dort.*

Ich stecke mein Handy wieder in Tasche und gehe

auf das Auto zu, das mir vor ein paar Augenblicke aufgefallen ist. Als ich auf der Fahrerseite stehen bleibe, werfe ich einen Blick in das Wageninnere und stoße ein Grunzen aus. Ich weiß, wem dieses Auto gehört, und die blaugrüne Wasserflasche im Getränkehalter bestätigt meinen Verdacht.

Es scheint, als hütet jemand ein Geheimnis.

Ich denke darüber nach, mich hineinzuschleichen, um der Sache auf den Grund zu gehen, entscheide mich aber dazu, morgen mit Ford zusammen reinzugehen. Zugegeben, ich bin mir nicht sicher, ob ich will, dass er sieht, was ich hinter den Türen des *Headlights* vermute.

Verdammte Scheiße.

Kopfschüttelnd schalte ich meine AirPods wieder ein, um die zehn Meilen nach Hause zurückzujoggen. Ich werde sie festnageln. Ich werde sie übers Knie legen und ihr verdammt noch mal den Hintern versohlen. Sie hat es verdient. Jedes verdammte bisschen davon.

Als ich wieder zu Hause bin, bin ich keineswegs ruhiger als bei meiner Entdeckung vorhin. Ich weiß nicht, ob ich sie morgen treffen, ob ich ihr in die Augen schauen kann, ohne eine Erklärung oder Antwort von ihr zu verlangen.

Als ich die Haustür hinter mir zuschlage, bin ich zu aufgewühlt, um ins Bett zu gehen. Deshalb gehe ich in mein Fitnessstudio, um Gewichte zu heben. Hoffentlich wird das meine Wut ein wenig mildern.

Das einzig Gute ist, dass ich nicht mehr an Antoni und seine Familie denken muss.

Die schlechte Nachricht ist, dass ich immer noch nicht schlafen kann.

Kapitel 4

Ich weiß noch nicht genau, ob ich erleichtert oder enttäuscht bin, als mir mein Lieblingsessen von einer Kellnerin anstelle von Louis serviert wird. Es liegt ein Zettel bei, auf dem steht, dass es ihm leid tut, dass er es nicht geschafft hat. Ich gebe der Kellnerin ein paar Dollar mehr Trinkgeld, obwohl ich weiß, dass Louis ihr vermutlich schon eine ganze Menge bezahlt hat, denn normalerweise liefert *Bill's Burgers* nicht aus.

Ich nehme den Truthahnsalat und die frittierten Gurken mit in den Pausenraum und versuche, sie zu genießen, aber ich bin zu enttäuscht. Es schmeckt mir nicht und ich fühle mich nicht gut. Irgendetwas stimmt nicht. Er hat so eine große Sache daraus gemacht, mich zu treffen, und hat behauptet, er hätte mir so viel zu sagen, und nun hat er mich einfach sitzen lassen.

Ich bezweifle, dass er heute irgendetwas zu tun hat, zumal er mir gesagt hat, dass er ausspannt, solange er hier ist. Er arbeitet nicht, er verbringt Zeit mit seinen Freunden, aber die meisten von ihnen arbeiten tagsüber, so wie ich.

„Geht es dir gut?", erkundigt sich Mark, als er sich auf den freien Stuhl mir gegenüber fallen lässt.

Mit einem Ruck hebe ich den Blick. Er grinst mich an und ich habe keine Ahnung, was er so lustig findet, doch ich frage ihn auch nicht danach. Ich mag ihn als Arbeitskollegen, aber wir sind keine Freunde. Zudem empfange ich seltsame Schwingungen von ihm, und das die ganze Zeit.

„Alles bestens." Ich nicke.

Brummend wandert sein Blick über meinen Körper,

bevor er wieder zu meinem Gesicht schweift. „Ja, das stimmt. Hey, wenn du heute Abend noch nichts vorhast, würde ich gerne mit dir ausgehen.“

„Wie bitte?“, krächze ich.

„Ich habe dich gestern Abend gesehen. Mir gefiel, was ich sah. Und da dachte ich, da du Single bist, würdest du bestimmt gerne mal mit mir ausgehen.“

Ich schlucke und meine Augen weiten sich, als ich endlich realisiere, was er mir damit sagen will. Er hat mich gestern Nacht *gesehen*.

Er. Sah. Mich. Gestern. Nacht.

„Denk darüber nach.“ Er grinst, während er aufsteht.

Ich muss über sein Angebot nicht nachdenken. Mark ist ja ganz nett und so, aber er ist mein Chef und gut fünfzehn Jahre älter als ich. Außerdem wohnt er noch bei seiner Mutter. Nicht, dass es grundsätzlich etwas daran auszusetzen gäbe, doch ich habe ihn mehrfach darüber sprechen gehört, wie er ihre Füße mit Lotion einreibt. Das hat mich doch sehr stark an Norman Bates, den Hauptantagonisten aus dem Thriller-Roman *Psycho*, erinnert.

Den Rest des Arbeitstages halte ich mich von Mark fern und renne regelrecht aus dem Laden, als meine Schicht zu Ende ist. Ich erwarte ein wenig, Louis neben meinem Auto stehen zu sehen. Wie am Tag zuvor. Allerdings werde ich wieder enttäuscht, denn niemand wartet auf mich.

Die nächsten Stunden verbringe ich damit, meine Wohnung aufzuräumen, bevor ich dusche und mir tonnenweise Make-up auftrage, das ich für den Zweitjob auflegen muss. Ich ziehe mein Outfit an und weigere mich, in den Spiegel zu schauen. Wie jeden Abend. Ich ziehe mir einen schweren, übergroßen, dicken Kapuzenpullover über und eile aus der Wohnungstür.

Als ich auf dem Parkplatz meines Nebenjobs ankomme, parke ich meinen Wagen im öffentlichen Parkbereich. Ich umklammere das Lenkrad und stoße einen schweren Seufzer aus. Es ist so weit. Der Moment, vor dem ich mich sechs Nächte in der Woche fürchte und mich auch die letzten fünf Monate gefürchtet habe.

Ich rede mir selbst ein, dass das hier nur vorrübergehend ist, aber mit jedem Tag, der vergeht und an dem ich hierher zurückkehre, steht für mich zweifelsohne fest, dass dieser Job weniger temporär ist und immer mehr zu einem festen Bestandteil meines Lebens wird.

Ohne dieses zusätzliche Einkommen kann ich mir keinen Cent zur Seite legen. Ich brauche aber Ersparnisse, weil ich eines Tages mehr aus meinem Leben machen möchte. Ich bin mir noch nicht sicher, was dieses *Mehr* sein wird, aber ich möchte vorbereitet sein, wenn ich es denn irgendwann herausfinde.

Ich stelle den Motor ab, öffne die Tür und steige aus dem Wagen. Ich eile über den vermüllten Schotterparkplatz und lächele den Türsteher an, der den einzigen Kundeneingang bewacht. Er sagt nichts zu mir, das tut er nie, denn er ist kein besonders guter Türsteher. Er ist nur irgendwie da, für den Fall, dass mal wirklich etwas passiert.

Als ich von Gästen begrapscht, befummelt und bedrängt wurde, hat er sich nicht ein einziges Mal eingemischt. Als ich hier anfing, sagte Charlie zu mir, dass wir alle aufeinander aufpassen müssen. Das Management und der Türsteher unternehmen einen Scheißdreck, weshalb sie vollkommen recht hatte.

Jetzt sind es also Charlie und ich, die sich gegenseitig helfen. Ich bin ihr keine große Hilfe, aber ich denke, wenn es hart auf hart kommen sollte, sind meine Absätze scharf und spitz genug, um genug Schaden anzurichten, damit wir weglaufen können.

Ein beschissener Plan, aber das ist alles, was wir haben.

„Hey Mäuschen", ruft Charlie mir zu, als ich die Umkleidekabine betrete.

Hey", entgegne ich zerstreut. Sie spricht mich nicht direkt darauf an, aber ich kann ihren Blick auf mir spüren.

„Spuck's schon aus", sagt sie ein paar Augenblicke später.

Ich rücke meinen glitzernden BH zurecht, als ich den Kopf drehe und zu ihr hinüberschaue. „Ein Typ, mit dem ich mich früher mal getroffen habe, ist wieder in der Stadt. Er hat mich heute Mittag zum Essen eingeladen und versetzt."

Ihre Augen weiten sich. „Und es handelt sich dabei nicht um Joey?"

Sie hat das Recht, mich das zu fragen. Schließlich bin ich schon so oft zu ihm zurückgegangen. „Es ist nicht Joey", bestätige ich ihr.

„Ist er heiß?"

„Total heiß."

„Dann warte doch nicht darauf, dass er den ersten Schritt macht. Wenn du ihn willst, dann sei mutig, Mädchen. Fahr zu ihm nach Hause und frag ihn, was zum Teufel da los war."

„Ich bin mir nicht sicher, ob das klappen würde", murmele ich.

Sie schüttelt den Kopf. Das rote Haar ihrer Perücke fliegt ihr um die Schultern. Ich weiß, dass sie eine Perücke trägt, denn ich habe ein paar Mal gesehen, dass sie eigentlich von Natur aus brünett ist.

Sie sagt, sie macht es gerne spannend, indem sie Perücken trägt, aber ich denke, dass sie bloß ihre wahre Identität verbergen will. Ich kann es ihr nicht verdenken, denn ich hätte das Gleiche tun sollen.

„Das wird es schon. Männer lieben Frauen, die selbstbewusst und selbstsicher sind."

Ohne etwas darauf zu erwidern, sehe ich ihr dabei zu, wie sie den Raum verlässt. Ihre Worte klingen in meinen Ohren nach. *Männer lieben Frauen, die selbstbewusst und selbstsicher sind.* Ich bin weder das eine noch das andere und war es auch nie. Ich frage mich, ob ich mich deshalb zu Joey, dem Loser, hingezogen fühlte und ob Louis mich deswegen abserviert hat?

Meine Augen füllen sich mit Tränen, doch ich dränge sie zurück, damit meine Wimperntusche meine Wangen nicht mit schwarzen Schlieren beschmiert.

Scheiße.

Vielleicht bin *ich* das Problem.

***

Louis

„Was ist der wahre Grund, wieso du hierherkommen wolltest?", will Ford wissen und nippt an seinem Bier.

Ich führe das Wasserglas an meine Lippen und nehme einen kräftigen Schluck, während mein Blick über die Showbühne und die Frauen in diesem Raum schweift. Ich habe sie noch nirgends gesehen, doch ich weiß, dass sie hier ist. Sie hat mir deutlich zu verstehen gegeben, dass sie nur einen freien Abend die Woche hat und dieser liegt schon hinter ihr.

„Ich wollte nur mal vorbeischauen, weil ich mich zu Hause zu Tode langweile." Ich zucke mit den Schultern.

Ford schnaubt, offensichtlich glaubt er mir kein Wort und ich mache ihm keinen Vorwurf. Ich bin ein mieser Lügner, das war ich schon immer. Deshalb versuche ich es normalerweise auch gar nicht erst. Außerdem fühlt sich Geflunker verdammt noch mal nicht gut für die Seele an.

„Du weißt, dass die meisten von ihnen für ein paar

Dollar mehr alles tun würden, was du willst", meint Ford. Ich wirbele herum, meine Augen weiten sich und Wut beginnt in mir zu brodeln. „Wer ist sie?"

„Willst du mich verarschen?", knurre ich.

Er zuckt mit den Schultern. „Ja, verflucht. Ich wollte, dass du eine echte Reaktion zeigst und die habe ich soeben bekommen. Und jetzt sag mir, warum du meinen Arsch hierhergeschleppt hast. Es macht mir nichts aus, herzukommen und eine Show zu genießen, aber es gibt einen Grund, warum du hier bist. Versuch nicht, es zu leugnen."

Ich streiche mir mit der Hand über meinen kahlen Kopf. Ich atme ein, schließe die Augen und weiß, dass er es sowieso bald herausfinden wird. Das heißt, wenn er es nicht schon längst weiß. Gallup ist klein und ich bezweifele, dass jemand eine Karriere als erotische Tänzerin lange verheimlichen kann.

„Wegen Tulip", lasse ich ihn wissen.

Es herrscht einen Moment lang Schweigen zwischen uns, da sich der Raum verdunkelt. Musik setzt ein, dann erhellt das Licht lediglich die Bühne. Ich achte nicht wirklich auf die Show, konzentriere mich ausschließlich auf Ford, der plötzlich hustet und sein Kinn nach vorne reißt.

„Ich sehe schon."

Als ich meine Aufmerksamkeit auf die Bühne richte, dreht sich mir der Magen bei dem Anblick um, der sich mir bietet.

Es ist Tulip.

Sie steht auf der Bühne und tanzt. Zu Beginn nutzt sie die Stange nicht wirklich. Sie hält sich nur daran fest. Doch dann lässt sie ihren Arsch zu Boden gleiten und spreizt die Beine. Der einzige Trost ist, dass sie eine kurze Shorts trägt.

Ihre Klamotten behält sie nicht lange an. Sie zieht ihr Oberteil aus und entblößt jene Titten, von denen ich schon oft geträumt habe, in einem Raum voller Fremder. Dann zieht sie sich die knappe Hose, die sie soeben noch getragen hat, mit einem Ruck aus.

Ich beobachte mit einer Mischung aus Entsetzen, Wut und einer gehörigen Portion Lust, wie sie sich auf dem Boden räkelt, mit nichts weiter als einem Stofffetzen, der ihre Muschi bedeckt. Alles andere an ihrem Körper ist völlig entblößt.

Als das Licht ausgeht und ihr Tanz zu Ende ist, sehe ich zu, wie sie ihr Geld von der erdunkelten Bühne einsammelt, dann wende ich mich an Ford. „Das wird das letzte Mal sein, dass du so etwas siehst“, schnauze ich ihn an.

Er dreht sich zu mir her, seine Lippen sind zu einer verdammten Grimasse verzogen. „Diese kleine Showeinlage werde ich so schnell nicht wieder vergessen, Louis.“

„Lösch sie aus deinem Gedächtnis“, befehle ich ihm, während ich aufstehe.

Ford wirft lachend den Kopf in den Nacken. „Das ist verdammt unwahrscheinlich“, ruft er mir hinterher, als ich von ihm weg marschiere und in den hinteren Teil des Clubs eile. Ich hebe meine Hand und zeige ihm den Mittelfinger über die Schulter.

Als ich das erreiche, von dem ich annehme, dass es sich um die Garderobe des Clubs handelt, bin ich sehr überrascht, keinen Türsteher zu sehen. Eigentlich sehe ich hier überhaupt kein Sicherheitspersonal, abgesehen von dem Mann, der den Eingang bewacht.

Stirnrunzelnd greife ich nach dem Türknauf und drehe daran. Meine Vermutung bestätigt sich, als ich ein Meer aus nackter Haut und glitzernden Funken sehe.

„Verdammt, kann ich dir helfen?“, fragt eine großgewachsene Frau mit roter Perücke auf dem Kopf und versperrt mir die Sicht auf den Rest des Raumes.

Ich verschränke die Arme vor der Brust und neige den Kopf zur Seite. „Ich muss mit Tulip sprechen."

Sie verengt ihre Augen und verschränkt ebenfalls die Arme vor ihrer Brust. „Das glaube ich nicht."

Ich beiße mir auf die Unterlippe, um sie nicht anzulächeln, und schüttele den Kopf. Sie ist niedlich, da sie versucht, hart zu sein, aber ihr Schauspiel funktioniert nicht. Ich kann sehen, dass sie Schiss hat. Ihre Beine zittern, ebenso wie ihre Hände.

Ich schaue ihr über die Schulter und suche den Raum nach der Frau ab, die mein gottverdammtes Herz in ihren Händen hält. Sie weiß nicht, wie viel mir unsere gemeinsame Nacht bedeutet hat, und dass ich am Boden zerstört war, als ich erfuhr, dass sie nicht mit jemandem wie mir zusammen sein kann.

Sie weiß einfach nicht, was sie mir angetan hat. Was sie mit mir gemacht hat, obwohl wir nur ein paar Stunden zusammen verbracht haben. Wie sie mich fühlen ließ. Zum ersten Mal fühlte ich mich ganz, da diese Frau *mich* und nicht meinen Beruf sah. Dass ich mehr bin als ein Profiboxer. Dass ich mehr als nur ein Sprungbrett zum Ruhm bin.

„Louis?"

Ihre Stimme klingt schrill, panisch und nahezu erschrocken wegen meines Auftauchens hier.

Als ich das Kinn senke, sehe ich sie in Schulterhöhe neben der Frau stehen, die mir den Weg versperrt. Sie hat sich viel zu hohe Absatzschuhe angezogen und trägt ein Gewand, um ihre Nacktheit zu verdecken. Ihr Make-up ist viel zu stark, ihre Haare hochgesteckt und aufgestylt.

„Tulip", sage ich. „Komm her."

Kapitel 5

In der Umkleidekabine ist es so still, dass man eine Haarnadel zu Boden fallen hören könnte. Ich stehe wie erstarrt auf meinem Platz, unfähig, mich auch nur einen Zentimeter zu bewegen, während ich ihn über Charlies Schulter hinweg anstarre. Er zuckt nicht einmal mit der Wimper, sein Blick ist auf mich gerichtet und nirgendwo anders hin.

Ich höre, wie sich eins der Mädchen hinter mir räuspert, und das unterbricht den Starrwettkampf, den wir beide miteinander ausfechten. Kopfschüttelnd mache ich einen Schritt von ihm weg, statt auf ihn zuzugehen.

„Ich kann hier nicht weg. Falls du nach der Arbeit mit mir reden willst, ich habe um zwei Uhr Feierabend", flüstere ich.

Zu seiner Ehrenrettung sei gesagt, dass Louis keinerlei Anstalten macht, sich fortzubewegen. Sein Blick bohrt sich in meine Seele, während wir einander anstarren. Dann, als ob etwas in seinem Kopf *klick* gemacht hätte, zuckt er mit dem Kinn.

„Ich warte draußen auf dich", kündigt er an.

Ich sehe ihm dabei zu, wie er mir seinen breiten Rücken zukehrt und geht. Seine Arme schwingen locker an den Seiten mit. Ich lecke mir über die Lippen, während ich den Anblick seiner Kehrseite in mir aufsauge. Langsam dreht Charlie sich zu mir um, ihre Augen sind weit aufgerissen und ihre Lippen vor Ehrfurcht geschürzt.

„Wer. War. Das?"

Ich blicke über meine Schulter zu den sechs Frauen, die mich anstarren, stumm das Gleiche wissen wollen und auf meine Antwort warten. Ich atme zittrig ein und beobachte, wie Charlie die Tür zur Umkleidekabine hinter ihm schließt und die Hände in die Hüften stemmt, während sie ungeduldig auf eine Erklärung wartet.

„Das war Louis. Wir hatten da diese einmalige Sache vor etwa einem Jahr. Er ist wieder in der Stadt und betont immerzu, dass er mit mir reden wolle. Ich will nur…“

„Verdammt noch mal gar nichts. Der Mann ist verflucht heiß. Du holst dir doch wohl noch einen Nachschlag, oder?“, ruft eines der Mädchen hinter mir.

Ich zucke zusammen und blicke kurz über meine Schultern, dann sehe ich Charlie wieder an.

„Lasst sie in Ruhe, auch wenn er verdammt heiß ist. Im Gegensatz zu den Kerlen, die wir hier sehen, aber Tulip hat bestimmt ihre Gründe. Da bin ich mir sicher.“

„Du verstehst es nicht“, flüstere ich.

Sie reckt ihre Hände in die Höhe. „Ich muss einen Scheiß verstehen. Das ist dein Leben, Babe, du tust, was immer du tun musst. Es geht mich zwar nichts an, aber er ist heiß. Wenn du dir also ein bisschen was gönnen willst, der alten Zeiten willen, wird niemand, und ich meine wirklich niemand, dich dafür verurteilen.“

Ich weiß nicht warum, aber ich muss lachen, denn ich weiß, dass sie recht hat. Und würde sie wissen, wie gut Louis in gewissen Dingen ist, würde sie mir sagen, ich solle mich beeilen und nicht trödeln und um der alten Zeiten willen mein Stück vom Kuchen abbekommen – oder vielleicht die ganze Torte.

Den Rest der Nacht, mache ich mir Sorgen um Louis, der auf mich wartet, und darüber, was er mir wohl zu sagen hat. Ich frage mich, ob die heutige Nacht etwas daran geändert hat, worüber er noch gestern mit mir sprechen wollte. Ich bin auch besorgt darüber, dass er Wyatt, Beaumont oder Rylan erzählen könnte, was ich hier treibe. Oder ihren Frauen. Ich habe das Gefühl, dass die Jungs nicht wollen werden, dass ich noch länger mit ihren Mädchen befreundet bin, wenn sie von meinem Nebenjob erfahren.

Als ich für heute Nacht durch bin, werfe ich mir meinen übergroßen Kapuzenpulli über und ziehe meine Flipflops an, ehe ich mit gesenktem Kopf den Club durch den Seitenausgang verlasse. Ich atme tief ein und lasse die Wärme des Parkplatzes auf mich einwirken.

Eine warme Brise umgibt mich. Als ich den Kopf hebe und zu meinem Auto herüberschaue, atme ich wieder aus. Wie er es versprochen hat, wartet Louis auf mich. Er lehnt an der Fahrertür, sein Kopf ist mir zugewandt und seine grünen Augen sind auf mich, und zwar nur auf mich gerichtet.

Ich gehe auf ihn zu und versuche, meine Schultern zu straffen. Er grinst, was in meinem Bauch Schmetterlinge freisetzt. Ich habe das Gefühl, es kostet mich alles, was in mir steckt, um ein Lächeln zustande zu bringen, und er hat immer eins parat.

„Soll ich dir nach Hause folgen?", fragt er mich zur Begrüßung.

Als ich hinter mich schaue, registriere ich, dass der traurige Abklatsch eines Türstehers mir den Rücken zugewandt hat und mit einem der Mädchen quatscht, das er gegen die Wand drückt. Ich wende mich wieder Louis zu, stoße einen Seufzer aus und nicke einmal.

„Okay."

Louis drückt sich von meinem Wagen ab und geht zu seinem Truck. Ich brauche nicht lange, um meine Tasche auf dem Beifahrersitz zu verstauen, bevor ich in den Wagen steige und den Motor starte.

Ich fahre durch die Stadt zu meinem Apartmetkomplex, einem der wenigen in dieser Stadt, und fahre in meine standardmäßige Parklücke.

Als ich zu dem Gebäude aufschaue, erschaudere ich bei dessen Anblick. Was Louis wohl denkt? Er war noch nie in meiner Wohnung. Die einzige Nacht, die wir zusammen verbracht haben, haben wir in seinem schicken Haus auf dem Land erlebt.

Jetzt wird er mein wahres Ich kennenlernen. Ich hasse es. Er wird genau sehen, warum ich nicht zu jemandem wie ihm passe. Er wird alles sehen. Mit einem schweren Seufzer öffne ich die Wagentür und steige aus.

Ich angele nach meiner Tasche und hole sie heraus. Am Fuße der Treppe warte ich darauf, dass Louis sein Auto parkt und sich auf den Weg zu mir macht.

Als er an meiner Seite ist, schaut er sich erst das Gebäude an, dann sieht er zu mir. Ich erwarte, dass er das Gesicht verzieht oder vielleicht, dass er die Lippen vor Ekel kräuselt, aber nichts von beidem passiert. Stattdessen streckt er die Hand aus und legt seine Handfläche auf meinen Rücken, um mir einen kleinen Schubser zu verpassen.

Ich schaue ihn über die Schulter hinweg an und schenke ihm ein kleines Lächeln, bevor ich wieder nach vorne blicke und die Treppe zu meiner Wohnung erklimme.

Das Gebäude ist alt und abgerockt. Die Farbe blättert ab, die meisten Lampen in der zweiten Etage funktionieren nicht. Der Treppenbelag fühlt sich alle paar Stufen hohl an, und ich warte nur auf den Tag, an dem ich durch sie hindurchtrete und falle.

Ich greife nach meiner Türklinke, stecke den Schlüssel ins Schloss und rüttele ein wenig daran. Dann drehe ich den Schlüssel und höre, wie sich das Schloss öffnet. Ich stoße die Tür auf, trete ein und erschaudere aufgrund des Zustands meines Wohnzimmers. Da ist eine riesige kahle Stelle, wo früher das Sofa stand, und obwohl es sauber ist, sieht hier alles alt und schmuddelig aus.

Ich drehe mich um und öffne den Mund, um mich für meine beschissene Wohnsituation bei ihm zu entschuldigen, als Louis eine Hand nach mir ausstreckt, seinen Arm um meine Taille schlingt und ohne zu zögern, seine Lippen für einen festen, alles verzehrenden, und dennoch unschuldigen Kuss auf meine legt.

***

Louis

Ich kann mich nicht länger davon abhalten, sie zu schmecken. Ich vertiefe den Kuss jedoch nicht, aber verdammt, ich kann mich in ihrer Nähe einfach nicht kontrollieren, vor allem, weil wir in ihrer Wohnung sind. Allein. Als ich dazu gezwungen bin, den Kuss zu beenden, da ich Luft holen muss, ziehe ich mich dennoch nicht von ihr zurück, sondern lege meine Stirn gegen ihre.

„Tullie", flüstere ich.

Fast augenblicklich zieht sie sich von mir zurück und ich lasse es geschehen. Ich beobachte sie und warte darauf, dass sie sich wieder zu mir umdreht. Als sie es tut, trifft ihr Blick den meinen. Ich verliere mich fast sofort darin.

„Wir müssen reden", murmele ich.

Sie atmet ein, nickt einmal und leckt sich über ihre köstlichen Lippen. „Worüber denn, Louis? Du hast mich versetzt und bist dann heute Abend im Club aufgekreuzt. Was willst du von mir?"

Sie klingt irritiert, aber auch verletzt. Ich hebe meine Hand und kann es nicht verhindern, sie zu berühren. Ich streiche ihr die Haare hinter das Ohr. Trotz der ganzen Scheiße in ihren Haaren, ist es noch immer das weichste, das ich je gefühlt habe.

„Ich habe dich versetzt, weil ich laufen war und zufällig bei diesem Club gelandet bin. Ich habe dein Auto gesehen und wusste, wenn ich dich treffe, würde
ich dir eine Millionen Fragen stellen. Möglicherweise
hätte ich etwas gesagt oder getan, was ich nicht mehr
hätte zurücknehmen können.“

„Und das wäre?“, haucht sie.

Grinsend neige ich das Kinn. „Eventuell hätte ich
dich über meine Schulter geworfen und nach Hause
getragen. Dich gefickt, bis du deinen eigenen Namen
vergisst. Dich gefesselt und als Geisel gehalten, damit
du nirgendwo hingehen kannst. Vor allem nicht zurück in diesen verdammten Club“, knurre ich.

„Es ist doch nur ein Job. Ich verstehe aber, wenn du
mich deswegen nicht wiedersehen willst.“

„Warum arbeitest du dort?“, will ich wissen.

Sie neigt den Kopf zur Seite und wirft mir den trau-
rigsten Blick der Welt zu. Ich glaube, ich habe sie
noch nie so niedergeschlagen, so verdammt traurig,
gesehen. Noch nie.

„Am Anfang tat ich es, um über die Runden zu
kommen, während Joey noch hier wohnte. Er hat ja
nicht gearbeitet und alles lastete seit Jahren auf meinen
Schultern“, erklärt sie mir.

„Und nun?“

„Jetzt ist es so, dass ich etwas Geld ansparen und auf
die Berufsschule oder so gehen möchte, wenn ich
dann eines Tages weiß, was ich mit dem Rest meines
Lebens anfangen möchte.“

„Weißt du denn schon, was du machen willst?“

Sie schüttelt den Kopf und etwas in mir zerbricht aus
Mitgefühl. Ich weigere mich, die Distanz, die zwischen
uns herrscht, zuzulassen. Deswegen strecke ich meine
Hand aus und umfasse ihre schmale Taille. Dann ziehe ich sie an mich heran.

Ihre Handflächen landen auf meiner Brust, während sie den Kopf in den Nacken legt, um mir in die Augen blicken zu können.

„Du *willst* also strippen?"

„Das spielt keine Rolle."

Ich nicke und atme scharf ein und wieder aus. „Doch, das tut es. Es ist sogar verdammt wichtig."

„Worüber wolltest du mit mir sprechen? Es ging sicherlich nicht um das hier", sagt sie und wechselt das Thema.

Ich lasse den Themenwechsel zu, denn ich glaube nicht, dass sie mit dem Strippen aufhören wird, nur weil ich das will. Ich werde ihr mehr von mir geben müssen, mehr von uns, damit sie erkennt, dass sie es eigentlich gar nicht will, dass sie es nicht braucht.

Ich räuspere mich, doch wende den Blick nicht von ihren Augen ab, sondern lasse zu, dass sie auf eine Weise in mich hineinsieht, wie nur sie es vermag.

„Ich weiß, dass du gesagt hast, du könntest nie mit jemanden wie mir zusammen sein, aber ich will dir das Gegenteil beweisen. Du kannst mit jemanden wie mir zusammen sein und ich werde dir zeigen, dass ich besser bin als jeder andere. Verdammt, ich vermisse dich, Tullie."

Ihre Augen weiten sich aufgrund meiner Worte. „Ich kann nicht mit jemandem wie dir zusammen sein, Louis. Das ist so schmerzhaft offensichtlich. Und eines Tages wirst du mir dankbar dafür sein."

Stöhnend senke ich mein Gesicht, mein Mund schwebt knapp über ihrem. „Küss mich und dann wiederhol diesen Scheiß noch einmal."

Sie öffnet den Mund, um etwas zu sagen, aber ich will es nicht hören. Ich neige den Kopf und drücke meine Lippen auf ihre, fülle ihren Mund mit meiner Zunge aus und koste sie ganz. Sie wehrt sich für den Bruchteil einer Sekunde, vielleicht sogar zwei, bevor sie sich dann doch an mich schmiegt. Ihre Hände gleiten meine Brust hinauf und legen sich um meinen Nacken, während sie ihre Titten gegen meinen Oberkörper drückt.

Ohne zu sprechen, gleite ich mit meinen Fingern über ihren kleinen Hintern und fahre mit den Händen über die Rückseiten ihrer Schenkel, ehe ich ihren leichten Körper anhebe. Ich unterbreche den Kuss nicht, als ich sie in Richtung ihres Schlafzimmers trage. Ich weiß, dass dort ihr Schlafzimmer ist, denn es gibt nur diesen einen weiteren Raum in dieser kleinen Wohnung.

Mir bleibt keine Zeit, mich in dem Zimmer umzusehen, denn mein einziges Ziel ist ihr Bett. Ich lege Tulip auf die weiche Matratze, und knabbere an ihrer Unterlippe. Ich beende den Kuss, indem ich meine Lippen von ihrem Mund löse, jedoch nicht von ihrem Körper. Ich küsse die Unterseite ihres Kiefers.

Ich liebkose ihren Hals und sinke auf die Knie, während meine Hände ihre Oberschenkel hinaufwandern und den Bund ihrer elastischen Hose finden. Ich ziehe sie aus, zusammen mit dem, was sie Höschen nennt, und was einen Scheiß bedeckt, und werfe es irgendwo in den Raum.

Ich lege meine Hände an die Innenseite ihrer Knie und spreize ihre Beine weit.

„Louis", stöhnt sie.

Ich grinse. „Pst, ich küsse dich noch immer."

Sie kichert, doch das Geräusch erstirbt, sobald mein Mund ihre Mitte berührt. Sie ist warm, feucht und so verdammt perfekt. Eine Nacht mit ihr war mit Sicherheit nicht genug. Den Vorgeschmack, den ich von ihr bekommen habe, hat meinen Durst nicht gestillt, denn ich will verdammt noch mal mehr von ihr.

Sofort legt sie eine Hand auf meinen Hinterkopf und drückt mich näher zu sich heran. Dichter gegen ihren

Venushügel. Sie wölbt mir ihre Hüften entgegen, bettelt um mehr, öffnet sich noch weiter für mich. Ich liebe das verdammt noch mal. Ihre Hemmungen schwinden, wenn wir zusammen sind, und das ist verflucht geil.

Als ich den Blick hebe, um sie ansehen zu können, drückt sie den Rücken durch, da sie meine Zunge an ihrer Klitoris spürt. Ich verschlinge sie, liebe es, wie sie mir vertraut. Alles andere verschwindet, wenn sie unter mir ist.

Ich spüre, wie ihr Körper zittert, während meine Zunge sie immer schneller und härter bearbeitet. „Ja", schreit sie durch die Stille des Zimmers.

Knurrend bewege ich mich fester und schneller. Ich schiebe zwei Finger in sie hinein und krümme sie. Ihre Fingernägel graben sich in meinen Nacken, ehe ihr Körper sich verkrampft und sie ein langes, tiefes Stöhnen ausstößt.

Ich höre nicht auf. Ich fahre damit fort, sie zu lecken, ihre Erlösung mit meiner Zunge herbeizuführen. Erst als sie aufhört zu zittern und zu zucken, nehme ich mein Gesicht von der empfindlichen Stelle zwischen ihren Beinen.

„Louis", haucht sie und verzieht die Lippen zu einem zufriedenen Lächeln.

Ich stehe auf, fasse den Saum ihres Pullovers und lächele ebenfalls, als sie die Arme hebt und mir dabei hilft, ihren schlanken Körper von dem Stoff zu befreien. „Wir werden nachher über alles sprechen, Tullie. Aber verdammt, jetzt muss ich erst in dir sein."

Sie nickt. „Ich brauche das auch."

Ich ziehe mich aus und pfeffere meine Sachen quer durch den Raum, während sie das glitzernde Top loswird, das sie vorhin auf der Bühne trug, ehe sie ihren ganzen Körper zur Schau stellte. Ich greife nach meinem Schwanz, lege meine Finger um ihn und streichele mich langsam bei ihrem Anblick.

„Du bist verdammt schön, Tulip, weißt du das?"

Tulip setzt sich auf, sie streckt die Hand aus und lässt ihre Finger über meinen Bauch gleiten, was meine Muskeln zum Zucken bringt.

„Du bist der Schöne von uns beiden, Louis", haucht sie. „Nicht nur äußerlich, sondern auch innerlich. Ich könnte mich nie mit dir messen."

Ich schüttele den Kopf, lasse meinen Schwanz los und komme ihr ganz nah. Ich lege meine Hände auf ihre Hüften, sie schlingt ihre Beine um meine Taille. Ich drehe uns beide so, dass wir zusammen auf dem Bett liegen.

Sie bettet ihren Kopf auf die Kissen und ich schaue ihr dabei zu, wie sie ihre Beine von mir löst und sie weit für mich öffnet.

Meine Hüften passen perfekt zwischen ihre Schenkel, mein Schwanz ruht vor ihrer warmen, feuchten Mitte. Ich lege meine Unterarme neben ihrem Kopf ab und achte darauf, sie nicht mit meinem Körpergewicht gegen den Bettrahmen zu drücken.

Ich verlagere meine Hüften, sie hebt ihre stöhnend an, sodass ich langsam in ihre enge Hitze gleiten kann. Sie ist so verdammt warm und feucht, so verflucht perfekt. Ich beobachte ihr Gesicht, während ich zustoße, um sicherzustellen, dass ich ihr nicht wehtue.

„Ich brauche alles von dir, Louis. Halte dich nicht zurück", fleht sie, als könnte sie meine Gedanken lesen.

„Tulip", warne ich sie.

Sie schüttelt den Kopf und öffnet die Augen, um in meine zu blicken. „Vertrau mir, Louis. Ich weiß, was ich ertragen kann, was ich brauche. Und im Moment brauche ich, dass du mich völlig ausfüllst."

Kapitel 6

Tulip

Louis´ Blick ist nur auf mich gerichtet. Auf nichts anderes. Diese grünen Augen lassen mich erstarren, während er mich ausfüllt, mich dehnt und so tief in mich eindringt, dass ich mich frage, ob er jemals dazu in der Lage sein wird, wieder aus mir herauszugleiten. Ich hoffe, dass er dazu nicht fähig ist. Ich will, dass er für immer in mir bleibt.

„Fuck", zischt er.

Seine Lippen streifen die meinen in einem kaum spürbaren Kuss. Ich hebe die Hüften an, schlinge meine Beine um seine Taille und presse die Schenkel zusammen. Ihm entweicht ein tiefes Stöhnen und er schließt die Augen, während sich seine Lippen leicht öffnen.

„Gib mir alles", flüstere ich.

„Du bist noch nicht dazu bereit, Tullie", rasselt er, öffnet langsam wieder die Augen und sieht auf mich herab.

Ich kann sehen, wie er schluckt. Seine Kehle bewegt sich, und ich will nichts mehr, als über seine Haut lecken. Ich fahre mit meinen Fingernägeln seinen Rücken hinauf und kratze über seine glatte Haut. Ich warte darauf, dass er endlich die Beherrschung verliert, weil ich weiß, dass er sich zurückhält. Ich will den starken, wilden Mann spüren, der er ist, der all diese Monate meine innere Welt besessen hat.

Langsam zieht er sich aus mir zurück, bis zur Spitze, und sinkt wieder in mich hinein. Er wiederholt diese Bewegung, seine Augen sind noch immer auf mein Gesicht gerichtet. Er tut es wieder und wieder, bereitet mich vor und steigert meine Lust, bis ich mich so fühle, als würde ich platzen. Aber es ist einfach nicht genug. Ich brauche mehr und nach seinem Grinsen zu urteilen, weiß er das genau.

Er streicht mit einem Finger über mein Gesicht, ehe er seine Hand in meinen Haaren vergräbt. Dann begibt er sich auf die Knie, um den Winkel seines Eindringens zu verändern.

„O Gott", stöhne ich.

Er lacht. „Ja, Tullie. *O Gott.*"

„Mehr", bettele ich.

Louis schüttelt den Kopf. „Sorry, Baby. Ich lasse mir heute Abend Zeit mit dir. Ich habe das hier so vermisst."

Knurrend kratze ich etwas fester über seinen Rücken, aber das sorgt nicht dafür, dass er mich härter oder schneller fickt. Es bringt ihn nur zum Lachen. Seine grünen Augen funkeln mich an und mit seinen Fingern zieht er an meinen Haaren.

Nach ein paar Augenblicken steht ihm der Schweiß auf der Stirn und ich weiß, dass er sich in der gleichen Lage befindet wie ich. Ich lecke mir über die Lippen, hebe den Kopf leicht an und beginne ihn zu küssen.

Ich lasse meine Zunge in seinen Mund gleiten und koste ihn. Er stöhnt, seine Bewegungen werden schneller und wundervoller. Er krallt sich in meinen Haaren fest, während er seinen Schwanz in mich hineinstößt.

Ich bin so nah dran, dass ich gegen seinen Mund wimmere. Mein Körper beginnt zu zucken und ich kann nicht fassen, dass ich schon wieder kommen werde. Ich stoße einen lauten Schrei aus, als mich der Höhepunkt überrollt. Mit meinen Armen und Beinen schlinge ich mich enger um seinen Körper und genau das scheint der Auslöser zu sein, der seine Kontrolle dahinschmelzen lässt.

Ich spüre, wie seine Hand meinen Nacken verlässt, und dann endlich passiert es. Er fickt mich. Hart und schnell. So hart, dass ich das Gefühl habe, durch die pure Kraft seiner Hüften in zwei Teile zu zerbrechen. Ich kann nichts anderes tun als Louis Kingston dabei zuzusehen, wie er seiner Erlösung nachjagt und sie auch findet.

Kurz nachdem er das ganze Haus zusammengebrüllt und mich mit seinem Sperma gefüllt hat, schaut er keuchend auf mich herab. Er schüttelt den Kopf, Schweißperlen fliegen durch die Luft. Ich nehme die Hand von seinem Rücken, lasse sie zwischen unsere Körper gleiten und streichele über seine schweißgetränkte Brust. Das ist so unglaublich sexy. Ich bin der Grund dafür – ich.

„Tullie", murmelt er.

„Ist es immer so gut für dich?", möchte ich wissen.

Sein Schwanz zuckt noch immer in mir. „Orgasmen sind immer gut, Baby, aber das hier ist so anders", versucht er mir zu erklären, während er sich aus mir zurückzieht. Ich möchte nach ihm greifen und ihn dazu auffordern, mich wieder auszufüllen, tue es aber nicht.

Er lässt sich neben mir auf den Rücken fallen. Ich bin mir plötzlich meiner Nacktheit und der Tatsache, dass wir kein Kondom benutzt haben, deutlich bewusst. Ich versuche, mit meinem Zeh nach der Decke am Ende des Bettes zu greifen, um mich zu bedecken.

Das Bett fängt an zu wackeln, weshalb ich meinen Kopf in Louis Richtung drehe und zu ihm hinüberschaue. Er liegt auf der Seite, seine Arme sind verschränkt, den Kopf hat er auf seine Hand gestützt. Er sieht mich mit einem breiten, selbstgefälligen Grinsen an.

„Was zum Teufel tust du da?", fragt er zwischen zwei Lachanfällen.

„Ich versuche, mich heimlich zu bedecken."

Abermals beginnt er zu lachen. Dann lässt er sich auf

den Rücken fallen und zieht mich an seine Seite. Ich fuchtele wie wild mit den Armen, bis mein Körper gegen seine Seite gepresst wird und seine Arme mich umschlingen.

„Warum willst du dich zudecken? Ist dir kalt?“, fragt er mit sanfter, weicher Stimme.

Ich rümpfe die Nase. „Weil ich nackt und nicht makellos bin. Und dann wäre da noch die Tatsache, dass dein Sperma aus mir herausläuft und ich mich waschen muss, aber ich will nicht ins Bad gehen, weil du sonst all meine Fehler sehen könntest.“

Er starrt mich einen Moment lang an, blinzelt ein paar Mal. „Du bist verdammt süß. Weißt du das?“

„Ich meine das ernst“, entgegne ich.

Er schnaubt. „Jepp, aber das ist süß. Du hast keine Fehler, Tullie, und selbst wenn du welche hättest, dann habe ich sie schon lange gesehen, als du oben auf der scheiß Bühne gestanden hast“, schnauzt er.

Kopfschüttelnd probiere ich, mich von ihm loszumachen, doch das lässt er nicht zu. Er hält mich fest umklammert, hält mich dicht an seine Seite gepresst.

„Das Bühnenlicht ist so eingestellt, dass es sie verdeckt“, informiere ich ihn.

Er schüttelt den Kopf, seine Augen tanzen und schimmern im Schein des Lichtes, das aus dem Badezimmer dringt und das ich immer anlasse.

„Wenn du Makel hättest, würde die Bühnenbeleuchtung sie hervorheben, aber du hast keine. Noch nie gehabt.“

Sofort dreht sich mir der Magen um und mir wird furchtbar schlecht. Den Kopf schüttelnd, versuche ich mich abermals von ihm loszumachen, aber wieder klappt es nicht. Louis neigt sein Kinn, seine Lippen sind den meinen so nah, dass ich mir unwillkürlich wünsche, er würde mich küssen.

„Keinen einzigen Makel, Tulip“, sagt er, ehe seine

Lippen die meinen berühren.

***

Louis

Ich möchte mit ihr reden und herausfinden, warum sie mich damals zurückgewiesen hat, obwohl sie mich offensichtlich mochte. Es kann nicht nur an meiner Hautfarbe liegen, wie ich ursprünglich dachte, oder? Ich meine, es wäre nicht das erste Mal, dass ich das schmutzige, kleine Geheimnis einer Tussi bin. Aber normalerweise erkenne ich diese Art von Frauen schon meilenweit gegen den Wind. Tulip kommt mir nicht so manipulativ vor.

Ich halte sie fest, da ich Angst habe, sie könne sich wieder vor mir zurückziehen, sobald ich den Griff lockere. Ich muss sie dazu bringen, sich mir zu öffnen. Zumindest ein kleines bisschen an diesem Abend. Ich muss es einfach schaffen.

„Sag mir, Tulip. Warum hast du mich von dir gestoßen?"

Es herrscht einen Moment lang Schweigen. Sie wehrt sich nicht mehr gegen mich. Ich liege da und frage mich, ob sie mir überhaupt eine Antwort auf diese Fragen geben wird. Plötzlich beginnt sie mit mir zu sprechen, doch nicht darüber, wieso sie mich von sich gestoßen hat, sondern öffnet sich mir auf eine Weise, die ich nie für möglich gehalten hätte.

„Ich lernte Joey kennen, als ich dreizehn Jahre alt war. Wusstest du das?", fragt sie mich.

Ich spiele mit den Spitzen ihrer längeren Haarsträhnen. „Wusste ich nicht, Baby."

Sie brummt. „Ich war in meinem ersten Jahr in der High School, er schon im Zweiten. Es war mein erster Schultag und er kam direkt auf mich zu und sagte: *Ich bin Joey und ich bin dein Freund.* Dabei hatte er dieses blöde, selbstbewusste Jungengrinsen."

Ich kann mir mein Kichern nicht verkneifen, weil das total dem Alter entsprechend klingt. „Und was passierte dann?"

„Von dem Moment an waren wir ein Paar", sagt sie und zuckt mit den Schultern. „Wir haben immer wieder Schluss gemacht und sind wieder zusammengekommen. Dann habe ich herausgefunden, dass er auf Dates mit einigen der älteren Mädchen gegangen ist. Er nahm sich von ihnen, was er brauchte, und kam anschließend zu mir zurück. Es wurde zur Gewohnheit. So sehr, dass ich gefühllos wurde. Mit vierzehn gab ich ihm schließlich nach, in der Hoffnung, dass er diesmal bei mir bleiben würde."

„Ist er geblieben?", frage ich und kenne die Antwort bereits. Trottel wie er bleiben nicht, wenn sie das bekommen haben, was sie wollen.

Sie schnaubt. „Nö. Das zog sich durch unsere gesamte Beziehung. Wir hatten gerade eine Pause eingelegt, als ich dich traf. Ich dachte, diesmal wäre es für immer vorbei. Er verließ die Stadt, das hatte er noch nie getan, aber ehrlich gesagt, war das für mich in Ordnung. Ich war es leid, die Einzige zu sein, die arbeitet, die die Rechnungen bezahlt. Alles, was er tat, war tagein tagaus auf der Couch zu sitzen. Er schaute Fernsehen, spielte Videospiele oder was auch immer, während ich arbeitete."

„Warum hast du mich weggestoßen, Tulip? Ist er zurückgekommen und hat dir Honig ums Maul geschmiert?"

Ich spüre, wie sich Nässe auf meiner Brust sammelt, und daher weiß ich, dass sie weint. Ich dränge sie nicht zum Weitersprechen. Ich beschließe zu warten. Sie ist keine Frau, die man drängen kann. Sie muss sich Zeit nehmen und von mir bekommt sie alle Zeit der Welt, solange sie in meiner Nähe ist.

„Nein, hat er nicht. Nach dieser Nacht wusste ich zweifelsohne, dass ich nicht mit jemanden wie dir zusammen sein kann", flüstert sie.

„Warum? Weil ich halbschwarz bin?"

Es entsteht eine Pause. Ich schließe die Augen, weil ich genau weiß, dass sie mich deswegen verlassen hat. Nun weiß ich, dass mein Gefühl mich nicht getäuscht hat. Ich hatte nur gehofft, dass ich falsch liege.

„Louis?"

Ich löse meinen Griff und bin überrascht, dass sie sich gegen meine Brust kuschelt. Ich öffne die Augen und schaue sie an. Als ich sie ansehe, bin ich nicht nur sprachlos, weil sie so verdammt schön ist, sondern auch, wie überrascht und traurig sie dreinblickt.

„Hast du wirklich geglaubt, dass das der Grund war? Dass es mir etwas ausmacht, dass deine Hautfarbe ein paar Nuancen dunkler ist als meine?"

„Das wäre weder das erste noch das letzte Mal, Tulip."

Sie schüttelt den Kopf, ihre Haare fliegen umher. „So ein Mensch bin ich aber nicht, Louis. Es macht mich sauer, dass du so etwas sagst und über mich denkst", mosert sie.

„Du warst doch diejenige, die meinte, dass sie nicht mit jemandem wie mir zusammen sein kann…"

Tulips Mund öffnet sich, dann schließt sie ihn wieder. Ihre Augen verengen sich und sie schlägt mir auf die Brust. „Ich meinte, ich kann nicht mit jemanden zusammen sein, der berühmt, sexy und so verdammt süß ist, dass er Zahnschmerzen verursacht. Joey ist der einzige Mann, mit dem ich je zusammen war, abgesehen von dir, und du bist mir so weit überlegen, dass es einschüchternd ist."

Ich blinzele und kann mich nicht zurückhalten. Ich beginne zu lachen, da sie mir die lächerlichste Erklärung aller Zeiten auftischt. Ich lege meine Hände auf ihren Rücken und ziehe sie wieder an meine Brust. „Fuck." Ich lache. „Ich bin ein Arschloch."

„Dem kann ich nur zustimmen", erwidert sie und schmiegt ihr Gesicht an meinen Hals.

Brummend streichele ich ihren Rücken. „Es tut mir leid, Tullie. Ich habe falsche Rückschlüsse gezogen. Ich meine, das hier ist eine kleine Stadt und ich habe ein paar Gerüchte gehört."

„Aber nicht von mir."

Ich schüttele den Kopf. „Nein, Baby, nicht von dir. Aber deine Erklärung ist trotzdem scheiße. Ich bin zwar ein bisschen berühmt, aber mir folgen keine Paparazzi. Ich bin nicht süß, und wenn ich mit dem Trainieren aufhören würde, wäre ich nicht mehr so gut gebaut."

„Ich bin einen Meter sechzig groß und habe Cellulite", flüstert sie.

Ich vergrabe meine Finger in ihren Haaren, ziehe ihr Gesicht sanft an meinen Hals und lächele, weil sie vor Verlegenheit errötet.

„Ich habe alles gesehen, was du zu bieten hast, Tullie. Nichts an deinem Körper törnt mich ab, also kannst du endlich mit diesem Scheiß aufhören. Ich mag dich so, wie du bist. Ehrlich gesagt, ich mochte dich auch, wie du einst warst, und es würde mir nichts ausmachen, wenn du wieder ein paar Pfunde zulegst." Sie schüttelt den Kopf, ihre Lippen verziehen sich zu einem Grinsen. „Warum bist du zu ihm zurückgegangen?"

Sie zuckt mit der Schulter. „Es war einfach bequem. Er versprach mir, sich zu ändern, und schenkte mir diesmal sogar einen Ring."

„Und was ist dann passiert?"

„Ich dachte, er sei der Mann, den ich verdiene. Ich komme nicht aus einer reichen Familie. Ich habe nichts. Ich fing an, bei *Headlights* zu jobben, um über die Runden zu kommen. Er sagte mir immer wieder, wir hätten nicht genug Geld, also fing ich mit dem Strippen an.“

„Und was dann?“, hake ich nach, unsicher, ob ich die Wahrheit hören will, aber ich brauche sie.

Sie atmet tief ein und wieder aus. „Dann habe ich ihn dabei erwischt, wie er Raylee auf meiner Couch gefickt hat.“

„Scheiße“, zische ich.

„Wyatt und Rylan haben mir geholfen, das Sofa vom Balkon zu schmeißen. Dabei ist es zerbrochen. Deshalb habe ich auch keins mehr.“

„Tullie, Baby, das tut mir leid.“

Sie grinst. „Nein, tut es dir nicht.“

„Es tut mir nicht leid, dass er weg ist. Aber es tut mir verdammt leid, dass er dich verletzt hat.“

„Das ist so ziemlich die ganze Geschichte“, flüstert sie.

„Ich kann mit all dem leben, Baby. Aber Schluss mit dem Bullshit, dass du nicht mit jemandem wie mir zusammen sein kannst. Der heutige Abend beweist, dass du mich genauso sehr willst, wie ich dich. Ich nehme dich genau so, wie du bist, Tulip. Du wirst zu mir gehören.“

„Und wenn es nicht funktioniert?“, will sie wissen.

Ich lege meinen Mund auf ihren. „Und wenn doch?“

Kapitel 7

Mein Wecker klingelt irgendwo in der Wohnung. Ich rolle mich auf den Rücken, setze mich auf und schnappe nach Luft. Ich drehe meinen Kopf zur Seite und lecke mir über die Lippen, als ich die durchtrainierte, nackte Brust neben mir sehe. Ich angele nach dem Laken und ziehe es schnell hoch, um meine nackte Brust zu bedecken. Plötzlich kommt mir alles wieder in den Sinn. Alles von letzter Nacht.

Louis hat gesehen, wie ich gestrippt habe. Er ist mit zu mir nach Hause gekommen. Er hat Dinge mit mir gemacht, wir hatten ungeschützten Sex… und dann habe ich ihm alles erzählt. Von Joey und unserer toxischen Beziehung. Er weiß jetzt, dass ich null Selbstachtung hatte.

Ich steige aus dem Bett. Nicht nur, um mein Telefon zu suchen, sondern auch, um mich für den Tag fertig zu machen und nicht vor Verlegenheit zu sterben. Doch ich komme nicht weit. Louis´ Arm schlängelt sich unter der Bettdecke hervor und er umfasst mit einer Hand meine Taille, um mich an seine Seite zu ziehen.

„Baby", murmelt er in meinen Nacken. „Wo willst du hin?"

Mit seiner Hand beginnt er, meine Brust zu massieren, mit seinen Fingern zupft er an meinem Nippel. Ich drücke den Rücken durch und presse meinen Hintern gegen seinen Schwanz. Ich bewege mich an ihm auf und ab und wünschte mir, er wäre in mir. Ich brauche ihn, damit ich fühle, wie er mich ausfüllt und dehnt, wie nur er es kann.

„Tulip?" Er grinst an mich gedrückt.

Ich drehe den Kopf und schaue ihn an. Er lächelt und weiß genau, was er da mit mir anstellt, wie er mit mir spielt, und es ist ihm völlig egal – und mir ehrlich gesagt auch.

„Arbeit. Ich muss mich für die Arbeit fertig machen."

Er spricht kein Wort, stattdessen gibt er meine Brust frei, schiebt einen Arm unter meinen Körper, und lässt den anderen zu meiner Hüfte gleiten, bevor er hinter mir in die Knie geht und mein Bein anhebt, um es sich um seinen Oberschenkel zu legen.

Die Hand, die sich unter mir befindet, legt er um meine Brust und beginnt, mit der vorhin vernachlässigten Seite zu spielen. Seine freie Hand lässt er zwischen meine Beine wandern. Als er beginnt, kreisend meine Klitoris zu reiben, schließe ich langsam die Augen.

Ich schlinge meine Finger um seinen Nacken und halte mich an ihm fest, während ich beginne, meine Hüften im Takt seiner Berührungen zu bewegen. Seine Hand verlässt meine Brust und gleitet zu meinem Nacken hinauf.

„Bitte", flüstere ich.

„Bitte was?"

Ich knurre frustriert. Er weiß genau, was ich will, weiß, was ich brauche, aber er gibt es mir nicht. Ich drücke seinen Nacken und stöhne auf, als er mit zwei Fingern in mich eindringt. „Ist es das, was du willst?", hakt er nach.

Ich verdrehe die Augen, als er in mich eindringt und wieder hinausgleitet und seine Finger dabei in genau dem richtigen Moment in mir krümmt. „Nein", hauche ich.

„Lügnerin." Er lacht leise.

„Ich will dich."

Er gräbt sanft seine Zähne in meine Haut, während

er mich immer schneller und härter mit seinen Fingern umspielt. Schweißperlen rinnen über meinen Körper, meine Hüften bewegen sich, auf der Suche nach meiner Erlösung.

Ich bin so nah dran und doch so weit davon entfernt. Ich möchte spüren, wie er meinen Körper ausfüllt. Dies könnte das letzte Mal sein, dass ich ihn in mir spüren darf, und ich will, dass es ewig andauert.

„Du hast mich doch", rasselt er.

„In mir."

Ohne meine Antwort zu kommentieren, verlassen seine Finger meine Mitte und werden durch die Spitze seines Schwanzes ersetzt. Er füllt mich durch eine rasche Bewegung mit seiner Hüfte aus. Wimmernd krümme ich meine Finger um seinen Nacken, und er tut dasselbe an meinem Hals.

„Fuck", zischt er.

„So gut", stöhne ich.

Seine Finger kommen wieder zu meiner Mitte, gleiten zu meiner Klitoris und beginnen mit ihr zu spielen, während er in mich hineingleitet und wieder heraus. Er drängt meine Hüfte mit jedem Vorstoß der seinen zurück, und wir beide werden immer atemloser. Der Klang von aufeinander klatschender Haut gepaart mit unseren keuchenden Atemzügen erfüllen den Raum.

Ich komme.

Ein unglaubliches Erbeben. So etwas habe ich noch nie erlebt. Kein Laut entweicht meiner Kehle. Ich starre die kahle Wand mir gegenüber an, unfähig, mich zu bewegen, starr liege ich da, während Louis weiter in mich hinein und aus mir herausgleitet.

„Scheiße", röchelt er. „Fuck."

Bei seinem *Fuck* kommt er. Ich spüre, wie sein Schwanz in mir anschwillt und sich anschließend in mir entleert. Er zuckt, während er mich mit seiner

Erlösung füllt und ich kann nicht verhindern, dass mein Atem bei diesem Gefühl ins Stocken gerät. Ich liebe es, wie er sich in mir anfühlt, wie er mich ganz und gar ausfüllt.

„Tullie."

Ich summe mit geschlossen Augen, da ich nicht dazu in der Lage bin, mich auch nur ansatzweise zu rühren. Irgendwo in der Wohnung schrillt der Alarm meines Handys wieder los. Ich versuche gar nicht erst, aufzustehen und es zu suchen. Ich bin viel zu zufrieden, da ich in seinen starken Arme liege und er noch immer tief in mir vergraben ist.

„Wir müssen über die Verhütung sprechen", meint er. „Ich hätte das nicht noch einmal tun dürfen."

Er zieht sich aus mir zurück, rollt sich auf den Rücken und schließt mich in seine Arme, sodass ich wieder an seine Seite geschmiegt daliege. Ich bin verwirrt wegen seiner Worte, vielleicht befinde ich mich auch bloß im postorgasmischen Koma. Ich bin mir nicht sicher.

„Verhütung, Tulip", wiederholt er und neigt das Kinn.

Meine Augen weiten sich, dann blinzele ich. „Ich war nur mit Joey zusammen", entgegne ich schnell. „Ich habe mich testen lassen, nachdem ich ihn vor die Tür gesetzt habe. Ich wusste nicht, ob ich mir etwas bei ihm eingefangen habe. Ich bin sauber, versprochen", plappere ich unüberlegt drauf los.

Louis schüttelt den Kopf, seine Lippen verziehen sich zu einem Lächeln. Er legt die Finger um meinen Hinterkopf, um zu verhindern, dass ich mich bewege.

„Ich lasse mich wegen der Kämpfe auch regelmäßig testen. Ich bin ebenfalls sauber, aber hier geht es um mehr als Geschlechtskrankheiten, Tullie. Was ist mit Babys?"

Wieder blinzele ich. „Ich nehme die Pille", lasse ich

ihn wissen. „Das tue ich, seit ich vierzehn bin. Joey hat es von mir verlangt."

Beim Aussprechen dieser Worte, fühle ich mich fast schmutzig. Ich weiß nicht, wieso. Ich habe nie etwas falsch gemacht, bin nicht fremdgegangen und war nie mit jemand anderem als Louis und Joey zusammen. Aber zuzugeben, dass Joey mich dazu genötigt hat, zu verhüten, damit er kein Kondom benutzen muss, fühlt sich total falsch an.

„Okay, Baby", haucht er. „Also ist alles klar?"

Ich nicke. „Sicher."

Er beugt sich vor, seine Lippen streifen meine. „Gut, denn du bist die Einzige, die ich will, und mir hat es sehr gefallen, was wir gemacht haben."

„Die Einzige, die du willst?", flüstere ich gegen seine Lippen.

„Nur dich, Tulip. Deswegen bin ich zurückgekommen. Für dich. Wir sollten tiefer entdecken, was wir miteinander haben."

***

Louis

Tulip reagiert nicht auf meine Worte, auf meine Erklärung, nur sie zu wollen. Stattdessen ertönt ihr Handyalarm. Ich löse meinen Griff um sie, damit sie aus dem Bett steigen und sich auf die Suche nach dem Gerät machen kann.

Ich beobachte sie dabei, wie sie durch ihre kleine Wohnung streift und sauge jede ihrer fließenden Bewegungen in mir auf. Das heißt, bis sie im Bad verschwindet. Ich nutze den Moment, um selbst aus dem Bett zu klettern.

Ich ziehe mir meine Boxershorts an und mache mich auf den Weg in die Küche, um zu sehen, ob ich ihr etwas zu essen machen kann, bevor sie zur Arbeit muss.

Als ich den Kühlschrank öffne, erstarre ich beim Anblick, der sich mir bietet. Er ist leer. Völlig verdammt leer. Bis auf eine halbvolle Flasche Ketchup und etwas, das aussieht wie eine Packung Backpulver.

Ich höre ihre Schritte im Flur, dann verstummen sie. Ich drehe mich um und schaue sie an. Tulips Lippen sind geöffnet, ihre Augen sind groß. Sie sieht aus wie ein schockierter, liebenswerter Kobold.

„Ich war noch nicht im Supermarkt, ich hatte keine Zeit dafür", murmelt sie.

Ich nicke, richte mich langsam wieder auf und schließe die Kühlschranktür. Ich ignoriere die Tatsache, dass sie in einem verdammten Supermarkt *arbeitet*. Meine Augen scannen sie, doch ich konzentriere mich bloß auf ihren veränderten Körper. Sie ist nicht nur schlanker, sie ist regelrecht abgemagert. Ihr Gesicht ist eingefallen, ihre Augen haben dunkle Ränder und blaue Flecken. Sie sieht erschöpft aus.

„Ich lade dich zum Frühstück ein", verkünde ich. Sie öffnet den Mund, um mir zu widersprechen, doch ich schüttele den Kopf. „Es wird nicht lange dauern. Ich bin sicher, du musst zur Arbeit, aber du musst auch etwas essen. Und ich will verdammt sein, wenn ich dich hungrig losgehen lasse, während ich hier bin."

Tulips Augen verengen sich und ich registriere, wie sie niedlich ihre Arme vor der Brust verschränkt. „Ich brauche kein Mitleid. Ich hatte noch keine Gelegenheit einen Supermarkt aufzusuchen und mich einzudecken. Ich werde etwas essen. Ich kaufe mir etwas bei der Arbeit", schnauzt sie.

Ich lache ihr fast ins Gesicht, denn für mich ist völlig klar, dass sie sich auf keinen Fall Lebensmittel auf der Arbeit kauft, doch ich spreche sie nicht auf diesen Schwachsinn an. Stattdessen nicke ich, als würde ich ihr den Scheiß wirklich abkaufen.

„Lass mich meine Frau versorgen“, murmele ich und gehe auf sie zu.

Ich entscheide mich für einen anderen Ansatz. Sobald meine Hände ihre Hüften umschließen, wird sie weich, schmiegt sich an mich und zeigt mir, dass ich die richtige Entscheidung getroffen habe.

„Louis“, haucht sie.

Ich schüttele den Kopf, neige mein Kinn und küsse sie. „Baby, ich möchte mich um dich kümmern.“

„Deine Frau?“, fragt sie.

Grunzend lasse ich meine Zunge über ihre volle Unterlippe gleiten, ehe ich sie in ihren verdammt süßen Mund eintauchen lasse und ihn koste. Nachdem ich den Kuss beendet habe, schaue ich auf sie herab. „Ja. Meine verdammte Frau. Jetzt lass mich meine Hose anziehen, damit ich dir etwas zu essen besorgen und dich zur Arbeit fahren kann.“

„Ich kann selbst fahren…“

Ich halte meine Hand hoch und unterbreche sie mitten in diesem verkorksten Satz. „Ich fahre dich und hole dich auch wieder ab. So habe ich etwas, auf das ich mich freuen kann.“

Ihre Augenbrauen ziehen sich zusammen und sie sieht mich einen Moment lang an, ehe sie einen Schritt zurücktritt. Ich löse meinen Griff um ihre Hüften und warte ab, was sie als Nächstes sagen oder tun wird. Etwas blitzt in ihrem Gesicht auf, doch ich weiß nicht, was es zu bedeuten hat. Ich kann sie noch nicht so richtig gut lesen.

„Okay, aber ich muss los. In etwa fünf Minuten“, erwidert sie.

Nickend eile ich an ihr vorbei ins Schlafzimmer. Schnell ziehe ich meine Klamotten von gestern an und beschließe mich zu duschen, wenn ich zu Hause bin. Ehrlich gesagt, möchte ich ihren Geruch noch so lange wie möglich auf meiner Haut tragen.

Als ich angezogen bin, stopfe ich meinen Schlüssel und mein Handy in die Hosentasche und kehre ins Wohnzimmer zurück. Tulip steht mitten im Raum, ihr Blick ist auf einen großen, leeren Platz mittig im Zimmer gerichtet. Ich nehme an, dass dort das Sofa gestanden hat.

„Tullie?", frage ich.

Langsam schaut sie mich an. Ihre Augen schwimmen in Tränen und ich laufe schnell zu ihr. Automatisch legen sich meine Arme um sie und ich ziehe sie an meine Brust, um sie zu trösten.

Ich streichele ihr über den Hinterkopf und vergrabe meine Finger in ihren Haaren. „Sprich mit mir."

„Er hat mich nicht ein einziges Mal seine Frau genannt. Nicht ein Mal. Du bist wieder hier und hast es am ersten Tag gesagt. Und gleich öfter als einmal."

Mit meinen Lippen berühre ich ihren Kopf, schließe die Augen und atme tief ein. „Weil du nie für ihn bestimmt warst, Tullie. Du warst immer nur für mich bestimmt."

Kapitel 8

Louis

Ich sehe ihr dabei zu, wie sie in den Supermarkt geht. Sie trägt eine ehemals enge Jeans, die ihr nun locker auf den Hüften sitzt, und ein Poloshirt mit dem Logo des Lebensmittelladens. Ihre Füße stecken in einem verdammt süßen Paar weißer Tennisschuhe. Ihr Haar hat sie zu einem hohen Pferdeschwanz zusammengebunden. Sie sah noch nie besser aus.

Mein Handy klingelt in der Hosentasche. Als sich die automatischen Türen hinter ihr schließen, hole ich es heraus.

„Jepp?"

„Erzählst du mir, was gestern Nacht passiert ist? Du bist einfach so verschwunden", höre ich Fords Stimme sagen.

Ich lege den Rückwärtsgang ein, fahre aus der Parklücke, schalte auf vorwärts und mache mich auf den Weg nach Hause.

„Ich habe versucht, mit Tulip zu sprechen, doch sie hatte keine Lust darauf. Sie hat zugestimmt, sich nach Feierabend mit mir zu treffen. Deswegen habe ich auf dem Parkplatz auf sie gewartet", erkläre ich ihm.

Ford lacht. „Wie ein verdammter Stalker."

„Wir haben uns unterhalten."

„Und? Ist jetzt alles gut?"

Ich nicke, als ob er mich sehen könnte, und räuspere mich. „Ja, ich glaube, das ist es. Ich kann es, was sie betrifft, nicht zu hundert Prozent sagen."

„Sie ist wahrscheinlich bloß etwas schüchtern. Dieser Joey ist ein verdammter Idiot", murmelt er.

„O ja, sie hat mir ein bisschen was über ihn erzählt", gebe ich zähneknirschend zu.

Es herrscht einen Moment lang Stille. „Dann bin ich

jetzt wohl der einzige Single unserer Clique. Verdammt gute Zeiten", schnaubt er.

„Was ist mit Laurie, dieser Freundin von Hutton?"

„Sie ist schwanger von einem Mitglied von Beaumonts Band. Wir hatten kurzzeitig etwas miteinander, doch keiner von uns wollte einen Nachschlag."

„Weil?"

„Sie hat mir *deutlich* zu verstehen gegeben, dass ich zu grob für sie bin."

Ich zische und hasse es, wie das mit Ford und Laurie ausgegangen ist. Es ist nicht witzig, wenn man glaubt, dass man sich mit jemandem gut versteht, und dann herausfindet, dass man im Bett nicht miteinander harmoniert. Ich will nicht lügen, aber einer der Gründe, warum ich Tulip so verdammt mag, ist genau der: Im Bett geht es heiß zur Sache.

Ihre Persönlichkeit ist ein zusätzlicher Bonus, ein verflucht guter Bonus, den ich wirklich zu schätzen weiß. Und mit der Zeit, habe ich zweifelsohne festgestellt, dass sie eine Frau ist, in die ich mich verlieben und mit der ich mir ein gemeinsames Leben aufbauen könnte.

„Da draußen gibt es jemanden für dich, Ford."

„Ich glaube, ich habe jede Frau in dieser Stadt gevögelt, die nicht mit mir verwandt ist, Louis. Wenn nicht jemand Neues in die Stadt zieht, habe ich kein verdammtes Glück."

Ich befrage ihn nicht zu Sterling LaRue. Ich habe den finsteren Blick gesehen, der immer dann über sein Gesicht huscht, wenn ihr Name erwähnt wird. Würde er mit ihr in Kontakt treten wollen, weiß er, dass entweder ich oder Beaumont das möglich machen könnten.

Ich weiß, dass da noch etwas zwischen ihnen in der Luft hängt. Das macht mich verdammt traurig für ihn, denn abgesehen davon, dass er der einzige Single ist, führt er ein sehr gutes Leben und ich weiß, dass er mehr will.

„Irgendwann wird es passieren, Bruder", murmele ich.

Er flucht. „Fuck, ich habe gesehen, wie eins meiner Pferde abgehauen ist. Muss am verdammten Sturm liegen, den ich nicht auf meinem Radar bemerkt habe. Ich muss verdammt noch mal los." Er legt auf und ich werfe mein Handy auf den Beifahrersitz.

Ich kann nicht aufhören, an Tulip und Joey zu denken. Darüber, wie sie dreingeblickt hat, als sie den leeren Platz anstarrte, wo früher ihre Couch stand. Sie hat mir erzählt, dass er sie nie *meine Frau* genannt hat. Ich möchte ihr die ganze verdammte Welt auf dem Silbertablett servieren. Und wenn sie mich lässt, werde ich genau das tun.

Sobald ich zu Hause angekommen bin, gehe ich in mein Fitnessstudio und trainiere. Plötzlich dämmert es mir, dass ich die ganze letzte Nacht neben Tulip geschlafen habe und nicht ein einziges Mal an Antoni denken musste oder daran, was mit ihm passiert ist. Ich habe tatsächlich geschlafen. Das habe ich schon seit Monaten nicht mehr getan.

Ich quäle meinen Körper, obwohl ich überhaupt nicht weiß, warum. Ich bin mir nicht sicher, ob ich in nächster Zeit wieder kämpfen will – vielleicht werde ich das nie wieder.

Im Hintergrund läuft die Glotze und etwas lässt mich innehalten. Ein Bild von Antoni auf dem Bildschirm. Ich greife nach der Fernbedienung und stelle den Ton lauter, um zu hören, was die Nachrichtensprecherin sagt.

„Louis Kingston wurde von jeglichem Fehlverhalten im Zusammenhang mit dem Tod des Boxers Antoni Byers freigesprochen. Es heißt, er habe einfach Pech gehabt. Außerdem hat Kingstons Pressesprecher eine

Erklärung abgegeben, dass er in Kürze wieder in den Ring steigen und seinen Titel verteidigen wird. Nun, das wird wohl ein Kampf werden, den niemand verpassen will.“

Ich greife nach meinem Telefon und finde sofort die Rufnummer meines Pressesprechers.

„Kingston, ich wollte gerade…“

„Was zur Hölle hast du dir dabei gedacht? Ich bin mental noch nicht wieder dazu bereit, in den Ring zu steigen, Gary, nicht einmal annährend“, unterbreche ich ihn.

„Nun …“, beginnt er, doch ich lasse ihn schon wieder nicht ausreden.

„Nein, auf gar keinen Fall, Mann. Ich habe jemanden umgebracht. Ich habe ihn verdammt noch mal getötet. Ich kann das nicht noch einmal tun.“

Er hält kurz inne, dann räuspert Gary sich. „Ich wollte diesen Weg nicht gehen, Louis, aber du hast mir keine Wahl gelassen.“

„Wie bitte?“, belle ich.

„Du hast einen Vertrag zu erfüllen. Du musst die kommenden Kämpfe bestreiten. Du musst deinen Titel verteidigen. Was mit Antoni passiert ist, ist Berufsrisiko. Dafür kassiert ihr Jungs Millionen.“

Ich kneife die Augen zusammen, atme tief ein und versuche, nicht lauthals loszubrüllen, mein Telefon gegen die Wand zu pfeffern oder den Raum zu demolieren. Ich halte meine Wut unter Kontrolle, aber nur gerade so.

„Du verlangst viel von mir.“

Gary schnalzt mit der Zunge. „Ruf deinen Agenten und Koordinator an, um die Kämpfe zu terminieren. Das ist nicht verhandelbar, Louis.“

„Fick dich“, schreie ich.

„Du denkst vielleicht, dass ich ein Arschloch bin, aber du wirst mir irgendwann dafür danken, Kingston.

Wenn du nicht wieder an die Arbeit gehst, wirst du es nie tun."

Die Leitung ist tot. Ich halte mein Handy so fest in der Hand, dass ich es knacken höre. Ich lasse es los und auf den Boden fallen, während ich meine Augen schließe und mich zu beruhigen versuche.

Ich will nicht kämpfen. Ich will nicht wieder zurück in den Ring. Nennt mich ein Weichei, nennt mich einen Feigling, es ist mir scheißegal. Wenn mich das davor verschont, soll mir das recht sein.

***

Tulip

Ich versuche mich auf die Arbeit zu konzentrieren, doch es gelingt mir nicht. Letztlich bekomme ich es nicht einmal hin, korrekt das Wechselgeld auszugeben und packe die falschen Sachen zusammen. Im Grunde bin ich den ganzen ersten Teil meines Arbeitstages ein einziges Durcheinander. Erleichtert seufze ich auf, als es Zeit für meine Pause ist.

Ich eile in den Pausenraum und stöhne, als ich endlich allein bin, um durchzuatmen und nachzudenken. Obwohl ich nicht weiß, wieso ich noch mehr grübeln sollte, als ich es ohnehin schon getan habe. Ich kriege Louis nicht mehr aus meinem Kopf. Die Art, wie er mich innerlich und äußerlich fühlen lässt. Ich gehöre ihm – vollständig und ganz.

„Was für eine geile Show gestern Abend, Tulip", verkündet Mark, als er den Raum betritt.

Mein ganzer Körper erstarrt. Ich hebe den Kopf und begegne seinem Blick. Er leckt sich über die Lippen und sein Blick wandert erst zu meiner Brust, dann wieder zu meinem Gesicht.

„Bitte nicht", flüstere ich.

„Was denn? Jetzt werde doch nicht schüchtern, Tulip. Ich habe gestern Abend alles von dir gesehen. Du warst wie immer wunderschön. Du bist doch heute Abend auch da, oder?"

Die Art, wie er mich mustert, wie er sich nach vorne beugt und mich erwartungsvoll anstarrt, gibt mir ein unbehagliches Gefühl. Ein sehr, sehr unbehagliches Gefühl. Seine Augen weiten sich, während er auf eine Antwort von mir wartet. Ich bin wie angewurzelt und kann nirgendwo hin, und dieser Kerl ist obendrein mein Boss.

Ich zwinge mich zu einem Lächeln und atme schnell ein und wieder aus. „Ich weiß noch nicht, ob ich heute Abend da sein werde."

Das Merkwürdige ist, dass ich mich nicht daran erinnern kann, Mark jemals im *Headlights* gesehen zu haben. Nicht, dass ich auf die Gesichter in der Menge achte, aber ich kann das Gefühl nicht abschütteln, dass ich ihn, meinen Chef, bemerkt hätte. Sein Gesicht wäre mir aufgefallen, vor allem, wenn ich dazu gezwungen bin, herumzulaufen und zu arbeiten.

Ich stehe auf, wische mir die Hände an den Oberschenkeln meiner Jeans ab und winke ihm kurz zu, ehe ich eilig den Raum verlasse. Als ich über meine Schulter zurückblicke, bin ich froh darüber, dass er mir nicht folgt. Ich greife nach meinem Telefon und überlege, Louis anzurufen, entscheide mich aber dagegen. Er wird beschäftigt sein und ich reagiere vermutlich nur über.

Stattdessen gehe ich zurück an die Arbeit und hoffe darauf, dass Mark mich für den Rest des Tages in Ruhe lässt. Zum Glück ist am Nachmittag nicht mehr so viel los wie am Vormittag, und wir sind beide viel zu beschäftigt, als dass er mich noch weiter angaffen könnte.

„Ähm, Tulip?", flüstert meine Kundin. Ich blicke

vom Scannen ihrer Waren auf und lächele sie an. „Ein ziemlich großer, muskulöser schwarzer Mann starrt Sie an."

Sie sieht ein wenig besorgt aus, vielleicht sogar ein wenig entsetzt, und ich muss mich selbst daran erinnern, dass nicht jeder Mensch das gleiche, freundliche, liebevolle und tolerante Herz hat.

Lächelnd schweift mein Blick zu Louis, der neben einem Einkaufswagen steht. Er zwinkert mir zu, bevor er am Griff seines Wagens zieht und ihn von den anderen weglenkt.

„Er?", frage ich sie.

„Ja", zischt sie.

„Er ist mein Freund", verkünde ich. Ich weiß nicht wirklich, was wir sind, aber ich sage es, damit die Frau endlich ihre Klappe hält.

Sie blinzelt, ihre Augen weiten sich und dann überrascht sie mich. Sie greift nach meiner Hand und drückt sie. „Nun, er ist wirklich sehr gut aussehend. Ich freue mich für Sie, Tulip. Wissen Sie, vor Jahren hätte ich nie gedacht, dass diese Welt sich ändern wird, und siehe da, hier sind wir."

Sie erklärt mir ihre Worte nicht genauer. Stattdessen bezahlt sie ihre Einkäufe, schnappt sich ihren Wagen und marschiert aus dem Laden. Ich schaue ihr einen Moment lang hinterher und frage mich, was sie genau gemeint hat. Vielleicht sollte ich es wissen, vielleicht spielt es aber auch keine Rolle.

Doch sie hat in einem Punkt recht. Die Welt hat sich verändert. An manchen Tagen fühlt es sich an, als würde sie sich zum Schlechten wandeln und an anderen Tagen, wie heute, überrascht sie mich.

Ich kümmere mich weiter um die Kunden, bis mir am Ende des Förderbands ein vertrautes Paar grüner Augen begegnet. Ich sehe ihm dabei zu, wie er das Förderband mit ausreichend Lebensmitteln vollpackt, um eine ganze Armee zu versorgen.

„Das ist ganz schön viel", sage ich, während ich damit beginne, seine Waren einzuscannen.

„Du hast doch gleich Feierabend, oder?"

Ich nicke und mache weiter, gebe die Zahlencodes für all das Obst und Gemüse in die Kasse ein, während ich es abwiege. „In fünfzehn Minuten. Du bist mein letzter Kunde. Ich muss nur noch die Kasse zählen und dann bin ich fertig für heute."

„Gut, dann bringen wir die eine Hälfte der Einkäufe zu dir und die andere Hälfte zu mir. Arbeitest du heute Abend im Club?"

Ich halte inne und reiße meinen Blick von der Kasse los. „Die eine Hälfte davon kommt zu mir?"

„Baby, wenn ich bei dir bin, will ich dir morgens auch Frühstück machen", rechtfertigt er sich. „Das ist verdammt egoistisch von mir. Ich kämpfe in ein paar Monaten anscheinend wieder und muss das Training wieder aufnehmen. Außerdem muss ich mich an eine geregelte Diät halten."

Ich höre seine Worte, doch sein Blick ist leer. Stirnrunzelnd beschließe ich, ihn hier mitten im Supermarkt, nicht auszufragen. Stattdessen schaue ich ihn an und scanne dann sein Obst, das Gemüse, das Hühnchen, den Truthahn und die Eier. So viele Eier.

„Arbeitest du heute Abend?", fragt er erneut.

Ich zucke mit der Schulter und nicke. „Ja, das sollte ich."

„Aber?"

„Du willst also nicht, dass ich dort aufhöre?", möchte ich von ihm wissen.

Er schnaubt. „Verdammt ja, das will ich. Werde ich dich dazu zwingen? Nein. Du hast deine Gründe und die respektiere ich verdammt noch mal. Wir können uns in Ruhe tiefgründiger darüber unterhalten, wenn du dort aufhören willst, aber wenn du dort weiter arbeiten möchtest, dann kannst du das tun, Baby. Aber ich werde vor Ort sein und dafür sorgen, dass du in Sicherheit bist."

„Wirst du das?"

Seine grünen Augen funkeln. „Der Türsteher und die Security sind scheiße. Und dich da oben zu sehen, ist keine harte Arbeit für mich. Höllisch heiß ist meine Tullie."

Ich spüre, dass mir warm wird, als ich knallrot anlaufe. Ich lege meine Hände an meine Wangen und betaste sie. Sie glühen. „Okay, Louis", flüstere ich.

Er grinst, während ich ihn weiter abkassiere. Ich nenne ihm die Gesamtsumme, er bezahlt sie, und ein paar Augenblicke später verlassen wir zusammen den Laden. Hand in Hand, während er mit der freien Hand den Einkaufswagen schiebt. Ich habe das Gefühl, als wären wir ein echtes Paar, als würde ich in einem Traum leben. Ich habe Angst, mich zu kneifen, weil ich nicht aus diesem Moment erwachen will.

Kapitel 9

Louis

Ich habe mir fest vorgenommen, heute Abend ein Gentleman zu sein. Was ich also nicht tun darf, ist, Tulip besinnungslos zu ficken, bevor sie zur Arbeit an die Stange geht. Obwohl es verdammt verlockend ist, sie ins *Headlights* gehen zu lassen, wenn sie nach mir riecht – nach uns.

Ich feuere den Grill an und lege zwei Hähnchenbrustfilets und ein Ribeye-Steak zusammen mit einer Schale voller Kürbisse, Paprika, Blumenkohl und Brokkoli auf den Rost. Drinnen bereitet Tulip braunen Reis und Knoblauchbrot zu. Das Brot ist für sie, der Rest des Essens für uns.

Wenn ich schon dazu gezwungen werde, wieder zu kämpfen, kann ich auch gleich damit anfangen, mich bewusster zu ernähren. Schwer seufzend wende ich mit der Zange das Fleisch.

„Du siehst müde aus und machst ein Gesicht, als würde das Gewicht der ganzen Welt allein auf deinen Schultern lasten", vernehme ich Tulips süße Stimme.

Ich drehe den Kopf und schaue über meine Schulter. Sie ist stark geschminkt und ihr normalerweise glattes Haar ist heute gelockt und toupiert. Sie ist schon zur Hälfte die Stripperin Tullie.

Innerlich kämpfe ich gegen den Drang an, sie dazu zu zwingen, zu Hause zu bleiben. Aber ich weiß genau, dass ist nicht das, was sie im Moment von mir will oder braucht.

Sie versucht, Fuß zu fassen, ihr Leben aufzuwerten. Ich kann ihr das nicht wegnehmen, ich weigere mich. Ich werde nicht einer dieser Kerle sein, der sie zwingt, irgendeinen Scheiß zu tun oder sie kleinhält. Ich werde sie nicht ausnutzen, wie Joey es getan hat oder wie mein Stiefvater es mit meiner Mom tut. Scheiß auf diesen gottverdammten Mist.

Ich werde besser sein als jeder andere Mann dieser Welt. Ich werde wie Wyatt, Rylan und Beau sein. Das ist die Art von Mann, die ich sein will, wenn es um Tulip und das verfluchte Leben geht.

„Manchmal ist es einfach so", murmele ich nach einem Moment des Schweigens.

Sie nickt, macht einen Schritt auf mich zu, dann noch einen, bis sie an meinem Rücken angekommen ist. Ihre Arme gleiten um meine Taille und ihre Lippen berühren meine Schulter. Ich kann ihre Wärme durch mein Shirt hindurch fühlen und wünschte, ich würde keins tragen, damit ich sie auch auf meiner Haut spüren kann.

„Was ist los?", fragt sie sanft.

„Ich werde in ein paar Monaten wieder kämpfen. Mein Team stellt gerade den Zeitplan zusammen. Sie sind alle der Meinung, dass es für mich an der Zeit ist, meine vertraglichen Pflichten zu erfüllen", gestehe ich ihr.

Es herrscht einen Moment lang Schweigen. Ich sollte ihr jetzt von Antoni erzählen, davon wie meine Faust ihn ins Jenseits befördert hat. Ich gehe davon aus, dass sie es weiß, aber ihrem verwirrten Gesichtsausdruck nach zu urteilen, bin ich mir doch nicht so sicher.

„Brauchst du eine Pause?", fragt sie leise.

Ich drehe mich zu ihr um, lege einen Arm auf ihren Rücken und ziehe sie dicht an meine Brust. „Ja, Tullie. Ich brauche eine verdammte Pause."

Sie neigt ihren Kopf und sieht zu mir auf. Ihre Augen sind so verflucht hell und schön, während sie in meinem Gesicht nach einer Antwort sucht. Ich möchte ihr alles erzählen, alles, was sie über mich und mein Leben wissen will. Aber ich möchte nicht das Mitleid in ihrem Gesicht sehen, die Traurigkeit aufgrund dessen, was mir widerfahren ist.

„Vielleicht kannst du nach deinen Kämpfen eine Pause einlegen? Neu verhandeln?", schlägt sie unschuldig vor.

Meine Hand gleitet ihren Rücken hinauf und meine Finger verfangen sich in ihren blonden Locken, während ich den Kopf neige, um sie zu küssen. „Genau, Baby", wispere ich gegen ihre Lippe, bevor ich meine Zunge in ihren Mund schiebe, um sie zu schmecken.

Ich beende den Kuss und widme mich wieder dem Grill. Das Essen ist fast fertig. Da ich alles in die Metallpfanne neben den Grill lege, bleibt Tulip bei mir. Ich nehme die Pfanne an mich und gehe ins Innere.

Sie folgt mir, doch ich spüre, wie ihre Fragen zwischen uns in der Luft hängen, wie sie ihr auf der Zunge liegen. Ich will sie nicht dazu auffordern, sie mir zu stellen. Ehrlich gesagt möchte ich noch eine Weile in unserer Blase leben. Irgendwann wird sie die Wahrheit über mich herausfinden, über den Mann, den sie in ihr Inneres gelassen hat.

Und dann wird sie eine Entscheidung treffen müssen. Kann sie weiterhin mit einem Mörder vögeln? Kann sie sich in einen Killer verlieben? Kann sie sich in mich verlieben?

Der Tisch ist mit Tellern, Besteck und Wassergläsern eingedeckt. Schweigend laden wir unsere Teller voll, dann setzen wir uns gegenüber an den Esstisch, an dem acht Leute Platz finden könnten. Es ist verdammt lächerlich, da ich Junggeselle bin, aber der Innenarchitekt, den ich in einem Möbelhaus in paar Orte weiter angeheuert habe, meinte, ein so großer Tisch sei eine Notwendigkeit.

„Wann hast du heute Nacht Feierabend?", frage ich sie, als die Stille unerträglich geworden ist.

Tulip hebt den Kopf und schaut mich an. Dabei stelle ich fest, dass ich ihr starkes Make-up hasse. Ihre

Augen haben einen völlig anderen Blauton angenommen und sie verbirgt ihre Gedanken vor mir. Es ist, als ob die Schminke wie eine Maske über ihrem Gesicht liegt.

„Um zwei", haucht sie, sticht in ein Stück Fleisch und führt die Gabel zum Mund. Ich beobachte ihre Lippen, als sie das Besteck zwischen sie schiebt, und kann an nichts anderes denken, als dass mein Schwanz diese verdammte Gabel ersetzt.

Ich räuspere mich und rutsche auf meinem Stuhl umher. „Ich werde da sein, die ganze Nacht."

„Die ganze Nacht?"

Ich nicke und nehme einen Bissen von meinem Hühnchen. „Jepp, die ganze Nacht. Wenn du willst, dass ich in meinem Truck warte, dann werde ich das tun, aber ich will vor Ort sein. Nur für den Fall."

„Nur für den Fall…"

„Ja, Tullie. Nur für den Fall, dass du mich brauchst."

Sie blinzelt und ihre Lippen öffnen sich einen Moment lang vor Ehrfurcht, ehe sie sich wieder schließen und sie nickt. „Einverstanden."

Wir unterhalten uns nicht weiter miteinander. Ich sehe ihr zufrieden beim Essen zu und freue mich darüber, dass sie etwas in den Magen bekommt. Ich habe es ernst gemeint, als ich sagte, ich halte sie für zu dünn. Ich stöhne fast auf, als sie ein Stück gebuttertes Knoblauchbrot nimmt und es verschlingt. Verdammt schön. Das Brot und sie. Das ist genau das, was ich am meisten vermisse, wenn ich im Training bin: den Genuss.

Als wir mit dem Essen fertig sind, stelle ich das Geschirr in die Spüle. Den Abwasch erledige ich später, jetzt habe ich andere Dinge im Kopf.

Ich habe mir selbst eingeredet, dass ich Tulip zur Arbeit gehen lassen kann, ohne sie zu nehmen, ohne sie anzufassen, aber das war eine verdammte Lüge. Ich verschwinde aus der Küche und gehe in Richtung meines Schlafzimmers, da ich weiß, dass sie sich dort für den Abend fertig macht.

Ich stehe im Türrahmen und betrachte sie einen Moment lang. Sie steht mit dem Rücken zu mir, als sie sich das winzige Höschen anzieht. Ihr schöner Arsch ist nackt und präsentiert sich mir, zusammen mit ihrem entblößten Rücken.

Ich gehe einen Schritt in den Raum hinein, dann noch einen und noch einen, bis ich meine Hüfte gegen ihren Hintern drücken kann. Ich lege meine Hände um ihre Taille und schließe die Augen.

„Louis?", haucht sie.

„Ich brauche dich", gebe ich schamlos zu.

***

Tulip

Brauchen.

Ein so einfaches Wort und doch hat es eine so gigantische Bedeutung.

Louis' Hand legt sich auf meine Taille und ich spüre seine warmen Finger, die gegen meinen Bauch drücken. Ich schließe die Augen, als ich fühle, wie sein harter Schwanz gegen meinen Hintern drückt.

Als er die Hand auf meiner Hüfte verschiebt und zwischen meine Beine gleitet, geht mein Atem stoßweise. Ich spüre, wie seine Finger meine Klitoris berühren, und meine Schenkel fangen an zu zittern.

„Louis", hauche ich erneut.

Mir verschlägt es die Sprache, als ich spüre, was er mit meinem Körper anstellt, wie geschickt er mit mir spielt. Die Hand, die auf meinem Bauch liegt, gleitet über meine Brust. Als er seine Finger um sie legt, um mich festzuhalten, wimmere ich.

Louis liebkost eine Seite meines Halses, seine komplette Vorderseite presst er gegen meinen Rücken. Ich schließe die Augen, da er mich vollkommen umgibt. Als ich probiere, mich im Takt seiner Finger zu bewegen, beginnt meine Hüfte zu zucken.

Ich spreize die Schenkel ein wenig weiter, wippe mit den Hüften und drücke mich noch etwas enger gegen ihn. Ein Lächeln umspielt meine Lippen, als ich ihn gegen meinen Hals stöhnen höre.

Seine Finger bewegen sich immer schneller. Er reibt in perfekten, festen Kreisen über meine Klitoris. Und dann macht er etwas, das ich noch nie zuvor erlebt habe. Er beendet die Liebkosung, nimmt seine Finger vom Zentrum meiner Lust, um sie sanft gegen meinen Kitzler klopfen zu lassen.

Mir stockt der Atem und meiner Kehle entweicht ein kleiner Schrei. „Was?", flüstere ich. „Was war das?"

Er lacht, dann wiederholt er den kleinen Schlag, bevor er von Neuem damit beginnt, meine Lustperle zu reiben. „Mehr", verlange ich von ihm in einem heiseren Stöhnen.

Wieder lässt er mir einen Klaps zuteilwerden. Abwechselnd verwöhnt er mich, indem er in kreisenden Bewegungen meine Klitoris reibt und sie sanft klopft. Es dauert nicht lange, bis meine Beine nachgeben und ich mit einem langgezogenen Stöhnen komme.

Louis' Griff um meine Brust wird fester, seine Hand umschließt meine Mitte, damit ich nicht zu Boden gehe. Mein ganzer Körper zittert, aber ich will mehr. So viel mehr.

Louis trägt mich zur Kommode hinüber, seine Hand umschließt noch immer meine Pussy. Er hebt mich buchstäblich an ihr hoch und setzt mich auf das Möbelstück, das vor einem Spiegel steht.

„Halt dich an der Kante fest, Baby", wispert er, nachdem er mich losgelassen hat.

Als ich mich im Spiegel betrachte, kann ich nicht anders, als bei meinem Anblick zu lachen. Obwohl mein Make-up ziemlich stark ist und ich meine Haare viel aufwendiger gestylt habe als sonst, ist mein Gesicht trotz der Schichten aus Schminke gerötet. Ich sehe aus, als wäre ich auf dem besten Weg, so richtig durchgefickt zu werden.

Ich. Kann. Nicht. Warten.

So etwas Verruchtes habe ich noch nie gemacht. Bisher hatte ich lediglich Sex in Stellungen, wie Missionarsstellung, Doggy Style, Reiterstellung und Löffelchenstellung. Und Letztere habe ich nur mit Louis gemacht.

Noch immer den Spiegel anschauend, beobachte ich, wie er sich entkleidet. Meine Finger umklammern den Rand der Kommode noch fester. Ich lecke mir in vorfreudiger Erwartung über die Lippen, als ich seine muskulöse Brust sehe. Ich kann nicht verhindern, dass mir bei diesem Anblick ein Schauer über den Rücken läuft.

Als er vollständig ausgezogen ist, macht er einen Schritt auf mich zu. Er streckt die Hände nach mir aus und zieht meine Hüften nach hinten. Er kippt sie und zwingt mich so dazu, meinen Rücken zu wölben, während meine Arme ausgestreckt auf der Kante liegen.

„Du bist so verdammt schön, Tulip", sagt er, als er seinen Schwanz vor meiner Pussy in Stellung bringt.

Mir stockt der Atem, als er damit beginnt, in mich einzudringen. In einer langsamen, gleitenden Bewegung taucht er bis zum Anschlag in mich ein. Mit einer Hand hält er sich dabei an meiner Hüfte fest, mit der anderen gleitet er zwischen meine Beine und spielt mit mir. Als ich seine Finger auf meiner mittlerweile sehr empfindlichen Klitoris fühle, zische ich.

„Ich will alles von dir sehen, Tulip. Ich will sehen, wie du mich in dir aufnimmst, wenn ich von hinten in dich hineingleite und das wieder und wieder“, murmelt er. „So verdammt schön.“

Ich öffne die Lippen, als er damit anfängt, sich in mir zu bewegen. Ich spüre, wie meine Brüste bei jedem Vorstoß seines Schwanzes wippen, aber ich kann nicht auf sie hinunterblicken, da seine Augen in meinen verankert zu sein scheinen.

Er beißt sich auf die Unterlippe, seine Finger spannen sich fest um meinen Oberschenkel. Zeitgleich ist seine andere Hand zwischen meinen Beinen abgetaucht. Er spielt mit mir, wie er es auch schon vor wenigen Augenblicken getan hat, und verschafft mir den zweiten Orgasmus.

„Louis“, wispere ich. Es ist das einzige Wort, das ich in diesem Moment aussprechen kann. Der einzige bewusste Gedanke, den ich habe.

Er stöhnt, seine Hüften bewegen sich immer schneller, und seine Finger tun es ebenso. Ich bewege mein Becken im gleichen Rhythmus und erwidere jeden seiner kräftigen Stöße mit einem Keuchen. Mit meinen Fingern halte ich die Kante der Kommode fest umklammert, während mein Körper einem weiteren Höhepunkt immer näher kommt.

„Fuck“, flucht er.

Kopfschüttelnd suche ich wieder seinen Blick. Als er mir in die Klitoris kneift, ist es endgültig um mich geschehen. Jeder einzelne Teil von mir zittert von innen heraus. Ich öffne den Mund und schreie, als ich ein weiteres Mal komme.

„Ja“, knurrt er. „Fuck, ja.“ Er schraubt sich keuchend in mich hinein und gleitet wieder aus mir heraus, bis er sich schließlich tief in mir vergräbt. Seine Muskeln spannen sich an, dann stoppen die Bewegungen und er füllt mich mit seiner Erlösung.

Ich bin nicht dazu in der Lage, meinen Blick von ihm abzuwenden und sehe ihm dabei zu, wie sein Körper von einem Schauer erschüttert wird. Anschließend lehnt er sich vor, presst seine Stirn gegen meinen Nacken und drückt seine schweißgetränkte Brust gegen meinen Rücken.

„Das war der beste Sex, den ich je hatte", raspelt er gegen meine Haut, während seine Lippen mich zwischen jedem gesprochenen Wort berühren. „Niemand anderes als du, Tullie. Du gehörst zu mir."

Ich möchte, dass seine Worte der Wahrheit entsprechen, dass es für immer so zwischen uns bleibt, aber ich weiß am besten, dass alle guten Dinge immer enden. Er wird mich nicht für immer wollen. Er wird erkennen, dass er etwas Besseres, jemand Klügeres, Talentierteres, Hübscheres verdient hat als das kleine Mädchen aus der texanischen Kleinstadt.

Wenn er erkennt, was ich ihm die ganze Zeit über gesagt habe, nämlich, dass ich nicht mit jemandem wie ihm und er nicht mit jemandem wie mir zusammen sein kann, werde ich lächeln, wenn er geht. Er ist so viel besser als ich und hat jemanden verdient, der ihm ebenbürtig ist.

Ich werde mich an all die Dinge erinnern, die er mir geschenkt hat. Dass ich mich begehrenswert, schön und wertvoll gefühlt habe. Ich werde mich an jeden Moment mit ihm erinnern, denn diese Augenblicke werden mich für den Rest meines Lebens begleiten. Ich werde nie wieder mit einem Mann wie ihm zusammen sein, also bedeutet mir das hier einfach alles. Ihn für diese kurze Zeit gehabt zu haben, ist mir mehr wert als alles andere.

Kapitel 10

Ich weiß nicht, was ich von dem heutigen Abend erwartet habe, aber dass Louis genau das tut, was er mir zugesichert hat, war es nicht. Meine Schicht ist zu Ende, ich habe getanzt, und nicht ein einziges Mal hat er mir eine Szene gemacht oder mir versucht, den Auftritt auszureden. Ich bin mir nicht sicher, ob ich froh darüber bin, dass er Wort gehalten hat, oder ob ich enttäuscht sein sollte.

Als ich mir meinen übergroßen Kapuzenpulli über das knappe Stripperoutfit ziehe, beobachtet Charlie mich aus einer Ecke der Umkleidekabine. Hin und wieder halten wir Blickkontakt und ich frage mich, warum sie heute so schweigsam ist.

„Ist alles in Ordnung?", frage ich sie beiläufig, während ich meine Tasche schultere.

Sie räuspert sich und zuckt mit einer Schulter, als auch sie ihre Kosmetika und Klamotten in eine kleine Tasche packt. „Dieser Typ, der auf dich aufpasst?"

„Ja?", hake ich nach, da sie nicht sofort weiterspricht.

„Er ist nicht bloß irgendein Typ aus der Stadt, oder?"

Ich halte inne, presse die Lippen aufeinander und weiche ihrem Blick für einen Moment aus. Nein, Louis ist nicht bloß irgendein Kerl, er wird es nie sein. Er ist bedeutender als das Leben selbst, er ist von innen heraus großartig. Ich schaue sie an und bin mir nicht sicher, wie ich ihr die Sache erklären soll.

„Er ist der Eine, oder? Das heißt, er wird nicht wollen, dass du noch länger hier arbeitest. Du wirst mich also verlassen", flüstert sie.

Als mir klar wird, worauf sie hinauswill, stockt mir der Atem. Sie hat kein Problem damit, dass er Boxer ist, sondern damit, dass ich kündigen könnte. Wenn ich ehrlich bin, war dieser Job nur eine Übergangslösung, doch ich kann nicht leugnen, dass das Aufeinandertreffen mit Charlie wahrscheinlich eines der besten Dinge ist, das mir in den letzten Monaten widerfahren ist.

„Ich weiß nicht, ob er mehr für mich ist", gebe ich zu.

Er könnte durchaus der Richtige für mich sein, aber ich bin mir ziemlich sicher, dass ich nicht die Richtige für ihn bin. Er wird sich irgendwann größeren, schöneren Dingen zuwenden.

Sie schüttelt den Kopf. „Du leugnest es. Das ist süß, aber ich bezweifele, dass du bis zum Monatsende hier arbeiten wirst. Das ist schon okay, denn du warst sowieso nie für die Bühne bestimmt."

„Warum sagst du das?", will ich wissen.

Ich bin nicht besser oder anders als die anderen Mädchen hier. Ich bin in dieser Stadt geboren und aufgewachsen, genau wie Charlie. Ich stamme aus einem ähnlichen familiären Umfeld und versuche, genau wie sie, in meinem Leben voranzukommen.

Charlie macht ein paar Schritte auf mich zu und greift nach meinen Händen. Sobald meine Finger in ihren liegen, drückt sie sie. „Du bist nicht für diesen Ort gemacht. Du bist zu süß hierfür. Zu weich und zu verdammt nett." Sie zwinkert mir zu. „Geh zu deinem Mann, er wartet bestimmt schon auf dich, oder?"

„Woher weißt du das?"

„Ich wusste es nicht. Na ja, nicht wirklich. Aber so wie er gestern dreingeblickt hat, als er hier reingestürmt kam, wusste ich zweifelsohne, dass er dich nie wieder aus den Augen lassen wird. Es sei denn, ihm bliebe keine andere Wahl."

„Charlie", flüstere ich.

Sie senkt das Kinn, hebt es wieder an und schaut mir in die Augen. „Ich bin für dieses Leben hier bestimmt,

Tulip. Ich bin damit aufgewachsen. Du hingegen nicht. Jetzt möchte ich, dass du diesen großen, schönen Mann so lange festhältst wie nur möglich. Eine von uns hat es verdient, ein gutes Leben zu führen. Und das wirst du sein", erwidert sie.

„O nein, du verdienst das Gleiche und wirst es auch bekommen", sage ich mit einem entschlossenen Nicken.

„Einverstanden, Schatz", entgegnet sie, um mich zu beschwichtigen. Ich weiß genau, dass sie das versucht. „Jetzt geh zu ihm. Vielleicht gibt er dir noch mehr von dem, was er dir gegeben hat, bevor du zur Arbeit gekommen bist." Sie zwinkert mir erneut zu und lässt meine Hände los.

Mir bleibt der Mund offen stehen. Ich stehe mit geöffneten Lippen da und starre sie einfach nur an. Sie lacht und schüttelt ein paar Mal den Kopf.

„Hol dir etwas von dem guten Zeug, Mädchen", meint sie, ehe sie sich ihre Taschen schnappt und an mir vorbeigeht, um die Umkleide zu verlassen.

Ich sammele ebenfalls meine Sachen ein und folge ihr, um kurz darauf im dunklen Club mit jemandem zusammenzustoßen. Langsam hebe ich den Blick zu dem Mann, der mich am Weitergehen hindert, und stelle fest, dass Joey vor mir steht.

„Was machst du hier?", frage ich ihn zwischen zusammengebissenen Zähnen.

Er neigt den Kopf zur Seite, seine Augen blicken auf mich herab, aber sie fokussieren mich nicht. Weder mich noch sonst irgendetwas. Sein Blick wandert wild hin und her, und da weiß ich, dass er etwas eingeschmissen hat.

Ich versuche, keine plötzliche Bewegung zu machen. Er ist nicht ganz bei sich. Ich bin die einzige Person hier drinnen. Ich weiß bereits, dass der Witz von einem Sicherheitsdienst vor der Tür ist, um mit der

Tänzerin herumzublödeln, die er nebenbei vögelt.

„Hast du es dir schon anders überlegt? Du bringst mich sonst um, Tulip“, sagt er hastig.

Ich schüttele den Kopf und versuche, einen Schritt zurückzutreten, aber seine Hände schnellen vor, umschließen meinen Oberarm und ziehen mich gegen ihn. Er schüttelt mich ein paar Mal, seine Augen wandern hektisch umher.

„Joey, du brauchst Hilfe“, flüstere ich.

Er schnaubt. „Du musst mich wieder bei dir wohnen lassen“, schnauzt er.

„Es ist nicht dein Apartment“, murmele ich. „Geh nach Hause zu deiner Mutter. Ich weiß, dass sie sich darüber freuen würde, wenn du wieder bei ihr einziehst.“

„Du weißt, dass Raylee mir nichts bedeutet. Sie war bloß ein kleiner Spaß. Du weißt, dass ich dich liebe, Tulip. Du bist mein Mädchen.“

Bei seinem Geständnis zucke ich zusammen. Es kommt viele Jahre zu spät. Ich gehöre ihm nicht, habe es nie. Jetzt nicht und auch in Zukunft nicht. Als ich versuche, mich aus seinem Griff zu befreien, lässt er mich schließlich mit einem kleinen Stoß los, sodass ich rückwärts stolpere.

„Niemand wird dich wollen, Tulip. Wenn die Leute herausfinden, dass du nebenbei strippst, wird kein Mann eine Hure wie dich haben wollen“, speit er.

Ich strecke den Rücken durch und sehe ihn mit zusammengekniffenen Augen an. „Das ist mir egal. Selbst wenn ich für den Rest meines Lebens allein bleibe, werde ich es nie bereuen, dich nicht zurückgenommen zu haben. Ich bin fertig mir dir, Joey. Wir haben zu viele Jahre damit verbracht, unglücklich miteinander zu sein. Ich wünsche mir mehr für mich.“

„Wenn ich erst mit dir fertig bin, wird kein Schwanz mehr hierherkommen. Dann wirst du ein ganz anderes

Lied singen und ich werde es genießen, dir dabei zuzusehen, wie du zu mir zurückgekrochen kommst, Tulip. Fuck, es wird ganz toll sein zu sehen, wie du dich für eine weitere Chance vor mir erniedrigst."

Er dreht sich um, und bevor ich etwas auf seine hässlichen Worte erwidern kann, ist er schon im hintersten Teil des Clubs verschwunden. Ich schließe die Augen und atme tief ein, bevor ich wieder ausatme, um mich selbst zu beruhigen.

„Hey Baby, bereit zu gehen?", fragt mich eine sanfte Stimme, die mich fast aus der Haut fahren lässt.

Ich drehe mich um und schenke Louis ein zittriges Lächeln, da er mich mit einem besorgten Blick betrachtet. Ich schiebe meine Tasche auf die Schulter und schlurfe in seine Richtung. Ich lege meine Hand um seine Taille, drücke mich an seine Seite und lege den Kopf in den Nacken, um in seine wunderschönen meergrünen Augen blicken zu können.

„Ja, lass uns gehen", hauche ich.

Er erwidert nichts, zum Glück. Stattdessen senkt er den Kopf und berührt mit seinen Lippen meine Stirn.

„Lass uns das Glitzer und den ganzen Scheiß von deinem Körper waschen. Weißt du eigentlich, wie lange ich heute Morgen in der Dusche gebraucht habe, um es abzubekommen?", will er wissen, während er seine Hand auf meinen Rücken legt und wir in Richtung seines Trucks aufbrechen.

Joey könnte Recht haben. Vielleicht gibt es in dieser Stadt keinen Mann, der mich für den Rest seines Lebens will, aber ich denke trotzdem, dass ich das Richtige getan habe. Ich weiß, dass Louis mir mein Herz brechen wird, aber ich verdiene diesen Mann. Zumindest für den Moment.

***

Tulips verdammt nervtötender Handyalarm klingelt viel zu früh. Ich kann nicht fassen, dass sie so lange gearbeitet hat und am nächsten Morgen schon wieder so verflucht früh aufstehen muss. Ich drehe mich im Bett und lege meine Arme um sie. Dann ziehe ich sie gegen meine Brust.

Sie streckt die Hand aus, um den Wecker auszuschalten, und gibt einen stöhnenden Laut von sich. „Guten Morgen, Baby", murmele ich gegen ihre Schulter.

„Morgen." Sie seufzt.

Ich lasse meine Hand zu ihrer Brust gleiten und drücke sanft zu. Ohne dass sie es mitbekommt, verlagert sie ihre Hüfte und drückt sie gegen meine Morgenlatte. Ich grunze. Ich hatte eigentlich vor, ihrem Körper eine Pause zu gönnen, aber verdammt, ich weiß nicht, ob ich das jetzt kann.

Als ihre Hand mein Handgelenk umschließt, um meine Finger von ihren Titten zu ziehen und zwischen ihre Beine zu dirigieren, knurre ich. „Louis, bitte", fleht sie.

Bei mir muss sie nicht betteln, nie im Leben. Sobald meine Finger ihre feuchte Muschi berühren, schließe ich angesichts der Nässe, die ich fühle, die Augen.

„Oh, Tullie", krächze ich.

Ohne etwas zu mir zu sagen, spreizt sie fordernd die Beine für mich und legt ihre Knie über meine Oberschenkel. Ich verlagere meine Beine, halte ihre Schenkel für mich offen und spiele an ihrer Klitoris. Sie ist so verdammt feucht, dass ich weiß, dass ich mit meinem Schwanz ohne Probleme in sie hineingleiten kann. Aber ich will, dass das hier andauert, also werde ich es noch nicht tun.

Ich schiebe zwei Finger in ihre Pussy, zwirbele ihre Lustperle und reibe sie. „O", keucht sie, während ihre

Hüften gegen mich stoßen.

Ich lecke ihr über die Schulter und muss wegen ihrer niedlichen Reaktion lachen. Es dauert nicht lange, bis sie kommt, und es wird noch weniger Zeit vergehen, bis ich komme, nachdem ich mich in ihr vergraben habe.

Schweißgebadet und keuchend drücke ich sie gegen meine Brust, lege meinen Schenkel über ihren, um sie ans Bett zu fesseln. Ich weiß, dass sie wahrscheinlich gleich aufspringen, sich waschen und für die Arbeit fertig machen wird, aber ich will sie hier bei mir haben. Und wenn ich sie den ganzen verdammten Tag bei mir behalten könnte, würde ich es tun.

„Ich muss mich für die Arbeit fertig machen", flüstert sie.

Ich muss fast lachen, denn nach nur wenigen Tagen habe ich schon so viel über ihre Persönlichkeit gelernt, und das gefällt mir. Ich war noch nie lange genug mit einer Frau zusammen, um ihre kleinen Macken kennenzulernen.

Meine Beziehungen bestanden aus One Night Stands und kurzen Affären mit Models und Schauspielerinnen, die versuchten, durch mich Fuß in der Branche zu fassen. Es ist schon verdammt lange her, dass ich mit jemandem zusammen war, der mir wirklich etwas bedeutet.

Ein Bild ploppt vor meinem inneren Auge auf. Ich schüttele es ab, weil ich nicht an sie denken will. Es ist schon ewig her, seit sie mir das letzte Mal in den Sinn gekommen ist, und sie hat nichts in meinen Gedanken zu suchen. Ich habe gar nicht mitbekommen, dass Tulip sich in meinen Armen umgedreht hat, bis ich ihre Hände auf meinen Wangen spüre.

„Worüber denkst du nach?"

Erst möchte ich ihr überhaupt nichts sagen, aber dann wird mir klar, dass ich ihr bereits so viel vorenthalte, dass ich ihr etwas geben muss. Sie hat mir von Joey erzählt und vielleicht ist es an der Zeit, sie über meinen Joey zu informieren.

„Meghan war die Liebe meines Lebens, zumindest dachte ich das. Ich war zwölf Jahre alt, als ich sie kennenlernte und neunzehn, als sie mich verließ. Ich hätte mir nie vorstellen können, dass ich ohne sie weiterleben kann. Ich dachte, ich liebte sie."

„Was ist mit ihr passiert?", möchte sie wissen.

Ich sehe keine Eifersucht in ihrem Blick, nur Mitgefühl. Sie versteht mich, weiß, wie es ist, sich in jemanden zu verlieben, der deine Gefühle nicht erwidert, mit dem man aber den größten Teil seiner Jugend verbracht hat.

„Der Schulabschluss kam und ging. Meghan ging aufs College und ich blieb in meiner Heimatstadt, um zu trainieren. Ich arbeitete Teilzeit in einem Fitnessstudio, verbrachte Tag und Nacht dort. Sie hingegen feierte Partys und machte ihr College-Ding. Das hat mich nie gestört, ich habe mich für sie gefreut. Das College, das sie besuchte, war nur eine Stunde von mir entfernt, also sahen wir uns ziemlich oft. Und dann eines Tages…"

Ich halte inne, da ich an den Tag denken muss, an dem sie zu mir kam. Sie tauchte aus heiterem Himmel an einem Donnerstag auf. Ich war so überrascht, sie zu sehen, dass ich mich riesig freute. Ich bereitete mich am Freitagabend auf einen Kampf vor und dachte, sie wäre extra deswegen in die Stadt gekommen.

„Sie hat mit dir Schluss gemacht?", mutmaßt Tullie.

„Hat sie", bestätige ich ihr mit einem Nicken und räuspere mich.

Tulip schließt die Augen, als ob sie körperlich Schmerzen erleiden würde. „Aber sie hat dir einen Grund genannt, und es ging nicht um College-Partys."

Kopfschüttelnd kneife ich kurz die Augen zusammen

und atme tief ein.

„Ihre Freunde konnten es nicht fassen, dass sie mit einem Dunkelhäutigen zusammen ist. Sie beruhigte sie und erzählte ihnen, dass ich nur zur Hälfte schwarz sei, aber sie faselten immer wieder davon, wie schwer ihr Leben sein würde, wenn sie bei mir bliebe. Ich konnte nicht glauben, dass sie auf ein paar dumme Kinder in unserem Alter hörte. Aber es waren nicht nur sie. Auch ihre Eltern, Menschen, die ich mein ganzes Leben lang kannte. Sie sagten dasselbe. Sie drängten sie seit dem Schulabschluss dazu, mit mir Schluss zu machen, und meinten, es sei in Ordnung, ein wenig Spaß zu haben, aber jetzt müsse sie ernsthaft über ihre Zukunft nachdenken."

„Du warst also nur für den Spaß da?", flüstert Tulip.

Ich nicke, drehe den Kopf und berühre mit meinem Mund die Innenseite ihrer Handfläche. „Ein Junge, mit dem man Spaß haben kann, aber kein Mann, den man heiratet, weil unsere Zukunft nicht einfach werden würde, und sie wollten, dass sie ein glückliches Leben führt."

Tulip setzt sich auf, ihre Augen verengen sich und ich schwöre, wenn Rauch aus ihren Nasenlöchern kommen könnte, würde es jetzt mächtig qualmen.

„Das ist völliger Bullshit", schnauzt sie. „Ist ihnen denn nicht klar, in welchem Jahrhundert wir leben?"

Lachend hebe ich meine Hand und streiche ihr über die Wange. „Es wird nicht einfach mit mir werden, Tullie. Das solltest du wissen."

Sie schüttelt den Kopf, ihre Augen füllen sich mit Tränen. „Ich will gar nicht den leichten Weg gehen, Louis. Ich hatte es leicht, und das war furchtbar."

„Du hattest es bequem, das ist etwas ganz anderes."

Sie schlingt ihre Finger um mein Handgelenk und drückt zu. „Ihre Freunde und ihre Familie waren Arschlöcher. Meghan war eine dumme Idiotin. Sie war schwach und erbärmlich. Sie hatte alles und hat es einfach so weggeworfen."

Lächelnd setze ich mich auf, beuge mich vor und berühre mit meinen Lippen die ihren. „Ich weiß nicht, ob ich damals das große Los war, Baby. Aber ich liebe es, wie du dich über ein Mädchen von vor über fünfzehn Jahren aufregst."

Tulip schüttelt den Kopf. „Du warst damals wie auch heute der Jackpot. Sie war eine dumme Kuh, Louis. Eine verdammte Idiotin und offen gesprochen, ein Miststück."

Ich kann mir das Lachen nicht verkneifen. Ich werfe den Kopf zurück und lache drauf los. Als ich mich wieder beruhigt habe, richte ich meinen Blick auf sie und küsse sie. „Fuck, ich habe dich verdammt gern, Tullie."

Sobald meine Lippen ihre berühren und meine Zunge in ihren Mund gleitet, wird sie zu Wachs in meinen Armen und stöhnt. Ich intensivere den Kuss nicht, sondern beende ihn, damit sie aufstehen und ich ihr Frühstück machen kann, bevor ich sie zur Arbeit bringe.

Während ich Eier, Haferflocken, Obst und Truthahnwürstchen zubereite, kann ich an nichts anderes denken als an unseren Morgen im Bett. Sie war der festen Überzeugung, dass Meghan eine Idiotin ist, dass sie es versaut hat, indem sie mich verließ. Ich weiß nicht, ob das wahr ist, aber das ist mir auch egal.

Wenn Meghan nicht mit mir Schluss gemacht hätte, hätte ich nie den Drang verspürt, an mir zu arbeiten, ein besserer Mann zu werden. Ich hätte nie meine Familie und Tulip kennengelernt. Ich bin ein Glückspilz. Ich hatte verdammtes Glück, dass Meghan mich verlassen hat.

Kapitel 11

Aus einem Tag werden zwei, dann drei und dann vier. Schließlich habe ich meinen freien Abend vom Club. Es ist schon eine Woche her, seit Louis wieder in mein Leben getreten ist, und wenn ich ganz ehrlich bin, war es die beste Woche meines Lebens. Auch wenn das noch viel zu untertrieben ist.

Gestern Nacht hat er mich, wie jede Nacht, vom Club abgeholt, und anstatt zu ihm zu gehen, sind wir zu meiner Wohnung gefahren. Wir liebten uns und unterhielten uns miteinander, bis wir schließlich in den Armen des jeweils anderen eingeschlafen sind. Heute Morgen sind wir aufgewacht, haben uns wieder geliebt und er hat mir Frühstück zubereitet, während ich mich für den Supermarkt fertig gemacht habe.

Er ist einfach umwerfend. Ich könnte mich im Handumdrehen in ihn verlieben. Es wäre so einfach. So einfach, dass ich nicht leugnen kann, dass mein Herz bereits kleine Schritte in diese Richtung unternommen hat, und ich bin nicht gerade begeistert davon.

Wenn er irgendwann geht, wird er für immer die große Liebe meines Lebens bleiben. Aber wird mein Herz das verkraften oder wird es verkümmern und sterben?

„Bist du startklar, Baby?", will Louis wissen.

Er hat mir den Rücken zugewandt und steht in meiner winzigen Küche. Meine Lippen verziehen sich zu einem Lächeln, als er sich mit einem Teller in der Hand vollbeladen mit Essen zu mir umdreht. Ich glaube, ich habe in meinem ganzen Leben noch nie so gut gegessen. Auf dem Teller liegt ein halber englischer Muffin, ein Haufen köstlich aussehender Früchte und Rührei.

„Du verwöhnst mich", sage ich und nehme ihm den Teller ab.

Gemeinsam gehen wir zu meinem kleinen Esstisch und setzen uns. Ich mache mir gar nicht erst die Mühe, einen Blick auf seinen Teller zu werfen, denn ich weiß, dass dieser mit Spiegeleiern, Truthahnwurst und Süßkartoffeln beladen ist. Er ist zu einem Gewohnheitstier mutiert und meinte, dass das auch so bleiben wird, bis er wieder kämpft.

Louis schaut mich an. „Gut. Wenn ich dich verwöhne, bleibst du bei mir", meint er mit einem Augenzwinkern.

Ich schüttele den Kopf, doch bezweifle nicht, dass er damit richtig liegt. Ich bin mit Joey auch noch lange über unser Verfallsdatum hinaus zusammengeblieben. Bei Louis weiß ich, dass er derjenige sein muss, der mich verlässt, weil ich mich zu schnell und heftig in ihn verliebt habe, um auch nur daran denken zu können, es zu beenden.

„Bereit für die Arbeit?", fragt er, nachdem er aufgegessen hat.

Ich spieße die letzte Erdbeere auf und stecke sie mir in den Mund. „Bin ich."

Die Fahrt zum Supermarkt verläuft schweigsam, und als wir den Parkplatz des Ladens erreichen, beschleicht mich das Gefühl, dass irgendetwas nicht stimmt.

„Mein Trainer, mein Presseagent und mein Agent kommen morgen hierher, um bis zum Kampf zu bleiben", klärt er mich auf.

„Warum?", frage ich ihn.

Er zuckt mit den Schultern, doch aufgrund des gequälten Ausdrucks, der sich über sein Gesicht legt, bin ich mir sicher, dass er den Grund kennt. „Da ist noch etwas“, sagt er.

„Was denn?“, will ich wissen, greife nach seiner Hand und nehme sie in meine. Er drückt sie und atmet schwer aus.

„Wir können nach heute Abend keinen Sex mehr haben.“

„Nie wieder?“

Beim Gedanken daran, nie wieder Louis‘ Berührungen zu spüren, nie wieder vollständig von ihm ausgefüllt zu werden, beginnt mein Herz ganz verrückt in meiner Brust zu klopfen.

Er lacht und schüttelt den Kopf. „Nur bis zum Kampf.“

„Und wie lange ist das?“

„Zwölf Wochen. Ich muss mich konzentrieren. Ich muss an meiner Ausdauer arbeiten. Ich kann mir keine körperlichen Ablenkungen erlauben“, erklärt er mir. Mein Atem stockt bei dem Gedanken, drei lange Monate nicht mit ihm zusammen zu sein. „Normalerweise fahre ich in ein Vorbereitungslager in Nevada, aber diesmal wollte ich es nicht und habe das Team gebeten hierher zu kommen. Mein Koch und mein Sparringspartner werden übermorgen anreisen. Morgen wird mein unmittelbares Team hier sein, das mit mir den gesamten Zeitplan durchgehen wird.“

„Wieso lässt du sie alle hierherkommen?“, frage ich ihn beiläufig.

„Weil ich dich nicht verlassen will, aber auch, weil ich im Moment keine Lust darauf habe, in Nevada zu sein. Ich habe ehrlich gesagt nicht einmal Bock, zu trainieren oder diesen Kampf zu bestreiten, aber es scheint, als hätte ich keine Wahl.“

„Na ja, solange es nicht *nur* meinetwegen ist.“ Ich grinse.

Louis beugt sich vor, um mir einen federleichten Kuss auf die Lippen zu hauchen. „Du bist der wichtigste Grund.“

„Louis“, stöhne ich.

Er lacht, setzt sich auf und zieht sich zurück. „Geh rein und hab einen schönen Arbeitstag. Ich werde hier sein, wenn du Feierabend hast, und dann werden wir eine schöne, ruhige Nacht ganz allein verbringen.“

Nickend öffne ich seine Wagentür und gleite langsam vom Beifahrersitz, bis meine Füße den Boden berühren.

„Das klingt perfekt“, hauche ich ihm zu.

„Wir sehen uns später, Baby.“

Ich drehe mich zu ihm um, winke ihm zu und mache mich dann auf den Weg in den Supermarkt, um meinen Arbeitstag zu beginnen. Eigentlich will ich nur noch zurück in seinen Truck springen und den Rest des Tages mit ihm verbringen, aber Geld wächst nun mal nicht auf Bäumen.

Als ich an der Kasse sitze, schaue ich auf, um meinen ersten Kunden zu begrüßen. Ich blinzele beim Anblick von Channing, die an meiner Kasse ansteht. Seit ich sie das letzte Mal vor einer Woche gesehen habe, ist ihr Bauch gewachsen. Gähnend schaut sie mich an. Reese sitzt in dem Kindersitz ihres Wagens, und ich komme nicht drum herum, ihn anzulächeln.

Ich stehe auf und helfe ihr dabei, die Einkäufe aus dem Wagen zu nehmen und auf das Förderband zu legen. „O, vielen Dank, Tulip. Ich kann echt nicht fassen, dass ich in dieser Schwangerschaft ständig außer Atem bin.“ Sie seufzt.

„Was machst du denn schon so früh hier?“, frage ich und packe weiter aus.

„Rylan hat mir heute Morgen gesagt, dass er morgen Abend ein kleines Cliquentreffen veranstalten will. Also bin ich gekommen, um dafür einzukaufen. Er wollte mit Wyatt darüber sprechen, ob er uns beim Aufbau des Kinderzimmers behilflich sein kann.“

Seufzend legt sie sich eine Hand auf den Bauch.

Als ich alles auf das Förderband gelegt habe, eile ich zur Kasse und beginne mit dem Kassieren. „Ich freue mich so sehr für euch alle."

Es stimmt, ich freue mich für sie, auch wenn ich zugleich ein wenig eifersüchtig bin. Sie ist mit Rylan verheiratet, der ein wirklich netter Kerl zu sein scheint, sie haben ein Kind und ein weiteres ist unterwegs. Das ist genau das, was ich mir auch immer für mich gewünscht habe.

„Ihr seid natürlich alle eingeladen. Rylan meinte, dass er Louis anrufen wird, wenn er seine Pause macht. Betrachte dies also als eure offizielle Einladung." Sie lächelt.

Ich presse die Lippen aufeinander, da ich feststelle, dass ich morgen Abend im *Headlights* arbeiten muss und Louis' Team in die Stadt kommen wird. Kopfschüttelnd lehne ich höflich ab, erzähle ihr von Louis' Crew und hoffe, dass ihr das als Ausrede reicht.

Während Channing ihre Handtasche öffnet und ihre Kreditkarte herausholt, runzelt sie die Stirn. Sie neigt ihren Kopf zur Seite. „Du weißt, dass du auch vorbeikommen kannst, wenn Louis keine Zeit hat, oder? Du bist unsere Freundin, Tulip. Egal was passiert, wir lieben dich alle", erwidert sie.

Mein Herz macht aufgrund ihrer Worte einen Sprung. Für einen Moment hört es sogar gänzlich auf zu schlagen, ehe es seinen Rhythmus wiederfindet.

„Danke", flüstere ich. „Ich habe allerdings einen Zweitjob und muss morgen Abend arbeiten."

Channing blinzelt bei der Erwähnung meines Nebenjobs, zuckt dann aber bloß mit den Schultern. Ich halte den Atem an, da ich darauf warte, dass sie mich fragt, wo ich arbeite, doch zum Glück tut sie es nicht. „Wenn sich etwas ändert oder deine Schicht ausfällt, kommst du vorbei, ja?"

Ich nicke. „Versprochen.“

Grinsend schiebt sie ihren Einkaufswagen von meiner Kasse weg und winkt mir zum Abschied zu. Ich tue es ihr gleich. Nachdem sie den Laden verlassen hat, atme ich aus und wende mich dem nächsten Kunden zu.

***

Louis

Als ich den Parkplatz des Supermarkts verlasse, klingelt mein Telefon. Ich lächele wegen des Namens, der auf dem Display aufleuchtet.

„Rylan“, sage ich.

„Morgen Abend bei mir“, sagt er und klingt super beschäftigt.

Ich räuspere mich. „Sorry, Bruder. Es kommen ein paar Leute für ein Meeting.“

„Geht es dir gut?“

Als ich kurz über seine simplen Worte nachdenke, wird mir klar, dass dies eigentlich die komplexeste Frage der Welt ist. *Geht es mir gut?* Ich weiß es nicht. Ich habe Tulip und das ist gut, wirklich verdammt gut. Aber da liegt auch dieser Kampf vor mir und der Gedanke, wieder in den Ring steigen zu müssen, bringt mich zum Schwitzen.

„Keine Ahnung“, gebe ich zu.

Es herrscht einen Moment lang Stille, dann räuspert Rylan sich. „Du musst einen Schritt nach dem nächsten gehen, Louis. Glaub mir, ich habe fünf Jahre damit verbracht, meine Vergangenheit durchzuarbeiten, und selbst danach war ich noch lange nicht auf all das vorbereitet, was dabei zu Tage kam. Mein Verstand, mein Trockensein und meine Fähigkeit, mir selbst zu vergeben, wurden auf die Probe gestellt.“

„Ich weiß. Ich weiß, verdammt. Ich brauche mehr Zeit. Es sind noch nicht einmal sechs Monate vergangen. Aber die Verträge können nicht aufgelöst werden, zumindest nicht wegen dieser Sache. Also muss ich diesen Scheiß wohl durchziehen.“

„Tue, was du tun musst, aber denk immer daran, dass wir alle für dich da sind.“

Er beendet das Telefonat, woraufhin ich mein Handy auf den Beifahrersitz pfeffere, den Motor meines Trucks starte und den Rückwärtsgang einlege. Ich muss nach Hause und eine Weile trainieren, bevor ich hierher zurückkomme, um Tulip abzuholen.

Auf dem Heimweg nehme ich einen Umweg und fahre zu Beaumont. Ich weiß, dass er noch in der Stadt ist, und ich muss einfach mit ihm reden. Herausfinden, ob ich das Richtige tue. Nicht nur wegen des Kampfes, sondern auch in Bezug auf Tulip. Ich habe das Gefühl, am Abgrund zu stehen, an der Grenze zwischen dem, was zu meiner neuen Normalität geworden ist, und dem, was noch kommen wird.

Als ich vor seinem Haus vorfahre, sehe ich seinen Truck und Huttons Wagen in der Auffahrt parken. Ich erschaudere, als ich feststelle, dass mich meine Engstirnigkeit vielleicht ein bisschen zu früh an diesem verdammten Morgen hierhergeführt hat.

Ehe ich den Rückwärtsgang einlegen kann, öffnet sich auch schon die Haustür und Beaumont, der nur mit einer Jeans bekleidet ist, steht mit zusammengekniffen Augen im Türrahmen. Er hebt die Hand und winkt mich zu sich ran, dann dreht er sich um und verschwindet wieder im Haus.

Ich stelle den Motor ab, steige aus dem Wagen und mache mich auf den Weg ins Haus. Nachdem ich eingetreten bin, schließe ich die Tür hinter mir. Beaumont steht vor mir und hält zwei Kaffeetassen in den Händen.

„Sorry, dass ich so früh hier aufgekreuzt bin. Ich sollte wieder gehen“, murmele ich.

Lachend hält Beau mir einen Becher hin. „Lass uns auf die hintere Terrasse gehen.“

Ich folge ihm und lasse mich auf einen der Stühle sinken, genauso wie er. Er sieht mich nicht an, sondern schaut auf die Weiten der texanischen Hügellandschaft.

„Du hast etwas auf dem Herzen, und wenn jemand diesen Scheiß versteht, dann bin ich es“, sagt er. „Ich war schon wach, eigentlich bin ich überhaupt nicht ins Bett gegangen. Du hast mich dementsprechend weder geweckt noch gestört. Ich habe geschrieben. Hutton macht sich gerade für die Arbeit fertig und wird bald losfahren.“

Nickend nehme ich einen Schluck von dem schwarzen Kaffee. Ich sollte mich wieder auf den Weg nach Hause in mein Fitnessstudio machen, anstatt hier mit ihm zu sitzen, aber ich musste herkommen. Ich weiß nicht wieso, aber ich musste. Er hat recht, mir brennt etwas unter den Fingernägeln, aber verflucht, ich weiß nicht, ob er mir helfen kann.

„Sprich es einfach aus, wir finden schon eine Lösung.“

Räuspernd stelle ich die Tasse auf dem kleinen Terrassentisch ab. „Ich verliebe mich gerade in Tulip“, bricht es aus mir heraus.

Beaumont schnaubt und da ich seinen Blick auf mir spüre, drehe ich den Kopf, um ihn ansehen zu können. Er hat dieses beschissene Grinsen auf den Lippen, dass ich ihm am liebsten aus dem Gesicht prügeln würde.

„Hör auf damit“, fahre ich ihn an.

Er schüttelt den Kopf und führt dann seinen Becher an die Lippen. „Ich nehme an, es ist nicht schwer, sich in sie zu verlieben. Sie ist klein, jung und zuckersüß.

Außerdem muss sie beschützt werden, und ich habe das Gefühl, dass du das am meisten an ihr magst."

Er liegt nicht falsch. Ich war schon immer der Beschützertyp. So wurde ich geboren, so wurde ich von meinem Dad erzogen. Zugegeben, meine Mom hätte das nie zugelassen, sie stand schon immer auf Kerle, vor denen ich sie zu beschützen versuchte und ich bin immer gescheitert. Ich dachte, Tulip wäre wie sie, doch seit ich zurück bin, überrascht sie mich.

„Ich soll in zwölf Wochen wieder kämpfen. Tulip weiß nicht, warum ich mich so dagegen sträube. Sie denkt, ich brauche einfach eine Pause. Ich weiß nicht, wie ich es ihr beibringen soll."

Er reagiert nicht sofort auf meine Worte, sein Blick ist nach vorne gerichtet. Er mustert die Eichen, die sich über sein Grundstück erstrecken. Dann räuspert er sich.

„Du solltest darüber nachdenken, warum du ihr nichts davon erzählt hast. Du hältst diesen Teil von dir aus einem bestimmten Grund zurück, und zwar nicht, weil du denkst, sie könnte dich verlassen. Du weißt, dass sie das nicht tun wird. Tulip ist loyal, sie ist eine von den Guten."

Ich streiche mir mit der Hand über meinen kahlen Kopf. „Das ist sie, aber ich habe mir selbst eingeredet, dass der Grund, wieso sie nicht mit mir zusammen sein wollte, meine Hautfarbe war. Auch wenn ich mir das nie wirklich geglaubt habe, habe ich mich aber dennoch selbst davon überzeugt. Ich bin mir dementsprechend nicht sicher, ob sie bei mir bleibt, wenn sie erfährt, dass ich ein Mörder bin."

„Das ist ein ganz schön starkes Stück, was du da sagst, Bruder. Du zäumst das Pferd von hinten auf, Mann. Geh es der Reihe nach an."

Ich bleibe noch etwa eine Stunde bei Beau. Unser Gesprächsthema wechselt zu seiner Karriere, seiner

neuen Band und der Tatsache, dass einer seiner Bandkollegen Huttons beste Freundin geschwängert hat
und die beiden nun umeinander herumtanzen. Das
scheint Hutton verrückt zu machen, was wiederrum
Beaumont durchdrehen lässt.

„Denk mal drüber nach, Louis. Am Ende deiner Tage, wenn du verdammt alt bist und dieser ganze
Scheiß dir nichts mehr bedeutet. Wen willst du dann
an deiner Seite haben? Sie muss alles über dich wissen,
damit sie sich in den Mann verlieben kann, der du in
deinem Inneren bist. Tief verborgen unter all dem
anderen Scheiß, der dich ausmacht. Sie muss sich bis
ins Knochenmark in dich verlieben, Bruder.“

Seine Abschiedsworte haben mich tief berührt, vielleicht sogar bis ins Knochenmark hinein getroffen. Ich
bin mir nicht sicher. Ich verlasse seine Ranch und
fahre die unbefestigte Straße entlang, die zu meinem
Haus führt. Seine Worte lassen mich nicht los.

Sie muss sich bis ins Knochenmark in dich verlieben, Bruder.

Ich stimme ihm zu. Tulip muss alles von mir sehen,
und heute Abend, wo eigentlich alles blumig und romantisch sein sollte, muss ich ihr reinen Wein einschenken.

Kapitel 12

Mark beobachtet mich die gesamte Schicht über. Ich kann seinen Blick zu jedem Zeitpunkt auf mir spüren. Selbst wenn er nicht in unmittelbarer Nähe ist, fühle ich, dass er mich beobachtet. Ich hasse es. Ich zupfe an meinem Pferdeschwanz und atme aus, während ich meinen neuen Kunden anlächele und danach mit dem Kassieren beginne.

„Ich helfe Ihnen beim Einpacken", verkündet Mark strahlend.

Die Kundin bedankt sich überschwänglich bei ihm, doch ich kann nicht anders, als mich mies zu fühlen. Ich möchte, dass er verschwindet, und wenn ich meinen Schichtplan ändern könnte, um sicherzustellen, dass er nicht in meiner Nähe ist, würde ich es auch tun. Aber leider ist er nun mal der Filialleiter, was bedeutet, dass er den Schichtplan nach seinen Wünschen anpassen und umschreiben kann. Fuck. Ich möchte schreien.

„Ich habe dich gestern zusammen mit diesem großen Typen gesehen. Willst du wegen ihm etwa nicht mit mir ausgehen? Willst du nicht noch ein wenig Spaß haben, bevor du sesshaft wirst?", fragt er und begafft meine Titten.

Ich weigere mich, ihm zu antworten, und lasse ihn stattdessen bloß wissen, dass ich jetzt in die Pause gehen werde. Und zwar so laut, dass ich mir sicher bin, dass Brenda, von der Kasse gegenüber, es auch mitbekommen hat. Als ich an ihm vorbeimarschiere, wird sein Gesicht knallrot, aber das ist mir egal. Ich brauche einen Moment zum Durchatmen.

Ich gehe in den Pausenraum, lasse mich auf einen

freien Stuhl fallen und schließe seufzend die Augen. Ich höre, wie einer der Stühle über den Boden rutscht, weshalb ich meine Lider wieder öffne. Vor mir sitzt genau der Mann, vor dem ich zu fliehen versuche.

„Mark, das ist nicht angemessen. Du musst mich in Ruhe lassen, bitte", sage ich und versuche, hart zu klingen.

Er neigt den Kopf zur Seite, er scannt mein Gesicht, dann verziehen sich seine Lippen zu einem Lächeln und sein Gesichtsausdruck ändert sich. Er sieht mich an, als sähe er in mir nur das süße Mädchen, statt der todernsten Frau.

„Ich weiß, dass du das sagen musst, weil du im Moment mit diesem Kerl zusammen bist. Aber ich weiß auch, dass du bald wieder auf dem Markt sein wirst."

Kopfschüttelnd lege ich meine Finger an meinen Hals und versuche zu atmen. „Mark, Louis ist mein fester Freund. Bitte, lass es hier auf der Arbeit nicht seltsam werden."

Er grinst. „Wir sehen uns morgen Abend bei deinem Job."

Er lässt diese Aussage unkommentiert zwischen uns stehen und geht zur Tür hinaus. Ich stoße ein Wimmern aus, lege meine Stirn auf die Tischplatte und versuche, zu Atem zu kommen.

Tränen füllen meine Augen und so sehr ich auch darum kämpfe, sie zurückzuhalten, gelingt mir dies nicht. Sie kullern mir über die Wangen und landen auf dem gefliesten Boden des Pausenraums.

Nach ein paar Augenblicken habe ich mich wieder im Griff. Ich wische mir die Tränen ab und trete zum Rest meiner Schicht an. Mark hört nicht auf, mir unheimlich zu sein. Es ist, als könne er einfach nicht anders. Er stellt sich an das Ende meines Förderbands und tütet die Lebensmittel eines jeden einzelnen Kunden für mich ein.

Er macht mich nervös und die Zeit scheint einfach nicht schnell genug zu verstreichen. „Hey Tulip, bist du okay?“, höre ich eine Männerstimme fragen.

Ich hebe den Kopf und beende das hypnotische Starren auf den Scanner. Vor mir stehen Rylan und Wyatt. Sie sehen schmutzig aus, weil ein harter Arbeitstag hinter ihnen liegt. Beide sehen gleich gut aus, jedoch auf völlig unterschiedliche Art. Warum konnte ich mich nicht in einen Mann wie sie verlieben? Warum musste ich mich in einen Promi vergucken, der mich am Ende doch sowieso verlassen wird?

„Alles bestens. Wie geht es euch, Jungs? Feierabend für heute?“

Rylan nickt, doch es entgeht mir nicht, wie Wyatts Blick von mir zu Mark und dann wieder zu mir zurück wandert. „Wann hast du Feierabend, Darling?“, fragt er mich mit leiser Stimme.

„In zwanzig Minuten.“

Er nickt, dann zückt er seine Karte, um seine Einkäufe zu bezahlen. „War schön, dich zu sehen, Tulip“, sagt Wyatt laut und grinst.

Ich sehe ihnen dabei zu, wie die beiden den Laden verlassen. Als ich meinen Blick wieder auf die Kasse richte, bekomme ich mit, wie Mark mich wütend anstiert. Er sagt nicht sofort etwas zu mir, doch ich spüre weiterhin seinen intensiven Zorn.

Zum Glück ist das nicht von langer Dauer. Ich stempele schnell ab und zähle meine Kasse. Dann hänge ich mir die Handtasche über die Schulter und eile aus dem Supermarkt, doch ich komme nicht weit.

Marks Hand bekommt meine Schulter zu fassen und drückt so fest zu, dass ich nach hinten stolpere. Er schaut mich an, er zittert leicht. „Keine anderen Männer“, knurrt er. „Du willst mit dem Stück Scheiße spielen? Schön, das ist für mich in Ordnung, aber mit keinem anderen sonst. Wir sehen uns morgen, mach dich für mich bereit, Tulip", schnauzt er.

Als er mich endlich loslässt, stehe ich da und blinzele. Er hat völlig den Verstand verloren. Ich schüttele den Kopf und starre ihn mit offenem Mund an, bis ich mich schließlich aus meiner Verblüffung löse und schnell aus dem Laden renne.

„Wenn er dich noch einmal so anfasst, werde ich Louis davon erzählen müssen, und ich glaube nicht, dass er sehr glücklich darüber sein wird, wenn er erfährt, dass dein Chef dich so angegangen ist", sagt Wyatt.

Als ich mich umdrehe, sehe ich, dass er und Rylan an der Seite des Gebäudes lehnen und ihre Arme beide gleichermaßen vor der Brust verschränkt haben. Ich schlucke und nicke ein paar Mal.

„Er macht mir Angst", gebe ich zu.

„Vor Louis brauchst du keine Angst zu haben, Tulip. Was er getan hat, war ein Unfall. Die Ärzte hatten ihn vorgewarnt", erklärt Rylan.

Fragend neige ich den Kopf zur Seite, weil ich keine Ahnung habe, wovon er da spricht. Ich habe ihnen sagen wollen, dass Mark mir langsam Angst macht, doch sie haben sofort von Louis gesprochen.

„Was meint ihr damit, dass ich keine Angst vor Louis haben soll?", frage ich leise.

„Von wem hast du denn gesprochen?", hakt Wyatt nach.

„Von Mark, meinem Vorgesetzten. Und jetzt sag mir, was du vorhin gemeint hast."

Rylan und Wyatt tauschen Blicke aus und schütteln dann mit dem Kopf. Sie schauen mich wieder an und ich sehe, wie ihre Blicke über meine Schultern wandern und sie sich ruckartig von der Wand abstoßen.

„Geh zu deinem Mann", murmelt Wyatt.

Ich drehe den Kopf und blicke ebenfalls über meine Schulter und sehe, dass Louis auf den Parkplatz gefahren ist. „Sag mir, was du gemeint hast.“

„Frag ihn. Ich dachte, du wüsstest es, sonst hätte ich gar nicht erst von der Scheiße gesprochen, denn es geht uns nichts an.“

Die Zwei entfernen sich von der Wand und lassen mich stehen. Ich werfe ihnen einen strengen Blick zu und sehe ihnen dabei zu, wie sie in Wyatts Wagen einsteigen. Erst dann drehe ich mich um und mache mich auf den Weg zu Louis' Truck.

Ich steige ein, schließe die Tür und atme zischend aus. Ich weiß nicht, warum ich so sauer bin. Vielleicht hat es etwas damit zu tun, dass sowohl Rylan als auch Wyatt wissen, was Louis vor mir verheimlicht. Vielleicht ist es aber auch, dass Mark mich den ganzen Tag über belästigt hat. Oder es liegt daran, dass ich mir sicher bin, dass das, was zwischen Louis und mir ist, sich wahrscheinlich bald dem Ende zuneigt.

Was auch immer zutrifft, ich bin stinksauer.

***

Louis

Als sie in meinen Wagen klettert, blinzele ich angesichts der Frustration, die sich deutlich in ihrem Gesicht widerspiegelt.

„Willst du darüber reden?“, frage ich sie.

Mit verengten Augen schaut sie mich an, und ich weiß zweifelsohne, dass mit ihr etwas ganz gewaltig nicht stimmt. Sie spricht nicht sofort, aber das verlange ich auch gar nicht von ihr. Ich möchte, dass sie bereit dazu ist, über das zu reden, was sie bedrückt.

„Deine Freunde dachten, ich hätte aus irgendeinem Grund Angst vor dir. Was verschweigst du mir, Louis?“, will sie wissen, als wir die Straße zu meinem Haus entlangfahren.

Ich verreiße das Lenkrad, und brauche einen Moment, um den Wagen wieder auf Kurs zu bringen und mich von ihrer Frage zu erholen.

„Was haben sie dir gesagt?“, hake ich nach, weil ich wissen muss, wie hart ich die beiden dafür verprügeln sollte.

„Nichts. Nur das. Als sie merkten, dass ich keine Ahnung habe, wovon sie reden, verabschiedeten sie sich und gingen. Sie wollten dir nicht in den Rücken fallen, aber ich will jetzt wissen, was es mit der Sache auf sich hat.“

Innerlich fluche ich. Ich hatte sowieso vor, es ihr heute Abend zu sagen, doch nun habe ich keine andere Wahl mehr, und nichts geht mir mehr auf den Sack, als keinen Ausweg zu haben.

Als ich vor meinem Haus vorfahre, stelle ich den Motor ab und schaue zu ihr herüber. Tulips Körper zittert und es fühlt sich nach so viel mehr als nur dem an, was Wyatt und Rylan ihr gegenüber fallengelassen haben. Es geht noch etwas anderes in ihr vor, aber ich kann sie nicht danach fragen, weil ich ihr erst eine Erklärung schuldig bin.

„Komm mit rein. Ich bereite das Abendessen vor und dann reden wir.“

Langsam dreht sie den Kopf in meine Richtung und ihre tränenverschleierten Augen treffen auf meine. Fuck, ich will nichts lieber, als sie in meine Arme schließen und sie dazu zu bringen, mit mir zu sprechen. Irgendetwas stimmt nicht mit ihr, ich spüre es mit jeder Faser meines Körpers.

Ich bedränge sie jedoch nicht, zumindest noch nicht. Stattdessen steige ich aus dem Wagen und jogge zu ihrer Fahrzeugseite, um ihr beim Aussteigen zu helfen. Hand in Hand gehen wir ins Haus. Tiefdurchatmend will ich sie in die Küche führen, doch sie hält mich zurück.

„Ich muss es jetzt wissen, Louis. Ich habe das Gefühl, dass ich im Dunklen tappe, und das gefällt mir nicht."

Ich nicke und statt sie in die Küche zu geleiten, bringe ich sie ins Wohnzimmer. Sie lässt meine Hand los und nimmt anstatt auf der Couch auf dem Sessel Platz. Ich nehme ihr das nicht übel, ich würde auch nicht neben mir sitzen wollen. Und nachdem sie die Wahrheit erfahren hat, wird sie ihre Meinung sowieso nicht mehr ändern.

Ich lasse mich auf das Sofa sinken, stütze meine Unterarme auf den Knien ab und schaue sie an.

„Ich bin ein Killer."

Ihre Augen weiten sich, und ich erwarte, dass Abscheu ihre Züge erfüllt, doch das passiert nicht. Stattdessen neigt sie den Kopf und zieht die Augenbrauen zusammen.

„Ich brauche mehr als das", flüstert sie.

Ich schüttele den Kopf. „Mir ist erst vor kurzem klar geworden, dass du ahnungslos bist. Ich dachte, jeder wüsste es. Vor allem hier in Gallup." Ich räuspere mich und reibe mir mit der Handfläche den kahlen Kopf. „Mein letzter Kampf. Ich habe ihn geschlagen. Es war kein harter Schlag, nicht härter als sonst auch. Wir waren kurz vor dem Ende und ich wollte unbedingt ein Tap out. Ich brauchte diesen Sieg. Ich war verdammt hungrig danach. In meinem Kopf skandierten die Worte: *Töte ihn. Töte ihn. Töte ihn.* Immer und immer wieder", murmele ich.

Ich rechne damit, dass Tulip vor mir wegläuft, doch als sie sich langsam erhebt, wendet sie sich nicht von mir ab. Stattdessen kommt sie auf mich zu und sinkt vor mir auf die Knie. Ich balle meine Hände zu Fäusten. Ich verdiene es nicht, sie zu berühren, denn sie ist so verdammt rein und unschuldig.

„Was ist dann passiert?"

„Ich tat es. Ich setzte meine Anfeuerungsrufe in die Tat um. Es wurde wahr und ich schlug ihn K.O., aber noch während ich meinen Siegesrausch genoss, passierte etwas Schreckliches. Er ist verdammt noch mal gestorben. Live im Fernsehen, vor Tausenden von Zuschauern. Er ist verdammt noch mal gestorben. Er hinterließ zwei gottverdammte Kinder, kleine Kinder, und eine Ehefrau. Ich habe das getan. Ich habe dafür gesorgt, dass sie ohne Vater aufwachsen müssen, habe ihre Mutter zur Witwe gemacht."

Tulip streckt ihre Hände aus und legt sie auf meinen Knien ab. Sie drückt zu und zwingt mich dazu, sie anzusehen. Ich warte darauf, dass sie etwas sagt, irgendetwas, während mich meine Schuldgefühle übermannen und drohen, verdammt noch mal aus mir herauszubrechen.

„Du hast ihn aber nicht wirklich umgebracht, oder? Ich meine, du hast ihn geschlagen, aber es war nicht deine Schuld, richtig?"

„Nein", krächze ich und meine Augen füllen sich mit Tränen. „Die Ärzte hatten ihn vorgewarnt. Es sollte nicht wieder in den Ring steigen. Er hat seine Unterlagen gefälscht, die Diagnose geheim gehalten, aber das spielt keine Rolle, denn ich habe ihn trotzdem kaltgemacht."

Tulip schüttelt den Kopf. „Ich kann es dir sagen, eine Million Menschen können dir sagen, dass es nicht deine Schuld war, aber du wirst es nie glauben. Du musst erst selbst akzeptieren, dass du keine Schuld daran trägst. Bis du so weit bist, werden dich deine Schuldgefühle bei lebendigem Leib auffressen, Louis."

„Du hältst mich also nicht für ein Monster?"

Sie lächelt traurig. „Niemals", flüstert sie. „Niemals."

Als sie auf die Knie geht, sich vorbeugt und ihren Mund auf meinen legt, bin ich verfickt noch mal völlig überrascht.

„Willst du deshalb nicht zurück in den Ring?“

„Genau.“

Nickend knabbert sie an meiner Unterlippe, dann erhebt sie sich und setzt sich auf meine Oberschenkel. Sie schlingt ihre Arme um meine Schultern und lässt ihre Zunge langsam über meine Lippen gleiten. „Du wirst fantastisch sein. Du wirst in den Ring steigen und dominieren. Du wirst Louis Kingston sein und wenn du wieder zu mir nach Hause kommst, bist du einfach mein Louis.“

Knurrend umfasse ich ihre Taille und drücke sie. „Verdammt richtig, ich bin dein Louis.“

Ohne ein weiteres Wort zu verlieren, drapiere ich uns so, dass sie mitten in meinem Wohnzimmer auf dem Rücken liegt. Ich liebe Tulip langsam und gleichmäßig, bis ich es keine Sekunde länger aushalte. Dann ficke ich sie, bis wir beide vor Ekstase schreien.

Kapitel 13

Wir haben das Abendessen ausfallen lassen, weil wir irgendwie in Louis' Schlafzimmer gelandet sind. Jetzt liege ich auf seiner schweißgetränkten Brust, meine Finger zeichnen Muster auf seiner glatten Haut.

Ich schließe die Augen und muss immer wieder daran denken, wie gequält er aussah, als er mir von seinem Kampf, von dem Mann, der starb, erzählte. Die Schuldgefühle, die er empfindet, sind seit diesem Tag nie verblasst. Ich mache das daran fest, weil er alles so düster sieht.

Ich meinte das ernst, als ich sagte, dass er in den Ring steigen und dominieren wird, aber beim zweiten Teil des Satzes habe ich gelogen. Er wird nicht nach Hause kommen und mein Louis sein. Nicht, dass ich das nicht möchte, ich glaube nur nicht, dass er es tut. Ich rechne damit, dass er nach diesem Kampf nicht wieder nach Hause kommen wird.

Ehrlich gesagt, glaube ich, dass ich genau diesen Platz in seinem Leben einnehmen sollte. Ich soll ihm durch den Schmerz hindurch helfen, ihn wieder aufbauen und ihn dann fortschicken, damit er die Welt erobern kann. Er wird mich verlassen und ich werde innerlich sterben, aber er wird glücklich und geheilt sein, und das ist alles, was zählt.

„Ich bin hierher zurückgekommen, um meinen Kopf wieder frei zu kriegen. Damals, in Nevada, habe ich mit dem Trinken angefangen. Es wurde verdammt hässlich und ich kapselte mich ab. Ich hatte miterlebt, wie Beaumont in die Sucht rutschte, und da wusste ich, dass ich auf dem besten Wege war, seinem Beispiel zu folgen. Ich war deprimiert und fühlte mich so verdammt schuldig, so fühle ich mich noch immer. Ich sprach mit einem Arzt, aber nichts, was er sagte oder mir verschrieb, konnte mir helfen.“

Ich hebe den Kopf an, lege mein Kinn auf seine Brust und beobachte sein Gesicht. Seine Augen blicken geradeaus, er sieht nicht zu mir herab. Es macht mir nichts aus, denn ich bin mir selbst nicht sicher, ob ich es ertragen könnte, von ihm angeschaut zu werden.

„Bist du jetzt trocken?“, möchte ich wissen.

Er stößt einen Seufzer aus. „Ich wollte nicht einmal zur Flasche greifen. Ich habe mich auf das Training und auf dich konzentriert“, murmelt er und lässt dabei eine Hand über meinen Rücken gleiten, ehe sich seine Finger in meinen Haaren verfangen.

Mir stockt der Atem, als er das Kinn senkt und seine grünen Augen auf meine treffen. Sie funkeln und sind lebendig, weshalb ich mit meiner Einschätzung richtig lag, dass sein Blick für mich zu viel sein könnte, aber ich kann nicht wegsehen.

„Auf mich?“, hauche ich.

Er nickt. „Ja, Tullie. Auf dich.“

Ohne dem noch etwas hinzuzufügen, positioniert er uns so, dass seine Lippen meine berühren können. Seine Zunge gleitet in meinen Mund hinein und ich stöhne auf, als er mit ihr über meine streicht und mich schmeckt. Seine Finger krallen sich in meinen Haaren fest und er zieht meinen Kopf leicht zurück, um den Kuss zu beenden.

Als ich spüre, wie seine Lippen meinen Hals entlang wandern und an meinem Schlüsselbein verweilen, um dort sanft an meiner Haut zu saugen, gerät meine Atmung ins Stocken.

„Du bringst meinen Geist zur Ruhe. Du hilfst mir beim Schlafen. Du machst einfach alles besser“, sagt er heiser.

Ich schließe die Augen, mein Kopf fällt zurück und ich denke darüber nach, ob ich ihm ebenfalls sagen sollte, was er mit mir macht, und entscheide mich letztlich dazu, genau das zu tun. Fehler oder nicht, es ist egal, ich muss es ihm sagen oder ich werde innerlich explodieren.

„Du hast mich immer wahrhaftig *fühlen* lassen, Louis. Du lässt mich alles fühlen.“

Er stöhnt gegen meine Haut und knabbert an mir. Dann schiebt er mich auf den Rücken, seine Hand ist noch immer in meinen Haaren, zieht meinen Kopf zurück und zwingt mich dazu, meinen Hals noch mehr für ihn zu beugen.

Seine Lippen bahnen sich ihren Weg zu meinen Brüsten. Ich öffne die Augen ein stückweit und beobachte ihn dabei, wie er mich erkundet. Er sieht zu mir auf, sodass ich durch seine Wimpern hindurch das Feuer hinter seinen grünen Augen sehe.

Ich spreize meine Beine, sodass seine Hüften perfekt zwischen meine Schenkel passen. „Ich will dich schmecken“, hauche ich.

Er hält inne, seine Lippen lösen sich schlagartig von meiner Brust, um sich zu einem kleinen Lächeln zu verziehen. „Darum musst du mich nicht lange bitten, Baby.“

Ich rechne damit, dass er sich von mir herunterrollen wird, doch er tut es nicht. Stattdessen keuche ich auf, als er sich umdreht und sich über mein Gesicht hockt.

„Öffnen, Baby“, säuselt er. Ich stehe unter Schock. Völlig schockiert, tue ich, was er von mir verlangt.

Ich öffne meinen Mund und schließe die Augen, sodass er in mich eindringen kann, jedoch nicht zu tief. Als ich seine Zunge auf meiner Klitoris fühle, stöhne ich. Ich liege da, mit gespreizten Beinen, während er mich leckt und gleichzeitig meinen Mund fickt.

So etwas habe ich noch nie gemacht.

Es fühlt sich verboten und unanständig an.

Ich fühle mich lebendig.

Es dauert nicht lange, bis ich komme. Es kommt mir vor, als hätte ich schon bei seinem zweiten Zungenschlag aufgeschrien, seinen Schaft in meinem Mund. Er hört jedoch nicht damit auf, meine Pussy zu verwöhnen, und seine Hüften bewegen sich weiter auf und ab, um mit jedem Stoß tiefer in meine Kehle einzudringen.

Als auch er kommt, verlässt ein langgezogenes Stöhnen seine Lippen, seine Zunge presst sich gegen meine Klitoris und ich spüre die Vibrationen in meinem ganzen Körper, als sein Sperma meine Kehle hinunterrinnt.

Er bleibt nicht lange in mir, stemmt sich hoch und rollt sich auf den Rücken. Sein Gesicht liegt nun neben meinen Füßen. Plötzlich bin ich verlegen und ein wenig peinlich berührt von dem, was gerade zwischen uns passiert ist. Ich habe so etwas noch nie getan, und jetzt weiß ich nicht, wie ich mich verhalten oder was ich sagen soll.

„Tullie?", fragt Louis, obwohl es eigentlich mehr danach klingt, als würde er ein Lachen unterdrücken.

Mein Blick gleitet über seinen langen, massiven, gut gebauten Körper, um letztlich in seine strahlenden, grünen Augen zu schauen. „Ja?"

Er grinst und schüttelt den Kopf, während er mit seiner Hand mein Bein hinaufgleitet und meinen Oberschenkel drückt.

„Das war phänomenal, Baby."

„Ich habe noch nie…"

Abermals drückt Louis meinen Oberschenkel und fällt mir ins Wort. „Ich weiß. Versprich mir, dass wir das wieder tun werden."

Ich kann meinen Blick nicht von ihm abwenden. Louis setzt sich auf, greift nach mir und legt seine

Hand in meinen Nacken. Mit dem Daumen streicht er über meine Unterlippe.

„Die Beste, die ich je hatte, Tulip. Das bist du, Baby. Die Beste", raspelt er und legt eine Hand zwischen meine Brüste. „Innerlich und äußerlich. Die kommenden zwölf Wochen werden hart, aber mit dir an meiner Seite, bin ich mir sicher, dass ich die ganze verdammte Welt erobern kann."

Bei seinen Worten kommen mir die Tränen, denn ich weiß, dass er Recht hat und ich weiß auch, dass er mich am Ende dieser drei Monate, wenn er seine Welt zurückerobert hat, nicht mehr brauchen wird. Und das stimmt mich unbeschreiblich traurig.

Ich lege meine Finger um sein Handgelenk. „Ich gehöre dir, Louis. Alles von mir."

***

Louis

Nachdem ich Tulip beim Supermarkt abgesetzt habe, stöhne ich, weil ich weiß, dass mein Treffen mit Gary, Troy und Aaron ansteht. Dass Aaron hier ist, stört mich weniger als die Anwesenheit meines Trainers, der mich wieder voll in den Boxtrainings-Modus bekommen will.

Auch wenn ich mich vor dem eigentlichen Kampf fürchte, macht mir die Vorbereitung tatsächlich Spaß. Sie gibt mir Struktur und einen geregelten Zeitplan, nach dem ich mich gesehnt habe.

Als ich vor meinem Haus vorfahre, bin ich nicht wirklich überrascht darüber, dass alle drei bereits auf meiner Veranda auf mich warten. Ich habe ihnen eine Nachricht geschickt, bevor ich Tulip zur Arbeit gefahren habe, um sie wissen zu lassen, dass ich bereit dazu bin, die Sache endlich hinter mich zu bringen.

Ich öffne die Tür meines Trucks, steige aus und schließe sie wieder hinter mir, ehe ich auf die Gruppe zu jogge.

„Du bist früh auf den Beinen", meint Troy, mein Agent.

Ich stecke meinen Schlüssel in das Schloss der Haustür und schließe auf. Anschließend stoße ich die Tür auf und trete ein. „Ich musste meine Frau heute Morgen zur Arbeit fahren", sage ich achselzuckend.

„Deine Frau?", schreit mein Pressesprecher, Gary, buchstäblich.

Ich bleibe stehen, drehe mich in meinem Wohnzimmer zu ihm um und sehe ihn an. „Jepp, ich treffe mich mit jemandem. Hast du ein Problem damit?"

Er zieht eine Grimasse, und da weiß ich, dass dem tatsächlich so ist. Ich weiß zwar nicht, warum es ihn interessiert, in wen ich meinen Schwanz stecke oder wer neben mir im Bett liegt, aber seinem Gesichtsausdruck nach zu urteilen, scheint es ihn verdammt noch mal zu beschäftigen.

„Spuck es schon aus." Ich seufze.

Er räuspert sich und fährt sich mit den Fingern durch sein lichter werdendes Haar. „Die Frauen mögen es, wenn du verfügbar bist. Und es gibt da noch die Kategorie Männer, die wollen, dass du eine prominente Frau abbekommst, die sie selbst haben wollen. Wenn du dich öffentlich mit jemanden verabreden willst, muss es jemand sein, nach der sich die Kerle die Finger lecken und von der sich die Frauen wünschen, sie würden genauso aussehen."

Wegen seiner lächerlichen Worte blinzele ich. Und dann kann ich mich plötzlich doch nicht mehr zusammenreißen und breche in schallendes Gelächter aus. „Du willst mich doch verarschen, oder? Wen kümmert es, wen ich mit in mein Bett nehme? Ich boxe, das ist das, was ich tue. Das ist das Einzige, was irgendjemanden interessieren sollte. Und momentan sollten sie mich eher abstoßend finden."

Troy macht kopfschüttelnd einen Schritt auf mich zu. „Glaub mir, im Moment bist du überall das heißeste Thema. Der Fakt, dass der Kampf bald ansteht, ist überall hoch im Kurs. Jeder beobachtet dich, wartet darauf, was passiert. Und wen du fickst, ist ebenfalls ein brandheißes Thema."

„Tja, ich stehe hier vor dir und sage dir, dass das niemand etwas angeht."

Aaron räuspert sich, sodass ich mich meinem Trainer zuwende. „Eigentlich finde ich, dass du im Moment überhaupt niemanden vögeln solltest. Wenn du meine Meinung hören willst, solltest du bei klarem Verstand bleiben und keine Schlampe dieser Welt, kann dir diesen geben. Du musst dich auf dein Stehvermögen, auf deine Ausdauer konzentrieren. Was du nicht gebrauchen kannst, ist eine Frau, die dir zweimal am Tag einen bläst."

Ich kann nicht anders, als über Aarons Worte zu lachen. Er hat Frauen noch nie sonderlich gemocht, da er viermal verheiratet war, aber das sieht man ihm nicht an. Ich genieße seine Beziehungsratschläge mit Vorsicht, das war schon immer so, obwohl ich sie eigentlich nie gebraucht habe.

„Das ist eine wichtige Zeit für dein Image, Louis. Wir müssen dafür sorgen, dass wir alles richtig machen", schlägt Troy einen anderen Weg ein.

Rational gesehen weiß ich, dass er vermutlich recht hat. Wenn ich in meiner Karriere den nächsten Schritt machen möchte, meine Auftritte abwechslungsreicher gestalten will oder was auch immer, dann sollte ich mich einen Dreck um mein Image scheren. Das tue ich aber nicht. Ich werde kämpfen, bis ich zu kaputt zum Boxen bin. Und das werde ich mit genau der Frau tun, die ich an meiner Seite haben oder eben nicht haben möchte.

Ich schüttele den Kopf und schaue sowohl Gary als auch Troy an. „Mischt euch nicht in mein Privatleben ein. Ich werde keine Scheinbeziehung führen oder so tun, als hätte ich keine Freundin. Tulip wird nirgends hingehen, sie gehört zu mir, und das ist alles, was ihr wissen müsst.“

„Tulip? Wie Tulpe?“, wiederholt Gary. Ich ziehe die Augenbrauen hoch und gebe ihm im Stillen zu verstehen, dass er sich besser nicht zu ihrem Namen äußern sollte. „Die Medien werden einen blumigen Tag erleben. Kein Wortspiel beabsichtigt“, schnaubt er. „Aber im Ernst, sobald ihr Name publik wird, werden sie Tulip bei lebendigem Leib rösten. Ein Landei namens Tulip.“

Kopfschüttelnd blickt er zu Boden, und ich möchte nichts sehnlicher, als ihn in den verdammten Magen zu schlagen.

Räuspernd trete ich einen Schritt zurück. „Ich werde nicht mehr mit euch darüber sprechen. Lasst uns mit dem eigentlichen verdammten Meeting starten.“

Wir verbringen die nächsten Stunden damit, meine Termine für die kommenden zwölf Wochen durchzukauen. Ich muss nicht nur mein reguläres Trainingspensum absolvieren, sondern zusätzlich auch noch Pressearbeit vor dem Kampf leisten. Das bedeutet, dass ich früher nach Vegas zurück muss, als ich gehofft hatte.

„Mal im Ernst, Louis, denk darüber nach, das Mädchen zu verlassen, bis die Kämpfe vorbei sind. Danach kannst du tun und lassen, was du willst“, fleht Gary mich regelrecht an.

Schnaubend schüttele ich den Kopf. „Ich werde tun, was immer ich will. Egal, was passiert, Gary. Leg dich nicht mit mir an.“

Sie lassen mich allein und kehren gemeinsam in ihre

Airbnb-Wohnung zurück, die ich ihnen bezahle. Der Rest des Teams kommt morgen an, und die einzige Person, die mit mir in meinem Haus leben wird, wird mein Koch sein. Und das auch nur, weil ich weiß, dass er zu jeder Tages- und Nachtzeit uneingeschränkten Zugang zu meiner Küche braucht.

Ich stütze mein Gesicht mit meinen Händen ab und denke darüber nach, dass ich Tulip durch die Hölle schleifen werde. Das hat sie nicht verdient. Sie muss da durch, weil ich ein egoistisches Arschloch bin und sie immer an meiner Seite haben will. Für immer.

Ich werde darum kämpfen, sie zu beschützen. Vor jedem, der etwas Negatives über sie sagt. Meinetwegen vor der ganzen Welt, wenn es denn sein muss.

Kapitel 14

Ich warte vor dem Supermarkt eine gefühlte Stunde lang. Ich checke mein Handy, runzele die Stirn und stelle fest, dass es in Wahrheit nur zehn Minuten waren. Sehr lange zehn Minuten. In meinen Kontakten suche ich nach Louis' Rufnummer.

Er war noch nie zu spät und hat mich immer abgeholt. Nun bin ich sehr überrascht, dass er sich verspätet. Ich schicke ihm eine kurze Sprachnachricht und lasse ihn wissen, dass ich draußen auf ihn warte.

Ich schaue mich um und stoße einen Seufzer aus. Weitere fünfzehn Minuten vergehen. Er antwortet werde auf meine Sprachnachricht noch auf meine drei WhatsApp-Nachrichten. Ich schreibe ihm eine letzte Nachricht, um ihm mitzuteilen, dass ich mich auf den Weg zu meiner Wohnung machen werde. Zum Glück ist mein Apartment nicht allzu weit entfernt, lediglich ein paar Kilometer.

Ich schultere meine Tasche und mache mich auf den Weg. Ich hoffe, dass Louis mir wenigstens auf halber Strecke entgegenkommt. Ich kaue auf meiner Lippe, während ich mich vom Laden entferne.

Die ganze Zeit über rufe ich mir ins Gedächtnis, dass er ein Meeting hat und sicher deswegen nicht erreichbar ist. Doch es macht sich ein mulmiges Gefühl in meiner Magengrube breit, als ob irgendetwas passiert wäre, als ob er vielleicht doch schon fertig mit mir sei.

Ich höre, wie ein Fahrzeug neben mir bremst. Mein Herzschlag beschleunigt sich ein wenig, obwohl ich weiß, dass in Gallup nie etwas Schlimmes passiert. Nicht wirklich. Langsam drehe ich den Kopf und erwarte, in ein bekanntes Gesicht zu blicken.

Es ist auch jemand, den ich kenne. Allerdings ist es

nicht die Person, mit der ich gerechnet habe. Und ich habe den kleinen Pick-up, den derjenige fährt, auch noch nie gesehen.

„Tulip, was machst du denn hier auf der Straße? Wo ist dein Auto?", erkundigt er sich.

Es ist das erste Mal seit Wochen, dass er clean aussieht. Wenn mir jemand beim letzten Mal gesagt hätte, als ich ihn sah, dass nur ein paar Tage später diese Version des Mannes vor mir stehen würde, hätte ich ihn einen Lügner genannt.

Er sieht gesund aus, und wenn ich mich nicht täusche, vielleicht sogar glücklich. Er erinnert mich an den Teenager von damals, und sofort bin ich ihm wohlgesinnter.

„Es steht vor meinem Apartment. Ich wollte nur…"

„Er ist dich nicht abholen gekommen?", fragt er und meint damit Louis.

Ich kann nicht leugnen, dass mich bei dem Gedanken, dass Louis mich vergessen hat, etwas Unangenehmes durchströmt. Ich sollte nicht sauer sein. Er ist seit Tagen, seit Wochen, völlig auf mich fokussiert. Er hat jeden wachen Moment damit zugebracht, auf Abruf für mich da zu sein. Sein Terminkalender wird vor diesem Kampf voll sein, und ich sollte mich nicht darüber aufregen, denn das ist eine gute Sache. Trotzdem fühlt es sich für mich beschissen an.

„Ich glaube, er hat gerade zu tun", entgegne ich lahm. Ich sollte überhaupt nicht mit ihm sprechen. Die Dinge, die er beim letzten Mal zu mir gesagt hat, als wir uns gesehen haben, sollten mich eher dazu animieren wegzulaufen.

Er schüttelt den Kopf. „Ja, okay. Lass mich dich nach Hause fahren."

„Ich weiß nicht, ob das eine gute Idee ist", erwidere ich zögerlich.

Joey steigt aus und kommt auf mich zu. „Du hast ihn

doch sicherlich angerufen, oder?"

„Mehrmals und Nachrichten geschickt", hauche ich, als er mir ein wenig zu dicht auf die Pelle rückt, mich aber zum Glück nicht berührt.

Dafür bin ich sehr dankbar, denn ich brauche im Moment den Freiraum. Ich fühle mich nicht zu Joey hingezogen, ich will ihn nicht zurück, und werde es auch nie wollen. Aber wir waren seit unserem dreizehnten Lebensjahr zusammen. Er wird immer etwas Besonderes für mich sein, und bevor das mit uns in die Brüche ging, hatten wir wirklich eine gute Zeit.

„Keine Hintergedanken, ich will dich nur nach Hause fahren", meint er mit einem schiefen Grinsen.

Nickend flüstere ich ein *Okay* und setze mich auf den Beifahrersitz seines Pick-ups. Ich schnalle mich an und warte darauf, dass er sich auf den Fahrersitz setzt.

„Du scheinst dich verändert zu haben", sage ich, als er sich in den Verkehr einfädelt.

„Das habe ich. Ich habe jetzt einen Job im Steinbruch. Es ist harte Arbeit und ich verdiene nicht viel, aber ich gehe jeden Tag dort hin", lässt er mich wissen. „Ich habe mit dem Trinken aufhört und nehme keine Drogen mehr. Ich habe mein Leben umgekrempelt, Tulip."

„Echt? Das ist toll."

„Das habe ich allein dir zu verdanken, Tulip, weil du mich rausgeworfen hast. Du hast dich geweigert, mich wieder bei dir aufzunehmen, auch wenn ich versucht habe, dich zu schikanieren und dir Angst einzujagen. Das hat mich wachgerüttelt. Ich bin Mitte zwanzig und habe nichts vorzuweisen. Bis gestern hatte ich nicht mal einen eigenen Gebrauchtwagen. Wie verdammt erbärmlich ist das bitte?"

Ich möchte ihm zustimmen und der Liste noch ein paar weitere erbärmliche Dinge hinzufügen, die er getan hat, aber ich lasse es. Stattdessen schenke ich ihm ein kleines Lächeln und nicke. „Ich freue mich wirklich für dich, Joey."

„Danke. Wie ich schon sagte, alles deinetwegen. Vielleicht können wir es ja eines Tages wieder miteinander versuchen, wenn ich so richtig auf die Beine gekommen bin. Nicht vorher."

„Vorher nicht?", wiederhole ich fragend. Ich habe zwar nicht vor, je wieder mit ihm zusammenzukommen, bin aber neugierig darauf, was er mir antworten wird.

Er räuspert sich und fährt auf den Parkplatz vor meinem Wohnhaus. „Wenn ich eine eigene Wohnung, einen festen Job habe und darauf hinarbeite, befördert zu werden. Wenn ich nicht länger eine verdammte Belastung für jemanden bin."

„Wer ist sie?", will ich von ihm wissen.

Er schüttelt den Kopf. „Es gibt niemanden. Ich habe einfach beschlossen, nicht mehr der Junge zu sein, der ich war."

Er parkt in eine freie Lücke ein, und meine Atmung gerät ins Stocken, als er eine Hand austreckt und mit seinen Fingern meine Wange berührt.

„Du weißt hoffentlich, dass ich dich wirklich geliebt habe, Tulip. Ich hatte eine beschissene Art, dir das zu zeigen, aber das lag daran, dass ich mit mir selbst unzufrieden war. Nichts, was ich dir angetan habe, habe ich deinetwegen gemacht. Es lag wirklich allein an mir."

Diese Worte. Sie lassen meinen ganzen Körper erbeben. Meine Augen füllen sich mit Tränen und ich schlinge meine Finger um sein Handgelenk, um ihn für einen Moment festzuhalten. Wäre diese Version von Joey vor einem Jahr zu mir gekommen, hätte ich ihn mit offenen Armen empfangen, aber jetzt ist es einfach zu spät.

„Du wirst ein ganz wunderbarer Mann werden, Joey.

Mach einfach genau das, was du gerade tust. Nach nur wenigen Tagen sehe ich eine große Veränderung. Stell dir nur vor, wie du dich in einem, zwei oder fünf Jahren verändert haben wirst", murmele ich.

„Yeah. Jetzt geh, dein Mann sieht nämlich aus, als würde er mir gleich den Kopf abreißen." Er lacht.

Als ich über meine Schulter schaue, sehe ich, dass Louis' Truck auf dem Parkplatz steht und er daran lehnt. Er hat die Arme vor der Brust verschränkt und eine verspiegelte Sonnenbrille sitzt auf seiner Nase. Er schaut direkt in unsere Richtung und es fühlt sich an, als ob seine Augen Laser wären, die versuchen, Löcher in unsere Körper zu brennen.

„Mach's gut, Joey", flüstere ich und lasse Louis nicht aus den Augen, während ich die Tür des Trucks öffne und aussteige.

„Tulip?", ruft Joey mir hinterher.

„Ja?"

„Wenn er dir wehtut, bringe ich ihn um."

Ich kommentiere dieses Versprechen nur mit einem Lächeln und schließe dann die Tür seines Wagens. Ich drehe mich zu Louis um und laufe langsam zu ihm. Ich bleibe direkt vor ihm stehen und lege mit einem zittrigen Lächeln den Kopf in den Nacken.

Er sieht nicht einmal zu mir herunter, stattdessen streckt er wortlos die Hand aus und schlingt sie um mein Handgelenk. Noch immer schweigend, zieht er mich hinter sich her in Richtung meiner Wohnungstür.

Er läuft so schnell, dass ich Mühe habe, mit ihm Schritt zu halten. Ich werde quasi dazu gezwungen, neben ihm her zu joggen, aus Angst, dass er mich über den Boden schleifen könnte.

***

Eifersucht machte sich in mir breit, als ich Tulip neben Joey in dessen verbeulten Truck sitzen sah. Ich weiß nicht, was sie mit ihm zu schaffen hatte, aber ich bin verdammt angepisst auf sie. Ich war zwanzig Minuten zu spät, um sie von der Arbeit abzuholen, und schon kommt sie zu ihm zurückgekrochen?

Was soll der Scheiß?

Ich lasse ihr Handgelenk los und stemme meinen Arm stattdessen in die Hüfte. Mit der anderen Hand reiße ich mir die Brille vom Gesicht, ehe ich in ihre tränenden, aber immer noch atemberaubenden Augen blicke.

„Fickst du ihn?", frage ich sie.

Sie keucht auf. „Wie bitte?"

„Ich meine, vielleicht liegt es ja daran, dass du weißt, dass du meinen Schwanz für ein paar Monate nicht bekommen wirst. Keine Ahnung, aber du hast auf dem Parkplatz verdammt glücklich ausgesehen", schnauze ich sie an.

Tulip schüttelt ein paar Mal den Kopf, ihr blondes Haar fliegt ihr um die Schultern. Am liebsten würde ich meine Hand in ihrer Mähne vergraben, ihren Kopf zur Seite neigen und sie daran erinnern, wer zum Teufel ich bin und wo sie verdammt noch mal hingehört.

„Du warst spät dran und da habe ich mich, nachdem du weder auf meine Sprachnachricht noch auf meine Textnachrichten reagiert hast, auf den Heimweg gemacht. Joey hat mich zufällig am Straßenrand gesehen und mir angeboten, mich mitzunehmen. Es ist nichts zwischen uns passiert und es wird auch nie wieder etwas laufen, aber die Tatsache, dass ich mich vor dir rechtfertigen muss, macht mich irgendwie echt wütend, Louis."

Ich blinzele, da ich es nicht gewohnt bin, dass sie so

mit mir spricht. Ihr Gesicht ist gerötet, ihre Augen schwimmen in Tränen, und ihr Köper zittert vor Wut. Sie macht einen Schritt nach vorne und hebt ihre geballten Fäuste, dann schlägt sie gegen meine Brust.

„Tulip."

Sie schüttelt den Kopf, Tränen rinnen ihr über die Wangen. „Nicht", krächzt sie. „Wir sind erst seit heute Morgen getrennt, und ich war den ganzen Tag auf der Arbeit, doch es hat nur diese kurze Zeitspanne gebraucht, damit du annimmst, dass ich mit Joey ins Bett steige. Lass mich einfach in Ruhe, du Arschloch."

Ich schlinge meine Finger um ihre Handgelenke und ziehe sie langsam dichter an mich heran. Ich stöhne, als sie gegen meine Brust prallt. „Niemals, Tulip. Du gehörst zu mir."

„Ich weiß, dass ich zu dir gehöre. Aber ich glaube, du weißt nicht, wie sehr ich dir verfallen bin. Es gibt niemand anderen, Louis. Und es wird auch nie einen anderen für mich geben. Du hast mir gerade das Herz gebrochen, als du mir vorgeworfen, mich beschuldigt hast, ich sei zu Joey zurückgegangen und würde dich betrügen."

Ich senke den Kopf und küsse sie. „Das hätte ich nicht sagen dürfen. Ich war einfach angepisst."

„Das war nicht nett", knirscht sie gegen meinen Mund.

Ich fahre mit der Zunge über ihre Lippen und kann nicht leugnen, dass ihre salzigen Tränen fantastisch schmecken. Und obwohl ich mir wünsche, sie würde nicht weinen, ist sie verdammt sexy. Ich lasse meine Zunge in ihren Mund gleiten, lasse eins ihrer Handgelenke los und vergrabe meine Finger in ihren Haaren, während ich sie küsse.

Ihr steifer Körper entspannt sich und sinkt gegen mich. In diesem Moment weiß ich, dass sie mir für meine unüberlegten Anschuldigungen vergibt. Ich habe nicht wirklich geglaubt, dass sie und Joey miteinander gefickt haben. Ich weiß es besser. Es sah nur etwas merkwürdig aus und meine Wut hat mich übermannt.

Ich beende den Kuss und knabbere stattdessen einen Moment lang an ihrer Unterlippe, ehe ich mich zurückziehe und in ihre hübschen blauen Augen schaue. Ich ziehe sanft an ihren Haaren und lächele sie an.

„Es tut mir leid, dass ich zu spät war, Baby", murmele ich. „Ich habe die Zeit vergessen, als ich trainiert habe und dann wollte ich so schnell wie möglich zu dir. Daher habe ich mein Telefon ignoriert, das hätte ich nicht tun sollen."

„Nein, das hättest du nicht tun sollen." Sie seufzt. „Da du nun öfter beschäftigt sein wirst, werde ich wieder mit meinem eigenen Auto zur Arbeit fahren."

Ich streiche mit meiner Nase über ihre. „Klingt nach einer guten Idee, solange du jeden Tag bei mir vorbeikommst."

„Jeden Tag? Aber ich wohne doch viel näher am Supermarkt als du." Sie atmet aus, wobei sie diesmal aus einem anderen Grund zittert.

Ich brumme, denn ich genieße ihre körperliche Reaktion. Ich liebe es verdammt noch mal, dass sie durch mich erregt ist. Selbst, wenn wir vollständig bekleidet sind, weiß ich, dass wenn ich meine Hand nun in ihre Jeans schieben würde, sie für mich feucht wäre.

Ich schaue sie an und erkenne, dass ich ihr zeigen muss, dass ich es ernst mit ihr meine. Nicht nur meines eigenen Verstandes willen, sondern um ihr zu beweisen, dass ich zu einhundert Prozent hinter ihr stehe.

Sie verdient zu wissen, woran sie mit mir ist. Vor allem, weil mein Zeitplan in naher Zukunft geradezu wahnsinnig sein wird.

„Zieh bei mir ein", platzt es aus mir heraus. Sie blinzelt, ihre Lippen teilen sich. Ich ziehe sie noch dichter an mich heran und grinse. „Zieh bei mir ein, Baby."

Sie schüttelt den Kopf. „Wir sind doch erst ein paar Wochen zusammen."

„Ja, aber ich denke schon seit Monaten an dich. Ich denke daran, wie du schmeckst, wie du riechst, wie du dich anfühlst. Ich habe von dir geträumt, Tullie. Zieh mit mir zusammen. Spar das Geld für die Miete für deine Zukunft und stellt damit an, was auch immer du willst. Schlaf neben mir ein und wach neben mir auf. Jeden verdammten Tag."

In ihrem Kopf scheint es zu rattern. Sie schaut kurz zur Seite, dann wieder zu mir. „Okay." Sie nickt.

„Echt?"

Ihr Mund verzieht sich zu einem Grinsen. „Ja", erwidert sie. „O mein Gott, sind wir verrückt?"

Ich senke den Kopf und lege meine Lippen auf ihre. „Zweifelsohne", wispere ich in ihren Mund, bevor ich sie leidenschaftlich küsse – sie ganz und gar einnehme.

Kapitel 15

„Reite mich", verlangt er von mir.

Letzte Nacht sollte eigentlich unser letztes sexuelles Abenteuer gewesen sein, ehe Louis wieder ins Training einsteigt. Doch als ich mich rittlings auf ihn setze, um auf die andere Bettseite zu gelangen, nachdem er sich schon hingelegt hatte, finde ich es alles andere als schade, dass es wohl doch nicht das letzte Mal war.

Ich will ihn. Alles von ihm. Sofort. Ich bin egoistisch und gierig, doch ich kann nicht behaupten, dass ich mich deswegen auch nur im Entferntesten schlecht fühle.

Ich stemme mich leicht hoch und schließe die Augen, als er seinen Schwanz vor meiner Pussy in Stellung bringt. Langsam lasse ich mich auf seine Länge herabsinken. Als ich ihn komplett in mir aufgenommen habe, stöhne ich auf.

„Fuck", flucht er, seine Finger umklammern meine Hüften.

Er hält mich fest, was mir ganz recht ist. Ich versuche zu Atem zu kommen und konzentriere mich dabei auf ihn. Er ist so hinreißend, dass es mir den Atem raubt. Seine grünen Augen strahlen, seine Kiefermuskulatur ist angespannt, seine Nasenlöcher sind aufgebläht.

Ich lege meine Hände auf seine Brust und lasse die Hüften kreisen. Währenddessen bewegt er eine Hand zwischen unsere Köper. Als er seinen Daumen auf meine Klitoris legt, lasse ich den Kopf in den Nacken fallen.

„Lehn dich ein wenig zurück und reite mich, Baby", befiehlt er mir.

Ich tue genau das, was er mir aufgetragen hat, und stoße einen Schrei aus, da mich die Empfindungen sofort überwältigen. Ich kann es nun nicht mehr langsam angehen lassen, weil er mit seinem Daumen kreisend meine Lustperle reibt und sein Schwanz mich herrlich dehnt.

Das ist zu viel.

Ich reite ihn, lasse die Hüften kreisen und greife hinter mich, um mit meinen Fingern seine festen Oberschenkel zu umklammern.

„O ja", stöhne ich, da ich auf meinen Höhepunkt zusteuere.

Aber ich will noch nicht kommen. Ich möchte mein ganzes Leben lang genau so verbringen. So, wie in diesem Moment, würde ich mich am liebsten in jeder Sekunde an jedem verdammten Tag fühlen.

Louis' Finger spannen sich fester um meine Hüfte, während ich mit jeder Bewegung meines Beckens heftiger zu zucken beginne. Da ich mutig bin und mehr will, lasse ich seine Schenkel los und spiele mit meinen Brüsten.

Ich zwicke mir in die Brustwarzen und ziehe an ihnen, so wie er es normalerweise macht. Es fühlt sich nicht ganz so gut an, wie wenn er es tut, aber ich kann nicht leugnen, dass es mich dennoch erregt.

Ich spüre, wie ich dem Höhepunkt immer näher komme. Ich kann ihn nicht mehr zurückhalten, nicht einmal, wenn ich es mit aller Kraft versuchen würde. Ich wünschte, ich könnte es, denn ich will nicht, dass es vorbei ist – niemals. Ich erstarre, als der Orgasmus mich überrollt, doch Louis hört nicht auf.

Er nimmt seine Hand zwischen meinen Beinen weg, legt sie um meine andere Hüfte und führt meinen Körper, indem er mich so lenkt und leitet, wie er es braucht, woraufhin er in mir kommt. Ich spüre, wie sein Sperma mich ausfüllt und ich frage mich, ob es falsch ist, dass es liebe, wie sich sein Samen in mir ergießt.

Ich öffne die Augen, beuge mich vor und lasse mich auf seine Brust fallen. Ich schmiege mich an seinen Hals und berühre mit meinen Lippen seine warme Haut.

„Ich werde bei dir einziehen, doch weißt du warum?", frage ich ihn. Er brummt und streichelt meinen Rücken. „Weil ich dich liebe, Louis Kingston. Ich habe mich sofort in dich verliebt, als du im Kino auf mich zugestürmt bist."

„Baby", brummelt er.

Ich weigere mich, mein Gesicht von seinem Hals zu nehmen, während ich fortfahre. „Wir werden wahrscheinlich nicht auf ewig zusammenbleiben. Wir sind einfach so verschieden und dein Leben ist so aufregend und schön. Aber ich möchte, dass du weißt, dass ich dich, solange du mich möchtest, mit allem liebe, was ich zu geben habe."

Er fährt mir durch die Haare und zieht meinen Kopf zurück, sodass seine grünen Augen direkt in meine blicken können. „Ich werde dich nie gehen lassen, Tullie. Ich habe mich nämlich damals auch direkt in dich verliebt. Es gibt nur dich für mich, Baby. Es gab noch nie eine andere für mich als dich."

Mit zusammengepressten Lippen nicke ich ihm leicht zu. Er hebt den Kopf und küsst mich, vertieft den Kuss aber nicht.

„Nur dich, Tullie-Baby. Das mit uns wird halten. Ich schwöre es dir, verdammt."

Wir sagen nichts weiter. Das Zimmer ist in Schweigen gehüllt. Anstatt zu probieren, die Unterhaltung am Laufen zu halten, weiß ich, dass es besser wäre keine Versprechungen zu machen, von denen ich bereits jetzt weiß, dass ich sie nicht halten kann. Deswegen schließe ich lieber meine Augen.

Ich zwinge meinen Körper dazu, sich zu entspannen. Ich rolle mich neben ihm zusammen, tue so, als würde ich schlafen. Ich weiß, dass er alles, was er gesagt hat, ernst gemeint hat, aber ich weiß auch, dass er mich zerstören wird.

Ich versuche gleichmäßig und ruhig zu atmen und starre stundenlang auf seine Kehle. Ich schlafe nicht ein. Die Sonne dringt langsam durch das Fenster und da weiß ich, dass mein Wecker bald klingeln wird.

Ich habe gestern meine Schicht im *Headlights* verpasst und mich nicht abgemeldet. Deswegen habe ich keinen Zweifel daran, dass sie mich abmahnen oder mich sogar feuern werden. Ich sollte mich darum mehr sorgen, als ich es tue, aber es ist ja nicht so, dass ich aus Spaß gestrippt hätte.

Das Tanzen war ohnehin nur als Übergangslösung gedacht, und wenn Louis es ernst gemeint hat, dass ich bei ihm einziehe, wenn auch nur für eine kurze Zeit, wird mir das helfen, Miete einzusparen, und hoffentlich herauszufinden, wie mein zukünftiges Leben aussehen soll. Stirnrunzelnd frage ich mich, ob ich sein Angebot zu leichtfertig und egoistisch angenommen habe. Ich versuche ruhig zu bleiben, obwohl mich Panik überkommt. Nutze ich Louis aus?

„Wenn du mir nicht endlich sagst, was dich die ganze Nacht wachgehalten hat, könnte ich tatsächlich verrückt werden", brummt Louis über mir.

Ich lege meine Hand auf seine Brust, drücke ihn weg und strecke die Arme aus, um in seine leicht geöffneten Augen blicken zu können. Seine Lippen verziehen sich zu einem kleinen Lächeln, während er mir einen seiner Arme um den Rücken legt und seine warme Handfläche über meine Wirbelsäule gleiten lässt. Er packt locker meinen Nacken und öffnet gänzlich die Augen.

„Ich habe darüber nachgedacht, ob ich dich ausnut-

ze. Ich denke nicht, dass wir zusammenziehen sollten“, bricht es aus mir heraus.

Seine Augen weiten sich, dann bekommt er einen
Lachanfall. Mit den Fingern krallt er sich in meinen
Nacken. Er zieht mich enger an sich heran, sodass
mein Gesicht gegen seinen Hals gepresst wird. Sein
ganzer Körper bebt vor Lachen.

„Tullie“, sagt er und holt tief Luft. „*Ich* habe *dich* gebeten, bei mir einzuziehen. Ist das wirklich der Grund,
warum du die ganze Nacht wachgelegen hast?“

Ich murmele meine Antwort an ihn gedrückt. Wohlwissend, dass er sie nicht hören kann. Deshalb zieht er
mich von ihm weg. „Teilweise. Ich meine, es ist super
vorteilhaft für mich, wenn ich keine Miete für meine
Wohnung mehr zahlen muss. Überleg mal, wie viel ich
im Monat einsparen kann. Es fühlt sich für mich nicht
richtig an. Ich muss dir etwas bezahlen, wenn ich hier
wohne“, lasse ich ihn wissen.

Er schüttelt den Kopf. „Nein, Tulip. Du zahlst nicht
einen Cent an mich und willst du wissen, wieso?“ Ich
nicke. „Ich habe dich gebeten, mit mir zusammenzu-
leben, weil ich dich bei mir haben will. Du sollst nichts
zahlen, weil ich es nicht will. Du hast dein ganzes Leben lang hart gearbeitet und dich um jeden um dich
herum gekümmert. Lass mich das Gleiche für dich
tun.“

„Nicht um jeden“, murmele ich.

Seine stechend grünen Augen starren mich einen
Moment lang an. „Du hast recht. Du hast dich nicht
um *dich* gekümmert. Lass mich das für dich tun.“

„Louis“, hauche ich.

Er grinst, seine Finger krümmen sich in meinem Nacken. „Ja, Baby. Lass mich für dich sorgen.“

Ich nicke ihm leicht zu. Vorerst kann ich ihn das machen lassen, glaube ich zumindest. Ich weiß nicht, wie
lange er mich noch an seiner Seite haben möchte. Wie

lange es dauert, bis er merkt, dass ich den ganzen Ärger nicht wert bin. Für den Moment beschließe ich, einfach auf mein Bauchgefühl zu hören. Auf meinen ursprünglichen Instinkt, der mir gestern ein *Ja* zugerufen hat, nachdem er mich gefragt hat.

„Brauchst du Hilfe beim Packen? Vielleicht rufst du die Mädels an?"

Ich schüttele den Kopf. „Sie sind alle schwanger. Channing und Exeter sind sogar hochschwanger. Ich kann sie nicht um Hilfe bitten."

„Hutton und Laurie könnten dir unter die Arme greifen", meint er. „Ich rufe Beau und Ford an für den Umzug."

Stirnrunzelnd sehe ich ihm in die Augen. „Was ist denn mit dir?"

„Ich kann nicht. Ich werde acht Stunden am Tag trainieren und kann es nicht riskieren, dass ich mir etwas zerre."

„Oh."

„Ich kann dir gar nicht sagen, wie sehr ich mich freue, dass du bald jede Nacht neben mir einschlafen wirst", murmelt er.

Ich muss lächeln. „Ich mich auch."

Obwohl sich meine Panik weitestgehend gelegt hat, verspüre ich noch immer dieses selbstsame Gefühl in meiner Magengegend. Ich glaube nicht, dass alles so einfach über die Bühne gehen wird, wie er sich das vorstellt. Doch mir bleibt nichts anderes übrig, als abzuwarten und zu sehen, wohin mich das Leben führt.

***

Louis

Nachdem ich Tulips Wagen gefolgt bin, bis zu ihrer

Arbeit, küsse ich sie noch schnell auf dem Parkplatz, bevor sie sich auf den Weg in den Supermarkt macht. Ich wünschte, ich könnte sie selbst hinbringen und wieder abholen, aber ich will sie nicht wieder versehentlich hängen lassen. Ich habe heute Termine mit meinem Trainier, meinem Koch und meinem Sparringspartner. Es wird also wieder wahnsinnig viel los sein.

Als ich den Supermarktparkplatz verlasse, grinse ich. Alles fügt sich genauso, wie ich mir das immer gewünscht habe. Ich habe Tulip an meiner Seite und schon bald wird sie bei mir einziehen.

Es ist so verflucht perfekt, wie sich die Dinge entwickeln. Ich weiß nicht, ob das im Umkehrschluss bedeutet, dass etwas auf uns zukommen wird, das alles wieder zerstört, doch ich weigere mich, in diese Richtung zu denken.

Durch Tulips Kopf geistern ausreichend Zweifel für uns beide. Deswegen werde ich ganz zuversichtlich und positiv bleiben.

Ich sehe Fords Zufahrtstor auf mich zukommen, da ich im Vorfeld schon beschlossen hatte, ihm auf meinem Heimweg einen Besuch abzustatten. Ich biege scharf rechts ab, mein Truck holpert durch die riesigen Schlaglöcher der Einfahrt. Ich halte an und steige aus, um das unverschlossene Tor zu öffnen.

Dann schwinge ich mich wieder in den Truck, fahre durch das Tor hindurch, schließe es wieder, und fahre bis vor das Haus. Dieser Wichser sollte dringend seine Zufahrt ausbessern lassen.

Dort angekommen, parke ich den Wagen und steige aus. Ich habe nicht erwartet, ihn am Geländer seiner Veranda, mit dem Telefon in der einen Hand und einem Kaffeebecher in der anderen Hand, lehnen zu sehen.

Ford ist ein Frühaufsteher, das muss er auch sein,

denn er hat eine Ranch zu bewirtschaften. Normalerweise ist er unterwegs und arbeitet irgendwo. Ihn auf der Veranda stehen zu sehen, lässt mich sofort vermuten, dass etwas nicht stimmt.

„Ford?“, rufe ich, während ich auf ihn zugehe.

Er zuckt zusammen und sieht überrascht aus, mich zu sehen. Ich habe keine Ahnung, wie er meinen Truck oder das Zuschlagen des Tores überhören konnte. Aber was auch immer er da gerade liest, muss verdammt interessant sein. Er streckt schnell den Rücken durch und verstaut sein Handy in der Hosentasche.

„Wann bist du gekommen?“, fragt er.

„Gerade eben erst. Was ist los?“

Er blickt auf seine schmutzigen Arbeitsstiefel herab und atmet aus, während ich die Stufen seiner hölzernen Veranda hinaufsteige.

„Nichts“, lügt er.

„Ford.“

Er zuckt mit den Schultern. „Ist nicht so wichtig.“

Kopfschüttelnd lege ich meine Finger auf seine Schulter und schüttele ihn leicht. „Das scheint es aber doch zu sein, Bruder.“

Er schaut mich an und ich schwöre, ich habe diesen Mann noch nie in meinem ganzen Leben so verdammt traurig gesehen. Er atmet tief ein und wieder aus und lehnt sich dann über das Geländer der Veranda. Sein Blick wandert von mir zu seiner Scheune vor uns.

„Stephanie war die Eine für mich. Schon immer. Doch sie hat Gallup verlassen, weil sie nicht die Frau eines Farmers sein und ein halbes Dutzend Babys zur Welt bringen wollte. Sie hat sich nun einen Namen gemacht. Die ganze Welt weiß, wer Sterling LaRue ist. Aber für mich wird sie immer einfach nur Stephanie bleiben.“

„Mir ist zu Ohren gekommen, dass ihr etwas miteinander hattet. War es damals etwas Ernstes?"

Ford schnaubt. „Für mich schon. Ich war bereit, mit ihr vor den Traualtar zu treten. Achtzehn Jahre jung und bereit, den Rest meines Lebens mit ihr zu verbringen. Ich trug meine beste Jeans, ein weißes Hemd, eine Weste, die ich mir geliehen hatte, und eine Krawatte, die farblich zu ihrem verdammten Blumenstrauß passte. Sie stand am Ende des Gangs und hatte sich bei ihrem Vater untergehakt. Sie machte einen verdammten Schritt auf mich zu, bevor sie sich umdrehte und abhaute. Ich habe sie nie wieder gesehen. Und mit ihr gesprochen habe ich auch nicht."

Ich wusste nichts davon. Niemand hat es mir erzählt. Ich wusste nur, dass er noch nicht ganz über ein Mädchen hinweg ist. Ich hatte Gerüchte gehört und einige der Jungs haben Witze darüber gerissen, dass er keine Frau ficken könne, ohne dass irgendein Film im Hintergrund läuft. Aber ich hatte keine Ahnung, dass er vor dem Altar stehengelassen wurde.

„Ich wusste ja nicht…"

Er schüttelt den Kopf. „Niemand redet mehr darüber, Gott sei Dank. Wahrscheinlich, weil ich in mehr als ein Dutzend Kneipenschlägereien verwickelt war, wenn auch nur irgendwer ihren Namen in meiner Gegenwart erwähnte. Die einzigen, die ab und an noch über sie sprechen, sind Wyatt, Rylan und Beaumont."

„Ist irgendetwas mit ihr passiert?", frage ich und deute mit dem Kinn auf das Handy in seiner Hosentasche.

„Sie ist verlobt."

„Fuck."

Schnaubend stößt er sich vom Geländer ab. „Das ist doch verdammt bescheuert, oder? Es ist fast zwei Jahrzehnte her, dass sie mich hat sitzenlassen, und nun stehe ich hier und rege mich darüber auf, dass sie mit einem verdammten Star, einem Schauspieler, verlobt ist."

„Das ist nicht dumm. Nicht, wenn sie dir etwas bedeutet."

„Genau das ist das Problem. Ich sollte mich einen Dreck um sie scheren."

„Aber das tust du nicht."

„Ganz genau."

Ich sage nichts weiter dazu, Ford ebenso wenig. Mindestens dreißig Minuten stehe ich schweigend neben meinem Freund, während er die Nachricht verdaut, dass sie einen anderen Mann heiraten wird.

Ich versuche mir auszumalen, wie es wäre, würde Tulip mich verlassen und einen anderen Kerl heiraten. Zum Teufel, fast hätte sie genau das mit Joey getan, und ich war ganz krank deswegen. Deshalb war ich auch so unglaublich eifersüchtig, als ich die beiden gestern Abend zusammen gesehen habe. Nur daran zu denken, dass sie mich für ihn oder einen anderen verlassen könnte, erfüllt mich mit Wut.

„Ich komme schon klar", flunkert er.

In diesem Moment entscheide ich mich dazu, ihn nicht um Hilfe bei Tulips Umzug zu bitten. Er braucht einen Freund und genau das werde ich für ihn sein. Was er nicht gebrauchen kann, ist, dass ich ihn um einen Gefallen bitte. Vor allem, weil er sich vermutlich wünscht, genau das Gleiche mit Sterling haben zu können.

Stattdessen bleibe ich einfach neben ihm sitzen, bis er den Schock einigermaßen überwunden hat und mich praktisch zum Gehen zwingt, damit er sein Arbeitspensum für den Tag erledigen kann.

Kapitel 16

Nach der Arbeit mache ich mich auf den Weg nach Hause, esse schnell einen Happen und packe eine Übernachtungstasche, bevor ich mich für meine Schicht im *Headlights* anziehe. Ich weiß nicht, ob ich dort noch tanzen darf oder ob ich gefeuert bin, aber ich werde hingehen und mich meinem Nichterscheinen von letzter Nacht stellen.

Ich öffne den Kofferraum und werfe meine Reisetasche hinein. Dann setze ich mich auf den Fahrersitz und starte den Motor. Als ich mich umschaue, kann ich das Gefühl nicht abschütteln, dass mich jemand schon den ganzen Abend beschattet.

Mit einem Schnauben beschließe ich, dass das lächerlich ist. Ich hatte einen wundervollen Tag. Ich sehe schon böse Geister, wo gar keine sind. Ich sollte stattdessen einfach lächeln, und zwar ganz breit. Ich bin mit einem Mann zusammen, der mir seine Liebe gestanden hat. Er hat mich gebeten, bei ihm einzuziehen, und er unterstützt alles, was ich tue, auch wenn ihm das nicht unbedingt schmeckt.

Mark war heute nur ein bisschen unheimlich und hat mich den Tag über quer durch den Laden angestarrt. Dafür hat er nicht versucht, mit mir zu reden, was an sich schon ein großer Segen war. Alles ist so perfekt, wie es für ein Mädchen wie mich nur sein kann.

Sicher, mein Kartenhaus könnte jeden Moment in sich zusammenfallen, aber das könnte es bei jedem anderen genauso.

Das *Headlights* kommt in Sicht und ich fahre auf den Parkplatz, finde meine übliche Lücke, stelle das Auto ab und schalte den Motor aus.

Ich nehme meine Tasche an mich, öffne die Fahrertür und steige stöhnend aus. Ich weiß nicht, wie lange ich das hier noch machen werde. Ich muss wirklich herausfinden, was ich mit meinem Leben anfangen will, damit ich endlich einen klaren Plan habe. Allerdings habe ich Angst, einen großen Fehler zu begehen. Ich will kein Geld verschwenden, das ich gar nicht besitze.

Ich schiebe mich am Türsteher vorbei und höre, wie er daraufhin schnauft. Zweifelsohne bin ich wegen gestern in Schwierigkeiten und er weiß es. Ich beschließe, das Ganze einfach schnell hinter mich zu bringen und gehe nicht in die Umkleidekabine, sondern marschiere direkt zum Büro meines Chefs.

Die Tür ist geschlossen, das überrascht mich nicht, denn er vögelt mindestens die Hälfte der Tänzerinnen hier. Ich klopfe an die Holztür. Ich höre ein lautes Stöhnen und rümpfe die Nase, weil ich genau weiß, was dieser Laut zu bedeuten hat.

Wenige Augenblicke später öffnet eines der Mädchen die Tür, das ziemlich zerzaust aussieht, und sich das Oberteil richtet. Ich ziehe eine Augenbraue in die Höhe, und bin nicht überrascht, als sie einfach bloß die Stirn runzelt und mit der Schulter zuckt, während sie sich an mir vorbei schiebt.

„Komm rein", blökt Jeffery, der Besitzer des Clubs.

Ich schaue dem Mädchen nicht länger hinterher, betrete sein Büro und bleibe im Türrahmen stehen, da ich nicht weiß, ob ich die Tür schließen soll oder lieber nicht. Ein Teil von mir möchte sie zuziehen, um meine Privatsphäre zu wahren, doch der andere Teil hat Angst davor, dass er diese Privatsphäre ausnutzen könnte.

„Mach die Tür zu, Tulip", sagt er und hört sich frustriert an.

Ich zucke zusammen und bewege mich irgendwie von ganz allein, um genau das zu tun, was er von mir verlangt hat. Ich schließe die Tür, doch ich sperre sie nicht zu. Obwohl ich mir nicht sicher bin, ob das noch eine Rolle spielt, wenn man bedenkt, dass das Sicherheitspersonal viel zu weit weg ist, um meine Rufe hören zu können, falls es ein Problem gäbe.

„Du bist gestern nicht hergekommen und hast auch nicht angerufen", meint er.

Ich schlucke und schaue in seine Richtung. Er hat den Kopf gesenkt und kritzelt etwas auf einen Notizblock. Nickend fahre ich mir mit den Fingern durch mein verknotetes und zerzaustes Haar, und verheddere mich natürlich darin.

Jeffery hebt den Kopf und lacht bei dem Anblick, den ich ihm biete.

„Es tut mir leid, dass ich nicht gekommen bin und nicht angerufen habe. Es gab einen Notfall und ich konnte erst heute wieder an ein Telefon kommen. Doch heute Vormittag bei dir anzurufen, und mich nachträglich abzumelden, erschien mir irgendwie überflüssig. Daher dachte ich, ich komme am besten persönlich bei dir vorbei."

Er nickt einmal. Sein Blick gleitet über meinen Körper, bevor er sich wieder auf mein Gesicht richtet. „Das war dein einmaliger Freifahrtschein, Tulip, und das auch nur, weil wir so viele Kunden haben, die so ein süßes, unschuldiges Ding wie dich lieben. Sie kommen regelmäßig wieder, nur um dich zu sehen."

Ich ziehe die Augenbrauen zusammen, da ich völlig verwirrt von seinen Worten bin. Er lacht, hebt seine Hand und deutet auf mein Gesicht. „Da ist es. Dieser Ausdruck ist heiß wie die Hölle, Süße."

Ich schüttele den Kopf und will ihm widersprechen, doch er hebt seine Hände in die Höhe.

„Leugne es doch nicht. Ich bin ein Mann, ich weiß, was ich sehe. Ich denke, du wirst hier sowieso nicht mehr lange arbeiten, jetzt, da du mit diesem berühmten Boxer verkehrst, der dich jeden Abend herbringt und wieder abholt. Also werde ich die Kuh so lange wie möglich melken, bis er mir den Hahn abdreht.“

„Jeffery“, hauche ich.

Er schnaubt. „Beweg deinen Arsch hier raus und schüttle ihn, bevor ich dich feuere.“

Ich drehe mich um, greife nach dem Türknauf, drehe ihn und öffne die Tür. Ich gehe ein paar Schritte, dann blicke ich über meine Schulter zu ihm zurück. Er beobachtet mich, genauer gesagt meinen Hintern, und als er merkt, dass ich ihn ansehe, hebt er den Blick.

„Danke, dass du mir nicht gekündigt hast“, flüstere ich.

„Beweg deinen Arsch hier raus“, bellt er zurück.

Ich schenke ihm ein kleines Lächeln, drehe mich wieder um, verlasse das Büro und mache mich auf den Weg in Richtung Garderobe, um meine Sachen einzuräumen und mich für die Nacht fertig zu machen. Als ich dort ankomme, ist Charlie bereits vor Ort.

Sie schaut mich an und etwas wie Erleichterung huscht ihr über das Gesicht. Sie kommt auf mich zu und legt ihre Hände auf meine Schultern.

„Ich brauche deine Telefonnummer“, sagt sie. „Ich hatte keine Ahnung, wo du bist und habe mir die ganze Nacht und den ganzen heutigen Tag Sorgen um dich gemacht.“

Meine Lippen verziehen sich zu einem Lächeln, weil ich nicht fassen kann, eine so wunderbare Freundin gefunden zu haben. „Okay. Du kannst sie haben. Es tut mir wirklich leid, dass ich dich beunruhigt habe. Aber gestern Abend ist etwas wirklich Großes passiert und ich habe irgendwie völlig die Zeit vergessen.“

Ihre Augen weiten sich. Sie sieht sich nach den anderen Mädchen um, bevor sie ihre Hände von meinen Schultern nimmt, meine Handgelenke umgreift und mich in Richtung der kleinen Toilette im hinteren Teil des Raumes zieht. Sobald wir im Sanitärbereich stehen und die Tür verschlossen ist, verlangt sie, dass ich ihr alles erzähle.

„Er hat mich gebeten, bei ihm einzuziehen", fasse ich mich kurz und überspringe dabei, dass er zu spät gekommen ist, mir vorgeworfen hat, ich würde mit Joey schlafen, und eifersüchtig war.

„Du hast doch hoffentlich *Ja* gesagt, oder?"

Ich nicke. „Natürlich."

„Gott, das kann ich mir gut vorstellen. Er ist heiß, ein Profiboxer und habe ich schon erwähnt, dass er heiß ist? Ich nehme an, er hat Geld?"

Ich zucke mit der Schulter. „Keine Ahnung. Ich weiß nur, dass er mehr hat als ich je hatte."

„Er ist reich." Sie nickt.

Ich denke an sein Landhaus. Er besitzt ein Grundstück, das sich so weit erstreckt, wie das Auge reicht. Was hier echt etwas bedeutet, denn Land in diesem Teil von Texas zu haben, ist nicht billig. Dann wäre da noch sein Haus. Es ist zweistöckig und größer als alles, in dem ich je gewohnt habe, aber ich würde es bei weitem nicht als Villa bezeichnen.

Es ist nicht übertrieben riesig, aber für Mädchen wie Charlie und mich, ist es mehr, als wir uns je erträumen können. Und dort zu leben, übersteigt alles, was wir uns jemals für uns selbst erträumen könnten.

„Es fühlt sich immer noch total unwirklich an", gebe ich zu.

Sie beugt sich vor, schlingt ihre Arme um mich und bringt ihre Lippen dicht an mein Ohr. „Halte ihn mit beiden Händen fest, Tulip. Du verdienst jedes bisschen Glück mit ihm."

Den Rest des Abends widmen wir uns der Arbeit, und als wir damit fertig sind, winken wir einander zum Abschied zu. Sie ruft mir hinterher, dass sie hofft, mich nie wieder zu sehen. Ich weiß, dass sie bloß scherzt. Sie hat jetzt meine Handynummer und hat mir versprochen, mir eine Nachricht zu schreiben. Außerdem weiß ich nicht, warum sie sich so sicher ist, dass ich hier kündigen werde. Das werde ich nicht tun, zumindest noch nicht morgen.

Ich schließe meine Fahrzeugtür auf, sinke auf den Sitz und schließe das Auto schnell hinter mir ab. Aus dem Augenwinkel sehe ich etwas auf meinem Beifahrersitz liegen. Es ist ein gefaltetes Zettelchen.

Ich schaue hinter mich und checke schnell den Rücksitz. Mein Herz rast bei dem Gedanken, dass dort jemand auf mich lauern könnte. Aber zum Glück ist niemand dort. Mit einem Blick auf die Beifahrertür vergewissere ich mich, ob sie auch wirklich verschlossen ist, und das ist sie.

Stirnrunzelnd frage ich mich, wie jemand den Zettel in mein Auto legen konnte. Mein ganzer Körper zittert. Ich greife nach dem Papier, meine Finger beben.

Tief atme ich ein, öffne langsam den gefalteten Zettel und versuche, mich auf die Worte zu konzentrieren, die niedergeschrieben wurden.

Ich sehe dich. Beobachte dich. Ich weiß, dass du nie gut genug für ihn sein wirst. Nur ich kann dir geben, was du brauchst. Bald werden wir zusammen sein und ich werde dir schon zeigen, wie perfekt wir zusammenpassen.
Bald wirst du nur noch für mich tanzen, Tulip.

Ich zittere, Schweiß bricht mir aus jeder Pore. Ich lasse den Zettel fallen und sehe ihm dabei zu, wie er in den Fußraum meines Autos segelt. Ich möchte ihn verbrennen. Ich möchte ihn in eine Million Stücke zerfetzen. Mir dreht sich der Magen um. Mein Gehirn schreit mich an, die Polizei zu rufen. Ich weiß, dass ich das tun sollte, denn ich bin ja nicht dumm.

Aber ein Teil von mir weiß auch, dass die Polizei

nichts unternehmen wird. Ich erinnere mich daran, dass Channing einst Probleme mit ihrem Ex-Freund hatte, und sie konnte einen Scheißdreck tun, obwohl er sie belästigt hat. Das hier ist nur ein alberner Zettel. Er kommt wahrscheinlich von einem einsamen Kunden, der Fantasien von mir hat.

Ich verdränge die blöde Nachricht aus meinem Kopf und fahre zum Haus meines Freundes. Heute Abend ist die erste gemeinsame Nacht unseres Zusammenlebens. Obwohl mir klar ist, dass ich meine Sachen noch nicht gepackt und mein Mietverhältnis nicht offiziell gekündigt habe, fühlt es sich dennoch an, als würden wir schon so richtig zusammenwohnen.

Ich kann mein aufgeregtes Quieken nicht verkneifen, als ich seine Einfahrt entlangfahre. Das ist mein neues Zuhause. *Mein Zuhause.* Ich weiß nicht, ob ich schon jemals ein echtes Zuhause hatte, und ich kann es kaum erwarten.

***

Louis

Gestern Abend habe ich probiert, für Tulip wach zu bleiben, aber ich bin um zehn Uhr eingeschlafen. Mein Wecker bimmelt und erinnert mich daran, dass heute der erste, zermürbende Tag meines Trainings ansteht. Es ist vier Uhr in der Frühe und ich bin mir sicher, dass mein Trainer sowie mein Sparringspartner in einer Stunde bereit sein werden. Wenn ich nicht da bin, werden sie an meine Tür klopfen.

Als ich die Augen geöffnet habe, schaue ich zu Tulip herüber. Sie liegt auf dem Bauch, ihre Arme hält sie zwischen ihrem Körper und der Matratze verschränkt. Sie trägt ein Top und es fällt mir schwer, ihren nackten Schultern zu widerstehen. Vielleicht muss ich etwas tun, was ich während meiner Trainingsphase noch nie getan habe: meine Abstinenz aufgeben.

Ich rolle mich zu ihr herüber, hebe das Knie an und lege meinen Oberschekel über ihre Rückseite, während meine Lippen ihre Schulter liebkosen. Sie stöhnt, ihre Augen flattern auf.

Ich sollte mich wie ein Arsch fühlen, da sie nur ein paar Stunden geschlafen hat und ich sie jetzt wecke, aber sie ist einfach zu verlockend.

„Guten Morgen", haucht sie zuckersüß, während sie den Kopf in meine Richtung dreht.

Lächelnd schaue ich in ihre blauen Augen. „Morgen, Baby."

Ich küsse sie und muss aufgrund ihres Geschmacks stöhnen. Fuck, eine Nacht ohne sie und ich kann schon kaum in Worte fassen, wie sehr ich sie vermisst habe. Sie seufzt leicht und rollt sich auf ihren Rücken. Ich lege mich über sie und schiebe meine Hüften zwischen ihre gespreizten Schenkel.

„Das können wir nicht tun", säuselt sie, nachdem ich den Kuss beendet habe.

„Scheiß drauf."

Während ich meinen Mund über ihren Hals wandern lasse, legt sie die Finger auf meine Schultern und schüttelt mich leicht. Ich hebe den Kopf und sehe sie verwirrt an.

„Du hast mir gesagt, du willst enthaltsam sein", sagt sie.

Ich küsse sie erneut. „Wie wäre es, wenn ich nur in der Woche des Kampfes enthaltsam bleibe? Dann bin ich sowieso nicht hier, sodass es uns beiden leichter fallen sollte."

Ihr Körper bebt, da sie unter mir lacht. „Du hast keine vierundzwanzig Stunden durchgehalten, Louis."

Ich zucke mit den Schultern. „Ja, wer kann schon enthaltsam bleiben, wenn eine so verdammt sexy Frau neben ihm im Bett liegt? Ich kann nicht anders, Baby, ich muss dich einfach haben."

Den Kopf schüttelnd, legt sie ihre Hände wieder auf meine Schultern und schiebt mich sanft von sich. Ich lasse sie gewähren, weil sie die Kontrolle hat, auch wenn sie es nicht merkt. Sie hat immer die Oberhand, wenn es um mich geht.

„Tullie?", frage ich sie, als sie nichts mehr sagt.

Sie dreht sich zu mir um, liegt nun auf der Seite, und ihre großen blauen Augen sind auf mich gerichtet. „Du hast deinen geregelten Ablauf und ich will ihn nicht stören. Das geht nicht. Nicht, wenn ich weiß, dass du dich auf das Training und deinen Kampf konzentrieren musst. Beides ist wichtig für dich, und du musst einen klaren Kopf haben."

Ich runzele die Stirn, da ich weiß, dass sie recht hat, auch wenn mir das nicht schmeckt. Ich hebe die Hand, fahre mit meinen Fingern über ihr Gesicht, dann zu ihren Lippen und liebkose dort ihre weiche Haut.

„Wenn ich mit dir zusammen bin, bin ich so gut drauf wie seit Jahren nicht mehr. Vielleicht sogar wie noch nie. Zieh dich nicht von mir zurück, nur weil ich eine dumme Regel bezüglich meines Kampfes aufgestellt habe."

„Ist sie denn dumm?"

Ich streiche mit meinem Finger über ihre Nasenspitze. „Wenn du neben mir schläfst, dann ja, dann ist sie verdammt dämlich."

Meine Finger tänzeln ihren Hals hinunter, streifen ihre Nippel. Ich massiere ihre weiche Brust, während mein Blick mit ihrem verbunden bleibt. Ich kneife ihr in die Brustwarze, ziehe an ihrer Knospe und grinse, da ein Wimmern ihre Lippen verlässt.

„Louis", haucht sie.

„Hm?"

„Das solltest du nicht tun.“

Ich lehne mich vor und kneife ihr erneut in den Nippel. Mein Mund ist dabei gegen ihren gepresst. „Das sollte ich wirklich nicht tun, Tullie. Doch du schmeckst so verdammt gut. Du bist zu verflucht süß. Ich brauche dich zum Atmen, Baby.“

Sie stößt einen Seufzer aus, dann entspannt sie sich unter meinen Berührungen und spreizt langsam die Beine für mich. Das ist der Moment, der mir zeigt, dass sie mir erlaubt, sie zu ficken. Ich tue es mit großem Vergnügen. Genau hier gehöre ich schon immer hin: in meine Frau.

Kapitel 17

Auf dem Weg zur Arbeit quälen mich Schuldgefühle. Ich hätte Louis nicht erlauben dürfen, seine Regel zu brechen. Er hat mir vor wenigen Tagen klar zu verstehen gegeben, dass er während der Trainingsphase auf Körperlichkeiten verzichten muss. Doch am ersten Tag hat er sich schon nicht mehr daran gehalten, und ich habe jeden Moment genossen.

Seufzend mache ich mich auf den Weg zum Supermarkt. Ich bin erschöpft, weil ich die ganze Nacht über gearbeitet und nur zwei Stunden geschlafen habe, dann geweckt und mit süßer Befriedigung belohnt worden bin.

Ich parke meinen Wagen auf meinem Stammparkplatz. Fest umklammere ich das Lenkrad, da mich plötzlich ein Gefühl der Angst erfüllt. Als ich in den Fußraum schaue, sehe ich dort den Zettel von gestern Nacht liegen und kneife die Augen zusammen.

Er könnte von Mark oder Joey kommen, oder vielleicht von irgendeinem Verrückten. Ich wünschte, ich wüsste, wer ihn mir hinterlassen hat, aber ich weiß es nicht.

Das Einzige, das ich tun kann, ist wachsam und aufmerksam zu bleiben und zu versuchen, möglichst nie allein unterwegs zu sein. Eines weiß ich bombensicher, ich werde nie für diesen Spinner tanzen. Niemals.

Nachdem ich den Laden betreten habe, schaue ich mich um und halte Ausschau nach Mark. Es überrascht mich nicht, dass er am Informationsschalter steht und seinen Blick direkt auf mich richtet. Ich beobachte ihn einen Moment und versuche, ihn zu lesen. Versuche herauszufinden, ob er mir den Zettel hinterlassen hat, aber er zeigt keinerlei Reaktion.

„Alles in Ordnung?", erkundigt sich Brenda und kaut auf ihrem Kaugummi.

Ich zucke zusammen und wende mich ihr zu. Sie steht an ihrer Kasse, ihr Blick wandert zwischen Mark und mir hin und her. Sie weiß, dass hier etwas vor sich geht.

Ich mag sie, aber ich habe keine Lust, ihr zu sagen, warum Mark mir Angst macht. Sie braucht nicht zu wissen, dass ich tanze. Denn wenn sie es wüsste, weiß es die ganze Stadt spätestens bis zum Mittagessen. Tief einatmend schenke ich ihr ein falsches Lächeln.

„Ja, ich habe einfach nur viel um die Ohren." Wenigstens lüge ich sie nicht komplett an. Ich habe wirklich viel zu tun, eine ganze Menge.

„Hat das irgendetwas mit dem gutaussehenden Mann zu tun, der dich in letzter Zeit immer abholt?"

Ich nicke, gehe zu meiner Kasse und melde mich an, wobei ich sehr darum bemüht bin, ihr nicht jedes Detail aus meinem Privatleben zu erzählen. „Hat es", stimme ich ihr zu und schalte das Licht an meiner Kasse ein.

„Gut. Nach Joey hast du etwas Besseres verdient."

Ich zucke zusammen und hoffe, dass niemand hier drinnen ihre Worte gehört hat. Joey scheint sich endlich in den Griff zu bekommen und ich will nicht, dass er erfährt, dass ich oder jemand anderes schlecht über ihn redet.

Ich wünsche ihm nur das Beste. Ich hoffe, dass er weiterhin Erfolg hat, solange er mich schön in Ruhe lässt und damit aufhört, mir zu drohen.

Zum Glück lässt Brenda es damit gut sein. Wir verbringen den Rest des Tages damit, Kunden abzukassieren. Ich bin nicht überrascht, dass Hutton sich breitgrinsend an meine Kasse anstellt und ihre Einkäufe auf das Förderband packt.

„Ich habe gehört, dass du umziehst", flötet sie leise.

Ich nicke. „Ihr müsst aber nicht vorbeikommen und mir helfen."

Kopfschüttelnd legt die sie letzten Einkäufe auf das Band. Sie schiebt den Einkaufswagen bis an die Kasse vor, damit ich ihr die Tüten reichen kann. Ich scanne alles ein und unterhalte mich zeitgleich mit ihr. Eine Kunst, die ich vor Jahren perfektioniert habe.

„Laurie und ich werden da sein. Sie muss mal raus und einen klaren Kopf bekommen. Das gibt ihr eine Gelegenheit zum Durchatmen."

„Geht es ihr gut?", will ich wissen, da ich weiß, dass sie schwanger ist.

Mein Herz macht einen großen Sprung bei dem Gedanken, dass ihrem Baby etwas zugestoßen sein könnte.

Hutton zuckt mit einer Schulter. „Ihr wird es besser gehen, sobald sie sich auf diesen Mann einlässt. Er hat sich so viel Mühe gegeben und sie schließt ihn einfach aus."

Ich öffne den Mund, um sie zu fragen, ob *dieser Mann* zufällig Ford ist, denn ich habe das Gerücht gehört, dass sie vor ein paar Monaten gemeinsam eine Bar verlassen haben, schließe ihn aber wieder. Kleinstadttratsch war schon immer ein Herd für die ganz großen Probleme. Ich weiß das, denn ich habe in der Vergangenheit miterlebt, wie er Familien und Leben zerstört hat.

So wurden auch meine Eltern ruiniert.

Bilder von meiner Mutter und meinem Vater tauchen vor meinem geistigen Auge auf und lassen mein Herz schmerzen. Es tut noch genauso weh, wie vor einem Jahrzehnt, als alles in die Brüche ging.

„Jesse sollte sie sich einfach schnappen, über seine Schulter werfen und mit ihr in eine abgelegene Hütte fahren, um ihr zu zeigen, was sie braucht."

Ich blinzele und scheine genauso verwirrt auszusehen, wie ich mich fühle.

Hutton neigt den Kopf zur Seite. „Oh, Jesse ist der Vater des Kindes, falls du das nicht wusstest."

Ohne darüber nachzudenken, öffne ich den Mund und bin nicht dazu fähig, die Worte zu kontrollieren, die mir über die Lippen kommen. „Nicht Ford?"

Hutton lacht. „Das Leben wäre wahrscheinlich ein wenig einfacher, wenn es so wäre. Aber nur, weil Ford hier lebt und nicht so oft unterwegs ist wie Jesse. Aber nein, es ist Jesse, und auch wenn sie es nicht zugeben will, weiß ich, dass sie ihn sehr, sehr mag."

„Ich hoffe, dass die beiden zusammenfinden. Jeder, der sich in jemandem verliebt, sollte sein Glück finden", murmele ich.

Hutton bekommt diesen verträumten Blick, daher weiß ich, dass sie im Moment mit ihren Gedanken ganz woanders ist. Vermutlich irgendwo bei Beaumont. Sie schüttelt sich und wendet sich mir wieder zu, als ich ihr die Summe für ihren Einkauf mitteile.

„Also? Morgen Abend?", fragt sie.

Ich habe erst in zwei Tagen meinen freien Abend, also sage ich ihr, dass ich erst übermorgen kann, woraufhin sie nickt.

„Zu dritt schaffen wir das locker an einem Abend, dann musst du nicht mehr ständig hin- und herfahren", meint sie.

„Du musst wirklich nicht…"

Hutton hält die Hände hoch. „Doch, müssen und werden wir. Wir sind jetzt deine Familie, Tulip."

Ohne mir auch nur eine Sekunde Zeit zum Antworten zu lassen, wendet sie sich von mir ab und schiebt ihren Einkaufswagen davon. Ich habe unterdessen nicht mitbekommen, dass Mark an meiner Kasse steht. Ich spüre seinen Blick erst auf mir, als Hutton durch die Tür ist.

Er spricht kein Wort. Er sieht mich nur einen Moment lang an, dreht sich dann langsam um und geht. Ein eiskalter Schauer läuft mir über den Rücken, aber nicht wegen Huttons wunderschöner Worte, sondern aus Angst.

***

Louis

Ich bekomme Tulip nicht aus dem Kopf. Nicht beim Kardiotraining, nicht beim Sparring, nicht beim Essen. Nichts lässt sie aus meinen Gedanken verschwinden. Ich weiß, ich sollte nicht so von ihr besessen sein, aber ich kann mir verdammt noch mal nicht helfen.

Als mein Handy bimmelt und ich den Namen des Anrufers auf meinem Display sehe, stöhne ich auf. Normalerweise höre ich gerne von meiner Mom, aber im letzten Jahr haben sich die Gründe für ihre Anrufe geändert. Sie ruft nicht mehr an, um sich zu erkundigen, wie es mir geht. Jetzt meldet sie sich nur , um Dinge von mir einzufordern, ohne mich wirklich darum zu bitten.

Ich versuche, regelmäßig Geld auf ihr Konto zu überweisen, damit sie mich nicht mehr danach fragen muss. Aus irgendeinem Grund brauchte sie plötzlich mehr, als ich ihr gegeben habe. Wahrscheinlich, weil ihr Mann es dringend braucht.

„Mutter?", nehme ich das Gespräch an, während ich mit meiner Gabel ein Stück Hühnerbrust aufspieße.

Es ist mein Zwischendurchsnack. Ich schaue auf die Uhr, weil ich weiß, dass Tulip bald durch die Tür stürmen wird, um sich fürs *Headlights* fertig zu machen.

Ich will wenigstens noch ein paar Worte mit ihr

wechseln, bevor sie wieder abhaut, daher weiß ich, dass ich das Telefonat mit meiner Mutter schnell abwürgen muss.

„Diesmal hat er mich für immer verlassen", schnieft sie in den Hörer.

„Er hat dich ausgenutzt, Mama. Jetzt hat er einfach eine andere gefunden, die er benutzen kann", erkläre ich ihr zum x-ten Mal.

„Sie ist zwanzig Jahre jünger als ich", mault sie.

Ich räuspere mich und weiß nicht, wie ich dieses Thema angehen soll. Normalerweise spricht sie nicht über ihr Privatleben mit mir, weil ich üblicherweise jeden Kerl hasse, den sie seit meinem Vater hatte. Sie hat kein gutes Urteilsvermögen, was Männer betrifft. Ganz und gar nicht.

„Männer machen so etwas manchmal. Das sagt nichts über dich, sondern viel über ihn aus", erwidere ich.

Sie schnaubt. „Wie alt ist das Mädchen, mit dem du dich triffst?"

Ich kann es sofort an ihrer Stimme hören. Sie lallt. Ich weiß, dass sie getrunken hat. Ich kann mich nicht daran erinnern, dass meine Mutter auch nur einen Tropfen zu sich genommen hat, bevor mein Dad starb. Vielleicht habe ich diesen Teil aber auch bloß ausgeblendet, denn danach hat sie oft zur Flasche gegriffen, genau wie ich, wenn sie deprimiert war. Sie hat sich nie wirklich davon erholt, was meiner Meinung nach viel mit ihrer Männerauswahl zu tun hat.

„Das spielt keine Rolle, Mama", murmele ich.

Es herrscht einen Moment lang Schweigen, was mich vermuten lässt, dass sie entweder aufgelegt hat oder ohnmächtig geworden ist. Doch dann höre ich sie einen tiefen Atemzug nehmen, den sie mit einem Seufzer wieder entlässt. „Ich will einfach nicht allein sein."

„Ich weiß.“

„Wenn ich ihn anrufe und mit ihm rede, vielleicht…“

„Bitte nicht“, flehe ich sie regelrecht an.

Ich höre ihren Schluckauf, was darauf hindeutet, dass sie weint. Ich hasse das, aber zu diesem Vollidioten zurückzugehen, ist keine Option. Er ist eine ältere Version von Joey, ein Taugenichts, der andere verbal missbraucht. Zur Hölle, er könnte ihr gegenüber auch gewalttätig geworden sein. Ich weiß das nicht, weil meine Mutter alles vor mir verheimlicht.

Ich höre, wie sich die Haustür öffnet, und da weiß ich, dass Tulip zu Hause ist. Ich will das Gespräch mit meiner Mom beenden, aber meine Schuldgefühle lassen es nicht zu. Sie braucht mich jetzt. Ich höre Tulips Schritte durch das Haus hallen und lauter werden, als sie die Küche betritt.

„Ich liebe ihn eben. Das verstehst du nicht. Das Einzige, das du je geliebt hast, ist das Boxen“, sagt sie.

Wut.

Das ist ein Teil des Trauerprozesses und ich weiß, dass sie um diese Beziehung trauert, auch wenn sie beschissen war. Das habe ich auch getan, als meine Beziehung zu Meghan nach so vielen Jahren in die Brüche ging. Ich war wütend auf die Welt und das Boxen hat mir dabei geholfen, darüber hinwegzukommen. Aber trotzdem habe ich viel länger an ihr festgehalten, als gut für mich war.

Tulip kommt auf mich zu, und ich lächele, als sie sich zu mir stellt. Ich lasse die Gabel fallen, und lege ihr meinen Arm um die Taille, um sie näher an mich heranzuziehen. Ich spüre ihre Lippen meine Schläfe berühren, während sie ihre Arme um meine Schultern legt.

„Das stimmt doch gar nicht, Mama. Ich hoffe, du findest irgendwann das, was du brauchst, aber das ist ganz bestimmt nicht er."

Ich höre sie schwer seufzen. „Wann bist du wieder in der Stadt?"

„In etwa zehn Wochen."

Ich warte darauf, dass sie irgendetwas sagt, und schließlich tut sie es auch. Doch was sie sagt, überrascht mich. Ich bin fast ein wenig sprachlos.

„Du willst hierherziehen?", wiederhole ich ihre Worte.

Sie räuspert sich. „Ich brauche einen Tapetenwechsel, und du scheinst ziemlich viel Zeit in dieser Gegend zu verbringen. Außerdem lebt das Mädchen, mit dem du dich triffst, dort, was im Umkehrschluss bedeutet, dass du noch mehr Zeit dort verbringen wirst. Es gibt nichts mehr, was mich hier noch hält."

Ich spüre Tulips Blick auf mir, aber ich schaue nicht zu ihr herüber. „Ich kann dir nach meinem Kampf beim Umzug helfen", biete ich ihr an.

„Perfekt."

Ich weiß nicht, ob sie das auch noch so sieht, wenn sie wieder nüchtern ist. Also notiere ich mir gedanklich, sie in ein paar Tagen noch einmal anzurufen, nachdem sie die Entwicklungen in Bezug auf ihre kürzlich beendete Beziehung verarbeiten konnte. Wir verabschieden uns voneinander, ich beende den Anruf, lege mein Telefon auf den Tresen und stehe noch immer unter Schock.

„War das deine Mutter?", fragt Tulip.

Ich schaue sie an und nicke einmal. „Jepp, sie sagt, sie wolle hierherziehen."

Nickend legt Tulip eine Hand an meine Wange, um sie zu streicheln. Ich schließe automatisch die Augen, als ihr Daumen über meine Unterlippe gleitet. Ich höre ihren Atem, spüre, wie er mein Gesicht streift, und kann nicht verhindern, dass mein Schwanz bei der bloßen Berührung ihrer Hand auf meiner Haut zum

Leben erweckt wird.

„Das ist doch wunderbar", erwidert sie sanft.

Ich schiebe meinen Teller zur Seite, dann lege ich meine Hände um ihre Taille, hebe sie hoch und setze sie mit dem Hintern auf dem Tresen ab. Ich suche ihren Blick und umfasse sie noch ein wenig fester.

„Es könnte wunderbar oder ein verdammtes Chaos werden." Ich zucke mit den Schultern.

Tulip neigt den Kopf zur Seite. „Ich dachte, ihr steht euch nahe?"

Nickend gleite ich mit einer Hand ihre Seite hinauf, um ihre Brust zu umfassen. Anschließend umschließe ich locker ihren Nacken. „Das tun wir auch, na ja, zumindest früher", sage ich. „Wir sind nicht immer einer Meinung, und seit dem Tod meines Vaters ist sie in eine Art Loch gefallen."

Traurigkeit durchzieht Tulips Augen. „Das tut mir leid. Vielleicht ist ein Umzug genau das, was sie braucht."

Ich zucke mit den Schultern, denn ich bin mir nicht sicher, ob das der Fall ist. Arschlöcher und Ausnutzer gibt es überall und meine Mom scheint sie regelrecht anzuziehen. Ich gehe nicht weiter ins Detail, Tulip wird es schon bald sehen. Im Moment will ich den Rest der Welt einfach nur vergessen und mich in ihrem Körper verlieren.

„Louis", haucht sie, sobald ich mich nach vorne beuge und meinen Mund auf ihren Hals presse.

„Tu das nicht", grunze ich und bewege meine Lippen an ihrer Haut.

Ich spüre, wie sich ihre Hand um meinen Nacken legt und sanft zudrückt. „Du hast eine Regel aufgestellt und das hier ist nicht das, was du brauchst."

Lachend lehne ich den Kopf zurück, um in diese blauen Augen blicken zu können, von denen ich ständig träume. „Das ist genau das, was ich brauche, Tullie. Meine Gedanken waren den ganzen Tag über bei dir. Alles, woran ich denken konnte, war dein Geruch, wie du dich anfühlst und die Geräusche, die du von dir gibst, wenn du kommst. Und weißt du was?"

Sie blinzelt, ihre Augen weiten sich bei meinen Worten.

„Ich habe härter, schneller und effizienter trainiert als in den letzten Jahren. Also, ja, Baby, du bist genau das, was ich brauche."

Keiner von uns beiden verliert noch ein weiteres Wort. Während sich Leute in meinem Haus tummeln, vernasche und ficke ich sie auf der Arbeitsplatte meiner Kücheninsel. So leise waren wir noch nie, und ich werde diesen Moment, den wir miteinander geteilt haben, verdammt noch mal nie vergessen.

Kapitel 18

Nachdem ich mich zum *Headlights* geschleppt habe, tanze ich nur mittelmäßig, bevor ich wieder nach Hause fahre. Ich hatte heute keine Lust in den Club zu gehen, wollte nicht von Louis' Seite weichen nach unserem perfekten Moment in der Küche.

Es hat sich nicht nur körperlich fantastisch angefühlt, sondern ich durfte auch ein bisschen mehr über sein Privatleben erfahren. Jedes Mal, wenn er sich mir ein wenig öffnet, fühlt es sich wie eine erfolgreiche Bergbesteigung an. Allerdings weiß ich noch nicht genau, warum das so ist, denn ich habe mich ihm gegenüber nicht viel weiter geöffnet als er sich mir.

Körperlich harmonieren wir perfekt, zumindest fühlt sich das für mich so an. Die persönlichen Dinge, die tiefe und manchmal leider auch dunkle Vergangenheit, die wir beide haben, kommt erst mit der Zeit ans Licht. Und so sehr ich am liebsten sofort alles aus ihm herauskitzeln würde, weiß ich, dass er noch so einiges auf dem Herzen hat.

Ich lasse mich auf den Fahrersitz sinken, schließe die Tür ab und stecke den Schlüssel ins Zündschloss, bevor ich ihn umdrehe und den Motor anlasse. Wie jedes Mal, wenn ich mich in mein Auto setze, checke ich den Beifahrersitz, um zu sehen, ob dort eine weitere Nachricht auf mich wartet.

Mein Herz macht einen Satz, es springt mir fast aus der Brust, als ich sehe, dass heute eine da ist. Ich greife nach dem Papier und kneife die Augen zusammen, als ich es vor mich halte.

Langsam entfalte ich den Zettel und beiße mir auf die Unterlippe, während ich meine Augen wieder öffne.

Du hast nichts dazugelernt. Deine Zeit wird kommen. Sehr bald. Nur einen Wimpernschlag entfernt.

Ich blinzele nach dem Lesen, schaue zu meiner Rücksitzbank und bete, dass wer auch immer dieser Widerling ist, sich nicht dort hinten versteckt. Ich atme auf, als ich niemanden entdecke. Aber das Gefühl der Erleichterung hält nicht lange an. Es klopft jemand an meine Fensterscheibe. Ich stoße einen Schrei aus, drehe den Kopf und sehe Mark, der in mein Auto linst.

Ich kurbele das Fenster nur zwei Zentimeter herunter und schaue ihn an, um zu hören, was er zu sagen hat. Gleichzeitig lege ich schon mal den Rückwärtsgang ein, damit ich, falls nötig, schnell von hier verschwinden kann.

„Bist du okay?", will er wissen.

Blinzelnd frage ich mich, ob das eine Art Psychospiel ist, das er mit mir spielen will. Versucht er meine Angst zu zerstreuen, indem er vortäuscht, ein netter Kerl zu sein, obwohl er in Wahrheit derjenige ist, der mir diese Zettel hinterlässt?

„Mir geht es gut", erwidere ich. „Was machst du hier?"

Ich registriere, wie er hinter sich schaut. Mein Blick wandert zu seinem Auto, wo ich Charlie neben seiner Beifahrertür stehen sehe. Sie hebt die Hand und winkt mir zu.

„Charlie." Er grinst. „Ich wollte es dir heute erzählen, aber ich hatte Schiss, dass du sauer sein könntest, weil ich deine Freundin date."

Ich räuspere mich und versuche, nicht zu lachen. Sauer auf ihn? Ganz und gar nicht. Habe ich das Gefühl, ich sollte Charlie vorwarnen, dass er unheimlich ist? Auf jeden Fall.

„Nein, überhaupt nicht. Hey, ich sollte jetzt losfahren“, sage ich.

Er tritt einen Schritt zurück. „Wir sehen uns morgen bei der Arbeit.“

Grinsend richtet er seine Augen auf mich. Er blinzelt nicht, hält einfach nur seinen Blick auf mich gerichtet, und wieder überkommt mich dieses total unangenehme Gefühl. Irgendetwas stimmt mit ihm nicht. Ich sehe zu Charlie herüber und wünschte, ich könnte ihr sagen, sie solle weglaufen, doch ich kann es nicht.

Ich verlasse das *Headlights* so schnell wie möglich, schaue in den Rückspiegel und sehe, wie Mark Charlie die Tür aufhält. Sie steigt in seinen Wagen und mir dreht sich bei diesem Anblick der Magen um. Ich hasse es und beschließe, sie morgen während meiner Mittagspause anzurufen. Ich werde nicht in der Lage sein, meinen Tag ganz normal zu verleben, wenn ich daran denken muss, dass sie nicht sicher ist. Ich muss sie warnen.

Während ich meinen Blick zwischen Rückspiegel und Straße hin und her wandern lasse, werde ich das Gefühl nicht los, beobachtet zu werden. Es scheint, dass es mir nach jeder Schicht im *Headlights* so ergeht. Ich fühle mich verfolgt und das noch Stunden nach getaner Arbeit.

Zugegeben, es ist klar, dass mich die Männer begaffen, während ich auf der Bühne stehe, mich durch den Raum bewege und mit ihnen flirte. Aber das ist etwas anderes, als heimlich beobachtet zu werden. Und das stört mich.

Es sind definitiv nicht die unverhohlenen Blicke der Kunden im Club, es ist etwas Dunkleres, Unheimlicheres. Ich kann es bis in meine Knochen fühlen.

Ich bin nicht oft zu Hause. Nur zum Schlafen und um mich für die Arbeit umzuziehen. Und in den letzten Tagen, in denen sie hier alle wohnen, bin ich noch keinem von ihnen begegnet.

Ich wollte Louis schon früher am Abend bitten, mir sein Team vorzustellen, doch wir waren alle zu beschäftigt. Und dann wäre ich fast zu spät zur Arbeit gekommen. Als ich mein Auto einparke, beiße ich mir auf die Unterlippe, da ich an unseren Moment in der Küche zurückdenken muss.

Ich öffne die Tür, steige aus meinem Auto und schließe sie ganz leise wieder. Irgendwie sind die Geräusche hier draußen auf dem Land zehnmal lauter als in der Stadt. Ich schleiche auf Zehenspitzen durch das Haus, bis ich endlich Louis' Schlafzimmer erreiche.

Vorsichtig schließe ich die Tür hinter mir, dann gehe ich ins Bad, um mir das Glitzer und Öl vom Körper zu spülen. Ich stelle die Dusche an und ziehe mich schnell aus, während das Wasser aufwärmt, was dank Louis' genialem tanklosen Wassererhitzer nur ein paar Sekunden dauert.

Als das Wasser mich umspült, schließe ich die Augen. Ich zucke zusammen, als ich einen warmen, starken Körper hinter mir spüre. Eine Hand legt sich um meine Taille, während Lippen meinen Nacken berühren.

Ich drehe mich um, hebe die Arme an und lehne den Kopf zurück, um in Louis' Augen sehen zu können, während das warme Wasser meinen Rücken entlang plätschert. „Warum bist du noch auf? Ich habe dich doch nicht geweckt, oder?"

Seine Lippen verziehen sich zu einem Lächeln und er schüttelt den Kopf. „Ich habe mich umgedreht, doch du warst nicht da. Dann habe ich auf die Uhr geschaut und gehört, dass das Wasser läuft. Ich habe dich vermisst", wispert er. Er legt seine Hände auf meinen Hintern und drückt meine Pobacken.

Brummend frage ich mich, ob wir es noch einmal

tun sollten. Ich bewege die Beine und lecke mir über die Unterlippe. Lachend hebt er mich an meinem Hintern hoch. Ich schlinge meine Schenkel um seine Taille und stöhne auf, als er meinen Rücken gegen die warmen Kachelfliesen der Dusche drückt, während sein Schwanz gleichzeitig vor meiner Mitte pulsiert.

„Louis", seufze ich.

Seine Lippen streifen über meinen Hals, lecken und knabbern an meiner Haut. Ich bewege die Hüften vor und flehe ihn stumm an, in mich einzudringen, mich so auszufüllen, wie er es vor wenigen Stunden auf der Kücheninsel getan hat. Zum Glück enttäuscht er mich nicht und lässt mich nicht zu lange warten.

Er bewegt das Becken vor und ich wimmere, als er sich mit einem einzigen Stoß tief in mir vergräbt. „Berühr dich selbst. Das hier wird hart und schnell", knurrt er gegen meinen Hals.

„O Gott", stöhne ich, als sich seine Hüften im selben Augenblick bewegen, und ich meine Klitoris mit meinen Fingern reibe.

Ich drücke den Rücken durch. Ohne ein Wort miteinander zu wechseln, konzentrieren wir uns beide nur auf eine Sache – unsere Lust. Meine Finger reiben in gleichmäßigen, festen Kreisen über meiner Lustperle, während seine Hüften in harten, schnellen Stößen vorwärtsstoßen.

Es ist absolut perfekt und ich komme interhalb weniger Minuten. So schnell habe ich noch nie in meinem Leben einen Höhepunkt erreicht.

Louis stößt noch ein paar Mal zu, dann versenkt er sich ganz in mir und keucht gegen meinen Hals. Seine Hüften bewegen sich nur noch träge, während das warme Wasser uns umgibt. Ich stoße einen Seufzer aus, und meine Augenlider werden mit jedem Moment etwas schwerer.

„Lass uns ins Bett gehen, Baby", flüstert er an meinem Nacken.

***

Louis

Ich nehme Tulip in meine Arme, ziehe sie mit ihrem Rücken zu mir heran und schiebe meinen Schenkel zwischen ihre. Sie ist nackt, und ich weiß, dass ich sie in ein paar Stunden, wenn es für mich Zeit zum Aufstehen ist, wieder brauchen werde. Es scheint, als ob mein Verlangen nach ihr nie gestillt werden könnte.

Irgendetwas hat mich heute Abend beunruhigt. Ich habe ihr ein paar Details über meine Familie erzählt, aber ich weiß absolut nichts über ihre. Ich weiß nicht einmal, ob sie noch lebt oder nicht.

„Du hast mir noch nichts von deinen Eltern erzählt, Tullie.“

Ihr Körper spannt sich in meinen Armen an, doch ich halte sie fester, um ihr stillschweigend zu vermitteln, dass ich für sie da bin. Es entsteht eine lange Pause, weshalb ich glaube, dass sie meine Frage ignorieren oder davon ablenken wird, aber das tut sie nicht.

„Sie sind gestorben, als ich sechszehn Jahre alt war“, flüstert sie.

Ich berühre ihren Nacken mit meinem Mund. „Wo hast du danach gewohnt?“

Sie räuspert sich und holt tief Luft, ehe sie fortfährt. „Bei Joeys Familie. Seine Eltern haben mich aufgenommen. Sie hätten es nicht tun müssen, aber sie haben es trotzdem getan. Es herrschten Regeln, wir hatten keinen Freifahrtschein. Ich habe ihnen viel zu verdanken.“

„Deshalb hast du dir über die Jahre hinweg so viel von ihm gefallen lassen und dich um ihn gekümmert“, vermute ich.

„Genau.“

„Wie sind sie gestorben, Baby?“

Ich warte, weil ich weiß, dass es einige Zeit brauchen könnte, bis sie ihre Gedanken und Worte sortiert hat. Ich brauche auch immer eine Weile, um die richtigen Worte zu finden, wenn ich über meinen eigenen Vater spreche.

Ich fühle mit ihr mit, denn ich habe auch einen Elternteil verloren, aber ich kann mir nicht vorstellen, wie es sich anfühlt, völlig alleine zurückgelassen zu werden. So wie es ihr widerfahren ist, in so jungen Jahren.

„Meine Mutter hat meinen Vater betrogen“, beginnt sie. Sie dreht sich überraschend in meinen Armen um. Ihre blauen, tränengefüllten Augen blicken in meine. „Es war eine einmalige Sache. Aber die Gerüchteküche in der Stadt brodelte. Er hörte überall von ihrem Betrug. Er wurde paranoid, kontrollsüchtig und beide fingen erst zu trinken an, später nahmen sie dann Drogen. Sie wurden toxisch, nicht nur in Bezug aufeinander, sondern auch für mich.“

Mein Herz bricht wegen des sechzehnjährigen Mädchens von damals und wegen der Frau, die sie heute ist. Ihre Augen sind nicht länger mit Tränen gefüllt, doch so wie sie ins Leere starrt, weiß ich, dass sie gedanklich gerade nicht länger bei mir ist. Sie ist in der Vergangenheit gefangen und durchlebt alles noch einmal. Plötzlich tut es mir leid, dass ich sie nach ihren Eltern gefragt habe.

„Meine Mom musste eines Abends länger arbeiten und mein Dad rastete daraufhin aus. Er schimpfte und tobte, war betrunken und high und überzeugt davon, dass sie ihn wieder betrügt. Als sie nach Hause kam, wartete er mit einem Messer auf sie und stach sie nieder.“

Mein Herz zerbricht in tausend Stücke. Es zerspringt aufgrund ihrer Worte und der Art, wie sie es sagt. Ihre Stimme klingt völlig emotionslos, und doch kommt es mir vor, als würde jede einzelne Silbe sie zerbrechen.

„Als er realisierte, was er getan hatte, sah er wohl keinen Ausweg mehr. Er hatte sie getötet, daher schnitt er sich die Kehle durch. Als ich von einer Verabredung mit Joey nach Hause kam, lagen beide tot in der Küche.“

„Scheiße“, zische ich. „Verdammte Scheiße, Tullie.“

Sie schaut mich an und schüttelt sich einmal durch. „Es ist schon sehr lange her. Fast zehn Jahre.“

Ich senke den Kopf und drücke meine Stirn gegen ihre, während ich die Augen schließe. „Nicht lange genug, Baby. Ich glaube nicht, dass ein Leben lang ausreichen würde, um über so etwas hinwegzukommen.“

„Wahrscheinlich nicht.“

„Ich bin mir da sicher, Tullie.“

Eine gefühlte Ewigkeit spricht keiner ein Wort, dann spüre ich, wie ihre Lippen meine berühren. „Ich denke nicht daran, wenn ich mit dir zusammen bin“, flüstert sie.

„Und ich denke nicht an Antoni, wenn du bei mir bist.“

Sie lächelt. „Wir sind schon zwei Wracks, Louis. Ein völliges Durcheinander.“

Ich grinse, als sie sich auf mich legt und ihre Schenkel spreizt. Sie greift zwischen unsere Körper und sucht meinen Schwanz, der auf Halbmast steht. Sie streichelt ihn so lange, bis ich wieder hart bin. Als sie sich auf meinen Schwanz sinken lässt, stöhne ich auf.

„Lass uns alles vergessen“, haucht sie, beugt sich zu mir herunter und presst ihre Lippen auf meine. „Lass uns nur fühlen, vögeln und dann einschlafen.“

Ich verflechte meine Finger in ihren Haaren. Ich ziehe die Hüften zurück und stoße sie wieder hoch, um ihr entgegenzukommen. Wir ficken einander gegenseitig, bis wir die Schreie der vollkommenen Ekstase des anderen schlucken.

Tulip macht keine Anstalten, von mir herunterzuklettern. Sie vergräbt ihr Gesicht an meiner Halsbeuge. Mein Schwanz in ihr schwillt allmählich ab.

Sie stößt einen Seufzer aus. „Ich mag dich gerne in mir haben, Louis. Alles an dir vermittelt mir Sicherheit."

Ich schlinge meine Arme um sie und halte sie so lange fest, bis ich spüre, wie sich ihr Körper entspannt und höre, wie das Zimmer von ihrem leisen Schnarchen erfüllt wird. Allerdings schlafe ich nicht ein. In ein paar Stunden werde ich mich echt beschissen fühlen, wenn es an der Zeit sein wird, mit meinem achtstündigen Trainingspensum zu starten, doch das ist mir ziemlich egal.

Tulip in meinen Armen zu halten, wenn sie mich braucht, bedeutet mir mehr, als Schlaf es je könnte. Mein Mädchen ist durch die Hölle gegangen, sie hat Dinge gesehen, die sie niemals hätte sehen sollen. Und trotzdem ist sie die liebste und netteste Frau, auf die ich je getroffen bin, und deswegen macht sich das Gefühl in mir breit, sie nicht verdient zu haben.

Kapitel 19

Tulip

Meine Augen sind gereizt und trocken, in meinem Kopf dröhnt es. Ich zucke zusammen, als der Wecker klingelt. Ich spüre, wie sich Louis unter mir bewegt, dann verstummt der Alarm. Sein Mund berührt meine Schläfe und er atmet tief durch die Nase ein.

„Du meldest dich heute krank", sagt er.

Stöhnend drehe ich mich auf den Rücken. Ich zwinge mich dazu, die Augen zu öffnen. Louis sieht auf mich herab, er ist schon viel zu wach. Ich hingegen fühle mich, als hätte ich vielleicht fünf Minuten geschlafen. Meine Augen sind ganz geschwollen vom Weinen. Ich hasse das, ich hasse alles daran.

„Ich muss zur Arbeit", sage ich lahm.

Er schüttelt langsam den Kopf. „Du musst dich ausruhen. Hast du etwa keine Krankentage aufgespart?", will er wissen.

„Was soll ich denn den ganzen Tag machen?"

Louis grinst und ich habe das Gefühl, dass er wahrscheinlich nach einem gewonnenen Kampf denselben selbstgefälligen Gesichtsausdruck hat. Er sieht geradezu siegestrunken aus, und er musste sich nicht einmal sonderlich anstrengen. Ich bin erschöpft. Zwischen der Arbeit im Supermarkt, dem Tanzen und Louis habe ich nie länger als drei Stunden am Stück geschlafen. Ich kann mich nicht einmal daran erinnern, wie es ist. Mein letztes Ausschlafen liegt Monate zurück.

„Schlaf", befiehlt er mir. „Bleib hier liegen, schlaf nackt weiter und warte auf mich."

Kichernd schüttele ich den Kopf. Dieser Laut fühlt sich verdammt gut an. Ich spüre ihn bis tief in meine Seele. Ich lege meine Hände an seine Wangen und schaue ihm in seine grünen Augen. „So toll sich das auch anhört, glaube ich nicht, dass ich das tun sollte. Vielleicht fahre ich zu mir nach Hause und packe ein paar Sachen, wenn ich ausgeschlafen bin.“

„Okay. Isst du denn wenigsten mit mir zu Mittag, bevor du gehst? Ich lege immer um die Mittagszeit eine Pause ein.“

Nickend berühre ich mit meiner Zunge seine Unterlippe. Er saugt meine Zunge in seinen Mund ein, dann gibt er sie wieder frei und springt regelrecht aus dem Bett. Blinzelnd beobachte ich ihn. Er ist nackt. Sein perfekt geformter Hintern bewegt sich langsam von mir weg.

Ich schnappe mir die Bettdecke, wickele meinen ganzen Körper wie einen Wrap darin ein und rolle mich zu einer Kugel zusammen. Als ich höre, wie er die Dusche anstellt, schließe ich wieder die Augen. Ich bin schon fast wieder weggenickt, als ich ein Geräusch an der Tür höre. Kurz darauf dröhnt eine Stimme durch das Zimmer, die so laut widerhallt, wie ich es nie für möglich gehalten hätte.

„Hör auf, es deiner Frau zu besorgen und beweg deinen Arsch hier raus.“

Ich halte die Bettdecke etwas fester umklammert und bete, dass wer auch immer in diesem Zimmer steht, nicht versucht, sie mir wegzunehmen. Als ich höre, wie sich die Badezimmertür öffnet, stoße ich einen Seufzer der Erleichterung aus. Dann erfüllt Louis Stimme den Raum, sodass sich mein Körper wieder zu entspannen beginnt.

„Aaron, ich dusche. Verdammt, verpiss dich aus meinem Zimmer.“

Ich höre den anderen Mann grunzen. „Junge, gestern hast du es ganz schön verkackt. Raus hier, und zwar sofort.“

Die Schlafzimmertür wird zugeschlagen. Kurz darauf

spüre ich, wie die Matratze in Hüfthöhe neben mir einsinkt. Louis zieht die Bettdecke ein Stück herunter, sodass nur mein Kopf und mein Gesicht nicht mehr zugedeckt sind. „Wie stehen die Chancen, dass du nach diesem Auftritt wieder einschläfst?", fragt er leise.

„Sehr schlecht."

Er nickt, dann beugt er sich zu mir herunter. Seine Lippen berühren meine. Seufzend atme ich seinen Duft ein. Er riecht so sauber, so frisch geduscht, und kleine Wassertropfen befinden sich noch auf seiner Haut, die er mit dem Handtuch nicht erwischt hat.

Ich möchte ihn zu mir heranziehen und ihn bei mir behalten. Er muss meine Gedanken lesen können, denn er lächelt und steht auf. „Später, versprochen. Aaron wird jeden Moment wieder hier hereinplatzen und ich will nicht, dass er dich nackt sieht."

„Das will ich auch nicht."

Louis gluckst. „Wenn du schon vor dem Mittagessen gehen willst, bin ich nicht sauer. Hinterlass mir einfach einen Zettel in der Küche", sagt er.

„Okay. Es wäre vielleicht klug, früh zu starten. Dann bin ich vermutlich schon mit dem Packen fertig, bevor die Mädels kommen. Dann brauchen wir nur noch alles einzuladen und hierherzubringen", erwidere ich und denke zeitgleich an all die Dinge, die ich noch erledigen muss, um meine Wohnung aufzulösen und auszuziehen.

Louis Antwort darauf ist Schweigen. Deswegen frage ich mich, ob er noch einmal alles überdenkt. Dann kommt er aus dem begehbaren Kleiderschrank. Er ist vollständig bekleidet, und ich wische den Gedanken fort. Ich weiß immer noch nicht, was er von mir will. Er ist in jederlei Hinsicht einfach nur perfekt.

„Hört sich gut an. Wenn du Hilfe brauchst, gib mir Bescheid. Ich schicke dann die Jungs bei dir vorbei.

Gehst du heute Abend in den Club?"

Kopfschüttelnd hebe ich die Knie an, um mich in eine sitzende Position zu begeben. Louis hat sich mittlerweile hingesetzt und zieht seine Schuhe an. Ich kann meinen Blick nicht von ihm abwenden und frage mich, warum alles an ihm so sexy ist.

Zugegeben, ich weiß, dass Louis heiß ist, aber ein Mann, der sich die Schuhe zubindet, sollte nicht sexy auf mich wirken.

„Ich glaube, ich werde mir heute Abend eine Pause gönnen. Ich bin erschöpft", flüstere ich.

Ich schwindele ihn an.

Ich bin zwar müde, aber ich habe ehrlich gesagt absolut keine Lust, mich mit der weiteren beschissenen Nachricht zu befassen, die in meinem Auto hinterlegt wurde. Ich will einfach nur schlafen und mich dann vielleicht morgen mit dem Zettelkram auseinandersetzen.

Plötzlich kommt mir wieder in den Sinn, dass Charlie gestern Nacht zusammen mit Mark nach Hause gefahren ist. Ich darf nicht vergessen, sie anzurufen, wenn ich mich angezogen habe.

Louis kommt zu mir und gibt mir einen Kuss. „Okay, Baby. Abendessen, nur wir beide. Und dann vielleicht ein schönes Bad in der Wanne?", fragt er.

„Meinst du, Aaron wird dich rund machen?"

Er schnaubt. „Ich weiß, dass er das tun wird. Ich gehe jetzt besser. Ich kann es kaum erwarten, später mit dir zu baden, Tullie."

Er kehrt mir den Rücken zu, verlässt das Schlafzimmer und schließt die Tür hinter sich. Ich stoße einen Seufzer aus und frage mich, wie um alles in der Welt das hier zu meinen Leben geworden ist. Und dann graut es mir, als ich daran denke, dass es zu Ende gehen könnte.

Ich nehme mein Handy zur Hand, suche die Nummer des Supermarkts heraus und rufe dort an. Ich bete, dass ich nicht mit Mark sprechen muss. Als Brenda rangeht, seufze ich erleichtert auf und melde mich bei ihr für den Tag krank. Sie wünscht mir gute Besserung und beendet das Telefonat.

Ich entscheide mich dazu, nicht länger im Bett herumzulümmeln, werfe meine Beine über den Rand und stehe auf. Im Bad dusche ich mich schnell und ziehe mich für den Tag an.

Als ich startklar bin, um zu meiner Wohnung aufzubrechen, nehme ich mein Handy an mich, um es mir in die Gesäßtasche zu stecken. Doch dann fällt mir wieder ein, dass ich mit Charlie telefonieren wollte.

Ich suche ihren Kontakt in meinem Telefonbuch. Eigentlich ist es kindisch, sie anzurufen, denn sie ist erwachsen und weiß, was sie tut. Doch dann fällt mir wieder ein, wie unheimlich Mark gewesen ist. Es könnte gut sein, dass er mir die ganzen Nachrichten hinterlassen hat. Und wenn dem so ist, weiß ich nicht, ob Charlie bei ihm sicher ist.

Mit jedem Klingeln, das ich höre und mit dem sie nicht ans Telefon geht, werden meine Bauchschmerzen stärker. Mein Anruf bleibt unbeantwortet, ihre Mailboxansage meldet sich.

Mein Magen zieht sich zusammen.

Ich hinterlasse ihr eine Nachricht und gebe mein Bestes, um fröhlich und unbekümmert zu klingen. Ich bitte sie, mich zurückzurufen, wenn sie Gelegenheit dazu hat. Dennoch beschließe ich, es noch mal in einer Stunde bei ihr zu probieren, denn vielleicht schläft sie noch. Genau. Sie wird bestimmt noch schlafen.

Ich schnappe mir meine Handtasche und lasse mein Handy hineinfallen. Dann mache ich mich auf den Weg zur Haustür. Die Sorge um meine vermisste Freundin lenkt mich völlig ab, sodass ich nicht einmal bemerke, dass jemand am Sofa lehnt und mich beobachtet.

„Du bist also die Eine?“, fragt eine tiefe Stimme.

Ich schreie auf und bleibe stehen. Als ich den Kopf in seine Richtung drehe, sehe ich ihn gegen die Couch lehnend dastehen. Er hat die Arme vor der Brust verschränkt, sein Blick ist genau auf mich gerichtet.

„Hmm.“ Ich habe keine Ahnung, was ich ihm antworten soll. Was will er überhaupt von mir?

Er stößt sich vom Sofa ab und macht ein paar Schritte auf mich zu.

„Du wirst seine Karriere ruinieren und es ist dir scheißegal, oder?“

Ich blinzele, weil ich nicht glauben kann, was er da gerade zu mir gesagt hat. Seinem hinterfotzigen Grinsen nach zu urteilen, weiß ich genau, was er beabsichtigt. Ich denke über die nächsten Worte nach, die ich an diesen Fremden richten werde.

Vielleicht sollte ich ihn fragen, wer er überhaupt ist, doch eigentlich ist mir das ziemlich schnuppe. Er hat absolut keine Ahnung, was zwischen mir und Louis ist. Er weiß nicht, dass ich mit Louis endlose Diskussionen über sein Training und seine Regeln in Hinblick auf Enthaltsamkeit geführt habe.

Er weiß nicht, wie groß meine Schuldgefühle sind. Er versteht nicht, dass meine Zeit mit Louis nur begrenzt ist und ich sie so lange mit beiden Händen festhalte, bis er erkennt, dass ich nicht diejenige bin, die er für immer will.

„Ehrlich gesagt, weiß ich nicht, wer du bist, und es ist mir auch ziemlich egal. Es tut mir leid, dass du nichts über mich weißt und trotzdem annimmst, dass ich hier bin, um das Leben eines Mannes zu versauen. Doch das stimmt nicht. Wenn du mich jetzt entschuldigst, ich muss noch woanders hin.“

Meine Stimme und auch mein Körper zittern, als ich

mich von ihm abwende und weiter in Richtung Haustür gehe. Doch ich komme nicht weit. Er greift nach meinem Handgelenk, hält mich fest und zwingt mich zum Stehenbleiben.

Ich drehe meinen Kopf und schaue ihn mit großen Augen an. Seine Augen verengen sich zu Schlitzen.

„Du kleine, geldgierige Hure. Ich kenne Weiber wie dich. Du bist nichts weiter als eine geldgeile, nutzlose Stripperin. Die ganze Welt wird erfahren, was du bist, wenn du zu diesem Kampf kommst und diese Scheiße hier nicht sofort beendest", schnauzt er.

Mein Rücken wird steif, ich nehme jedes Wort wahr. Ich weiß, womit er mir droht. Er wird zu den Paparazzi laufen, zu den Klatschmagazinen, um ihnen die Tatsache mitzuteilen, dass Louis Kingston nicht bloß eine Stripperin fickt, sondern sogar mit ihr zusammenlebt.

Noch nie hat mir jemand das Gefühl gegeben, so billig und ekelhaft zu sein, wie dieser Kerl in diesem Moment. Ich entreiße ihm mein Handgelenk, schüttele den Kopf und verschanze mich hinter einem falschen Panzer aus Tapferkeit.

Ich denke über mein Leben nach, über Joey und meine Eltern, über die Tatsache, dass nichts einfach für mich war und es auch nie sein wird.

Ich denke auch daran, dass ich mich noch nie so schön, so geliebt und so wertgeschätzt gefühlt habe, wie in Louis' Armen. Selbst bei unserem ersten Mal, bei unserem One-Night-Stand, hat Louis mir nicht ein einziges Mal das Gefühl gegeben, billig zu sein. Er hat mir nie das Gefühl vermittelt, als hätte ich etwas falsch gemacht.

Ich habe ihm Dinge über mich erzählt, die niemand auf dieser Welt weiß, und er hat nicht einen einzigen Aspekt meiner Gegenwart oder Vergangenheit verurteilt.

Doch ich weiß, wie unbarmherzig die Paparazzi sein können. Sie können gefühllos und grausam sein. Wenn dieser Mann sie anfüttert, werden sie kommen und sich auf mich stürzen wie Aasgeier. Ich glaube nicht, dass irgendjemand sich jemals auf einen Angriff von ihnen vorbereiten könnte.

„Es tut mir leid, dass du so über mich denkst", sage ich ruhig. „Vor allem, weil ich nicht mal weiß, wer du bist. Wenn du glaubst, dass all die Dinge, die du vorhin behauptet hast, stimmen, dann werde ich dich nicht aufhalten."

Ich wende mich von ihm ab und gehe. Dabei ignoriere ich, wie er erst knurrt und dann meinen Namen ruft. Ich sollte Louis erzählen, was sich zwischen mir und dem mysteriösen Mann abgespielt hat, aber ich habe jedes Wort ernstgemeint, das ich gesagt habe. Wenn er versuchen will, mich zu ruinieren, werde ich ihn nicht stoppen können. Niemand kann das.

Diese Lektion habe ich durch Joey gelernt. Ich hätte nichts tun können, was mich davor beschützt, ihn und Raylee vögelnd auf meinem Sofa zu erwischen. Manchmal sind Menschen einfach Arschlöcher und manchmal sind auch gute Menschen, diejenigen, die Arschlochsachen machen. So ist das Leben nun mal.

Ich hoffe nur, dass er mich nicht so bloßstellt, wie er es angedroht hat, denn das wäre echt scheiße für Louis. Allerdings weiß ich auch, dass ich Louis nicht verlassen kann, so wie Meghan es vor all den Jahren getan hat.

Ich bin nicht egoistisch genug, um Louis den Rücken zuzukehren, nur weil dieser Kerl mir damit gedroht hat, meine Gefühle zu verletzen. Gerade jetzt, in diesem Abschnitt seines Lebens, braucht Louis mich. Und ich werde für ihn da sein, an seiner Seite bleiben, solange er mich will.

Vermutlich bin ich wirklich eine Egoistin, weil ich

ihm möglichweise schaden könnte. Vielleicht wäre es klüger, so weit wegzulaufen, wie ich nur kann. Ihn zu verlassen, während er trainiert, da dieser Kampf emotional aufreibend wird. Doch wenn er Angst hat, in den Ring zu steigen, ist es nicht das, was er von mir braucht.

Kopfschüttelnd setze ich mich auf den Fahrersitz meines Autos. Nein. Ein zweites Mal vor ihm zu fliehen ist keine Option, denn ich weiß, dass er auf mich zählt. Er braucht einen Anker, und für den Moment bin ich genau das für ihn.

Ich schaue noch einmal zur Veranda zurück, dann lasse ich den Motor an. Der Mann steht da und beobachtet mich, seine Augen sind zu Schlitzen verengt. Schulterzuckend lege ich den Gang ein und lasse ihn auf der Veranda stehen, während er sich offensichtlich in seiner Abscheu regelrecht suhlt.

Das könnte sich zum größten Fehler meines Lebens entpuppen. Egal, was passiert oder was er über mich sagen wird, ich muss mir ins Gedächtnis rufen, dass ich das alles nur für Louis mache. Er braucht mich, auch wenn sein Team das anders sieht. Doch ich weiß, dass er es tut. Ich werde so lange bei ihm bleiben, bis er mich von meinen Pflichten entbindet.

Kapitel 20

Louis

Als ich das Wohnzimmer betrete, sehe ich Gary an meinem Tisch sitzen und runzele die Stirn. Vor ihm steht ein Wasserglas, er hat den Laptop aufgeklappt und tippt auf der Tastatur. Mein verdammter Pressesprecher hat es sich hier gemütlich gemacht, ohne meine Erlaubnis.

Ich räuspere mich und verschränke die Arme vor der Brust. „Was machst du hier, Gary?"

Er hebt die Augen, sieht mich an und schüttelt ein paar Mal den Kopf, als wäre er von mir enttäuscht oder so. Nicht, dass es mir etwas ausmachen würde, das tut es definitiv nicht. Er ist eine der treibenden Kräfte dieses Kampfes, und ich bin immer noch mächtig angepisst deswegen.

„Ich bin nur vorbeigekommen, um nach dem Rechten zu sehen. Außerdem wollte ich die Fotoshootings mit dir absprechen für den Merchandise-Kram."

„Du hättest mir, anstatt dich ohne mein Wissen an meinen Tisch zu setzen, einfach eine Nachricht schicken können."

Er räuspert sich, und in dem Moment weiß ich, dass er mir den wahren Grund seines Kommens verraten wird. Ich hoffe, er spuckt es bald aus, denn ich bin verdammt hungrig und es liegt noch ein Haufen Arbeit vor mir.

„Sie ist hübsch. Sie hat die Ausstrahlung eines kleinen Mädchens vom Lande. Wenn ich sie mir nicht selbst angesehen hätte, wäre ich nie darauf gekommen."

„Darauf gekommen?"

Er hebt eine Augenbraue. Da weiß ich, dass er herausgefunden hat, dass Tulip nebenbei strippt. Es geht ihn nichts an, verdammt, es geht niemanden etwas an. Dass es mich nicht aus der Haut fahren lässt, dass ich damit umgehen kann, ist alles, was zählt.

Klar, ich mag es nicht, aber es stört mich auch nicht so sehr, wie ich dachte. Es ist ein Job, und das ist alles. Das ändert nichts an meiner Einstellung zu ihr, sie ist immer noch meine Tullie. Sie ist die Person, in die ich mich verliebt habe. Ihre Persönlichkeit ist unverändert und ich vergesse mittlerweile sogar, was sie nachts macht.

„Ich weiß, dass sie eine Stripperin ist, Louis. Du kannst nicht mit ihr zusammen in der Öffentlichkeit gesehen werden. Sobald jemand herausfindet, was sie tut, können wir uns auf einen verdammten Zirkus gefasst machen."

Ich neige den Kopf zur Seite und frage mich, wie um Himmelswillen die Leute herausfinden sollen, was sie nachts treibt. Seinem dämlichen Grinsen nach zu urteilen, wird er derjenige sein, der ihr Geheimnis ausplaudert. Ich sollte eigentlich ein loyales Team hinter mir haben, doch dieser Mann scheint dazu bereit zu sein, meine Geschichte für ein paar Dollar zu verkaufen.

„Ich tue, was immer ich will. Sie gehört zu mir, sie wohnt hier mit mir und es ist mir scheißegal, wie irgendwer das findet. Was hast du zu ihr gesagt?"

Er zuckt mit der Schulter. „Nur die Wahrheit."

Kopfschüttelnd lege ich meine Hände in den Nacken. Ich weiß nicht, was für eine Wahrheit er ihr erzählt hat, aber ich will verdammt sein, wenn er die Sache mit ihr vermasselt hat. Sie gehört zu mir und ich habe sie gerade erst zurückgewonnen. Ich will sie nicht wieder verlieren.

„Sie ist für dich tabu, Gary. Wenn du je wieder mit ihr redest, bist du gefeuert. Wenn du irgendetwas über unser Privatleben oder ihren Job durchsickern lässt, bist du gefeuert. Wenn du einen Freund bittest, er soll es den Medien stecken, bist du gefeuert. Haben wir uns verstanden?"

Ich höre ein leises Knurren tief in seiner Kehle grollen und da weiß ich, dass er genau das vorhatte. Ich drehe ihm den Rücken zu, öffne den Kühlschrank und hole den Frischhaltebehälter, in dem sich mein Mittagessen befindet, heraus.

Ich öffne den Deckel und mache mir nicht die Mühe, es aufzuwärmen. Ehrlich gesagt schmeckt es mir zu dem Zeitpunkt sowieso nicht, weil ich stinksauer bin. Ich will nur wieder zurück ins Fitnessstudio, um meine Aggressionen loszuwerden.

Ich höre, wie Gary seine Sachen zusammenpackt und geht. Dann schiebe ich meine Hand in die Hosentasche und hole mein Handy heraus. Ich wähle Tulips Nummer, schließe die Augen und kaue schnell zu Ende, während ich darauf warte, dass sie rangeht.

„Ist alles in Ordnung?", fragt sie sofort.

Als ich ihre sanfte, besorgte Stimme höre, grinse ich. „Ja, Baby, alles bestens. Ich rufe nur an, um dich das Gleiche zu fragen."

„Oh, Mist, ich habe dir keine Nachricht hinterlassen", zischt sie.

„Ich habe mir schon gedacht, dass du in deiner Wohnung bist und packst. Aber ich habe vorhin Gary, meinen Pressesprecher, getroffen, und anscheinend hat er eine Menge Scheiße zu dir gesagt."

Es herrscht einen Moment lang Stille. Ich frage mich, ob sie aufgelegt hat, doch dann höre ich sie sprechen. „Heißt der Kerl so? Ich habe ihn nicht nach seinem Namen gefragt. Er hat ein paar blöde Drohungen auf mich losgelassen, aber nichts, womit ich nicht fertig geworden wäre."

Ich hasse das. Sie sollte sich nicht mit so etwas herumplagen müssen. „Das passiert nicht noch mal, Tullie. Du musst dich nie wieder wegen solchem Scheiß sorgen, okay?“

Sie räuspert sich „Okay, Louis.“

„Wann kommst du nach Hause?“

„Zum Abendessen.“

„Okay, Baby.“

„Ich liebe dich“, sagt sie leise.

Ich stöhne auf, meine Augen schließen sich ganz von allein, und das Einzige, was ich jetzt und jedes Mal, wenn sie diese Worte ausspricht, tun möchte, ist in ihren warmen Körper zu gleiten.

Nach dem Abendessen werden wir uns ein Bad gönnen und dann werde ich genau das tun, bis wir beide so verdammt erschöpft sind, dass wir, ohne zu zögern, in den Armen des jeweils anderen einschlafen.

Ich beende das Gespräch, verputze mein fades Mittagsessen, trinke ein Glas Wasser und kehre ins Fitnessstudio zurück.

Aaron sitzt auf dem kleinen Sofa in der Ecke und sieht mich mit angewidertem Gesichtsausdruck an.

„Was?“, frage ich ihn.

„Sieh nicht hin“, befiehlt er mir.

Doch es ist zu spät. Auf der Mattscheibe ist ein Bild von Antoni zu sehen. Ein Familienfoto von seiner Frau und seinen Kindern. Sie sprechen über ihn, und ich bin mir sicher, dass es auch um mich und den bevorstehenden Kampf geht. Dann erscheint ein Bild von mir und Tulip, wie wir Hand in Hand über den Parkplatz des Supermarkts gehen.

„Mach lauter“, fordere ich ihn auf.

Aaron tut es, ohne zu widersprechen. „Nur wenige Monate, nachdem er Antoni Byers das Leben genommen hat, wird Louis Kingston nicht nur wieder in den Ring steigen, sondern es sieht ganz danach aus, als hätte der Schwergewichtler seine Liebe gefunden. Wir wissen nicht, wer die mysteriöse Frau an seiner Seite ist, aber die beiden wirken ziemlich vertraut miteinander. Wird sie ihm bei seinem Kampf zur Seite sehen? Wird der nächste Schlagabtausch genauso enden, wie der letzte? Alle Augen sind auf Louis Kingston gerichtet."

„Das ist vollkommener Bullshit", bellt Aaron, bevor er den Fernseher ausschaltet. Ich drehe mich zu ihm um. „Das ist Bullshit", wiederholt er. „Ganz egal, wer gegen Byers gekämpft hätte, er wäre gestorben. Das haben die Ärzte gesagt. Es hatte nichts mit dir oder deiner Schlagkraft zu tun. Am Ende des Tages hätte er überhaupt nicht in den Ring steigen dürfen."

„Aber er tat es, und es war meine Faust, die ihn zu Fall brachte."

Aaron winkt ab. „Blödsinn, Kingston. Du hättest es nicht verhindern können. Jetzt wirst du in den Ring steigen und nicht nur deinen Titel, sondern auch deinen verdammten Namen verteidigen."

Ich nicke. Genau das ist der Grund, warum ich Aaron schon meine ganze Karriere als Trainer verpflichtet habe. Er ist taff, nimmt kein Blatt vor den Mund und weiß, was er wann zu sagen hat.

„Dann lass uns trainieren. Gary hat mich wütend gemacht und ich muss meine Aggressionen rauslassen."

„Das klingt gut."

***

Tulip

Nachdem Louis aufgelegt hat, versuche ich Charlie zu erreichen. Es sind zwei Stunden vergangen, seit ich es das letzte Mal probiert habe, und ich kann keine Sekunde länger warten. Ich habe vielleicht drei Kisten gepackt, während ich mir Sorgen um sie gemacht habe.

Das Telefon klingelt zweimal, dann geht sie ran. „Hey, Mädchen." Sie klingt glücklich, aber auch überrascht, von mir zu hören.

Ich atme erleichtert aus. „Dir geht es also gut."

„Warum sollte es mir nicht gut gehen?"

Ich überlege, ob ich ihr von den besonders gruseligen Schwingungen erzählen soll, die Mark in letzter Zeit auf mich ausübt. Da sie aber so verdammt glücklich klingt, entscheide ich mich dazu, es zu lassen. Vielleicht liegt es bloß an mir, und vielleicht ist seine seltsame Besessenheit Schnee von gestern, nachdem er sich ihr zugewandt hat. Als er vor ein paar Monaten bei uns anfing, hielt ich ihn für einen netten Kerl. Ein wenig komisch, aber nett.

„Ich wollte nur mal nach dir hören, nachdem du mit Mark nach Hause gegangen bist", sage ich und beschließe, ihr die Wahrheit zu sagen. Zumindest teilweise.

Es herrscht einen Moment lang Schweigen, dann seufzt sie. „Er ist mit zu mir nach Hause gekommen. Weißt du, dass er noch bei seiner Mutter wohnt? Damit habe ich nicht gerechnet."

„Ich weiß. Lief es denn gut?"

„Ja, ich meine, ich glaube, er war super aufgeregt, weil er wirklich schnell fertig war. Aber dann hat er sich um mich gekümmert und das zweite Mal war schon ein wenig besser. Er ist nicht perfekt, aber du weißt ja, dass er ein wenig anders ist. Ich brauchte eine Abwechslung."

Das kann ich nachvollziehen. Louis ist auch anders, er ist das komplette Gegenteil von Joey. Obwohl ich nicht glaube, dass ich jemals mein Glück finden werde, wenn das mit uns geendet hat. Ich glaube nicht daran, dass irgendein anderer Mann auf dieser Welt mich so glücklich machen kann, wie Louis es gemacht hat. Selbst in dieser so kurzen Zeitspanne.

„Ich verstehe dich", erwidere ich. „Ich werde heute Abend nicht da sein. Ich räume meine Wohnung aus."

„Du ziehst mit diesem heißen Arsch zusammen? Du glückliches, glückliches Miststück." Sie lacht. „Dann sehen wir uns morgen Abend. Wir können uns dann in Ruhe austauschen. Mark holt mich ab, bringt mich zur Arbeit und anschließend wieder nach Hause. Hoffentlich hält er heute Nacht etwas länger durch."

Lachend beende ich das Telefonat und widme mich wieder dem Packen. Aus den Lautsprechern meines Telefons schallt Musik, sodass ich nur ein leises Klopfen an der Tür vernehme. Ohne auf die Uhr zu schauen, stehe ich auf, da ich gerade meine DVDs verpackt habe, und gehe an die Tür.

Als ich durch den Türspion schaue, bin ich überrascht, sowohl Hutton als auch Laurie auf der anderen Seite der Tür stehen zu sehen. Schnell öffne ich. Ich fordere die beiden auf, hereinzukommen, drehe mich um, jogge zu meinem Handy und stelle die Musik leiser.

„Was macht ihr denn hier?", frage ich sie, als ich ihnen wieder gegenüberstehe.

Hutton lächelt. „Louis hat Beaumont eine Nachricht geschickt."

„Hutton hat wiederrum mir eine Nachricht geschrieben und schon wurde die WhatsApp-Kette in Gang gesetzt." Laurie grinst. „Wir haben noch ein paar Kartons mitgebracht. "

Ich eile zu ihr, nehme ihr die zusammengefalteten Pappboxen ab und lehne sie an die Wand. „Vielen Dank, aber das hättet ihr nicht tun müssen. "

„Ach, im Laden war nichts los, und uns war langweilig", murmelt Laurie.

„Und das Letzte, das Laurie tun will, wenn sie sich langweilt, ist, den Salon aufzuräumen oder Bürokram abzuarbeiten“, grummelt Hutton.

Wir verbringen die nächsten drei Stunden damit, meine winzige Wohnung auszuräumen. Da ich keine Couch mehr im Wohnzimmer habe, stapeln wir die Kisten fein säuberlich übereinander.

Wenn man nur die Kartons berücksichtigt und von den Möbeln absieht, war mir gar nicht bewusst, wie wenig Sachen ich eigentlich nur besitze. Zugegeben, ich habe auch ein paar Dinge aussortiert, die ich dem Frauenhaus in der Stadt spenden werde. Ich habe nur meine persönlichen Sachen gepackt, um sie zu Louis zu bringen. Wir haben nie darüber gesprochen, aber ich habe das Gefühl, dass meine gebrauchten Küchengeräte und das billige Besteck bei ihm nicht wirklich gebraucht werden.

„Gott, es ist wie damals, als ich mein ganzes Leben eingepackt habe, um mit Beaumont zusammenzuziehen“, seufzt Hutton und stemmt ihre Hände in die Hüften.

Ich schaue sie an. „Hast du auch so viel entsorgt?“

Sie nickt. „Alles, außer meinen Klamotten und ein paar persönlichen Dingen, wie Fotos.“

„Ich überlege, ob ich die DVDs und CDs mitnehmen soll. Ich kann mich ehrlich gesagt nicht daran erinnern, wann ich das letzte Mal eine davon benutzt habe.“

„Spende sie. Niemand schaut sich mehr DVDs an oder legt eine CD ein. Wir nutzen alle Streaming-Dienste und Spotify“, meint Laurie und beißt in einen Apfel, den sie im Kühlschrank gefunden hat.

Nickend gehe ich auf die beiden Kisten zu, um sie zu dem Spendenstapel zu tragen, ehe ich es mir anders überlege.

„Darf ich dir eine Frage stellen?“, möchte Laurie wissen, woraufhin ich nicke. „Ich kann Hutton nicht danach fragen, denn sie hat Beau schon ihr ganzes

Leben geliebt. Aber du hast Louis nicht schon seit deiner Teenagerzeit geliebt.“

Ich schüttele langsam den Kopf. „Ja, ich habe ihn nicht mein ganzes Leben geliebt.“

„Wie viel Angst hast du?“, fragt sie mit leiser Stimme. „Nicht vor ihm, aber vor den Fans und seinem Promistatus? Und wie viel Schiss hast du davor, dass er dich verlassen könnte?“

Ich presse die Lippen aufeinander und atme einen Moment lang durch. Ich weiß, warum sie das wissen will. Der Vater des Babys, das sie in sich trägt, ist einer von Beaumonts Bandkollegen. Er ist nicht so bekannt wie Beaumont, aber er hat eine eingeschworene Fangemeinde, und das bringt andere Frauen und eine gewisse Unsicherheit mit sich.

„Ich habe schreckliche Angst“, gestehe ich ihr. Ihre Augen weiten sich und ich höre Hutton keuchen. „Ich habe wirklich Angst, Louis hingegen weniger. Er weiß, was er will. Deswegen halte ich sie irgendwie im Zaum und genieße einfach mein Glück.“

Laurie rümpft die Nase. „Ich hatte befürchtet, dass du das sagen würdest.“

„Jesse möchte sich mehr einbringen und er mag dich wirklich. Gib ihm die Chance dazu, dass mehr aus euch wird“, sagt Hutton, aber es klingt, als hätte sie es schon eine Million Mal heruntergebetet und wäre es leid, sich ständig zu wiederholen.

„Ich werde mich nicht von ihm verletzen lassen. Ich lasse nicht zu, dass unserem Baby wehgetan wird“, schnauzt Laurie.

„Ich habe Joey dabei erwischt, wie er Raylee auf meinem Sofa, in meinem Wohnzimmer, gevögelt hat. Joey war arbeitslos, hatte nie länger als ein paar Wochen einen Job und war in ganz Gallup für seine Faulheit bekannt. Trotzdem hat er mich betrogen, Laurie.“ Sie blinzelt, doch ich fahre schnell fort. „Er hat mich hintergangen, obwohl wir, seit wir Kinder waren, zusammen gewesen sind. Wenn jemand fremdgehen will, spielt es keine Rolle, ob er berühmt oder ein fauler Sack wie Joey ist. Es wird passieren. Es kommt immer darauf an, was man aus einer Gelegenheit macht. Wenn ich du wäre, würde ich Jesse eine Chance geben. Er könnte dich überraschen.“

„Das hat noch niemand“, mault sie.

Hutton lacht. „Du hast auch noch nie jemandem eine Chance gegeben.“

Lauries Augen verengen sich. „Ich werde es probieren. Nicht, weil es das ist, was alle von mir wollen, sondern weil ich meinem Kind irgendwann sagen will, dass ich es versucht habe.“

Hutton gibt hinter mir ein Geräusch von sich. Ich stelle mich dicht zu Laurie und ihr und nehme ihre Hände in meine und drücke sie. „Selbst wenn es nicht klappt und es in einer Katastrophe endet, wirst du wissen, dass du alles gegeben hast. Du wirst stolz auf dich sein können, weil du es probiert hast. Das ist alles, was zählt.“

Ohne etwas darauf zu erwidern, legt sie ihre Arme um meine Schultern und zieht mich in eine feste Umarmung. „Du hast von dir selbst gesprochen, nicht wahr?“, flüstert sie mir leise ins Ohr.

Ich halte sie ebenfalls fest in meinen Armen. „Ja“, wispere ich.

„Bei dir wird alles gut gehen, Süße. Ich kann es fühlen.“ Nach unserer Umarmung tritt Laurie einen Schritt zurück und räuspert sich. „Okay, genug von diesem emotionalen Scheiß. Soll ich im Frauenhaus anrufen und fragen, ob sie jemanden haben, der das ganze Zeug abholen kann? Und was ist mit deinem Bett und deinen Möbeln? Was willst du damit machen?“

„Ich glaube, das sollte alles gespendet werden“, erwidere ich im Flüsterton. „Vielleicht brauche ich das alles in nächster Zeit nicht mehr."

„Du wirst es nicht brauchen", sagt sie und hält sich bereits das Telefon ans Ohr.

Kapitel 21

Tulip

Ich lasse mich in die warme Wanne sinken und lehne mich mit dem Rücken gegen Louis breite Brust, zwischen dessen Schenkeln ich sitze. Ich versuche nicht auf seinen harten Schwanz zu achten, der mir gegen die Wirbelsäule drückt. Im Moment geht es nicht um Sex, sondern um Entspannung. Sex werden wir noch früh genug wieder miteinander haben.

Ich schließe die Augen, drehe den Kopf zur Seite und lege meine Lippen auf die Unterseite seines Kiefers. Das ist genau das, was ich gebraucht habe: einen freien Abend.

„Konntest du alles erledigen?", erkundigt er sich und gleitet mit seinen warmen Händen meine Arme hinauf und herunter, um mich sanft zu massieren.

Ich brumme. „Ja. Das Frauenhaus hat alle Sachen, außer die, die ich behalten wollte, abgeholt."

„Du hättest deinen Kram auch in der Scheune einlagern können. Ich halte dort keine Tiere und nutze sie nur als Lagerraum. Du hättest nicht alles loswerden müssen."

Ich weiß nicht, ob ich mich noch mehr in diesen Mann verlieben kann, als ich es ohnehin schon getan habe. Er wusste, dass ich damit hadere, alles zu spenden, aber er hat nie von mir verlangt, dass ich es tue. Ehrlich gesagt, hätte vermutlich jedes Möbelstück aus meinem Besitz einen Platz bei ihm gefunden, wenn ich ihn darum gebeten hätte.

Aber ich musste alles loslassen. Diese Möbel gehören meiner Vergangenheit an. Meinem Leben mit Joey. Dem Leben, das ich führte, nachdem meine Eltern gestorben waren. Ein Leben, in dem ich darum kämpfte, etwas zu essen zu haben und meine Miete zu bezahlen. Das ist nicht länger das Leben, das ich jetzt führe. Hoffentlich wird es nie wieder meine Realität sein.

„Ich glaube, ich weiß jetzt, was ich machen möchte“, lasse ich ihn wissen.

„Und zwar?“

Ich atme tief ein. „Es ist wahrscheinlich total dumm, aber Laurie und ich haben uns darüber unterhalten. Hutton ist nicht mehr oft im Salon, sodass Laurie viel allein ist. Sie braucht Unterstützung, aber sie will nicht einfach irgendwen einstellen.“

„Du willst Haare machen?“, fragt er.

Ich drehe mich in der Badewanne um und schaue ihn an. Ich erwarte, dass er mich belächelt, doch das tut er nicht. Er blickt drein, als wäre er wirklich daran interessiert, was ich zu sagen habe.

Ich lächele. „Ich möchte Make-up, Fingernägel und Haare machen. Für Hochzeiten und andere Veranstaltungen. Ich möchte so viel wie möglich darüber auf einer Kosmetikschule lernen.“

„Nur mein Mädchen würde die Gelegenheit beim Schopf packen und sich nicht nur auf eine Sache konzentrieren, sondern gleich auf ein Dutzend. Ich liebe die Idee, Tullie. Ich finde das wirklich clever.“

„Ich werde die Schule aufsuchen und mich über die Kosten und finanzielle Unterstützungen informieren. Ich freue mich einfach, dass ich mich endlich für etwas entschieden habe. Und es ist etwas, dass ich zu meinen Bedingungen tun kann, wo ich mein eigener Boss bin.“

Louis streichelt mir über die Wange. „Das stimmt, Baby.“

Ich erzähle ihm natürlich nicht, dass dieses neue Business etwas ist, auf das ich mich mit voller Energie stürzen kann, sollte er mich verlassen. Ich weiß, dass er irgendwann gehen wird. Es ist nur eine Frage der Zeit. Im Moment werde ich einfach jeden Augenblick mit ihm genießen, als wäre es mein letzter.

Louis beugt sich vor, küsst mich und legt dann seine Stirn gegen meine. Er atmet tief ein. „Ich kann nicht glauben, dass ich jemanden wie dich gefunden habe.“

„Ich habe dich nicht verdient“, erwidere ich.

Er schnaubt. „Es ist genau andersherum, Baby. Lass uns aus der Badewanne steigen, damit ich dir zeigen kann, wie verdammt dankbar ich bin, dich zu haben.“

Eine Stunde später keuchen wir beide lautstark, nachdem wir uns gegenseitig bewiesen haben, wie dankbar wir sind, dass wir in das Leben des anderen getreten sind. Louis nimmt mich in seine Arme, zieht mich mit dem Rücken gegen seine Brust und schiebt sein Bein zwischen meine Schenkel.

„Gary wird den Medien nichts sagen, Tullie.“

„Es wäre mir egal, wenn er es tun würde. Bei deinem Kampf geht es nicht um mich. Nichts dreht sich um meine Person.“

„Da irrst du dich“, knurrt er in meinem Nacken. „Alles dreht sich um dich, Tullie, weil du alles für mich bist.“

Ohne weitere Worte zu verlieren, schlafen wir beide ein. Nur gefühlte Sekunden später höre ich ein Geräusch. Es erinnert mich an ein verwundetes Tier. Ich öffne die Augen und schaue zu Louis‘ Seite des Bettes, doch er liegt nicht dort.

Abermals vernehme ich das Geräusch, es kommt aus der Ecke des Zimmers. Ich blinzele ein paar Mal, bis sich meine Augen an die Dunkelheit gewöhnt haben, und setze mich auf. Als ich mich auf besagte Ecke konzentriere, klappt mir vor Überraschung der Mund auf.

Es ist Louis. Er sitzt nackt in der Ecke, mit dem Rücken zur Wand, und er wiegt seinen Körper hin und her, während er diese leisen, gequälten Laute von sich gibt.

Ich gehe langsam auf die Knie und krabbele, so leise wie es mir mein pochendes Herz ermöglicht, auf ihn zu. Ich sage seinen Namen, in der Hoffnung, ihn damit aufwecken zu können. Doch leider gelingt es mir nicht.

Ich setze mich auf meine Knie und spreche seinen Namen nun deutlich lauter aus. Bevor ich ihn berühren kann, hat er auch schon seine Finger um mein Handgelenk geschlungen. Seine Augen sind geöffnet und er starrt mich an, aber ich kann an seinem leeren Blick erkennen, dass er nicht wirklich wach ist.

Sein Griff ist fest. Fester als sonst. Und ich bin mir sicher, dass er mir bei einer falschen Bewegung mit Leichtigkeit das Handgelenk brechen könnte.

„Louis, du musst aufwachen", flehe ich ihn an. Meine Augen füllen sich mit Tränen.

„Ich habe das nicht gewollt", rasselt er.

„Ich weiß, dass du es nicht wolltest. Bitte, du musst aufwachen."

Er schüttelt den Kopf hektisch, dann legt er die Finger seiner anderen Hand um meine Kehle. Er beginnt zuzudrücken, woraufhin ich sofort in Panik gerate. Ich versuche zu atmen, doch er schnürt mir die Luft ab.

Louis schüttelt mich an meinem Hals. „Ich habe es nicht gewollt. Ich habe es verdammt noch mal nicht gewollt", brüllt er.

Ich versuche noch ein letztes Mal nach Luft zu schnappen, bevor alles dunkel um mich herum wird.

***

Louis

Ich schrecke auf, da ein keuchendes Geräusch mich

aus dem Schlaf reißt. Stirnrunzelnd stelle ich fest, dass ich mich auf dem Fußboden befinde. Mein nackter Arsch berührt den Teppich, mein Rücken ist an die Wand gelehnt. Als ich nach unten blicke, dreht sich mir der Magen um.

Es ist Tulip.

Sie liegt leblos am Boden. Ich falle auf die Knie und beuge mich über sie. Ich kneife die Augen zusammen und drücke zwei Finger auf ihren Hals, um ihren Puls zu suchen. Erleichtert atme ich aus, als ich ihn spüre. Er ist langsam, aber er schlägt.

Ich schiebe meine Arme unter ihren Körper, ziehe sie gegen meine Brust und stehe mit ihr zusammen auf. Ich trage sie zum Bett und lege sie vorsichtig auf der Matratze ab. Sie liegt völlig regungslos da. Ich überlege, ob ich einen Krankenwagen rufen sollte, denn es sieht verdammt schlecht aus.

Ich schnappe mir mein Handy und rufe Aaron an. Er hat im Laufe der Jahre haufenweise Erste-Hilfe-Trainings absolviert. Wenn jemand in diesem Haus mir helfen kann, dann er.

„Was?", bellt er mich an und klingt dabei wie ein alter Kauz, der er nun mal ist.

Ich räuspere mich und versuche, nicht zu laut zu schreien. „Ich habe geträumt, glaube ich. Sie lag einfach auf dem Fußboden. Ich habe ihren Puls überprüft, er ist vorhanden, aber verdammt langsam."

Ohne etwas darauf zu erwidern, beendet er das Telefonat. Ich pfeffere mein Handy aufs Bett und lasse Tulips Körper nicht aus den Augen. Ich kann meinen Blick nicht von ihr nehmen. Ich beobachte, wie sich ihr Brustkorb beim Atmen hebt und senkt. Das beruhigt mich ein wenig, aber noch lange nicht genug.

Die Tür fliegt auf und Aaron kommt hereingestürmt. Er schaut erst zu Tulip, dann zu mir. „Zieh dir eine verdammte Hose an", blafft er.

Ich zucke, während ich ihm dabei zuschaue, wie er zu Tulip eilt. Er sinkt zu ihr herab und legt eine Tasche auf dem Bett ab. Ich drehe mich zum Kleiderschrank um, schnappe mir eine Jogginghose und ziehe sie mir über die Beine, um meine untere Körperhälfte zu bedecken.

Dann nehme ich mir den Bademantel, der an der Rückseite meines Schrankes hängt. Er gehört mir und wurde mir von einer Frau gekauft, die mir dabei geholfen hat, meine Garderobe auszustatten. Ich habe ihn noch nie getragen, denn ich hatte nie das Bedürfnis. Ich eile zum Bett zurück und räuspere mich.

Aaron bewegt sich nicht. Er mustert sie, dreht dann den Kopf und schaut mich an. „Es war gut, dass sie nackt war, denn so musste ich sie nicht von ihren Klamotten befreien. Ich glaube, sie wird wieder. Wir müssen abwarten und sehen, wann sie wieder zu sich kommt. Wenn sie in einer Stunde noch bewusstlos ist, dann müssen wir sie für eingehendere Untersuchungen ins Krankenhaus bringen."

Ich lege ihr den Bademantel über ihre Blöße und kämpfe gegen die verdammten Tränen an, die mir in die Augen schießen, weil ich ihr wehgetan habe.

„Ich habe geschlafen. Ich habe seit Wochen nicht mehr geträumt. Seitdem sie neben mir liegt. Ich dachte, ich hätte den Scheiß endlich hinter mir", murmele ich.

Aaron legt seine Hand auf meine Schulter und drückt zu. „Eine Frau kann nicht dafür sorgen, dass Albträume verschwinden. Sie werden nie komplett verschwinden, Louis. Ich vermute, dass die Nachrichten im Fernsehen nicht gerade förderlich waren und diesen Zwischenfall ausgelöst haben. Alles, was wir im Moment tun können, ist abzuwarten. Es war aber nicht deine Schuld, denn du warst im Tiefschlaf."

„Sie vertraut mir, Aaron. Sie vertraut darauf, dass ich

sie beschütze, und das habe ich heute missbraucht.“

Aaron schüttelt den Kopf. „Sie vertraut dir, Louis. Das ist eine wundervolle Sache. Es war nichts weiter als ein Unfall. Du darfst dich davon nicht auffressen lassen.“

„Was soll ich denn jetzt tun?“

Er zuckt mit den Schultern. „Keine meiner Ehen hat gehalten, wahrscheinlich weil ich nie wusste, was ich tun soll. Also werde ich dir diesbezüglich keinen Ratschlag erteilen. Was ich dir sagen kann, ist, dass sie dich wegen dieses Vorfalls nicht verlassen wird. Denn es war nichts weiter als ein Unfall.“

Ich keuche, als ich hinter mir ein rasselndes Geräusch höre. Als sie auf Tulips wunderschöne blaue Augen treffen, reiße ich meine weit auf. Ich eile zu ihr und lasse mich neben ihr auf das Bett sinken.

„Baby?“, stottere ich.

„Dich trifft keine Schuld. Ich habe versucht, dich zu wecken. Weil ich wusste, dass du einen Albtraum hast, kam ich zu dir. Ich hätte dir nie so nahe kommen dürfen“, flüstert sie.

Kopfschüttelnd strecke ich meine Hand aus und streichele ihre Wange. „Das war alles meine Schuld, Tullie. Ich dachte, diese Träume wären fort, aber sie waren es nicht.“

Ich spüre, wie sich ihre Finger um mein Handgelenk legen. Sie hält sich an mir fest, während ihre tränenverschleierten Augen auf mich gerichtet sind. „Verlass mich deswegen bitte nicht“, fleht sie mich an.

Ich senke den Kopf und lege meinen Mund auf ihren. „Niemals. Aber wir sollten vielleicht unsere Schlafsituation überdenken.“

„Niemals“, haucht sie gegen meine Lippen.

Kapitel 22

Tulip

L ouis schläft den Rest der Nacht nicht mehr. Er legt sich nicht einmal mehr neben mich ins Bett, obwohl ich ihn mehrfach darum angefleht habe. Stattdessen beobachtet er mich, als würde er neben meinem Bett Krankenwache abhalten. Mein Hals tut weh und ich weiß, dass meine Stimme morgen belegt sein wird, aber es geht mir gut.

Ich drehe mich auf die Seite, und schlinge meine Finger zunächst um sein Handgelenk, dann lasse ich sie weiter seine Hand entlang gleiten, um meine Finger mit seinen zu verschränken. Ich räuspere mich und begegne seinem niedergeschlagenen Blick.

„Mir geht es gut", flüstere ich ihm zu.

Er schüttelt den Kopf, blickt zu Boden und rührt sich nicht. Ich glaube schon nicht mehr, dass er etwas darauf erwidern wird, doch dann atmet er tief ein.

„Ich hätte dich umbringen können. Ehrlich gesagt, weiß ich überhaupt nicht, wie das passieren konnte."

„Aber du hast es nicht getan. Du wärst dazu gar nicht fähig."

„Ich war nicht ich selbst. Ich wusste nicht, was zum Teufel mit mir los war. Ich war in meinem Traum gefangen, also ja, ich hätte dich verletzen können, Tullie, und beim nächsten Mal werde ich es wahrscheinlich auch tun. Wenn ich dich jemals wieder verletze, werde ich nicht mehr mit mir selbst leben können. Ich weiß nicht, ob ich mit dem fertig werde, was vorhin passiert ist."

Ich schwinge meine Beine über die Bettkante und lasse meine Füße leise zu Boden gleiten. Ich strecke die Finger aus, schlinge sie um seine Unterarme und drücke zu, ehe ich meine Hände an seinen Armen hinaufwandern lasse und an seinen Hals lege.

Sein Blick hält meinen gefangen, und die Traurigkeit, die ich in seinen Augen erkennen kann, die Schuldgefühle, verursachen mir Schmerzen im ganzen Körper. Kopfschüttelnd streiche ich mit dem Daumen über seine Unterlippe und zeichne die Konturen seines Mundes nach.

Louis' Lippen verziehen sich zu einem kleinen, traurigen Lächeln. Ich weiß, dass er etwas in meinem Blick zu finden sucht. Wut, vielleicht aber auch etwas anderes, doch das wird er nicht zu sehen bekommen.

Das Einzige, was er von mir bekommen wird, ist pure Liebe und Mitgefühl. Es gibt kein Mitleid, keinen Zorn, sondern nur Zärtlichkeit und Gnade für diesen Mann, der innerlich verletzt ist und versucht, stark für mich zu sein. Für mich, für seine Fans, für die ganze Welt.

„Louis", sage ich im Flüsterton.

„Ja?"

Er brummt heiser und ich kann nicht leugnen, dass ich das verdammt sexy finde. „Wenn du mit jemanden darüber sprechen musst, dann tu es, aber ich werde nirgendwo hingehen. Es sei denn, du willst das. Du machst mir keine Angst, nichts an dir flößt mir Angst ein. Ich wusste, dass du in einem Traum gefangen bist, und habe die Entscheidung getroffen, dich aufzuwecken. Es war nicht richtig, und trotzdem habe ich es getan."

„So wie die Entscheidung, meine Frau zu sein", brummt er.

Ich hasse es, dass sein Selbstvertrauen völlig am Boden ist. Das bin ich nicht vom ihm gewohnt. Louis Kingston tritt immer so auf, dass jeder weiß, dass er sich mit und in seinem Körper wohlfühlt. Er hat normalerweise volles Vertrauen in sich selbst. Doch er ist von innen heraus erschüttert worden und das tut mir sehr weh für ihn.

„Niemals", wispere ich. „Dir zu gehören, könnte niemals eine falsche Entscheidung oder ein Fehler sein. Hör auf, dir so etwas einzureden."

Tränen füllen meine Augen und laufen mir schließlich über die Wangen, da ich die Vorstellung, er könnte denken, ich habe eine falsche Wahl getroffen, unerträglich finde. Aber ist das nicht ein wenig heuchlerisch? Schließlich weiß ich, dass ich nicht die Frau sein werde, mit der er alt wird. Ich weiß, dass ich nicht die richtige Wahl für ihn bin, weil ich den Mann, der er ist, nicht verdiene.

„Tullie", sagt er und ich kann den Schmerz in seiner Stimme regelrecht fühlen.

Kopfschüttelnd schaue ich ihn an. Die Tränen kullern mir weiter über die Wangen und ich erzittere, da er seine Zunge ausstreckt und die Tränen von meinen Lippen leckt.

Als ich meinen Mund für ihn öffne, vernehme ich sein Knurren. Sein Kuss ist hart und verzweifelt. Er hebt die Hand und vergräbt sie in meinen Haaren.

Ich umklammere seinen Nacken und halte ihn fester, als ich das wahrscheinlich sollte, während ich mich ihm entgegenlehne und mit ihm verschmelze.

Seine Küsse nehmen mich jedes Mal vollständig in Besitz, und auch diesmal ist das nicht anders. Doch plötzlich reißt er sich von mir los, lehnt seine Stirn gegen meine und versucht, wieder zu Atem zu kommen.

„Nein", sagt er. „Sex kann das auch nicht wieder in Ordnung bringen, Baby. Ich kann nicht, nicht jetzt."

Ohne dem noch etwas hinzuzufügen, richtet er sich auf, sodass ich gezwungen bin, meine Hände von ihm zu lassen. Mir bleibt nichts anderes übrig, als ihm dabei zuzusehen, wie er aus dem Zimmer stapft.

Die Tränen, die kurzzeitig versiegt waren, beginnen

wieder zu fließen. Ich hasse das. Ich hasse es, dass er gegangen ist und das Wissen, dass ein Teil von uns nun unwiderruflich zerbrochen ist. Das könnte unser Ende sein, bevor es überhaupt jemals wirklich begonnen hat.

Ich möchte schreien. Ich möchte irgendetwas an die Wand werfen. Doch stattdessen sitze ich einfach bloß da und weine wie ein Häufchen Elend. Als die Sonne aufgeht, ist er immer noch nicht wieder zurück. Meine Füße sind mittlerweile eingeschlafen, und ich bin noch immer allein, starre auf die Tür und warte, mit nichts weiter als seinem Bademantel am Leib.

Für einen Moment wird mir ganz warm in der Brust und ich beginne mich zu entspannen, als sich langsam die Tür öffnet. Allerdings ist es nur Aaron, der Trainer, der hereinkommt.

„Ich wollte mal nach dir sehen, Mädchen", meint er und kommt zu mir ans Bett.

Er reicht mir seine Hand, um mir beim Aufstehen behilflich zu sein. Zögerlich lege ich meine Hand in seine und erlaube ihm, mir auf die Beine zu helfen. Meine Füße kribbeln und schmerzen, als das Blut langsam wieder in ihnen zirkuliert.

Zischend setze ich mich auf den Bettrand. Aaron betreibt keinen Smalltalk, sondern kramt in der Tasche, die er mitgebracht hat. Er ignoriert mich praktisch, während er meine Atmung überprüft, meinen Hals abtastet und meinen Blutdruck misst.

Als ich denke, dass er seine Sachen zusammenpacken und gehen will, lässt er sich wider Erwarten in dem Stuhl nieder, in dem auch Louis vor Stunden gesessen hat.

„Geht es dir mit euch um mehr als Ruhm und Reichtum? Denn ganz ehrlich, sein Vermögen wird nicht für den Rest seines Lebens ausreichen und sein Ruhm noch weniger."

Seine Stimme ist so rau, als hätte er in den letzten fünfzig Jahren jeden Tag eine Stange Kippen geraucht. Ich blinzele und frage mich, ob ich beleidigt sein soll oder ob ich seinen Einsatz in Bezug auf Louis bewundern soll.

Ich entscheide mich für Bewunderung für seine Loyalität. Es gibt für mich keinen Grund, eingeschnappt zu sein, denn dieser Mann kennt mich nicht. Nicht im Geringsten. Und wenn ich er wäre, würde ich die gleichen Fragen stellen.

„Louis ist zu gut für jemanden wie mich. Ich habe ihn nicht verdient. Ich warte darauf, dass er das einsieht, aber er betont immer wieder, dass ich die Frau bin, die er will. Ich weiß, dass er eines Tages aufwachen und erkennen wird, dass ich nur ein nichtsnutziges Mädchen aus einer Kleinstadt bin. Er wird einsehen, dass er nicht für immer mit mir zusammenbleiben will, doch bis dahin bin ich egoistisch und möchte in unserer kleinen Blase leben. Außerdem möchte ich ihn unterstützen.“

Ich bin von mir selbst überrascht, dass ich ihm so viel erklärt habe. Eigentlich viel zu viel. Ich hätte besser die Klappe halten sollen. Vor allem, da Aaron mich jetzt sprachlos anstarrt.

Irgendwann räuspert er sich. „Das war gut genug für mich, Süße. Willkommen in der Familie“, meint er und steht auf.

„Wie bitte?“

Er lächelt. „Louis ist ein guter, großherziger Mann. Ich habe ihn noch nie so verliebt gesehen, wie in dich, und ich wollte bloß sicherstellen, dass du meines Jungen würdig bist.“

„Aber ich habe dir doch gerade erklärt, dass ich das nicht bin“, halte ich dagegen.

Er schnaubt. „Das war alles, was ich wissen musste. Er fühlt sich deiner nicht würdig und umkehrt.“

Er lässt die Worte so zwischen uns stehen, kehrt mir den Rücken zu, schlurft davon und schließt die Tür hinter sich.

Ich frage mich, was genau er meinte. Hat er entschieden, dass ich für Louis gut genug bin? Dieser Mann liebt ihn offensichtlich und er will nur das Beste für ihn, und er denkt, dass ich genau das sein könnte… *ich?*

***

Louis

Aaron geht mir aus dem Weg. Ich bin nicht für ein anstrengendes Workout angezogen. Irgendwann muss ich wieder nach oben gehen, doch ich bin noch nicht bereit dazu, Tulip gegenüberzutreten. Ich dresche auf den Boxsack ein, bis ich zu erschöpft bin, um ihn noch länger zu vermöbeln. Ich muss mir Shorts und Schuhe anziehen.

Mein Sparringspartner Shawn sitzt entspannt auf dem Sofa und sieht fern, während er darauf wartet, dass ich bereit bin. Aaron brummt und lässt mich mit ihm allein. Normalerweise unterhalte ich mich nicht mit Shawn, sondern bin darauf fokussiert, dem flinken Wichser ein paar Schläge zu verpassen.

„Hast du jemals etwas im Schlaf angestellt, weswegen du dich am nächsten Tag beschissen gefühlt hast?“, frage ich ihn.

Shawn eist seinen Blick von der Mattscheibe los. „Redest du mit mir?“

Nickend fahre ich mir mit der Handfläche über den Kopf, um die Schweißperlen abzuwischen und an meine Jogginghose zu schmieren. Es ist viel zu heiß hier drin für einen Jogginganzug. Ich muss wirklich meinen Arsch nach oben bewegen und mich umziehen, doch weiß, dass sie dort auf mich wartet.

„Jepp, habe ich. Hab meinem Mädchen volle Kanne ins Gesicht geschlagen. Hab ihr ein blaues Auge verpasst, während ich geträumt habe." Er zuckt mit den Schultern.

„Wie habt ihr das weggesteckt?"

„Sie war nicht mehr pissig auf mich, als sie erfahren hat, dass ich geschlafen habe. Sie hat mir verziehen und ich habe ihre Vergebung zugelassen. Es war nicht leicht, mit dem Wissen umzugehen, dass ich sie verletzt hatte, auch wenn ich es nicht absichtlich getan habe. Ich hatte noch lange eine schlechtes Gewissen."

„Wie konntest du wieder neben ihr schlafen?"

Er schnaubt. „Für ein paar Nächte habe ich das nicht. Dann kroch sie eines Nacht zu mir ins Bett im Gästezimmer. Sie hat mich geweckt und ich habe sie gefragt, was zum Teufel sie da tut. Sie meinte, sie könne ohne mich nicht schlafen. Keine Ahnung, aber ich warte immer auf den Tag, an dem diese Scheiße noch mal passiert, aber bis lang ist es gut gegangen. Ich habe sie seitdem nicht mehr geschlagen."

„Du sitzt also tatenlos herum und hoffst darauf, dass du es nicht wieder tust?", frage ich ihn.

Nickend fährt er sich mit der Hand über das Gesicht. „Ja, im Grunde schon. Ich habe versucht, mich therapieren zu lassen, aber dort wollten sie nur über meine Gefühle quatschen und mir Pillen verschreiben. Beides hat nicht funktioniert. Jetzt probiere ich, wenn ich wirklich müde oder aufgeregt bin, auf der Couch zu pennen. Doch normalerweise komme ich damit bei ihr nicht durch."

„Das hilft mir kein Stück weiter", murmele ich.

„Das ist aber alles, was ich für dich habe. Ruf mich, wenn du bereit bist die Fäuste fliegen zu lassen."

Er marschiert an mir vorbei und verlässt den Fitnessraum. Ich drehe mich nicht um, um hinter mich zu schauen. Da ist jemand hereingekommen, und ich muss nicht erst nachsehen, um zu wissen, wer da zur Tür hereinspaziert ist. Ich höre, wie die Tür zugezogen und verschlossen wird.

Ich atme tief ein und fühle, wie sich zwei Arme um meine Taille legen und eine kühle Wange mittig gegen meinen Rücken gepresst wird. Sie stößt einen Atemzug aus, der wie ein röchelnder Seufzer klingt. Ich balle meine Hände zu Fäusten und warte darauf, dass sie etwas sagt.

Doch das passiert nicht. Stattdessen spüre ich, wie sie ihren Kopf bewegt und ihre Lippen meinen Rücken liebkosen. Dann geht sie um mich herum, und als sie unmittelbar vor mir steht, sinkt sie vor mir auf die Knie.

Tulip greift nach dem Bund meiner grauen Jogginghose, sodass ich gezwungen bin, sie kopfschüttelnd aufzuhalten, doch sie ist verdammt schnell. Bevor ich den nächsten Atemzug machen kann, hat sie mir die Hose auch schon von den Hüften gezogen und bis zu meinen Knöcheln heruntergeschoben. Jetzt liegt ihre Hand um meinen Schwanz, sie streichelt ihn, und ihr Blick ist auf mich gerichtet.

„Tulip", warne ich sie. „Ich habe trainiert, Baby." Sie schüttelt den Kopf, dann öffnet sie den Mund und nimmt mich tief in sich auf. „Fuck", zische ich.

Ohne darüber nachzudenken, vergrabe ich meine Hand in ihren Haaren und schaue ihr dabei in ihre blauen Augen.

Ich bewege meine Hüften leicht nach vorne. Ihr Mund ist warm und ihre Lippen sind weit geöffnet, während sie an mir saugt.

Ich beiße mir auf die Unterlippe und beobachte ehrfürchtig, wie sie ihre Zunge um die Spitze meines Schwanzes kreiseln lässt und dabei dreinblickt, als würde sie diesen Moment genauso sehr genießen wie ich, wenn nicht sogar noch mehr.

Als sie mich mit ihren Zungenfertigkeiten an den Rand des Wahnsinns getrieben hat, versuche ich, mich aus ihrem Mund zurückzuziehen, doch sie schüttelt den Kopf.

„Tullie", warne ich sie erneut.

Ihr Blick trifft den meinen, und ich schwöre, dass wenn Augen lächeln könnten, ihre dies genau in diesem Augenblick tun. Ich bin viel zu fasziniert von ihren Augen, um zu realisieren, was hier gerade passiert.

Ich komme in ihrer Kehle und fülle sie mit meinem Sperma. Es scheint sie nicht zu stören, denn sie schluckt jeden verdammten Tropfen, den ich zu geben habe, und leckt im Nachgang sogar noch meinen Schwanz sauber.

„Tulip", krächze ich. Meine Beine zittern.

Ich sinke ebenfalls auf die Knie, strecke meine Hand nach ihr aus, umfasse ihr Gesicht und genieße es, in ihre herrlichen Augen blicken zu dürfen.

„Ich liebe dich, Louis. Meine Gefühle zu dir werden nicht einfach verpuffen. Ich werde nirgendwo anders schlafen als neben dir. Wenn du mit jemanden über das sprechen musst, was in deinem Kopf abgeht, du alles rauslassen musst, dann ist das für mich in Ordnung. Wenn du es dir aus den Gedanken ficken willst, geht das ebenfalls für mich klar, aber du wirst mich nicht verlassen. Nicht so."

Ich schüttele den Kopf und streiche ihr mit dem Daumen über die Wange, um die Tränen fortzuwischen. „Okay, Baby."

„Ich meine das ernst", betont sie streng.

Meine Lippen verziehen sich zu einem kleinen Lächeln. „Ich weiß, ich auch." Ich lege meine Stirn gegen ihre, schließe die Augen und atme aus. „Ich liebe dich verdammt noch mal, Tulip."

Kapitel 23

Liebe.

Es ist schon seltsam, wie ein einziges, ausgesprochenes Wort, meine völlig wirre Welt beruhigen kann. Warum hat es sich für mich so angefühlt, als Louis mir gestand, mich auch zu lieben, als hätte sich in diesem Moment alles verändert?

Joey hatte diese Worte eine Million Mal zu mir gesagt, aber ich fühlte nicht einmal ein Zehntel von dem, was ich spürte, als Louis sie so leise aussprach, als hätte er sie eigentlich nie laut sagen wollen.

Ich mache mich für die Arbeit fertig. Als ich mich im Spiegel betrachte, erschaudere ich beim Anblick der roten Flecken auf meinem Hals.

Da es zu warm für einen Rollkragenpullover oder einen Schal ist, gibt es keine Möglichkeit, die Spuren zu verdecken, ohne dass es so aussieht, als würde ich etwas verstecken wollen. Die Grundierung, die ich aufgetragen habe, kaschiert nämlich gar nichts.

Ich würde ja anrufen und heute blau machen, aber wenn man zwei Tage in Folge fehlt, muss man ein ärztliches Attest vorlegen. Ich könnte kündigen, aber ich brauche so viel Geld, wie ich nur auftreiben kann, bevor ich zu diesem Infoabend der Schule gehe. Ich habe keine Vorstellung davon, wie viel mich die Ausbildung kosten wird, aber ich weiß sicher, dass sie nicht umsonst ist.

Mit zusammengekniffenen Augen beschließe ich, dass ich da durch muss. So ist das Leben nun mal. Dinge passieren. Louis hat mich nicht absichtlich verletzt. Das wusste ich in dem Moment, als er seine Hände um meinen Hals gelegt hatte. Wenn der Rest der Welt darüber urteilen will, dann sollen sie das tun.

Ich schultere meine Handtasche und mache mich auf den Weg. Louis steht am Spülbecken und nimmt einen Schluck aus einer Wasserflasche. Als er die Spuren auf meinem Hals registriert, knurrt er.

„Ich gehe zur Arbeit", sage ich und straffe die Schultern.

Er schüttelt den Kopf, macht aber keine Anstalten, auf mich zuzugehen. „Ich wünschte wirklich, du würdest nicht gehen", murmelt er.

„Ich muss mich für absolut nichts schämen, Louis. Ich gehe zur Arbeit, komme wieder nach Hause, um mit dir zu Abend zu essen, und dann erledige ich meinen anderen Job." In seinen Augen blitzt etwas auf, das ich nicht deuten kann. „Ich werde heute im Club meine Kündigung einreichen, wir haben eine zweiwöchige Frist."

Er starrt mich an. „Du willst kündigen?"

„Ich werde kündigen", bestätige ich ihm nickend. „Ich weiß, dass es dir nicht gefällt, dass ich dort arbeite, und ich danke dir dafür, dass du dich nie beschwert hast. Und jetzt, da ich keine Miete mehr zahlen muss, brauche ich den Job nicht mehr."

Er pfeffert die Wasserflasche in die Spüle und kommt dann zu mir gestürmt. Sofort schlingt er seine Arme um mich und zieht meinen Körper gegen seine Brust. Bevor ich auch nur blinzeln kann, liegt sein Mund auch schon auf meinem. Er gibt mir einen harten, fast erdrückenden Kuss.

„Gott sei Dank", sagt er, nachdem er die Lippen von meinen genommen hat. „Es hat mich echt fertig gemacht, dass du jede Nacht dort getanzt hast. Dein Körper ist umwerfend, aber ich möchte der einzige Mann sein, der meine Frau nackt sieht."

„Wie bin ich nur an einen Mann wie dich geraten, Louis Kingston? Du wusstest, dass ich von allein die Entscheidung treffen musste, dort aufzuhören. Du wolltest nicht, dass ich dort jobbe, aber du hast mich nie zum Kündigen gedrängt." Ich schüttele den Kopf und versuche die Tränen zurückzuhalten, aber sie laufen mir trotzdem über die Wangen.

„Baby", wispert er.

„Ich liebe dich wirklich sehr."

Lachend wischt er mir mit den Daumen die Tränen aus dem Gesicht. Auf dem Flur hören wir, wie sich jemand räuspert, trotzdem kann ich meinen Blick nicht von Louis nehmen. Diesem Mann gehört alles: mein Herz, meine Seele – einfach alles.

„Ihr zwei könnt später knutschen. Wir haben zu arbeiten", bellt Aaron.

Louis lacht leise auf, neigt den Kopf zu mir herab und küsst mich. „Wir sehen uns heute Abend."

Er lässt mich los und tritt einen Schritt zurück. Ich kann nicht anders, als ihm auf den Hintern zu gucken, als er sich in seinen Trainingsshorts umdreht und geht.

Als er an Aaron vorbei ist, schaue ich den Mann an, der noch immer im Flur steht. Sein Blick sucht den meinen, er zwinkert mir kurz zu, dann setzt er wieder seinen typischen grimmigen Gesichtsausdruck auf, dreht sich um und stapft ebenfalls in Richtung Fitnessstudio davon.

Lächelnd mache ich mich auf den Weg zu meinem Auto. Auch während der ganzen Fahrt über zum Supermarkt grinse ich wie ein Honigkuchenpferd. Sogar als ich den Laden betrete und damit beginne, mich für den Tag vorzubereiten, habe ich noch den gleichen, dummen, albernen Gesichtsausdruck.

Brenda stößt einen lauten Schrei aus, woraufhin ich sie anschaue, nur um zu sehen, dass sie mich voller Entsetzen anstarrt. Mark kommt sofort auf mich zumarschiert. Er ist mir viel zu nah, seine Augen sind auf mich gerichtet und er starrt ebenfalls meinen Hals an.

Sofort lege ich eine Hand auf den Bluterguss, um ihn zu verdecken, da mir in dem Moment klar wird, dass er der Grund für Brendas Schrei war. Ich hatte das schon total vergessen. In meinem Liebesrausch war mir entfallen, dass andere Leute diesen Fleck sehen und mich zu ihm befragen könnten.

„Komm mit ins Hinterzimmer", knirscht Mark. Seine Naseflügel blähen sich weit auf, während er noch immer meinen Hals begafft. Ich kann seinen Gesichtsausdruck nicht wirklich deuten, doch ich glaube, dass er wütend ist, und das wiederum verwirrt mich ein wenig.

Ich nicke. Ich drehe mich um und folge ihm in den leeren Pausenraum. Ein Angstgefühl überkommt mich. Nicht nur, weil ich hier mit Mark allein bin, sondern auch, weil ich befürchte, er könnte mich feuern.

„Ich kann nicht zulassen, dass du in diesem Zustand an der Kasse arbeitest. Hat er dir wehgetan?", will er wissen. Seine Pupillen weiten sich, als er abermals meinen Hals inspiziert.

Kopfschüttelnd entschließe ich mich dazu, ihm die Wahrheit zu sagen. Es geht ihn zwar nichts an, aber da er mein Chef ist, kann ich nicht zulassen, dass er denkt, Louis würde mich missbrauchen.

„Er hatte einen Albtraum. Ich habe probiert ihn zu wecken, und das hätte ich nicht tun dürfen."

Ein Ausdruck von Mitleid legt sich über sein Gesicht. Ich weiß nicht, ob er mir glaubt. Deshalb warte ich einfach ab, was er dazu sagen wird.

Ehrlich gesagt, ist mir völlig egal, ob er mir glaubt oder nicht, aber ich darf wegen dieser Sache nicht meinen Job verlieren. Ich brauche das Geld für die Schule. Ich brauche diese Arbeitsstelle, um mir selbst zu beweisen, dass ich etwas aus meinem Leben machen kann. Dass ich gut genug für Louis sein kann.

„Ich werde dich nicht weiter zu dieser Sache befragen. Anscheinend stehst du auf so etwas", sagt er und macht einen Schritt auf mich zu. „Ich bin für dich da, Tulip."

Seine Worte sollten bestimmt unterstützend klingen, aber aufgrund der Art und Weise, wie sich seine Augen weiten, vermitteln sie mir ein ganz anderes Gefühl. Es kommt mir so vor, als ob ihm die Spuren auf meiner Haut gefallen.

Seine Stimme klang heiser und der Unterton, der mitschwang, lässt mich hinterfragen, ob ich wirklich wissen will, was er zu bedeuten hatte. Ich trete einen Schritt zurück und nicke einmal.

„Unabhängig davon", meint er und räuspert sich. „Du kannst heute nicht im Laden arbeiten. Bleib im hinteren Teil des Supermarkts und kümmere dich ums Lager."

Ich nicke ihm zu und sage ihm, dass ich seine Anweisung verstanden habe. Sein Blick verweilt einen Moment lang auf mir, dann wendet er sich zum Glück von mir ab und geht. Ich lasse den Atem raus, den ich unbewusst angehalten habe.

Ich kann gerne den Tag im Lager verbringen. Es gibt dort ausreichend zu tun, um mich zu beschäftigen. Und es ist dort nicht unheimlich, zumindest rede ich mir das ein. Eigentlich ist es im Lager ziemlich gruselig, vor allem, weil heute kein Tag ist, an dem wir Anlieferungen bekommen oder extra Personal zum Einräumen und zum Regale auffüllen hier ist.

Heute ist der ruhigste Tag der Woche, da kaum jemand hier ist. Es wird völlig still sein. Es sei denn, jemand kommt zufällig vorbei.

Ich mache mich auf den Weg ins Lager, öffne meine Spotify-Playliste auf dem Handy und mache die Musik laut. Ich kann nicht im Stillen arbeiten, nicht, wenn ich hier ganz allein bin. Der Vormittag vergeht sogar schneller, als erwartet.

Ich tanze durch das Lager und wackele mit meinem Hintern, während ich Waren sortiere und aufräume, so wie ich es für nötig halte. Ein Blick auf meine Aktivitätstracker-App verrät mir, dass ich mein Bewegungspensum und meine Sollschrittzahl noch vor dem Mittagessen erreicht habe.

Ich strecke die Arme aus und schnappe mir dann eine leere Kiste, um mich für ein paar Minuten hinzusetzen. Während ich auf der Box hocke, überlege ich mir, was ich zum Mittag essen könnte.

Ich weiß nicht, ob ich in den Laden gehen und mir etwas holen sollte. Ich will die Leute nicht beunruhigen, denn nach Brendas und Marks Reaktionen zu urteilen, wird mein Hals zu viel Aufmerksamkeit erregen.

Ich höre ein Geräusch und blicke über meine Schulter, doch ich kann niemanden sehen. Ein kleiner Schauer läuft mir über den Rücken. Ich beschließe, das Mittagessen heute auszufallen zu lassen und nach draußen zu gehen, um ein bisschen Sonne zu tanken.

Draußen angekommen, lehne ich mich gegen die Wand, schließe die Augen und spüre die Backsteine des Gebäudes an meinem Rücken, während die Sonne auf mich herabscheint.

Er ist warm, aber zum Glück nicht unerträglich. Vor allem, weil es in den Lagerräumen keine Klimatisierung gibt.

Trotz meiner geschlossenen Augen, erkenne ich einen dunklen Schatten, der die Sonne von meinem Gesicht fernhält. Langsam öffne ich die Lider, da sich der Schatten nicht wegbewegt, und fahre zusammen.

„Was machst du hier? Du hast mich erschreckt", zische ich.

Er neigt den Kopf zur Seite, sein Blick schweift über meinen Körper, über meinen Hals, bevor er lächelt.

Es ist ein langes, finsteres, böses Grinsen.

„Weißt du, ich beobachte dich schon eine Weile. Jede einzelne Bewegung, die du gemacht hast. Ich habe alles gesehen. Du warst schon immer für mich bestimmt und jetzt nehme ich mir, was mir zusteht."

„Was?"

Er neigt seinen Kopf, sein heißer Atem trifft mein Gesicht. Ich rümpfe die Nase angesichts seines Gestanks. Er riecht nach Schnaps, kaltem Zigarettenrauch und Schweiß.

„Du gehörst nun mir, Tulip. Ganz allein mir."

Er legt mir eine Hand über meinen Mund und meine Nase, dann zerrt er mich von der Wand weg. Ich kratze mit meinen Fingernägeln über seinen Arm und versuche, mich aus seinem Griff zu befreien, doch er ist viel zu stark. Nur ein paar Meter von uns entfernt, parkt ein Wagen dessen Kofferraumklappe offensteht. Ich habe das Auto nicht bemerkt, bis jetzt.

Als er mich in den Kofferraum bugsiert, stoße ich einen gedämpften Schrei aus. Ich versuche aufzustehen, zu schreien und zu kämpfen, doch bevor ich nur einen Laut von mir geben kann, schießt auch schon seine Faust auf mich zu und mir dröhnt der Kopf. Eine Sekunde darauf wird alles schwarz.

***

Louis

Mein Workout war echt fantastisch. Mein Körper ist total hinüber, und ich fühle mich noch immer wie ein verkacktes Arschloch wegen dem, was ich Tulip angetan habe. Ich habe mir so viele Vorwürfe gemacht, dass es mir dabei helfen sollte, mich zu bessern. Innerhalb und außerhalb des Rings.

„Das war´s für heute. Hol dir etwas zu Essen und

spring danach in die Eistonne, denn die wirst du brauchen“, meint Aaron, dann verlässt er den Raum.

Als er an Shawn vorbei ist, grinst dieser mir zu, und schüttelt ein paar Mal den Kopf. „Diesem Typen geht es nur um das verdammte Geschäft.“

„Ohne Scheiß.“

Aber dann denke ich an die kleinen Dinge, die Aaron gesagt oder getan hat. Mir wird klar, dass er im Grunde genommen nicht nur darauf aus ist, Business zu machen. Er sieht und tut gewisse Dinge, aber er spricht nicht offen darüber, und wenn man versucht, ihn darauf anzusprechen, läuft er rot an und wird verflucht sauer.

Mit einem Handtuch wische ich mir den Schweiß aus dem Gesicht und von meiner Brust, um es danach in den Korb neben der Tür zu schmeißen und mich auf den Weg in die Küche zu machen. Als ich mich dort umschaue und feststelle, dass Tulip noch nicht hier ist, runzele ich die Stirn.

Mein Stirnrunzeln vertieft sich, als ich auf die Uhr schaue. Ich bin ein wenig spät dran, was bedeutet, dass sie schon lange hier sein sollte. Wir hatten eine Verabredung zum Abendessen und normalerweise ist es nicht ihre Art, geschmiedete Pläne in den Wind zu schießen.

Ich beschließe, in unserem Schlafzimmer nach ihr zu suchen. Ich schalte das Licht ein, nur um festzustellen, dass sie hier ebenfalls nicht ist. Nirgendwo ist eine Spur von ihr.

Ich jogge zur Haustür, öffne sie und rechne damit, dass ihr Auto auf der Auffahrt parkt. Aber es steht nicht dort. Der Platz, den sie für sich beansprucht hat, ist verwaist.

Ich krame mein Handy aus der Tasche und schaue nach, ob ich irgendwelche Benachrichtigungen von ihr bekommen habe. Fehlanzeige. Keine Nachrichten, keine verpassten Anrufe, absolut nichts. Ich öffne die Kontakte und wähle ihre Nummer.

Es klingelt und klingelt. Wieder nichts. Mein Herz rutscht mir in die Hose und mein ganzer Körper zittert bei dem Gedanken daran, dass ihr etwas zugestoßen sein könnte oder dass die Nachwirkungen von letzter Nacht, als ich sie gewürgt habe, sie haben ohnmächtig werden und mit ihrem Auto in einen Graben rollen lassen.

Fuck.

Ich renne in mein Zimmer, schnappe mir irgendein Shirt und ziehe es über den Kopf. Ich spiele mit dem Gedanken, Ford anzurufen, damit er herkommt. Er wird beschäftigt sein, das weiß ich, aber da die Sonne bereits untergegangen ist, kann er die Arbeit vielleicht kurz einstellen, um mir bei meiner Suche nach ihr behilflich zu sein.

Als ich seine Nummer wähle, höre ich Shawn meinen Namen rufen. Ich halte kurz inne und drehe mich um und sehe, dass er und Aaron mich verwundert beäugen.

„Tulip ist verschwunden“, lasse ich sie wissen.

„Louis?“, höre ich Fords Stimme in meinem Ohr.

„Komm, Junge“, meint Aaron zu Shawn, und geht gemeinsam mit ihm auf mich zu. Aaron nimmt mir die Schlüssel aus der Hand und führt mich zu meinem Truck.

„Verdammt, Louis, was ist bei dir los?“, will Ford wissen.

„Tulip ist verschwunden“, wiederhole ich.

Es entsteht ein Moment der Stille, da ich weiß, dass er den Augenblick noch einmal durchlebt, als Channing vor über einem Jahr verschwand. Sie haben die ganze Stadt nach ihr abgesucht, bis sie herausfanden, dass ihr Ex-Freund sie entführt hatte.

Ein Bild von Joey taucht vor meinem inneren Auge

auf. Das würde er doch nicht tun, oder?

„Wo bist du?“

„Noch bei mir zu Hause. Wir holen dich ab“, belle ich, dann beende ich das Telefonat.

Ich schnalle mich an und navigiere Aaron zu Fords Anwesen. Er brummt, spricht aber ansonsten kein Wort. Nachdem wir Fords lächerlich holprige Zufahrt hinuntergefahren sind und Aaron über jedes Schlagloch geflucht hat, erreichen wir endlich sein Haus.

Nachdem Ford zu Shawn auf den Rücksitz gestiegen ist, wendet Aaron den Wagen und meckert die ganze Fahrt über wegen Fords Schotterpiste.

Eigentlich würde ich das total witzig finden, wenn ich nicht so verdammt besorgt wäre.

„Kannst du sie denn nicht auf dem Handy erreichen?“, fragt Ford, nachdem wir sein Grundstück verlassen haben und nun über die Landstraße in Richtung Stadtzentrum fahren.

Meine Augen suchen die Straßenseiten ab, um zu sehen, ob ihr Auto hier irgendwo auf dem Weg zum Supermarkt zu sehen ist. Zum Glück gibt es nur eine einzige Straße, die man nehmen kann, um zum Laden zu gelangen.

Klar, es gäbe da noch ein paar Nebenstraßen, aber keine, die sie freiwillig fahren würde. Es sei denn, sie hätte einen guten Grund, wie einen Unfall, der die Hauptstraße blockiert.

„Hattet ihr zwei Streit oder so?“, will Ford wissen.

Es ist einen Augenblick lang still im Wagen, dann räuspert Aaron sich. Shawn grunzt, aber ich weiß, dass wir alles zwischen uns nach meinem Albtraum miteinander geklärt haben. Zweifelsohne bin ich mir sicher, dass Tulip nicht sauer oder verängstigt war.

„Ich habe schlecht geträumt. Sie wollte mich aufwecken und ich habe sie gewürgt. Es ging ihr jedoch gut, bevor sie ging. Wir haben uns ausgesprochen. Ver dammt, es ging ihr sogar mehr als gut", murmele ich.

„Fuck, du hast mir gerade in einer Seelenruhe erklärt, wie du deine Frau gewürgt hast. Louis, was soll der Scheiß, Mann?", fährt Ford mich an.

Ich würde ja über ihn lachen, wenn ich nicht so viel Angst hätte. Ich mache mir große Sorgen, dass jemand sie entführt hat, dass Joey sie verletzt hat und ich hier durch die Stadt fahre und sie einfach nicht finde. Ich habe mich in meinem ganzen Leben noch nie so hilflos gefühlt.

Ich schließe die Augen und verstehe nun, wie Rylan sich damals gefühlt hat. Warum er so aussah, als wolle er sich die Haut vom Körper reißen, als Channing als vermisst galt. Und dann, als wir sie endlich fanden und ihn zwangen, draußen zu warten, während Wyatt reinging, um sie zu holen.

Das war verdammte Folter.

Kapitel 24

Louis

Als wir uns dem Lebensmittelladen nähern, wird mein Blick sofort von ihrem Auto angezogen. Ich weiß nicht, ob mir der Anblick ihres Wagens ein beruhigendes oder ein noch schlimmeres Gefühl gibt, denn sie hat mich noch nicht zurückgerufen. Mein Telefon blieb die ganze Zeit über stumm.

Aaron parkt meinen Wagen neben ihrem Auto und ich frage mich, woher er wusste, dass es ihr Fahrzeug ist. Die einzige logische Erklärung dafür ist, dass der Mann viel mehr sieht und mitbekommt, als er vorgibt.

Ich räuspere mich, öffne die Tür und nehme einen tiefen Atemzug. Ich weiß nicht, was ich erwartet habe, wo sie ist oder was passiert ist, aber ich werde nicht untätig herumsitzen und abwarten.

Ich muss sie finden. Und zwar sofort.

„Das Auto ist abgeschlossen", ruft Ford.

Gemeinsam gehen wir vier schweigend in den Supermarkt. Ich schaue mich im Kassenbereich um und hoffe dort, ihren blonden Schopf zu sehen, doch Fehlanzeige.

Plötzlich höre ich das Keuchen einer Frau und schaue zu der Mitarbeiterin herüber, die mich voller Entsetzen anstarrt.

„Kann ich helfen?", ertönt eine Männerstimme hinter mir.

Ich drehe mich um, hebe das Kinn und blicke auf den Geschäftsführer des Ladens herab. Mir ist aufgefallen, dass er Tulip ein wenig zu intensiv beobachtet hat, und seinen zusammengekniffenen Augen nach zu urteilen, scheint er zu glauben, dass ich sie missbraucht habe.

„Wo ist sie?", will ich wissen.

Blinzelnd legt er die Stirn in Falten. „Was meinst du mit: *Wo ist sie?*“

„Er hat kein Chinesisch gesprochen, Mark. Wo zum Teufel ist Tulip?“ Ford knirscht mit dem Zähnen, während er Mark den Finger vor die Brust stößt.

Mark versucht, ihn wegzuschlagen, doch Ford rührt sich nicht. Er ist mindestens einen halben Kopf größer und wiegt zwanzig Kilogramm mehr als der Kerl.

Und ich? Ich lasse meine Hände locker zu beiden Seiten hängen, weil ich weiß, würde ich meine Fäuste gegen ihn richten, würde ich aus dem Ring verbannt werden, weil ich den Wicht verprügelt habe.

„Sie hat den ganzen Tag hinten im Lager arbeitet, weil jemand sie misshandelt hat. Ich konnte nicht zulassen, dass eine verletzte Angestellte im Laden arbeitet, wo die ganze Stadt ihre Wundmale sehen kann“, zischt er. „Sie hatte vor einer Stunde Feierabend. Wenn sie also nicht zu dir nach Hause gekommen ist, würde mich das nicht überraschen.“ Er verschränkt die Arme vor der Brust, ein Grinsen umspielt seine Lippen.

Ich schüttele den Kopf und versuche, meine Gefühle der Frustration und Wut zu bändigen. Ich räuspere mich und neige den Kopf zur Seite, wobei mein Blick auf den von Aaron trifft, der ebenfalls langsam den Kopf schüttelt.

„Klugscheißer sind es nicht wert“, ruft Aaron mir in Erinnerung.

Daran musste er mich schon oft erinnern. „Okay. Ihr Auto steht aber noch auf dem Parkplatz und sie geht nicht ans Telefon. Es ist mir egal, ob du findest, dass sie mich verlassen sollte, denn Fakt ist, dass sie das nicht getan hat. Ihr Wagen ist hier, wo ist sie? Ich mache mir Sorgen“, gebe ich zu.

Blinzelnd tritt Mark einen Schritt zur Seite. „Sie sollte eigentlich im Lager sein. Ich habe sie dort eingeteilt, um die Waren zu sortieren", murmelt er, als würde er mit sich selbst reden, und begibt sich in den hinteren Teil des Supermarkts.

Wir vier folgen ihm und bleiben in seiner unmittelbaren Nähe, obwohl er immer schneller und schneller wird, je näher er dem Lagerraum kommt. Außerdem scheint er mit jedem Schritt, den er macht, ebenfalls immer besorgter zu werden.

„Wir teilen uns auf. Meldet euch, wenn ihr etwas seht", sage ich, als wir das dunkle Lager erreicht haben.

Hier ist es unheimlich still, niemand ist dort. Das bedeutet, dass Tulip den ganzen Tag allein war, woraufhin sich mein Magen zusammenzieht. Irgendetwas ist ihr zugestoßen. Ich spüre das. Fuck. Ich wusste es in der Sekunde, als sie nicht zu Hause war. Irgendetwas ist hier verdammt faul.

„Nichts zu sehen", ruft Shawn.

„Gleichfalls", meint Mark.

„Scheiße", knurrt Aaron.

„Kommt durch den Hinterausgang", bellt Ford.

Die drei von uns, die noch im Lager sind, machen sich auf den Weg zum Hinterausgang, wo offensichtlich die Lastwagen entladen werden. Dort liegt etwas auf dem Fußboden. Es liegt dort, als würde es mich verspotten. Es ist ihr Handy. Ich weiß sofort, dass es ihr Telefon ist, als ich es sehe.

Ich gehe in die Hocke, rühre das Gerät aber nicht an. „Ruf die Polizei. Sofort", schnauze ich mit den Augen auf Mark gerichtet.

Er nickt hölzern und kramt sein Handy aus seiner Gesäßtasche. Ich sehe ihm dabei zu, wie er es sich an sein Ohr hält, dann richte ich meinen Blick wieder auf Tulips Telefon.

Irgendwann hebe ich den Blick wieder und scanne den hinteren Parkplatzbereich sowie die Be- und Entladezone, doch es ist verdammt ruhig hier.

Abgelegen.

Jemand hätte unbemerkt hierherfahren, sie ins Wageninnere ziehen und wieder wegfahren können, ohne dass jemand etwas mitbekommt. Aber hier in Gallup? Das halte ich für unwahrscheinlich.

Doch wer außer Mark und ein paar Angestellte wussten, dass sie hier war? Mark hat gesagt, dass er entschieden hat, sie im Lager arbeiten zu lassen, nachdem er ihren Hals gesehen hat. Es ist also nicht so, dass sie regelmäßig hier hinten arbeitet.

„Wer würde sie mitnehmen?", fragt Shawn und klingt dabei verdammt traurig.

„Hast du in letzter Zeit mit Joey gesprochen?", will Ford wissen. Seine Worte spiegeln genau das wider, was ich gerade denke.

Ich presse die Lippen aufeinander und schaue Mark an. „Die Polizei ist auf dem Weg? Habt ihr Kameras hier draußen?"

Da sein Gesicht blass wird, weiß ich, dass hier keine installiert sind. Ich schließe die Augen und frage mich, was zum Teufel ich jetzt tun soll.

„Wyatt und Rylan sollten schon Feierabend haben. Soll ich sie losschicken, damit sie nach Joey suchen?", fragt Ford.

Rylan soll nicht in Schwierigkeiten geraten, verdammt, keiner meiner Freunde soll das. Ich überlege, abzulehnen, doch ich muss hier vor Ort auf die Polizei warten, und es werden deswegen wertvolle Minuten verstreichen.

„Ja. Ich weiß nicht, wo er aktuell wohnt. Ich weiß nur, dass er Tulip mit einem Mädchen namens Raylee betrogen hat. Das war der letzte Tropfen, der das Fass zum Überlaufen gebracht und sie zum Schlussmachen veranlasst hat. Das ist alles, was ich weiß. Aber… er hat sie neulich von der Arbeit mitgenommen, als ich zu spät dran war. Ich war sauer, dass sie zu ihm in den Wagen gestiegen ist. Weshalb war er überhaupt zur Stelle?"

Ford knurrt, wendet sich von mir ab, ohne ein Wort zu sagen, und hält sich sein Telefon ans Ohr, um ein paar Befehle abzufeuern. Vermutlich spricht er mit Wyatt und Rylan.

„Was ist mit ihrer Freundin aus dem Club? Ich weiß ihren Namen nicht. Ein großes, hübsches Mädchen."

„Charlie", murmelt Mark. „Bei ihr ist sie nicht."

Ich drehe mich um und schaue ihn an. „Und woher weißt du das so genau?"

„Charlie hat die letzten beiden Nächte bei mir verbracht."

„Wo?"

„In ihrer Wohnung. Ich wohne bei meiner Mom."

Marks Gesicht wird rot, und wenn ich nicht so verdammt panisch wäre, würde ich diese Information verflucht komisch finden. Aber im Moment ist überhaupt nichts lustig.

„Hol sie ans Telefon. Frag sie, ob sie etwas von Tulip gehört hat", trage ich ihm auf, als das Polizeiauto vorfährt.

Schade, dass Sheriff Robby nicht mehr in Austin arbeitet. Ihn kenne ich wenigstens und könnte versuchen, ihn dazu zu bringen, sich der Sache anzunehmen und ihn daran erinnern, wie scheiße es damals mit Channing gelaufen ist.

„Hernandez", meint Ford, als sich ein Mann auf uns zubewegt.

Ich kenne den Beamten, da ich, als Huttons Salon verwüstet wurde, bereits auf ihn getroffen bin. Hoffentlich wird er uns helfen, Gott, ich hoffe es sehr. Denn ich weiß zweifelsohne, dass hier etwas verdammt faul ist.

***

Tulip

Mein ganzer Kopf dröhnt. Solche Schmerzen habe ich erst einmal in meinem Leben verspürt. Es ist dunkel, und jedes Mal, wenn das Auto anhält oder abbiegt, werde ich entweder gegen den Rücksitz oder zur Seite geschleudert, sodass auch der Rest meines Körpers schmerzt.

Das Auto hält an und ich versuche mich mental auf weiteres Schleudern vorzubereiten, doch der Wagen fährt nicht wieder an. Stattdessen wird der Motor ausgeschaltet und ich höre, wie Türen zugeschlagen werden.

O mein Gott, das war's bestimmt für mich. Nun ist der Moment gekommen, in dem ich sterbe. Der Kofferraum öffnet sich und anstatt heller Sonnenstrahlen sehe ich Joeys Vater.

Er spricht kein Wort und zerrt mich grob aus dem Kofferraum. Ich erwarte, dass er mich hochhebt, doch er tut es nicht. Stattdessen schlingt er seine Hand fest um meinen Unterarm und schleift mich hinter sich her, während er zügig vorausgeht.

Ich versuche mich gar nicht erst aus seinem Griff zu befreien. Ich habe zu große Schmerzen und versuche herauszufinden, wo wir sind und wie ich mir Hilfe verschaffen kann. Äste knacken unter meinen Füßen und ich kneife die Augen zusammen, als eine kleine Holzhütte in Sicht kommt.

Noch immer redet er nicht mit mir, öffnet die kleine Haustür und wirft mich ins Innere der Hütte. Ich fliege regelrecht durch den Raum, ehe ich zu Boden gehe. Schmerz zuckt durch meine Arme, da ich versucht habe, den Sturz abzufangen.

Ich hebe den Kopf, um den Blickkontakt mit ihm zu

suchen, doch er sieht mich überhaupt nicht an. Er tut so, als würde ich überhaupt nicht existieren, während er die Tür zusperrt, das Licht anschaltet und sich durch die Hütte bewegt. Ich hingegen mustere diesen Ort genau.

Es riecht nach Schmutz, Staub und Schimmel. Eben wie eine alte Hütte nun mal riecht. Und in diesem Moment fällt es mir wie Schuppen von den Augen. Ich weiß, wo ich bin. Wir sind in dieser verdammten Jagdhütte von Joeys Vater, die etwa zwei Stunden von Gallup entfernt ist.

Joey und ich kamen nach unserem ersten Ball hierher, und so klischeehaft das auch klingen mag, habe ich hier meine Jungfräulichkeit verloren. Es war das einzige Mal, dass Joey bemüht war, romantisch zu sein. Er war fünfzehn, hatte bereits seinen Führerschein und lieh sich den Truck seines Dads, um uns hierherzufahren.

Die Hütte steht mitten im Nirgendwo. Meilenweit gibt es absolut nichts. Nichts außer Felsen, Kakteen, Hügel, Zedern und Eichen sowie ein paar Tiere. Wie aufs Stichwort heult irgendwo ein Rudel Kojoten auf.

Die Holzhütte verfügt über ein Badezimmer, eine winzige Küche, einen Holzofen und einen Dachboden, auf dem eine Matratze liegt, die als Bett dient.

„Warum hast du mich hierhergebracht?", flüstere ich.

Silas dreht sich langsam zu mir um und starrt mich an. Ich habe ihn immer *Mr. Perry* genannt, aber ich habe das Gefühl, dass die Zeit der Förmlichkeiten vorbei ist. Seine Augen wandern über meinen Körper, sein Blick sucht den meinen.

„Du weißt, warum, Tulip", entgegnet er scharf.

Ich schüttele den Kopf, mache allerdings keinerlei Anstalten vom Boden aufzustehen. Ich bin viel zu ängstlich, um auch nur zu zucken oder ihn zu erschrecken. Er scheint nicht richtig bei Sinnen, nicht er selbst zu sein. Nicht, dass ich ihn wahnsinnig oft gesehen hätte in den letzten Jahren.

Mr. Perry war für mich immer nur Joeys Vater, der nicht viel sprach, während ich dort wohnte. Er unternahm nicht viel. Er ging zur Arbeit, kam wieder nach Hause und hing auf der Couch ab. Er schaute Football, trank ein paar Bier und ging ins Bett.

Ich erinnere mich daran, dass er mehrmals im Jahr jagen ging. Das war die einzige Zeit, in der man ihn motiviert und unternehmungslustig sah. Ich meine, mich nicht daran erinnern zu können, dass er am Tag von Joeys Schulabschluss gelächelt hat, aber wenn es um einen großen Bock ging, strahlte er über das ganze Gesicht.

„Ich weiß es nicht, Mr. Perry", flüstere ich.

Er schüttelt den Kopf. „Silas", werde ich korrigiert. „Du hast mich mit deinem Körper verhöhnt, Tulip. Seit du ein kleines Mädchen bist, hieltst du ihn vor mir verborgen. Und jetzt ziehst du dich wie eine gewöhnliche Hure im *Headlights* aus. Der Tropfen, der das Fass zum Überlaufen gebracht hat, war die Trennung von meinem Jungen und dass du nun mit diesem Halbblut zusammen bist. Das konnte ich nicht länger ertragen. Die Zeit war reif."

„Wie bitte? Hast du das gerade wirklich gesagt?"

„Welchen Teil?", fragt er grinsend.

Er weiß genau, worauf ich mich beziehe. Ich will nicht über seine Worte nachdenken, geschweige denn sie wiederholen.

Kopfschüttelnd weiche ich etwas zurück und versuche, die Wand zu erreichen, damit ich etwas leichter aufstehen kann. Vielleicht kann ich sogar probieren, von hier zu fliehen. Lieber würde ich mich von den wilden Tieren da draußen zerfleischen lassen, als dass Silas das Gleiche tut.

„Das ist er doch, oder? Ich verstehe nicht, warum die

Menschen nicht mit Leuten ihrer Rasse zusammen sein können", sagt er.

„Ich denke nicht, dass Menschen in *Rassen* kategorisiert werden können. Ich habe noch nie jemanden kennengelernt, der mit einem Tier verheiratet war. Menschen sind Menschen, egal, welche Hautfarbe sie haben", blaffe ich zurück.

Silas schüttelt den Kopf und eilt so schnell zu mir herüber, dass ich nicht einmal die Chance zum Reagieren habe. Blitzschnell greifen seine Hände nach meinen Haaren.

Schweigend zieht er mich an den Haaren hoch, bis ich wieder auf meinen Füßen stehe. Da der Schmerz von meiner Kopfhaut bis in meine Zehenspitzen strahlt, stoße ich ein Wimmern aus.

Er zieht mich enger an sich heran, sodass sein Gesicht nur noch wenige Zentimeter von meinem entfernt ist, und knurrt mich an. Ich hatte fast seinen Geruch vergessen. Mein Magen krampft, als er meine Nasenlöcher flutet. Ich kämpfe gegen den Drang an, mich auf ihn zu übergeben.

„Das ist nicht richtig", schnauzt er. „Es ist schon okay. Wir werden das wieder in Ordnung bringen. Du und ich."

„Du bist Joeys Vater", wispere ich.

Seine Zunge schnellt hervor, um sich über die Lippen zu lecken. „Ich will dich schmecken, seit du sechzehn bist. Ich nutze dich jeden Tag als Wichsvorlage. Es war so schwer, dich nicht berühren zu dürfen, als du unter unserem Dach gelebt hast. Weißt du, ich habe dir beim Schlafen zugesehen. Ich sah dir zu und stellte mir vor, meine Hand wäre deine süße Pussy, die meinen Schwanz fest umschließt, wenn ich mir im Bett auf dich einen runtergeholt habe."

Oh. Mein. Gott.

Er widert mich an. Ich fühle mich beschmutzt. Ich

fühle mich verraten.

Ich habe bei den Perrys gewohnt, habe darauf vertraut, dass sie mich beschützen. Ich hatte keine Ahnung, dass Silas Fantasien von mir hatte.

„Du bist krank“, zische ich.

Seine Faust in meinen Haaren vergraben, zieht er meinen Kopf zurück. Er knurrt mich an. Meine Nasenflügel blähen sich auf und ich schlucke die bittere Galle herunter, die mir die Speiseröhre hochsteigt.

„Des einen Leid ist des anderen Freud“, sagt er mit einem Lächeln.

Kapitel 25

Deputy Hernandez nimmt unsere Aussagen auf und sieht sich Tulips Handy an. Ich erzähle ihm alles, was ich über sie weiß, und wenn ich ganz ehrlich bin, ist das nicht viel. Da Tullie und ich uns noch kennenlernen, schmerzt es mich umso mehr, dass ich eindeutig noch nicht genug über sie, über ihr Leben und ihre Vergangenheit erfahren habe.

„Wir sollten versuchen, ihr Auto aufzubrechen", meint Aaron, nachdem der Sheriff sich ein Stück von uns entfernt hat und seine Notizen notiert.

„Meinst du, dass das etwas bringen wird?", will ich wissen.

Ford schnaubt. „Schon möglich. Wir könnten Hinweise finden. Fuck, man weiß nie."

Ich schaue von Shawn zu Aaron und schließlich zu Ford, dann nicke ich. Ich kehre dem Sheriff den Rücken zu und bewege mich auf das Auto zu. Doch dann halte ich inne, da Mark auf mich zukommt.

„Hast du Charlie erreicht?", frage ich ihn.

Er nickt. „Ja, ihr geht es gut. Sie hat nichts gehört", sagt er etwas zu schnell. Mark ist verdammt merkwürdig.

„Okay, der Sheriff ist weg und hat gemeint, er würde uns auf dem Laufenden halten. Wir werden uns jetzt auch auf den Heimweg machen und warten, dass er sich meldet", flunkert Ford.

Ich bedanke mich bei Mark für seine Hilfe und folge meinen Freunden durch den Supermarkt hindurch zur Eingangstür. Als wir auf dem Parkplatz zwischen meinem und Tulips Wagen stehen, wende ich mich an Ford.

„Warum hast du ihm gesagt, wir würden nach Hause fahren?“

„Der Typ ist ein verdammter Spinner, Louis. Er muss nicht wissen, was wir vorhaben. Ich bin nicht wirklich davon überzeugt, dass er nichts mit ihrem Verschwinden zu tun hat. Er besucht gerne das *Headlights* und ich weiß, dass er Tulip auf der Bühne tanzen gesehen hat.“

Beim Gedanken, dass dieser Mann sie begafft hat, dreht sich mir der Magen um. Er ist ihr verdammter Boss. Herrgott, und sie hat mir nicht einmal davon erzählt. Es ist unmöglich, dass sie davon nichts wusste. Stirnrunzelnd frage ich mich, ob sie mir sonst noch etwas verschwiegen hat.

„Gott sei Dank hat sie nicht so ein modernes Auto, bei dem man die Schlösser nicht aufbrechen kann“, verkündet Aaron plötzlich.

Ich zucke bei seinen Worten zusammen und drehe mich zu ihm um. Er hat etwas in ihr Fenster geschoben und ich sehe ihm dabei zu, wie er das Türschloss knackt. Bei diesem Anblick stoße ich ein angestrengtes, leises Lachen aus, und bin einerseits ungläubig, dass er Autos aufbrechen kann, und bin ihm andererseits verdammt dankbar.

Ich greife nach der Beifahrertür, reiße sie auf und lasse mich auf den Sitz fallen. Das Erste, was ich tue, ist einen Blick auf ihre Fußmatten zu werfen. Ich bin nicht überrascht, wie sauber ihr Auto ist. Es liegt nicht mal eine leere Wasserflasche herum.

Nachdem ich das Handschuhfach geöffnet habe, finde ich ein paar zerknüllte Zettel. Der Erste, den ich entfalte, lässt mir das Blut in den Adern gefrieren. In fetten Buchstaben hat ihr jemand eine Nachricht hinterlassen. Leider wurde die Botschaft nicht signiert, sodass ich nicht erkennen kann, von wem sie stammt.

Ich sehe dich. Beobachte dich. Ich weiß, dass du nie gut genug für ihn sein wirst. Nur ich kann dir geben, was du brauchst. Bald werden wir zusammen sein und ich werde dir schon zeigen, wie perfekt wir zusammenpassen.
Bald wirst du nur noch für mich tanzen, Tulip.

Die zweite Botschaft ist offensichtlich schon mit mehr Wut verfasst worden. Nicht nur, weil sie in Großbuchstaben geschrieben ist, sondern auch, weil sie kürzer ist und die Buchstaben regelrecht ins Papier eingedrückt worden sind, als hätte der Schreiber viel mehr Kraft aufgewendet.

Du hast nichts dazugelernt. Deine Zeit wird kommen. Sehr bald. Nur einen Wimpernschlag entfernt.

„Scheiße", zische ich, als ich die Zettel in Aarons Richtung werfe, der auf dem Fahrersitz sitzt. Ich will sie nie wieder anfassen. Ich will sie nie wieder lesen.

Jemand hat sie beobachtet, hat ein Auge auf Tulip geworfen und sie gestalkt.

„Hat sie dir davon erzählt?", will Aaron wissen.

Ford nimmt Aaron die Zettel ab und ich weiß, da man sein Knurren laut und deutlich im Wageninneren hören kann, dass er sie gelesen hat. Er steigt aus und stapft davon. Ich beobachte ihn einen Moment lang und sehe, wie er sein Handy an sein Ohr hält. Vermutlich ruft er nicht nur Deputy Hernandez an, sondern auch Wyatt und Rylan.

Fünf Minuten später telefoniert Ford immer noch, während ich sehe, wie Wyatts Pick-up auf den Parkplatz rast und direkt hinter meinem Wagen zum Stehen kommt. Er und Rylan springen aus dem Auto und joggen auf uns zu.

Ich frage sie fast, wo Beaumont steckt. Ich meine, sollte nicht die ganze verdammte Scooby-Gang, die in der Serie *Buffy* die Jägerin unterstützt, hier sein? Ich brauche sie das aber überhaupt nicht zu fragen, denn nur ein paar Sekunden nach den beiden trifft auch sein Truck ein und parkt hinter Tulips Wagen.

Ich stehe vom Beifahrersitz auf und gehe auf Beaumont, Wyatt und Rylan zu. Alle drei stehen mit gespreizten Beinen und in die Hüften gestemmten Fäusten da und beobachten mich.

„Ich habe Joey nicht bei Raylee angetroffen. Anscheinend haben sie sich die letzten Wochen über gesehen. Sie hat behauptet, dass er arbeitet. Dann war ich bei seiner Mutter, die sagte das Gleiche. Ich war auch schon bei seiner Arbeitsstelle, doch da ist niemand mehr, weil es schon nach siebzehn Uhr ist", erklärt Wyatt.

„Also ist er nicht auffindbar."

„Nein", meint Rylan.

„Louis", ruft Ford.

Ich drehe mich so schnell zu ihm um, dass ich fast die Balance verliere, und beobachte, wie Ford in seinen Cowboystiefeln mitten auf dem belebten Parkplatz des Supermarkts losrennt. Dann passiert etwas, das mein Gehirn noch gar nicht so schnell verarbeiten kann, wie meine Augen es wahrnehmen.

Ford ringt jemanden zu Boden. Er knallt ihn mit voller Wucht auf das Kopfsteinpflaster.

„Sieht so aus, als hätte jemand seine Football-Künste selbst nach über zwei Jahrzehnten noch drauf", schnaubt Wyatt.

Ich kann mir einen Lacher nicht verkneifen, als ich Ford wieder aufstehen sehe. Er hat seine Hand in den Kragen eines T-Shirts gekrallt und zieht diesen Jemand in unsere Richtung. Ford wartet nicht darauf, dass wir uns auf ihn zubewegen.

Ich lehne mich zurück, verschränke die Arme vor der Brust und kneife die Augen zusammen, als ich erkenne, wen Ford zu uns bringt.

„O nein, Junge", brummt Aaron mir zu. „Du kannst dich nicht prügeln. Das würde deine Karriere ruinieren."

Langsam nicke ich, atme tief ein und wieder aus. „Ich werde ihm nicht wehtun. Solange er mir verrät, was er Tulip angetan hat und sie in Sicherheit ist", murmele ich. „Wo ist sie?", schreie ich ihn an, als Ford mir das Stück Scheiße vor die Füße wirft.

Joey sieht zu mir auf, sein Gesicht und seine Klamotten sind verdreckt. Es liegt ein langer, harter Arbeitstag hinter ihm, und ich sollte eine höhere Meinung von ihm haben, als es der Fall ist. Aber Tatsache ist, dass ich überhaupt nichts von ihm halte.

Er neigt den Kopf zur Seite und blickt Ford an, der mit gespreizten Beinen ganz nah bei ihm steht und kampfbereit ist.

„Wo ist wer?", fragt er keuchend.

„Stell dich nicht dümmer als du bist. Gib mir sofort eine Antwort, oder ich rufe Deputy Hernandez an und lasse dich festnehmen."

Blinzelnd gleitet sein Blick zu dem Auto, das hinter mir steht. Er fügt die Puzzleteile zusammen, woraufhin sein Gesicht blass wird und er dreinblickt, als würde ihm schlecht werden. Wenn er mich ankotzt, kann ich nicht länger versprechen, dass ich ihm nicht die Fresse poliere, nur weil er eine verdammte Pussy ist.

„Ist Tulip verschwunden?", flüstert er.

„Verdammt, Sherlock, was glaubst du denn, von wem wir hier sprechen?", schreit Ford ihn an.

Joey schüttelt den Kopf. Seine Augen sind weit aufgerissen und füllen sich mit Tränen. „Heilige Scheiße, woher soll ich wissen, wo sie ist? Ich habe sie das letzte Mal gesehen, als ich sie nach Hause gefahren habe. Ich war ein Arsch Tulip gegenüber, aber ich würde ihr nie etwas antun. Niemals."

Zähnefletschend beuge ich mich zu ihm herunter, wie die verdammte Bestie, die ich in meinem Inneren spüre. „Wo zum Teufel steckt sie?"

Er beginnt am ganzen Leib zu zittern. „Ich weiß es nicht, ich habe keinen blassen Schimmer. Ich habe einen neuen Job und versuche, meinen Kram auf die Reihe zu kriegen. Sie ist besser ohne mich dran. Das habe ich erkannt, als sie anfing, sich mit dir zu treffen. Ich habe sie noch nie so lächeln gesehen. Ich kenne sie schon mein ganzes Leben und habe sie noch nie so strahlen gesehen. Als ich das realisiert habe, bin ich sofort gegangen und habe nie wieder zurückgeblickt."

„Er hat nichts damit zu tun", höre ich eine Stimme hinter mir sagen. Ich drehe den Kopf und sehe, wie Wyatt Joey anstarrt. „Er ist genauso überrascht wie wir alle. Er war es nicht. Außerdem sieht man an seinen Klamotten, dass er einen langen Tag hatte. Seine Einkäufe für ein Abendessen mit Raylee stehen dort drüben. Er hält nicht an Tulip fest, sondern hat sie gehen lassen."

„Wer zum Teufel hat sie dann entführt?", frage ich, doch es klingt eher wimmernd.

Joey steht auf. Ich lasse ihn gewähren, denn ich schere mich nicht länger um ihn. Ich glaube ihm. Ich weiß nicht warum, aber ich tue es. Er hat Tulip nichts getan. Aber irgendjemand hat sie in seiner Gewalt, und ich habe keine verdammte Ahnung, wer das sein könnte. Ihre Eltern sind tot, Joey ist hier und Mark, obwohl er verdammt merkwürdig ist, ist im Laden.

„Hast du eine Ahnung, wer das geschrieben haben könnte?", fragt Rylan und überreicht Joey die Zettel, die ich gefunden habe.

Joey nimmt sie ihm ab und betrachtet sie. Ich beobachte, wie sich sein Kiefer anspannt. Als er den Kopf hebt und mich anschaut, wird sein Gesicht erneut blass. Er schüttelt ein paar Mal den Kopf und hält mir die Nachrichten wieder entgegen.

„Nö, keine Ahnung", sagt er mit zitternden Lippen. „Meldet euch bei mir, wenn ihr meine Hilfe braucht, und gebt mir gern zwischendrin ein Update."

Wir alle sehen dabei zu, wie er sich umdreht und regelrecht zu seinem Wagen sprintet. Schweigend schauen wir ihm zu. Ich habe die Zähne so fest aufeinandergebissen, dass ich mich frage, ob meine verdammten Kiefer das noch lange aushalten.

„Er weiß etwas", meint Shawn.

Nickend atme ich tief durch die Nase ein. „Jepp, das tut er."

„Ich folge ihm", sagt Wyatt.

„Wir alle tun das", bellt Aaron.

Schweigend teilen wir uns auf die beiden Autos auf und verfolgen Joey mit etwas Abstand. Ich bin mir sicher, dass er mehr weiß, da er geradewegs stadtauswärts fährt.

Wir sind die Einzigen, die auf der Straße unterwegs sind, aber das ist mir scheißegal. Er weiß, wo meine Frau sein könnte und anstatt es mir wie ein echter Mann zu sagen, ist er abgehauen.

Nicht mit mir, nicht heute verdammt noch mal.

Er wird mir gegenüber seinen Mann stehen müssen, noch bevor die Nacht zu Ende ist.

***

Tulip

Silas führt mich zu dem kleinen Tisch mit den Stühlen in der Ecke der Hütte und zwingt mich dazu, Platz zu nehmen. Wortlos gibt er meine Haare frei und kehrt mir den Rücken zu. Ich beobachte, wie er in die Küche geht. Ich weiß nicht, was er vorhat, und weigere mich, ihm genug Aufmerksamkeit zu schenken, um es herauszufinden.

Ich versuche einen Weg zu finden, hier herauszukommen, ohne dass er mich erwischt. Wenn man bedenkt, dass er die Tür vermutlich schon der ausgestreckten Hand erreicht, ist es wahrscheinlich keine gute Idee, an ihm vorbeizustürmen.

Ich stoße einen kleinen Schrei aus, als vor mir eine Schüssel auf den Tisch knallt. „Iss", befiehlt er mir.

Als ich nach unten schaue, sehe ich, dass er mir eine Schale mit Dosen-Chili vorgesetzt hat. Es sieht aus wie Hundefutter. Ich rümpfe die Nase und blicke zu ihm herüber. Er hat das gleiche Essen, nur dass sich in seinem Dosenfutter kleine Hot-Dog-Würstchen-Stücke befinden.

„Ich bin der Mann. Du musst lernen, wo dein Platz ist", meint er achselzuckend. „Du hast Glück, dass ich dich nicht auf dem Boden essen lasse, wie ich es mit meiner Frau in unserem ersten Ehejahr gehandhabt habe."

Diese Seite an ihm oder seiner Frau ist mir neu. Sie waren für mich das, was ich für eine ganz normale Familie hielt. Wir aßen jeden Abend gemeinsam am Esstisch. Jeder erledigte seine Aufgaben, und es schien nie langweilig zu werden. Jetzt frage ich mich, ob sie diese Normalität nur lebten, während ich bei ihnen wohnte.

„Ich habe sie ziemlich schnell erzogen. Seit Jahren hat sie keine Lektion mehr gebraucht. Ich bin schon ganz aufgeregt, mit deiner Erziehung anzufangen, Tulip", murmelt er Chili mampfend.

Ich zittere am ganzen Körper. Ich weiß nicht, was mir blüht, aber eines ist sicher, wenn ich hier nicht sofort rauskomme, werde ich das hier nicht durchstehen. Da ist etwas Unheimliches in seinem Tonfall, in der Art und Weise, wie er sich gibt. Ich bin mir ohne

Zweifel sicher, dass es sein Ziel ist, mich zu brechen.

„Iss", befiehlt er mir.

Da ich zusammenzucke, lasse ich versehentlich den Löffel in die Schüssel fallen, sodass das Metall gegen den Rand klappert. Ich hebe den Blick und halte den Atem an, während ich darauf warte, dass er auf meinen Fauxpas reagiert. Ich werde nicht enttäuscht. Langsam hebt er den Kopf und seine verengten Augen richten sich auf mich.

„Du bist so verdammt unerzogen", knurrt er. „Weißt du, wie schwer es für mich war, dich an meinem Tisch sitzen zu haben, als du noch ein Teenager warst? Die Schlampe wollte nicht, dass ich dich ausbilde, weil sie Angst hatte, die Welt würde schlecht von uns denken oder so einen Scheiß. Jetzt gibt es zum Glück niemanden mehr, der mich davon abhalten kann." Er grinst.

Er steht auf, nimmt meine Schüssel an sich und stellt sie auf dem Fußboden ab. Er senkt das Kinn und gibt mir stillschweigend zu verstehen, dass ich mich auf den Boden setzen soll. Dann entwendet er den Löffel aus der Schüssel und legt ihn auf dem Tisch ab.

„Iss jetzt, Hände hinter den Rücken, wie das verdammte Schwein, das du nun mal bist", befiehlt er. Ich blinzele, bin unfähig mich zu rühren. Das gefällt ihm nicht, denn er legt seine Hände um meinen immer noch schmerzenden Hals. „Soll ich zu Ende bringen, was dieses verfickte Tier angefangen hat?", fragt er und drückt zu.

„Nein", röchele ich.

„Dann runter, Schlampe."

Ich lasse mich auf die Knie sinken. Meine Augen werden von Tränen geflutet, als ich mich zu der Schüssel mit dem Essen herunterbeuge. Ich sehe nicht zu ihm auf, weil ich weiß, dass er mich beobachtet, und ich habe das Gefühl, dass er ein Lächeln auf seinem hässlichen, selbstgefälligen Gesicht hat.

Ich strecke die Zunge raus, koste das Chili und erschaudere. Es ist eiskalt. Er hat es einfach aus der Dose in die Schüssel gekippt.

„Du wirst dir eine warme Mahlzeit verdienen müssen. Willst du wissen, wie man sich bei mir etwas erarbeitet?"

Ich kneife die Augen zusammen, weil ich es nicht hören will. Ganz und gar nicht. Ich will einfach nur zurück zu Louis. Ich will in seinen Armen liegen, mit ihm im Bett oder in der Badewanne sein. Egal wo, Hauptsache, ich bin bei ihm. Ich würde alles dafür tun, um wieder nach Hause zu kommen.

„Indem du dich auf den Rücken legst. So einfach geht das", sagt er, bevor er zu lachen beginnt.

Ich zittere. Die Tränen, die ich zurückzuhalten versucht habe, fallen direkt in das widerwärtige Dosen-Chili. Wenn ich so ein auswegloses Leben führen soll, dann will ich, dass es endet. Ich werde auf keinen Fall so leben, denn das hier ist nicht lebenswert.

Kapitel 26

Ich kriege das Essen nicht runter. Selbst wenn es warm gewesen wäre, glaube ich nicht, dass ich es hätte essen können. Nicht in der Situation, in der ich mich befinde. Ich möchte mich einfach nur zusammenrollen und in den Schlaf weinen, in der Hoffnung, dass ich nie wieder aufwache.

„Wenn du jetzt nicht endlich aufisst, wird es morgen kein Frühstück geben. In diesem Haus wird kein Essen verschwendet. Schon gar nicht an Abschaum wie dich", knurrt Silas.

Ich mache mir nicht die Mühe, zu ihm aufzusehen. Ich lehne mich kniend zurück und neige den Kopf nach unten, als Zeichen, dass ich fertig bin. Es ist mir scheißegal, dass ich morgen kein Frühstück bekommen werde, denn höchstwahrscheinlich hätte ich es sowieso nicht runterbekommen.

Er streckt seinen Arm nach mir aus, weshalb ich fest davon überzeugt bin, dass er mich schlagen oder vielleicht würgen wird, doch stattdessen berührt er meine Wange. Es ist eine zärtliche Geste, allerdings weiß ich, dass er seine Spielchen mit mir spielt. Ich bin nicht dumm, seine Absichten sind unmissverständlich.

„Warum kämpfst du gegen mich an? Ich biete dir die Chance auf ein schönes Leben. Joey hätte dir nie das geben können, was ich dir bieten kann. Niemand kann das", säuselt er.

Er hält mich als Geisel, nicht nur meinen Körper, sondern fesselt auch meinen Blick. Fast falle ich auf sein verrücktes Gequatsche rein, doch dann schüttele ich mich mental und befreie meinen Kopf aus dem Nebel, in den er mich einhüllt.

Die Art und Weise, wie er mich anstarrt, seine sanfte

Berührung, sein intensiver Blick und die Tatsache, dass er mich als seine Gefangene hält und ich ihm nicht entkommen kann, lässt mich nachvollziehen, wieso jemand aufgibt und nachgibt. Aber ich werde das nicht tun.

Ich werde nicht nachgeben, nicht diesem Mann, niemandem. Mein Körper gehört Louis, mein Geist, mein Herz und auch meine Seele. Es gibt niemand anderen für mich, außer ihn. Selbst wenn ich ihn nie wieder sehen werde, egal was passiert, ich gehöre ihm.

„Jetzt schlaf, meine Schöne. Morgen starten wir mit dem Training", murmelt Silas.

Ich schlucke und weiß genau, dass ich gar nicht erst wissen will, was seine Worte zu bedeuten haben. Ich will nicht, dass je der Morgen anbricht. Und wenn es doch wieder dämmert, will ich nicht mehr hier sein, um es zu erleben.

Silas steht auf, ich rühre mich nicht, nicht ohne seine Anweisung. Das ist es schließlich, was er will. Er sehnt sich nach meiner Unterwerfung. Ich spiele das Spiel so lange mit, wie ich das aushalten kann. Und ich habe das Gefühl, dass das ungefähr der Moment sein wird, an dem er versucht, sich mir körperlich zu nähern.

An der Vorderseite der Hütte ist ein Geräusch zu hören, und ich sehe Lichter durch das Fenster scheinen. „Scheiße. Beweg deinen Arsch hoch auf den Dachboden", bellt er.

Sein Ton hat sich von dem kranken, süßen Gesäusel, mit dem er mich zu manipulieren versucht hat, in einen harschen, harten Tonfall verwandelt.

Ich rappele mich auf und verschwende nicht eine Sekunde. Ich klettere die Leiter hoch. Eigentlich eher, um von ihm wegzukommen, als mich vor dem zu verstecken, was auf der anderen Seite der Tür lauert. Ich drücke mich dicht gegen das Holz des Dachbodens, halte mich am Pfosten fest und warte auf das, was kommen wird.

Vielleicht habe ich Glück und es ist jemand gekommen, der ihm wehtun wird. Ich halte den Atem an und beobachte, wie sich in dem Moment die Haustür öffnet, als Silas eine Schrotflinte aus dem Kleiderschrank holt.

Mir stockt der Atem, als ich sehe, wer zur Tür hereinkommt. Es ist Joey. Er ist dreckig von seinem langen Arbeitstag. Sein Haar ist ein wildes Durcheinander und er sucht den kleinen Raum ab. Silas lässt beim Anblick seines einzigen Sohnes die Waffe sinken.

„Was machst du hier, Junge? Bist du allein?", bellt er.

Joey schnaubt. „Mir ist zu Ohren gekommen, dass jemand, den ich kenne, verschwunden ist. Daher habe ich mich gefragt, ob deine Besessenheit nach ihr das Schlechteste in dir zu Tage gefördert hat. Ob du den Plan, den du dir zurechtgesponnen hast, in die Tat umgesetzt hast", murmelt er.

Mir dreht sich der Magen um. Er wusste davon. Die ganze Zeit über hat Joey es gewusst und nie ein Wort zu mir gesagt.

Joey neigt den Kopf zur Seite und da weiß ich sofort, dass er mich sieht. Er zieht eine Augenbraue in die Höhe, dann zwinkert er mir zu. Ich weiß nicht, ob mir das ein Gefühl von Sicherheit geben soll, aber das tut es nicht. Nichts kann das.

„Du hast keine Ahnung, Junge", grunzt Silas.

„Ich weiß, dass die kleinen Botschaften, die ihr Mann in ihrem Auto gefunden hat, deine Handschrift tragen. Warum tust du das?", fragt Joey. „Reichen dir die anderen Frauen immer noch nicht aus? Brauchst du Tulip unbedingt?"

Die anderen Frauen?

Heilige Scheiße.

„Es ist alleine ihretwegen. Die anderen kann man nicht mit ihr vergleichen", entgegnet er.

Ich sehe, wie er die Hand, in der er nicht die Waffe hält, hebt und mit seinen Fingern durch sein Haar fährt, als wäre er gestresst. Dabei verstehe ich nicht, warum er derjenige ist, der nervös ist. Er hat mich dazu gezwungen, kaltes Dosen-Chili vom Fußboden zu essen. Seins war warm und mit Hot-Dog-Würstchen versehen. Ich liebe Hot Dogs.

„Tulip gehört dir aber nicht, das hat sie nie. Du musst sie gehen lassen und gegen deine Besessenheit ankämpfen."

„Du bist nichts weiter als ein Weichei", blafft Silas. „Du konntest sie nicht halten und hast sie mit diesem *Ding* ziehen lassen. Was zum Teufel ist falsch mit dir?"

Ich schnappe nach Luft und schlage mir eine Hand vor den Mund, als Silas ausholt und Joey ins Gesicht schlägt.

Joeys Kopf fliegt zur Seite, doch der Rest seines Körpers bewegt sich nicht einen Millimeter. Er schaut seinen Vater an, sein Gesicht ist gerötet, seine Augen, aus denen purer Hass sprüht, sind auf seinen Vater gerichtet.

„Lass Tulip gehen. Es ist mir egal, mit wem sie zusammen ist. Sie ist glücklich und das ist alles, was zählt. Dein Plan endet genau an dieser Stelle. Ich finde, dass ein Perry sie lange genug benutzt hat, sie muss nicht auch noch von einem anderen aus unserer Familie gequält werden", erwidert Joey mit knirschenden Zähnen.

Silas schüttelt langsam den Kopf, sein Blick wandert von Joey zu mir und dann wieder zurück zu Joey. „Die anderen waren doch nur Platzhalter, bis ich sie mir nehmen konnte. Sie gehört hierhin. Bald wird sie zu uns ins Haus ziehen, und dann wird die Welt wieder in Ordnung sein."

„Glaubst du wirklich, dass Mom damit einverstanden ist?"

Silas stößt ein humorloses Lachen aus. „Deine Mutter ist meine Leibeigene. Sie hat nicht eine funktionierende Gehirnzelle im Kopf. Sie tut, was ich ihr sage, wann ich es ihr sage und auf die Art, wie ich es sage.“

„Nicht, wenn es um Tulip geht, Dad. Mama liebt sie wir ihr eigenes Kind.“

Silas zuckt mit den Schultern. „Dann kann die Schlampe bei den anderen Huren wohnen.“

Mein Herz beginnt in meiner Brust zu rasen. Ich kann zwischen den Zeilen lesen, sodass ich zweifelsohne weiß, dass ich nicht bei ihnen leben möchte, wer auch immer *die anderen Huren* sind. Es klingt, als seien sie längst tot, und mein Magen zieht sich bei dem Gedanken zusammen, dass diese Frauen sterben mussten, nur weil sie nicht ich waren.

„Lass den Scheiß. Das meinst du doch überhaupt nicht so. Du brauchst etwas Abstand und musst nachdenken. Tulip ist nichts Besonderes. Sie ist keine Jungfrau mehr. Sie hat diesen Typen gevögelt. Sie wird für keinen von euch etwas taugen“, erklärt Joey ihm mit ruhiger Stimme.

Seine Worte verletzen mich ein wenig, aber ich weiß, dass er bloß versucht, seinen Vater zu beruhigen, trotzdem tut es weh.

„Ich kann sie noch retten“, flüstert Silas. „Indem ich sie für mich behalte, indem ich sie reinige.“

Joey schüttelt den Kopf. „Sie gehört uns aber nicht.“

„Sie ist die meine, seitdem sie vierzehn Jahre alt ist. Ich habe auf sie aufgepasst, und du hast alles vermasselt“, schnauzt Silas. „Sie gehört uns. Du hättest sie für uns ausbilden sollen. Aber du hast alles versaut.“

Joey geht einen Schritt auf ihn zu und legt eine Hand auf die Schulter seines Vaters. „Wo sind die anderen? Vermissen sie dich nicht?“

„Ich habe nur noch eine. Die anderen haben mich genervt. Sie ist zu Hause, wo sie hingehört. Im Keller.“

Beim Gedanken daran, dass er eine Frau in einem Keller eingesperrt hat, bekomme ich Herzrasen. Zeitgleich frage ich mich, ob weitere Frauen dort eingesperrt waren, als ich bei ihm wohnte. Ich habe mich nie nach unten getraut, denn es war dort dunkel, feucht und verdammt unheimlich. Deswegen hatte ich nie das Verlangen, den Keller zu erkunden.

„Fahr nach Hause, Dad. Lass mich Tulip dahin zurückbringen, wo sie hingehört.“

Silas schüttelt den Kopf. „Da gehört sie aber nicht hin. Ich behalte sie. Ich hätte sie schon mitnehmen sollen, als ihre Eltern starben. Deine Mutter hat mir den Scheiß nur ausredet, weil du wegen ihr einen kleinen Ständer hattest.“

„Nein“, schreit Joey. „Verdammt, nein.“

Silas richtet die Waffe auf Joeys Bauch. „O ja“, knurrt er. „Du bist ein Weichei, das warst du schon immer. Manchmal glaube ich nicht daran, dass ich dich gezeugt habe, denn du hast viel zu viel von deiner verweichlichten Mutter mitbekommen. Ich werde mir dieses Mädchen voll und ganz zu eigen machen, so wie es mir schon immer vorherbestimmt war. Nichts, was du oder ihr Halbblut-Freund sagen oder tun können, wird mich davon abhalten.“

„Fick dich, Silas“, schreie ich. „Nenn ihn noch einmal so, ich werde dir verdammt noch mal in den Arsch treten.“

Ich schlage mir eine Hand vor den Mund atme tief durch die Nase ein und aus, während er langsam seinen Blick zu mir wandern lässt. Ich spüre, dass Joey auch zu mir schaut, aber ich bin zu verängstigt, um meinen Blick von Silas wütenden Augen abzuwenden.

„Was hast du gesagt?“, fragt er. Er spricht seine Worte gefährlich langsam aus.

Ich atme tief ein und nehme die Hand von meinem

Mund. „Louis Kingston ist ein besserer Mann als du es je sein wirst.“

„Du hast ihr in all den Jahren, in denen du mit ihr zusammen warst, einen Scheiß beigebracht“, sagt Silas zu Joey, doch sein Blick ist weiter starr auf mich gerichtet.

Joey lacht. „Ich habe ihr ziemlich viel gezeigt. Ich habe ihr beigebracht, wie man die stärkste Frau der Stadt wird.“

Mein Blick wandert zu Joey, und ich sehe, wie er grinst. Plötzlich greift er nach Silas Gewehr. Er versucht, ihn zu entwaffnen. Es geschieht, wie in Zeitlupe. Auf einmal höre ich im Hintergrund jemanden schreien und ich brauche einen Moment, um zu verstehen, dass ich diejenige bin. Ich kann nicht aufhören zu schreien, kann meinen Mund nicht schließen.

Silas zuckt zurück und drückt gleichzeitig den Abzug seiner Schrotflinte. Joey schnappt nach Luft, seine Augen weiten sich, ihm steht der Mund offen und seine Knie geben unter ihm nach, als er nach den Schultern seines Vaters zu greifen versucht.

Der Raum wird still, abgesehen von meinen Schreien, die ich nicht zu kontrollieren vermag. Silas dreht sich zu mir um, seine Augen sprühen nur so vor unkontrollierbarer Wut.

„Halt die Klappe“, brüllt er.

Abermals schlage ich mir die Hand vor den Mund und schreie in meine Handinnenfläche hinein statt in die stille Hütte. Während ich darum bemüht bin, mich zu beherrschen, es aber nicht schaffe, zittert mein ganzer Körper.

Joey hat ein verdammt riesiges Loch im Bauch, sein Blut ist über die ganze Haustür verteilt, und sein eigener Vater hat ihm das angetan. Der Mann, der mich als Geisel hält, der im Grunde zugegeben hat, dass er mindestens drei Frauen getötet hat.

Ich bin die Nächste, das weiß ich. Als die Haustür auffliegt, füllen sich meine Augen sofort mit Tränen.

***

Louis

Ich springe aus dem Wagen und renne los. Ich habe versprochen, nicht in die Hütte zu gehen, bis mich jemand hinzu ruft. Wir wissen nicht mit Sicherheit, ob sie hier ist, aber so wie Joey von uns weggerannt und wie ein Irrer über die Straßen gefegt ist, bin ich mir dessen sicher.

Aus dem Inneren der kleinen Jagdhütte dringt Geschrei. Joeys Pick-up parkt neben einem mir fremden Auto. Wyatt und Rylan haben ihre Köpfe zusammengesteckt, Ford steht einen Schritt neben ihnen, hört ihnen aber aufmerksam zu und nickt hin und wieder.

Shawn und Aaron stehen in unmittelbarer Nähe, ihre Blicke sind jedoch nur auf mich gerichtet. Sie wissen, dass ich nur einen Wimpernschlag davon entfernt bin, die Kontrolle über mich zu verlieren.

Im Inneren der Hütte höre ich plötzlich einen Schuss widerhallen.

Wir alle sechs hören auf zu reden und drehen uns zur Haustür. Ich weiß nicht, was wir erwarten zu sehen, aber wir schauen alle hinüber und halten inne. Dann ertönt ein Schrei, er klingt gequält und voller Angst und da weiß ich sofort, dass es Tulip ist.

Ich mache einen Satz nach vorne, doch Aaron und Shawn flankieren mich, halten mich fest, um mich zurückzuhalten.

„Nein", stöhne ich und kämpfe gegen sie an. „Nein", wiederhole ich, als Wyatt und Rylan mit Ford an der Spitze auf die Haustür zu stürmen. Ich erhasche einen Blick auf etwas in Fords Hand und erkenne, dass es sich um eine Pistole handelt.

Shawn und Aaron halten mich mit aller Kraft zurück, aber es besteht keine Chance, dass sie mich jetzt von Tulip fernhalten. Ihre gedämpften Schreie erfüllen die Luft und Adrenalin durchströmt meinen Körper.

Wie der verdammte Hulk reiße ich mich von den Männern los, die ich als meine Freunde, meine Partner, betrachte. Ich presche vorwärts und stürme in die kleine Hütte.

Es liegt ein Körper auf dem Fußboden, über den ich springen muss. Vor Ford und Wyatt liegt eine weitere Gestalt auf dem Boden und Rylan steht am Fuße einer Leiter, die an einer Wand festgeschraubt ist.

Es ist das reinste Chaos.

„Der örtliche Sheriff ist auf dem Weg hierher, zusammen mit Hernandez", lässt Wyatt uns wissen.

Ich höre seine Worte, doch sie sind mir scheißegal. Ich habe nur eins im Kopf und das ist Tulip. Rylan hebt die Arme und ich sehe, wie er einen zierlichen Körper mit blonden Haaren fest umklammert.

Er dreht sich zu mir um, sodass ich das erste Mal seit Stunden wieder durchatmen kann. Sie ist hier. Er hält sie gegen seine Brust gedrückt, seine Hand ruht auf ihrem Hinterkopf.

„Lass uns rausgehen", meint er und deutet mit seinem Kinn auf Joey, dessen Körper starr auf dem Fußboden liegt.

Ich verlasse die Blockhütte und will ihm ihren Körper aus den Armen reißen, aber ich tue es nicht. Als er vor mir steht, flüstert er ihr etwas ins Ohr, woraufhin sie nickt. Dann, endlich, übergibt er sie mir.

Ich weiß, dass ich sie zu fest an mich drücke. Als ich ihren Atem an meinem Shirt spüre, geben meine Knie nach. Zusammen fallen wir auf den schmutzigen Boden.

Ich schlinge meine Beine um sie, ziehe sie an meinen

Körper heran. Ich will sie noch viel näher bei mir haben, ich will sie verdammt noch mal in mir aufsaugen. Ich senke das Kinn und lege es auf ihrem Kopf ab, während ich meine Augen zusammenkneife und die Kontrolle verliere.

Ich schluchze drauf los.

Kapitel 27

Als die Tür der Blockhütte auffliegt, entspannt sich mein Körper beim Anblick der Männer, die in den Raum gestürmt kommen. Ford hält eine Waffe in der Hand und richtet sie, ohne zu zögern, auf Silas. Ich weiß nicht, ob Silas noch unter Schock steht oder weiß, dass es Zeit zum Aufgeben ist, aber ich nehme fast mit etwas Schadenfreude wahr, wie er die Schrotflinte auf den Boden fallen lässt.

Ford wirft sich sofort auf Silas Oberkörper, Wyatt stürzt sich auf seine Beine. Rylan kickt die Schrotflinte weg, dann sieht er sich um, vermutlich nach mir. Ich weiß, dass er mich entdeckt hat, denn seine Lippen verziehen sich zu einem kleinen, freundlichen Lächeln.

Er macht sich auf den Weg zur Leiter, die an der Wand befestigt ist. Ich krabbele zum Rand des Dachbodens, kann mich aber nicht dazu durchringen, die Leiter zu besteigen und herunterzuklettern.

„Tulip, Babe. Du musst jetzt da runterkommen", sagt er mit sanfter Stimme.

Ich schüttele den Kopf und kann nur daran denken, dass Louis es sehen wird, er wird all das hier sehen und erkennen, dass ich nicht gut genug für ihn bin.

Zugegeben, ich weiß, dass er es irgendwann so oder so einsehen wird, aber ich will noch mehr Zeit mit ihm verbringen. Aus purem Egoismus will ich nicht, dass er jemals erkennt, dass er jemand Besseres als mich an seiner Seite verdient hat.

„Ich kann nicht. Er darf mich nicht so sehen", hauche ich ihm zu.

Rylan schnaubt. „Im Moment versuchen zwei Männer, ihn zurückzuhalten. Sie können ihn nicht ewig im

Zaum halten, denn er ist ein verdammter Panzer. Er hat schon den ganzen Nachmittag eine Scheißangst gehabt, hat jeden angerufen, den er kennt, ist durch die ganze Stadt gefahren und hat nach dir gesucht. Glaub mir, im Moment will er dich einfach nur in seinen Armen halten."

Tränen laufen mir über die Wangen. Ich bin mir nicht sicher, ob sie jemals versiegt sind. „Joeys Vater. Er war es und ich fühle mich so dreckig", wimmere ich.

Rylan streckt mir seine Arme entgegen. „Channing hat sich genauso gefühlt, aber sie war nicht schmutzig und du bist es ebenso wenig. Komm runter und lass deinen Mann wissen, dass es dir gut geht. Du kannst dich mit Channing unterhalten, wenn das hier vorbei ist. Sie wird dir zuhören und dich verstehen. Aber im Moment ist dein Mann kurz davor, seinen gottverdammten Verstand zu verlieren."

Wie aufs Stichwort stürmt Louis die Hütte. Allein seine Anwesenheit scheint jeden Sauerstoff aus dem Raum zu verdrängen. Ich muss ihn nicht einmal ansehen, um zu wissen, dass er hier ist. Selbst wenn ich wollte, könnte ich ihn nicht anschauen, denn ich würde den Schmerz in seinen Augen, die Sorge darin, nicht aushalten.

Ich kehre Rylan den Rücken zu und klettere von der Leiter in seine Arme. Rylan setzt mich nicht auf meinen Füßen ab, sondern spannt seine Muskeln an und trägt mich aus der Hütte hinaus in die dunkle Nacht.

„Ich werde dich nun an ihn übergeben. Alles wird gut, Tulip."

Nickend stimme ich ihm zu, auch wenn ich ihm am liebsten sagen würde, dass er mich einfach von hier fortbringen soll. Rylan dreht sich um und legt mich in Louis' wartende Arme. Sobald er sie um mich geschlungen hat, schmilzt alles andere dahin.

Als ich zu weinen beginne, zuckt mein ganzer Körper in seinen Armen. Louis drückt mich noch fester an sich, seine Muskeln ziehen sich zusammen und er nimmt mir die Luft zum Atmen, doch das macht mir nichts aus. Ich bin am Leben, der Alptraum ist vorbei, ich bin frei.

Schließlich sinkt er auf den schmutzigen, steinigen Boden. Auch das macht mir nichts aus, ich bin einfach nur müde, alles tut mir weh, und ich sacke zusammen. Als er seine Beine und Arme um mich schlingt und mich fester gegen sich drückt, als wolle er mich verschlingen, stoße ich einen Seufzer aus. In diesem Moment will ich nichts mehr, als für immer mit ihm zusammen zu sein.

„Es tut mir leid", flüstere ich. Ich glaube nicht, dass er die Worte gehört hat, denn er reagiert nicht. „Es tut mir so leid, dass du dich in mich verliebt hast. Ich bin so schwach. Meine Vergangenheit ist so hässlich."

Seine Arme drücken mich noch dichter gegen seinen Körper. In diesem Moment weiß ich, dass er mich gehört hat. „Halt die Klappe. Du bist verdammt stark, Tulip. So gottverdammt stark."

In der Ferne höre ich Sirenen aufheulen, weshalb ich weiß, dass hier in wenigen Sekunden die Hölle los sein wird, wenn die Polizei sieht, was sich in der kleinen Hütte zugetragen hat. Ich nehme meinen Kopf von Louis' Brust, lege ihn in den Nacken und schaue ihm in die Augen.

Es sind Spuren von Tränen auf seinen Wangen zu sehen, was mir das Herz bricht. Ich schiebe eine Hand zwischen unsere Körper, umfasse mit den Händen seine Wangen und versuche mit den Daumen die Spuren wegzuwischen, doch es gelingt mir nicht.

„Ich bin nicht stark. Ich bin schwach und dumm. Ich hätte jemandem von diesen Botschaften erzählen müssen. Ich dachte, Mark wäre der Unheimliche. Ich wusste, dass er zu mir in den Club kam. Doch dann fing er etwas mit Charlie an, also glaubte ich, er wäre über mich hinweg und die Nachrichten würden aufhören."

Louis streicht mir mit einer Hand über den Kopf, liebkost mein Haar. Dann greift er nach meinen Haarsträhnen, hält sie fest und zieht meinen Kopf zurück, damit er mir direkt in die Augen schauen kann.

„Du bist nicht dumm. Doch wenn so etwas noch einmal passiert, gib mir Bescheid. Ich verspreche dir, dass du dich in dieser Welt nicht mehr länger allein zurechtfinden musst, Baby. Ich bin für dich da. Ich bleibe an deiner Seite und halte dir verdammt noch mal den Rücken frei. Immer."

Wieder füllen sich meine Augen mit Tränen. Louis Blick wandert zu meinem Mund, dann erneut zu meinen Augen. „Küss mich, bitte", flüstere ich ihm zu, als der Klang von Sirenen, knirschenden Reifen und der Geruch von aufgewirbeltem Staub die Luft um uns herum erfüllt.

Louis zögert nicht eine Sekunde. Knurrend fletscht er die Zähne, dann drückt er seinen Mund fest auf meinen. Seufzend öffne ich meine Lippen für ihn, damit er mit seiner Zunge in meinen Mund gleiten und mich schmecken kann.

Ich hoffe, er schmeckt nicht den Geschmack des ekelhaften kalten Chili-Fraßes, den ich essen musste, aber eigentlich ist mir das im Moment ziemlich egal. Er küsst mich und das ist alles, was gerade zählt. Seine Finger graben sich in meine Haare und die ganze Welt um uns herum verblasst.

Langsam beendet er den Kuss, seine Zähne nagen noch kurz an meiner Unterlippe, dann legt er seine Stirn gegen meine. Ich halte die Augen geschlossen, während ich einatme. Jemand räuspert sich neben uns, doch ich mache mir nicht die Mühe nachzusehen, wer es ist. Es ist mir egal. Ich bin in Louis Armen und das ist alles, was mir im Moment wichtig ist.

„Sie müssen eine Aussage machen", verkündet eine strenge, schroffe Frauenstimme.

Nun drehe ich den Kopf, lehne ihn zurück und blicke in ihr Gesicht. Sie trägt eine Polizeiuniform, einen Cowboyhut aus Filz und hat ihre Stirn gerunzelt. Louis steht auf, reicht mir seine Hand und hilft mir auf.

Ich klopfe mir die Hose ab, um sie vom Dreck zu befreien, und folge nickend der Frau, die uns den Rücken zugekehrt hat, zu einem Fleckchen, wo sich sonst niemand aufhält.

Mein Körper ist stocksteif und ich werde ein wenig nervös, da ich nun mit ihr allein bin. Sie dreht sich zu mir um und ihre ablehnende Körpersprache wird ein wenig versöhnlicher, weshalb auch ich mich ein bisschen entspanne.

Wir unterhalten uns die nächsten dreißig Minuten lang. Sie löchert mich nicht mit Fragen, sondern lässt mich in meinem eigenen Tempo erzählen. Und obwohl ich weiß, dass Louis hier irgendwo auf und ab tigert, finde ich es wichtig, dass sie alles von unserer gemeinsamen Vergangenheit und dem heutigen Abend über die Familie Perry erfährt.

„Bitte sagen Sie mir, dass Sie versuchen werden, die anderen Frauen zu finden, von denen er gesprochen hat", flehe ich sie an, als die Befragung zu Ende ist.

Nickend streckt sie die Hand aus und legt sie auf meine. „Ich werde persönlich ermitteln", verspricht sie mir. Ich schlucke schwer und presse meine Lippen aufeinander. „Versprechen Sie mir, dass Sie mit jemandem über das Erlebte sprechen werden."

Meine Lippen zucken. Ich weiß, dass es eine Lüge wäre, würde ich ihr dieses Versprechen geben. Und ihrem traurigen Blick nach zu urteilen, weiß auch sie, dass ich sie bloß anschwindeln würde. Sie nickt mir zu und überreicht mir eine Visitenkarte.

„Wenn Sie mal reden wollen, Tulip. Ich bin für Sie da."

Sie schenkt mir ein kleines Lächeln, wendet sich dann von mir ab und geht zu ihrem Streifenwagen. Ich nehme ihre Karte und verstaue sie in der vorderen Hosentasche. Ich glaube nicht, dass ich jemals auf das Angebot zurückkommen werde, aber wer weiß das schon. Man weiß nie, wann man jemanden braucht oder umgekehrt.

Louis Handflächen legen sich auf meinen Rücken und ich stoße einen kleinen Seufzer aus, als seine Lippen meine Schläfe berühren. „Bereit nach Hause zu gehen, Baby?"

Ich drehe mich ein letztes Mal zur Blockhütte um. Die Eingangstür ist mit gelbem Polizeiklebeband versiegelt, der Gerichtsmediziner ist bereits gegangen und alle Streifenwagen sind weg, bis auf die von Deputy Hernandez und der Frau, die mich befragt hat.

„Ja, ich bin bereit."

Damit meine ich nicht nur, dass ich bereit bin, nach Hause zu fahren, sondern für das, was noch kommen wird. Was auch immer das sein mag.

***

Louis

Die zweistündige Fahrt nach Hause fühlt sich wie eine Ewigkeit an. Tulip ist mittlerweile an meiner Schulter eingeschlafen. Shawn und Aaron bleiben weitere zwanzig Minuten lang still, wahrscheinlich um sicherzugehen, dass sie wirklich schläft, ehe sie mit mir reden.

„Glaubst du, sie kommt wieder in Ordnung?", fragt

Shawn.

Aaron schnaubt. „Das Mädchen ist hart wie Stahl, aber nach einer solchen Katastrophe wird niemand je wieder völlig in Ordnung kommen.“

Das Lenkrad fest umklammernd, will ich nicht wahrhaben, was Aaron gesagt hat, aber ich weiß, dass er recht hat. Tulip hat zwar nicht den Abzug der Knarre gedrückt, aber ich kenne mein Mädchen. Sobald der Schock sich gelegt hat, wird sie sich wegen all dem schuldig fühlen. Ich habe ein wenig Erfahrung in Sachen Schuldgefühle, aber da ich selbst noch unter ihnen leide, glaube ich nicht, dass ich ihr eine große Hilfe sein werde.

„Nö“, stimme ich Aaron zu.

„Fuck“, zischt Shawn.

Ich nicke und räuspere mich. „Alles, das wir tun können, ist für sie da zu sein. So gut wir können.“

„Du steckst mitten in den Vorbereitungen für deinen Kampf“, ertönt Aarons schroffe Stimme.

„Ich weiß, und ich habe auch nicht vor, sie abzubrechen.“

„Gut“, erwidert er.

Als ich den Blick hebe, um seinen Augen im Rückspiegel zu begegnen, legt sich meine Verärgerung wegen seiner Worte. Er sieht besorgt aus, seine Augen fixieren Tulips Hinterkopf. Er macht sich Sorgen um sie, wie wir alle.

Nachdem wir die Zufahrt zu meinem Haus hinaufgefahren sind, springen Aaron und Shawn aus dem Wagen, aber nicht bevor Aaron uns daran erinnert, dass uns nur noch zwei Stunden bleiben, bis wir im Fitnessstudio sein müssen. Kopfschüttelnd frage ich mich, warum er uns nicht einen verdammten Tag frei gibt, wenn man bedenkt, was für eine beschissene Nacht hinter uns liegt.

Ehrlich gesagt glaube ich, dass ich das Training sogar

ziemlich gut gebrauchen kann, um den ganzen Scheiß zu verarbeiten. Denn ich habe das Gefühl, dass irgendetwas in mir explodieren wird, wenn ich es nicht aus meinem System herausprügele.

Ich wecke Tulip nicht auf. Ich steige aus dem Auto und hebe sie vorsichtig aus dem Wagen. Ich drücke ihren schlafenden Körper gegen meinen und trage sie ins Haus.

Ich habe keinen Zweifel daran, dass sie gern noch duschen gehen würde, aber ich will, dass sie so viel Schlaf wie möglich bekommt. Sie wird wahrscheinlich nicht wieder einschlafen können, wenn sie geduscht wäre, und hätte vielleicht Bilder von dem, was sie durchstehen musste, in ihrem Kopf.

Im Haus ist es still. Als wir in unserem Schlafzimmer angekommen sind, schließe ich die Tür hinter uns ab, damit niemand uns stören kann. Ihre Kleidung ist, da sie auf dem Boden vor der Hütte gesessen hat, genauso schmutzig wie meine. Ich trage sie ins Badezimmer und setze sie vorsichtig auf dem Rand der Badewanne ab.

Stöhnend öffnet sie die Augenlider. Ich weiß, dass die Erinnerungen noch nicht über sie hereingebrochen sind, doch dann sehe ich, wie alles auf sie einströmt.

„Louis", haucht sie.

„Wir sind wieder zu Hause, Baby. Eingeschlossen im Schlafzimmer. Niemand wird dich je wieder belästigen, nie wieder", verspreche ich ihr.

Sie schüttelt den Kopf, ihre blutunterlaufenen und angeschwollenen Augen füllen sich mit Tränen. Fuck, ich glaube nicht, dass ich jemals eine Frau so habe weinen sehen wie Tulip, seit wir sie in diesem Drecksloch gefunden haben.

Ich schließe sie in meine Arme und lege meine Handfläche an ihren Hinterkopf, damit sie ihr Gesicht gegen meine Brust betten kann.

„Niemand wird dir je wieder wehtun, Baby. Nie wieder. Ich bin da für dich. Immer."

Sie schluchzt gegen mein Shirt und durchnässt es völlig. Ich halte sie fest und erlaube ihr, den ganzen Scheiß rauszulassen. Und zwar alles. Sie muss weinen, sie muss alles rauslassen, und das ist die einzige Möglichkeit, wie sie es tun kann.

Bei allen weiteren Schritten werde ich ihr ebenfalls zur Seite stehen. Ich werde sie so lange ficken, bis sie vor Erschöpfung einschläft. Und sollte das nicht funktionieren, sollte sie die Wut übermannen, werde ich sie dazu bringen, sich im Fitnessstudio auszupowern.

Ich bin für sie da.

Ich bin hier, um mich um sie zu kümmern, um sie verdammt noch mal zu lieben.

„Wir sollten uns sauber machen", murmele ich, als ihre Tränen versiegt sind.

Sie nickt. Ich lasse sie auf dem Badewannenrand sitzen und stelle das Wasser an, damit es sich aufheizt und das Badezimmer mit beruhigendem Dampf füllt.

Als ich wieder bei ihr bin, beginne ich zögerlich damit, sie auszuziehen. Ich weiß noch nicht, was ihr widerfahren ist. Ich weiß nicht, ob er sie in irgendeiner Weise angefasst hat, also mache ich langsam. Nur für den Fall, dass sie will, dass ich aufhöre.

Tulip greift nach mir und schlingt eine Hand um meinen Unterarm, als ich an ihrem Rücken nach ihrem BH fasse, um ihn zu öffnen.

Sie sieht mir in die Augen und zögert, während ich darauf warte, dass sie etwas sagt. Meine Finger sind am Verschluss ihres BHs erstarrt.

„Er hat mir nicht auf diese Weise wehgetan. Er hatte es geplant, aber er hat mich nicht angefasst", flüstert sie mir zu.

„Okay, Tullie."

Sie rückt ein weniger näher an mich heran, ihre Lippen sind nur ein paar Millimeter von meinem Körper entfernt. „Kannst du mich berühren, Louie? Kannst du die Erinnerungen in mir auslöschen?“

Ich schüttele einmal den Kopf. „Nichts wird dich je von den Erinnerungen befreien, Baby, Ich werde dich berühren, dich ficken, dich auf Händen tragen, aber du musst wissen, dass dir das die Erinnerungen nicht nehmen wird“, entgegne ich.

„Ich weiß.“

Ich ziehe sie weiter aus, dann entkleide ich auch mich. Ich führe sie in die Dusche. O, wie ich dieses süße Mädchen verehre.

Kapitel 28

Louis

Die Tage vergehen, die Wochen verstreichen. Ein paar Tage nach ihrer Entführung rief ich die Jungs an und bat sie, Tulips persönliche Gegenstände aus ihrer Wohnung zu holen. Zum Glück wusste Hutton, wer ihr Vermieter ist. Sie erklärte ihm alles und übernahm auch die Schlüsselübergabe.

Tulip unternimmt nicht viel. Sie steht gegen Nachmittag auf, duscht, zieht sich ein Shirt und eine Jogginghose von mir an, legt sich aufs Sofa vor dem Fernseher, isst mit mir zu Abend und geht dann wieder ins Bett, wo wir uns so lange lieben, bis sie eingeschlafen ist.

Ich schlafe selbst nicht viel. Normalerweise warte ich so lange, bis sie schläft, um mich dann auf den Stuhl in der Ecke zu setzen, und selbst ein paar Minuten zu dösen. Ich habe eine Scheißangst, dass ich im Traum wieder über sie herfallen und sie verletzen könnte.

In dieser kurzen Zeitspanne ist einfach viel zu viel passiert. Keiner von uns beiden konnte das so recht verarbeiten. Wir machen einfach weiter und versuchen, den Tag zu überstehen.

Ich muss in ein paar Tagen abreisen, denn dann werden der ganze Rummel, die Werbeaufnahmen, die Interviews und die letzten Tage des intensiven Trainings vor dem Kampf starten. Doch so kann ich sie nicht zurücklassen. Sie hat den Infoabend in der Schule verpasst, auf den sie sich so gefreut hatte. Als ich sie an den Termin erinnerte, zuckte sie nur mit den Schultern, als wäre er ihr völlig egal.

Sie ist depressiv.

Sie musste dabei zusehen, wie ihr Ex-Freund vor ihren Augen starb, nachdem man sie entführt hatte. Ich kann es ihr nicht verdenken, dass sie deprimiert ist.

Das Klopfen an der Haustür lässt sie fast aus der Haut fahren. Ich räuspere mich, stehe auf und jogge zur Tür, um durch den Spion zu schauen, obwohl ich weiß, wer auf der anderen Seite wartet, weil ich sie angerufen habe.

„Hey", sage ich, nachdem ich die Tür geöffnet habe, um die hochschwangere Channing und Rylan zu begrüßen. „Wo ist Reese?"

Rylan schnauft. „Wir haben ihn bei Wyatt abgesetzt. Er hat mich neulich angekackt, weil er angeblich nicht genug Zeit allein mit Reese verbringt. Ich weiß nicht mal, was er mit dem Mist meint, denn wir essen mindestens zweimal die Woche zusammen zu Abend", murmelt Rylan.

„Lass ihn einfach Onkel sein", seufzt Channing und legt ihre Hand auf ihren Bauch.

Mit gesenktem Kopf trete ich einen Schritt zur Seite, um sie hereinzulassen. „Wann ist es so weit?"

Channings Lippen verziehen sich zu einem Lächeln. „In zwei Wochen. Es tut mir leid, dass wir nicht zu deinem Kampf kommen können. Aber wir werden eine große Public-Viewing-Party bei Wyatt veranstalten", erwidert sie leise.

Kopfschüttelnd ziehe ich sie in eine kurze Umarmung. „Zu wissen, dass ihr zuguckt, reicht mir völlig aus. Ich möchte, dass du dich um meine neue Nichte kümmerst."

„Hast du Lust, nach draußen zu gehen, ein Wasser zu trinken und vielleicht ein paar Hufeisen zu werfen?", fragt Rylan. Sein Blick ist nicht auf Channing oder mich gerichtet, sondern fokussiert Tulip.

Nickend stimme ich seinem Vorschlag zu und entlasse Channing aus der Umarmung. Ich sage nichts zu Tulip, als ich an ihr vorbeigehe. Sie weiß inzwischen, was hier los ist, und ich bin mir sicher, dass sie sauer auf mich sein wird, aber ich musste einen Versuch starten. Sie ertrinkt zwar nicht in Alkohol oder Drogen. Doch sie ist dabei unterzugehen, verdammt.

***

Tulip

Ich könnte Louis töten, ihn umbringen. Channing watschelt auf mich zu, und wenn ich nicht so verdammt wütend auf Louis wäre, würde ich sie geradezu bezaubernd finden.

Ich verschränke die Arme vor der Brust und stelle fest, dass ich keinen BH trage. Ich kann mich nicht mehr daran erinnern, wann ich das letzte Mal einen getragen habe.

„Hey", sagt Channing und lässt sich langsam neben mir auf das Sofa sinken.

Ich presse die Lippen aufeinander und starre sie an. Ich weiß, dass das unhöflich ist, dass ich unhöflich bin, aber ich kann nicht anders.

„Du weißt, dass auch ich entführt wurde, oder?"

Ich zucke mit den Schultern. Ich habe von dem Vorfall gehört, doch ihr hat man nicht ins Gesicht geschlagen, sie in einen Kofferraum geworfen, sie dazu gezwungen, kaltes Chili vom Fußboden zu essen und sie musste sich auch ganz bestimmt nicht anhören, dass sie seit ihrer Jugend beobachtet wurde, dass man sie als Wichsvorlage benutzt hat oder dass man plant, sie zu einer Sexsklavin zu machen. Also, ich weiß ehrlich gesagt nicht, wie sie mir helfen will.

„Du musst darüber reden", drängt sie mich sanft. „Louis macht sich wirklich Sorgen um dich."

Tief einatmend richte ich meinen Blick auf den Holzfußboden. Wahrscheinlich nimmt sie an, dass ich weiter schweigen werde, und es überrascht mich selbst ein wenig, dass ich plötzlich zu sprechen beginne.

„Louis hat jemanden wie mich nicht verdient. Je eher er das begreift, desto besser. Ich bin vom Pech verfolgt. Erst meine Eltern, dann Joey und sein Vater. Ich bin ekelhaft."

Channing will meine Hand in ihre nehmen, doch ich ziehe sie zurück und lege sie in meinen Schoß. „Es ist okay, Tulip. Es ist in Ordnung so zu fühlen, so zu denken, aber du sollst wissen, dass das einfach nicht wahr ist. Er liebt dich. Er sieht das Gute in dir, auch wenn du es selbst nicht sehen kannst."

„Ich bin wertlos", flüstere ich.

Ich hebe den Blick und sehe, wie sich ihre Augen weiten und sie den Kopf schüttelt. „Das bist du nicht, aber das wirst du mir sowieso nicht glauben. Du musst es dir nämlich selbst glauben. Joey und sein Dad haben etwas in dir zerbrochen, so wie James damals auch etwas in mir. Rylan konnte das nicht wieder reparieren. Er war zwar für mich da, aber ich musste für mich erkennen, dass ich es wert bin."

Ich schließe die Augen und versuche, nicht loszuheulen. Das tue ich nur, wenn niemand in der Nähe ist. „Wie konnte ich nur so dumm sein? Warum habe ich niemandem von diesen blöden Zetteln erzählt? Warum habe ich zugelassen, zu einem Opfer zu werden?"

Channing rückt näher an mich heran, legt ihre Arme um meine Schultern und zieht mich so dicht an ihre Seite, dass ich meinen Kopf auf ihrer Schulter ablegen und weinen kann. „Du kommst wieder in Ordnung."

„Das hoffe ich. Louis hat es verdient…"

Sie unterbricht mich, indem sie ihre Hand hebt. „Du hast nicht zu bestimmen, was Louis verdient. Er will dich. Er liebt dich. Er braucht dich. Findest du nicht, da du diejenige bist, die er will, dass du dich bemühen solltest, die beste Version von dir zu sein, die du nur sein kannst?"

Ihre Worte wirken wie ein Kübel mit kaltem Wasser auf mich. Ich zucke vor Überraschung zusammen. Sie hat nämlich recht. Ich muss die beste Version meiner selbst sein und Gott weiß, dass ich das nicht gewesen bin. Nicht einmal annähernd.

Ich war die ganze Zeit über eine leere Hülle, außer wenn wir Sex hatten.

Channings Lippen verziehen sich zu einem Lächeln. „Ich wusste, dass du es verstehen würdest", flüstert sie mir zu. „Aber, es ist schwer, richtig? Sie sind so fantastisch und es ist einfach so... warum haben sie ausgerechnet uns ausgewählt?"

„Du bist unglaublich und süß und der netteste Mensch, den ich kennengelernt habe", bricht es aus mir heraus.

„Ich sehe mich selbst nicht so, habe mich nie so gesehen, aber er sieht mich so. Für mich ist er der selbstloseste Mann, den ich je getroffen habe. Ich weiß um seine Vergangenheit Bescheid und er um meine. Was er durchgemacht hat, lässt mich ihn nicht weniger lieben. Im Gegenteil. Es lässt mich ihn nur noch mehr lieben, weil ich den Mann sehe, der er aufgrund dieser Vergangenheit geworden ist. Er liebt mich ganz und gar, gerade wegen all dem, was er getan hat, was er gesehen hat. Glaubst du, dass du Louis trotz deiner hässlichen Vergangenheit ganz und gar lieben kannst? Er wird dir ein wunderschönes Leben schenken, er kann es kaum erwarten, und in gewisser Weise tut er es bereits."

Stirnrunzelnd schaue ich über meine Schulter zu Louis und Rylan, die sich miteinander unterhalten. Ich beobachte, wie Louis' Lippen sich zu einem breiten Grinsen verziehen und wie er den Kopf schüttelt, als hätte Rylan etwas Lustiges oder total Unglaubliches gesagt.

„Ich liebe ihn so sehr. Louis hat aber einen gesunden Menschen an seiner Seite verdient. Jemanden, der perfekt zu ihm passt", flüstere ich ihr zu.

Channing schüttelt mich leicht. „Und genau diese Person bist du, Tulip. Er sieht es, wir sehen es alle. Warum siehst du es nicht?"

„Ich war mein ganzes Leben nur von Losern umgeben. Ich habe sie ausgehalten und habe gestrippt, um über die Runden zu kommen. Ich bin nicht perfekt genug für einen Mann wie Louis Kingston."

Channing schnaubt. „Ich hatte eine Affäre mit meinem Lehrer, die viel länger andauerte, als sie sollte. Verdammt, es hätte eigentlich überhaupt nie passieren dürfen. Ich wurde schwanger mit seinem Baby, war ganz allein, und trotzdem kam Rylan und wollte mich, liebte mich, und tut es noch immer. Exeter hat ebenso ihre Probleme, genau wie Hutton. Haben wir unsere Männer deswegen nicht verdient? Passen wir nicht perfekt zu ihnen?"

„Warum klingt alles aus deinem Mund immer so, als würde es tatsächlich Sinn ergeben?", frage ich sie mit zitternder Unterlippe.

Kichernd drückt sie mich wieder an sich. „Weil ich so unglaublich schlau bin. Jetzt nimm einen reinigenden Atemzug und sag mir, was du von deinen Freundinnen brauchst."

„Meinen Freundinnen?"

Sie nickt. „Ganz genau. Von mir, Exeter, Hutton und Laurie. Obwohl, Laurie ist momentan außen vor."

„Was ist mit ihr?", möchte ich wissen.

Channing grinst. „Sie ist unpässlich, da sie in Erfahrung bringen muss, ob Jesse sie liebt. Ich glaube, sie hatten einen mordsmäßigen Streit und er ist abgehauen. Als er nicht zurückkam, wusste sie, dass sie es total verbockt hat."

„Und nun ist sie auf dem Weg zu ihm?", vergewissere ich mich, da Laurie normalerweise nicht der Typ ist, der einen Mann oder sonst irgendwen um irgendetwas anfleht.

„O ja, sie ist total in Panik. Hutton hat ihr ein Bild von Jesse und irgendeiner mysteriösen Frau in einer Boulevardzeitung gezeigt. Sie wirkten sehr vertraut miteinander und Laurie ist total ausgeflippt. Sie denkt, dass sie ihn ein bisschen zu heftig angegangen ist.“

Stirnrunzelnd schüttele ich den Kopf. „Sie ist verrückt“, sage ich und fühle mich dabei sehr scheinheilig.

„Das ist sie, aber ich glaube, sie reißt sich endlich am Riemen. Was ist mit dir?“

Ich lasse meinen Blick wieder über meine Schulter schweifen und schaue zu Louis. Er dreht den Kopf in meine Richtung, als würde er den Blick spüren, der auf ihm ruht, und schenkt mir ein kleines, trauriges Lächeln. Ich erwidere es und versuche, mein Lächeln etwas strahlender erscheinen zu lassen, bin mir aber nicht sicher, ob es geklappt hat.

„Ich denke, ich werde versuchen, mich zusammenzureißen. Für ihn.“

„Nein“, widerspricht Channing. „Tu es nur für dich selbst, Tulip. Letztlich nützt ihm das nichts. Aber wenn du es für dich tust, wirst du so zu einer besseren Version deiner selbst. Damit du endlich wieder lächeln kannst, mit deinem ganzen Gesicht und nicht nur mit deinen Lippen. Damit du glücklich sein kannst, denn das ist genau das, was du verdienst.“

„Gott, wie kannst du nur so süß und gleichzeitig so besserwisserisch sein?“, frage ich sie.

„Ich führe ein gutes Leben, habe einen tollen Mann an meiner Seite und zwei wunderschöne Kinder. Wieso sollte ich da nicht meine Erfahrungen an meine Freundin weitergeben?“

Wir umarmen uns und ich danke ihr noch einmal für

ihre Hilfe. Sie hat ja recht. Ich wusste es, bevor sie überhaupt etwas gesagt hat, aber es nun auch noch mal aus ihrem Mund zu hören, bestätigt mir, dass es an der Zeit ist. Es ist an der Zeit, wieder auf die richtige Bahn zu kommen.

Das wird nicht von heute auf morgen passieren und auch ganz bestimmt nicht einfach werden, aber das Erste, das ich tun werde, nachdem ich mich mit Louis ausgesprochen habe, ist ein Treffen mit der Kosmetikschule zu vereinbaren.

Doch zunächst muss ich mit Louis klären, warum er nachts nicht neben mir im Bett liegt, sondern stattdessen lieber auf dem Stuhl in der Ecke hockt. Er glaubt, ich wüsste es nicht, aber ich kann jede Nacht spüren, wie er sich von mir entfernt und sich auf diesen verdammten Stuhl setzt.

Wenn wir an mir arbeiten, müssen wir verdammt noch mal auch an ihm arbeiten. Wir sind beide innerlich am Ende.

Kapitel 29

Louis

Ich kann Rylan und Channing nicht nach Hause gehen lassen, ohne dass sie mit uns zu Abend gegessen haben. Da sie extra hergekommen sind, um mich zu unterstützen, ist es das Mindeste, was ich für sie tun kann. Der Rest des Abends verläuft auch viel entspannter als der erste Teil.

Tulip scheint viel gelöster zu sein. Ihr Gesichtsausdruck ist weniger verhärtet, die Falten zwischen ihren Augenbrauen sind verschwunden und sie lächelt sogar hin und wieder.

Als es für unsere Freunde an der Zeit ist, zu gehen und Reese abzuholen, schließt Channing Tulip in eine lange Umarmung. Auch Rylan beobachtet die Szene und wendet sich anschließend mir zu. „Sie wird wieder, Bruder", murmelt er.

„Scheiße, ich hoffe es", erwidere ich.

Er legt seine Hand auf meine Schulter. „Das wird schon. Ihr stehen gute Leute zur Seite, die ihr den Rücken stärken. Außerdem hat sie dich. Sie wird bald wieder in Ordnung kommen."

Mit diesen Worten lassen die beiden uns allein. Shawn und Aaron halten sich in ihrem Bereich des Hauses auf und bleiben, wie immer, für sich. Ich weiß, dass sie uns Freiraum lassen wollen, denn sie haben das mehrmals während des Trainings erwähnt.

Sie wissen, dass Tulip mit den Ereignissen nicht gut zurechtkommt, nicht nur, weil sie mit eigenen Augen gesehen haben, wie sie auf der Couch vor sich hinvegetiert, sondern auch, weil der Scheiß mein Training beeinflusst. Aaron war derjenige, der mich dazu gedrängt hat, mir Unterstützung zu suchen. Mir jemanden ins Haus zu holen, der mit ihr redet. Obwohl er nach außen hin ziemlich schroff wirkt, kann ich in seinen Augen ablesen, dass er sich um mein Mädchen sorgt.

„Bereit fürs Bett?", frage ich sie.

Tulip dreht ihren Kopf in meine Richtung, macht einen Schritt auf mich zu, dann noch einen. Als sie ihre Hände auf meine Brust legt, hole ich tief Luft.

Ich senke mein Kinn und atme wieder aus. Ich blicke ihr in ihre blauen Augen und balle meine Hände zu Fäusten, um sie nicht an mich zu ziehen und meinen Mund auf ihren zu drücken.

Ich sehe, wie sie sich über die Lippen leckt. Meine Nasenlöcher blähen sich auf, da mein Schwanz bei diesem Anblick vor Verlangen zuckt. Es verlangt mir alles ab, um sie nicht in meine Arme zu ziehen, sie gegen die Haustür zu drücken und sie direkt hier im Flur zu ficken.

„Können wir reden?", fragt sie. Ihre Pupillen sind vor Lust geweitet.

Ich trete einen Schritt zurück und reiche ihr meine Hand. „Natürlich. Lass uns nackt im Bett miteinander sprechen."

„Louis", keucht sie und legt ihre Hand in meine.

Ich ziehe sie hinter mir her in Richtung Schlafzimmer. Ihre Sachen stapeln sich noch immer kistenweise im Gästezimmer. Da sie meine Klamotten trägt, scheint sie es nicht eilig zu haben, die Boxen auszupacken. Und wenn ich ganz ehrlich bin, finde ich, dass sie verdammt sexy in meinen Sachen aussieht. Dementsprechend habe auch ich keine Eile damit, dass sie auspackt.

Der einzige Grund, warum ich will, dass sie die Umzugskisten ausräumt, ist, dass ich mir wünsche, dass sie sich wieder, wie sie selbst fühlt. Ich glaube nicht, dass ein Haufen unausgepackter Kisten ihr dabei helfen. Ich möchte, dass sie sich hier zu Hause fühlt, dass sie sich wohlfühlt.

Als wir im Schlafzimmer angekommen sind, verzichte ich diesmal darauf, die Tür abzuschließen. Uns wird schon niemand stören. Es gibt keinen Grund, dass jemand hier hereinplatzt. Zumindest nicht so spät am Abend.

Ich habe ihre Hand die ganze Zeit über nicht losgelassen. Nachdem ich sie an meinen Körper herangezogen und die Augen geschlossen habe, spüre ich, wie ihre Brust gegen meine drückt.

„Wir müssen reden", haucht sie mir zu.

Lächelnd lasse ich sie verstummen, indem ich sie küsse. „Ich weiß, Baby. Das können wir später machen, denn erst brauche ich dich."

Tulip lächelt ebenfalls und ich kann nicht anders, als sie voller Bewunderung anzustarren. Es ist ein echtes, verdammt schönes Lächeln. Es ist zwar ein kleines Lächeln, aber es ist echt.

„Ich muss an mir arbeiten und mich bessern. Nicht nur für dich, sondern auch für mich. Ich fühle mich wie eine Versagerin, wie ein Loser und ich war so unglaublich dumm. Ich bin sauer auf mich selbst, weil ich niemanden von den Botschaften erzählt habe. Ich hätte nie gedacht, dass du jemanden wie mich willst. Jemanden, der so verdammt dumm ist", meint sie.

„Tullie." Ich hasse es, wenn sie so abfällig über sich selbst spricht. Sie mag sich vielleicht dumm fühlen, doch sie hat geglaubt, sie wüsste, wer derjenige ist, sie war überzeugt davon, dass sie in Sicherheit ist. „Wir alle machen Fehler und du hast deinen überlebt. Es gibt keinen Grund, sich deswegen ständig selbst fertigzumachen. Du bist nicht dumm, ganz und gar nicht."

Sie nickt. „Ich weiß. Channing und ich haben uns unterhalten. Ich werde daran arbeiten, wie ich mich selbst wahrnehme und auch daran, mir wegen meiner

Vergangenheit selbst zu verzeihen. Ich will mir selbst vergeben für all die miesen Entscheidungen, die ich getroffen habe. Ich will die Frau sein, die du verdienst, Louis."

Ich lege meine Hände an ihre Wangen, beuge mich vor und küsse sie. „Fuck, ich liebe dich, Tullie. Ich liebe dich mit jeder Faser meines Körpers. Wenn du jemand Professionelles zum Reden brauchst, werde ich das bezahlen. Mach dir darüber keine Gedanken. Wenn du mit mir reden willst, bin ich immer für dich da, okay?"

Sie nickt abermals und ihre Augen füllen sich mit Tränen. Mit den Daumen wische ich sie ihr von den Wangen. Ich senke den Kopf und lege meine Stirn gegen ihre. Mit geschlossenen Augen atme ich tief ein.

„Ich bin immer für dich da, Tullie", wiederhole ich mich.

„Es tut mir leid, dass ich mich ein wenig verloren habe", wispert sie mir zu.

„Entschuldige dich niemals für deine Gefühle, Baby. Denn sie sind das, was dich ausmacht."

„Ich wünschte, ich wäre ein stärkerer Mensch, aber ich bemühe mich."

Ich ziehe den Kopf ein Stück zurück, um meinen Mund auf ihre Stirn drücken zu können. „Du bist verdammt stark. Das schwöre ich dir, Baby."

„Aber ich fühle mich nicht so." Sie seufzt.

„Bist du aber."

Ich presse meine Lippen auf ihre, gleite mit der Zunge in ihren zweifelnden Mund und schmecke sie. Ich massiere ihre Zunge mit der meinen, ihr Geschmack erfüllt mich und ich stöhne laut auf.

Sie legt ihre Finger um meine Schultern und klammert sich an mir fest. Ich fühle, wie sich ihre weichen Titten gegen meine Brust drücken, wie mich ihre Nippel durch den Stoff meines Shirts hindurch berühren.

Mit einer Hand gleite ich eine Seite ihres Körpers herab, streichele ihren Rücken, schlüpfe erst unter ihr Oberteil und massiere dann ihren Hintern. Ich schlucke ihr Keuchen, hebe sie hoch und trage sie zum Bett hinüber. Ich lege sie jedoch nicht auf die Matratze, sondern stelle sie davor auf die Füße.

Ich trete einen Schritt zurück, greife nach dem Saum meines Oberteils, ziehe es mir über den Kopf und werfe es zur Seite. Dann lege ich meine Hände an ihre Hüften, umfasse den Bund der Jogginghose, die sie trägt und die ihr viel zu weit ist, und ziehe sie ihr aus.

„Louis", haucht sie.

„Ich will dich ficken, während du mein Shirt trägst, Tulip. Ich will dich daran erinnern, dass du lebst, dass du stark bist und dass du zu mir gehörst."

Bevor ich dazu komme, einen Schritt auf sie zuzumachen, hat sie ihre Finger auch schon um mein Handgelenk geschlungen. Sie dirigiert meine Hand, um sie zwischen ihre Beine zu führen. Ich berühre ihre warme Pussy, mein Blick ist auf ihr wunderschönes Gesicht konzentriert.

Als ich meine Handfläche an ihrer Klitoris reibe, kann ich beobachten, wie sich ihr Mund öffnet. Dann weitet sie ihren Stand, öffnet die Beine noch weiter für mich. Ich bewege meine Finger, schiebe zwei davon in sie hinein. Sie atmet zitternd aus.

Es kommt mir so teenagerhaft vor, mein Mädchen mitten in unserem Schlafzimmer zu fingern. Vielleicht sollte ich mehr tun, sie mit dem Rücken aufs Bett stoßen und sie kraftvoll ficken. Aber genau das hier, dieser beinahe unschuldige Moment zwischen uns, ist verdammt sexy. Und das, obwohl sie nicht vollständig nackt ist, da sie mein Shirt trägt, das ihr bis zur Mitte ihrer Oberschenkel reicht.

Ich mache einen Schritt auf sie zu, meine Atmung kommt stoßweise, während ich meine Finger in ihre

Wärme hinein und wieder herausgleiten lasse. Ich senke den Kopf, küsse sie aber nicht. Ich fühle einfach bloß ihren Atem, wie sie ein und wieder ausatmet.

Ich lege meine andere Hand um ihren Hinterkopf, lasse meine Finger durch ihre Haarsträhnen gleiten und halte sie sanft fest. „Reite meine Hand. Ich will, dass du kommst.“

Sie schüttelt leicht den Kopf, doch ich verkralle meine Finger in ihren Haaren und halte dadurch ihren Kopf still. Ich strecke die Zunge heraus, lasse sie über ihre Lippen gleiten, während meine Finger weiter ihre Klitoris massieren.

„Louis, bitte, ich kann nicht. Nicht ohne dich.“

Ich lächele gegen ihre Lippen. „O doch, du kannst. Benutz mich, Tulip. Es geht allein darum, dass du dir nimmst, was du brauchst. Selbst wenn es nur ein Orgasmus ist.“

Ihre Fingernägel bohren sich in meine Schultern und ich genieße es. Nun kommt endlich ihre Stärke zum Vorschein. Sie ist nicht begeistert davon, mich zu benutzen, aber das ist im Moment irrelevant. Sie will einen Höhepunkt und sie muss ihn sich nehmen.

Sie ist kurz davor, denn ihre Hüften zucken, als sie sich auf meine Finger herabsenkt, sich an meiner Handfläche reibt. Ich kann nichts anderes tun, als ihr ehrfürchtig dabei zuzusehen und ihre süßen Laute zu schlucken, während sie immer höher und höher fliegt und auf ihre Erlösung zusteuert.

Mein Schwanz schmerzt vor Verlangen, in ihr zu sein, aber hier geht es nicht um Sex, hier geht es um so viel mehr.

„O mein Gott“, schreit sie, dann kippt ihr Kopf nach hinten.

Ich beuge mich vor und liebkose mit meinen Lippen ihren Hals, während ihre Schenkel zu zittern beginnen und sie kommt. Ihre Pussy zieht sich um meine Finger herum zusammen und ich spüre, wie ihre Erlösung meine Hand benässt.

Ich sauge und lecke an ihrem Hals und muss grinsen, während sie ihren Orgasmus genießt. Jedes Mal, wenn ihre empfindliche Lustperle über meine Handfläche gleitet, höre ich, wie ihre Stimme brüchig wird.

Schließlich geben ihre Knie nach. Erst dann ziehe ich meine Hand zwischen ihren Beinen zurück und schließe sie in meine Arme.

***

Tulip

Nachdem er mich sanft auf dem Bett abgelegt hat, möchte ich, dass er seine Hose loswird und in mich eindringt, doch er tut es nicht. Louis legt sich neben mich auf das Laken und sieht mich an. Ich lecke mir über die Lippen und versuche, den Mut aufzubringen, ihm die Frage zu stellen, die mir unter den Nägeln brennt.

„Wollen wir nicht…"

Er schüttelt den Kopf und lässt seine Finger über meine Lippen tänzeln. Grinsend beugt er sich vor und küsst mich.

„Ich würde dir gerne ein paar Techniken beibringen. Wenn du nicht willst, dass ich es tue, dann könnte Aaron das übernehmen", sagt er.

Blinzelnd runzele ich die Stirn, da ich keine Ahnung habe, wovon er da spricht. Ich bin nicht am Boxen interessiert. Das ist nichts für mich. „Ich will nicht boxen. Ich weiß, dass du es liebst und dass du dafür brennst, aber das ist nichts für mich."

„Ich spreche nicht vom Boxen, sondern von Selbstverteidigungstechniken."

Meine gute Laune, mein post-orgasmisches Hoch

löst sich bei seinen Worten in Luft auf. Mein Körper erstarrt. Ich überlege, ihn von mir zu stoßen, da meine Gedanken sofort wieder zu Silas abdriften. Louis schließt mich in seine Arme und zieht mich an seine Brust.

Meine Arme sind zwischen meinem und seinem Körper eingeklemmt, weshalb ich versuche, ihn von mir zu schieben, doch er lässt das nicht zu. Ich will einfach nur weg, weglaufen, mich vor den Bildern von Silas in meinem Kopf verstecken, doch Louis hält dagegen.

„Stopp", sagt er in harschem Ton.

Ich erstarre und hebe langsam den Blick, um seinem zu begegnen. Seine grünen Augen sind dunkler als sonst, seine Nasenflügel sind aufgebläht und er blickt ziemlich wütend drein, doch ich weiß nicht, warum er so sauer auf mich ist. Ist er genervt davon, dass wir dieses Gespräch führen müssen? Wenn ich stärker wäre, könnten wir dem vielleicht aus dem Weg gehen, aber ich bin es nun mal nicht.

„Als du das mit der Selbstverteidigung angesprochen hast, konnte ich nur an Silas denken", flüstere ich.

Louis' Arme lockern sich ein wenig, aber nicht genug, damit ich mich aus seiner Umarmung befreien kann, selbst wenn ich es versuchen würde. Seine Augen lassen mich gänzlich erstarren. Ich kann mich nicht rühren, aber ich bin mir auch gar nicht sicher, ob ich das überhaupt möchte.

„Er hat hier nichts zu suchen, Tulip. Das hier ist ein sicherer Ort und ab heute Abend hat er hier verdammt noch mal keinen Zutritt, okay?"

Ich nicke einmal. „Ja, einverstanden."

Er senkt das Kinn, bringt sein Gesicht noch näher an meins heran. „Du sollst die Selbstverteidigungstechniken auch nicht wegen ihm erlernen", erklärt er. „Sondern allein für dich. Damit du dich sicherer fühlst. Ich könnte dich auch auf den Schießstand mitnehmen, aber du kannst nicht immer eine Knarre mit dir herumtragen. Dein Körper ist die beste Waffe, die du haben kannst, Baby.“

Mit aufeinandergepressten Lippen kämpfe ich darum, nicht wieder loszuheulen. Ich habe es statt, ständig zu weinen. Ich will nur, dass es mir wieder besser geht, dass ich stärker werde.

Ich nicke und wende den Blick ab. „Okay, Louis. Einverstanden“, stimme ich ihm zu.

Er lächelt. „Sobald mein Kampf hinter mir liegt, werden wir uns auf deine Selbstverteidigungsskills konzentrieren.“

„Okay.“

Ich beschließe, dass die Zeit zum Reden nun vorbei ist, beuge mich vor und lege meine Lippen auf seine. Ich lasse meine Zunge in seinen warmen Mund gleiten und koste ihn. Ich zeige ihm, wie sehr ich ihn liebe. Zumindest versuche ich es.

Kapitel 30

Louis

Ich packe meine Tasche und schaue zu Tulip, die mit dem Rücken am Kopfteil des Bettes lehnt. Ihre Augen sind auf mich gerichtet und sie hält die Bettdecke vor ihre nackten Brüste. Ich will nicht gehen.

„Komm einfach mit mir", dränge ich sie.

Sie schüttelt den Kopf. „Hutton, Channing und Exeter kommen vorbei und helfen mir beim Auspacken. Na ja, Channing und Exeter sind eigentlich nur Zuschauer", erwidert sie lächelnd.

In den letzten Tagen hat sich ihr Zustand um das Hundertfache gebessert. Ich merke, dass Tulip langsam aber sicher wieder zu alter Stärke findet, aber ich kann nicht leugnen, dass ich ein wenig Angst habe, sie allein zu lassen. Ich weiß nicht, wie sie in diesem Haus zurechtkommen wird.

Mein Putzteam kommt erst am Tag nach ihrer Abreise nach Las Vegas vorbei. Mein Koch, der ein Einsiedlerkrebs ist, hat die Küche für sie vorbereitet und ist selbst schon auf dem Heimweg. Sie wird hier völlig allein sein. Sie war nicht mehr allein, seit der Scheiß passiert ist. Auch wenn ich nicht die ganze Zeit über an ihrer Seite gewesen bin, war immer jemand im Haus.

„Es wird alles gut", versichert sie mir.

Ich schüttele den Kopf, da ich irgendwie daran zweifele. Wenn es spät in der Nacht ist und sie irgendein Geräusch hört, weiß ich, dass sie in Panik verfallen wird. Ich weiß es einfach. Und ich habe Todesangst, dass sie zusammenbricht und ich nicht da sein werde, um sie aufzufangen und ihr beizustehen.

„Ich habe Ford angerufen, er wohnt nur die Straße

hoch. Er hat einen Schlüssel, um Zugang zum Haus und Grundstück zu haben. Er könnte schneller als der Sheriff hier sein und hat immer eine Waffe dabei", lasse ich sie wissen.

Tulip nickt. „Es wird schon alles gut gehen", betont sie erneut.

Ich schließe meine Reisetasche und brumme. Ich bin mir weniger sicher, dass alles glatt gehen wird. Ich reise in zwei Stunden ab und habe das Gefühl, dass ich sie nie wieder sehen werde.

„In vier Tagen fliege ich dir hinterher."

„Viel zu viele Tage", sage ich.

Ich hebe das Gepäck an und stelle es neben dem Bett ab. Sie bewegt sich, woraufhin ihr die Bettdecke vom Körper rutscht, und kniet sich hin. Ihre nackten Brüste liegen frei, und ich kann nicht anders, als ihre Titten anzustarren, während ich meine Zunge über die Unterlippen gleiten lassen, da ich mir wünsche, ihre Brüste mit meinen Lippen zu liebkosen.

Tulip sucht meine Nähe. Ihre Finger streichen über meine Brust und wandern langsam weiter nach oben, um sich um meinen Hals zu legen. Ich bleibe wie festgefroren an Ort und Stelle stehen, da ich Angst habe, andernfalls sofort über sie herzufallen.

Diese Woche war wirklich eine Herausforderung und ein krasser Test für meine Selbstkontrolle. Ich habe ihr bei allem die Führung überlassen, weil ich weiß, dass sie das im Moment braucht. Auch wenn das im Umkehrschluss bedeutet, dass ich vorerst meine eigenen Bedürfnisse hintanstellen muss.

Ich hebe die Hand und umkreise ihre Nippel, ohne dabei ihre steifen Knospen zu berühren. „Louis, ich brauche dich, bevor du gehst", haucht sie mir zu.

Ihr Brustkorb hebt und senkt sich. Ich kann meinen Blick nicht von ihren Titten nehmen, nicht aufhören, zu beobachten, wie sie atmet. Und plötzlich wird mir bewusst, dass sie am Leben ist. Sie ist so voller Leben und ich bin verdammt dankbar darum. Ich habe auf meine eigene Weise das, was passiert ist, verdrängt.

„Danke, dass du die ganze letzte Nacht neben mir geschlafen hast“, wispert sie.

Es war unsere erste gemeinsame Nacht nach dem Vorfall, vermutlich, weil es meine letzte Nacht hier war. Aber auch, weil sie mich darum angefleht hat. Sie hat irgendwie eine Methode gefunden, mich jedes Mal zum Nachgeben zu bewegen.

„Was immer du willst, es gehört dir, Tullie. Immer“, flüstere ich.

Sie schlingt ihre Finger um mein Handgelenk und stoppt meine Liebkosungen. Ich eise meinen Blick von ihren Brüsten los und hebe den Kopf, um ihr in die Augen schauen zu können. Tulip neigt ihren Kopf leicht zur Seite und lächelt mich sanft an.

„Ich werde dich vermissen, Louis. Aber ich werde da sein, um dich anzufeuern. Du wirst gewinnen. Und anschließend werde ich an deiner Seite sein, um deinen Sieg zu feiern“, haucht sie mir zu.

Ich schüttele einmal den Kopf und ziehe meine Schultern fast bis an meine Ohren, bevor ich sie mit einem langen Seufzer wieder fallen lasse. „Ich will nicht lügen, ich bin verdammt nervös.“

„Ich weiß.“ Sie nickt. „Es ist so viel passiert, dass wir überhaupt nicht über den Kampf gesprochen haben. Hast du das Bedürfnis zu reden?“

Das Einzige, was ich im Moment wirklich brauche, ist mein Schwanz in ihrer engen Pussy, aber das sage ich ihr nicht. Stattdessen schüttele ich den Kopf. Mein Verstand ist nur auf eine Sache konzentriert, nur auf eine einzige.

„Ich will nicht reden.“

Ihr Lächeln wird breiter. Sie beugt sich vor und küsst mich. „Ich möchte, dass du mich nimmst, Louis. Ich will, dass du mich so fickst, wie du es brauchst. Ich weiß, dass du dich zurückgehalten hast und obwohl das schön war, ist es noch *viel* schöner, wenn du mich in Besitz nimmst."

Ich balle die Hände zu Fäusten und spanne meine Kiefermuskulatur an. „Bist du sicher, dass du dazu bereit bist?"

„Ich bin mehr als bereit dazu, Louis. Ich vermisse dich."

Das ist alles, was ich wissen muss. Wie ein Gummiband, das die ganze Zeit über bis auf das Äußerste gespannt war, reißt meine Kontrolle. Knurrend schlinge ich meine Finger um ihren Nacken und ziehe sie zu mir heran. Ich presse zu einem harten, alles verzehrenden Kuss meine Lippen auf ihre.

„Ja", seufzt sie.

Mir geht es verdammt noch mal genauso.

***

Tulip

Louis' Finger halten meinen Nacken fest. Ein Schauer läuft mir über den Rücken und mir stockt der Atem, während ich ganz gespannt darauf warte, was als Nächstes passiert. Grinsend beugt er sich zu mir herunter und legt seine Hände um meine Oberschenkel.

Schweigend hält er meine Beine fest und drückt mich gleichzeitig auf die Matratze. Ich stütze mich auf die Ellenbogen und sehe ihm dabei zu, wie er sein Oberteil loswird und es auf den Boden wirft. Als nächstes folgt seine Hose.

Beim Anblick seiner harten Länge, lecke ich mir über die Lippen. Er legt seine Finger um seinen Schwanz und streichelt sich selbst. Einmal, zweimal, dreimal. Dann lässt er ihn los und stellt sich seitlich neben das

Bett.

„Spreizen“, fordert er mich auf.

Sofort öffne ich die Beine für ihn. Mein Herz rast bei dem Gedanken daran, dass er sich gleich in mir versenken, dass er mich besitzen und mich auf die Weise erfüllen wird, wie nur er es kann. Er umfasst meine Hüften, seine Finger sind gespreizt und bedecken meine ganze Taille. Er zieht mich zu sich heran und dringt in einer raschen Bewegung vollständig in mich ein.

Ich drücke den Rücken durch, lege den Kopf in den Nacken und schlinge meine Beine um seine Oberschenkel. „Ja“, zische ich.

„Tullie“, stöhnt er, während sich seine Finger in meine Haut graben und zweifelsohne Spuren hinterlassen.

Louis fickt mich. Wir machen keine Liebe, er ist nicht einfühlsam, und doch ist es köstlich – so verdammt herrlich. Ich schließe die Augen, den Rücken noch immer gewölbt, während er mich nimmt, voll und ganz über mich herfällt.

Mit einer Hand gleitet er meinen Oberkörper hinauf, streichelt durch das Tal meiner Brüste hindurch und legt dann seine Finger um meinen Hals. Er drückt nicht zu, er hält sich nur an ihm fest, während er immer wieder in mich eindringt.

Ich spanne die Muskeln in meinen Beinen an und drücke meine Fersen gegen seine Oberschenkel. Seine Hüften stoßen immer kräftiger zu und ich schwöre, ich bin kurz davor zu explodieren. Sobald er mich über den Rand der Lustklippe schubsen wird, werde ich laut schreien.

„Bitte“, bettle ich. Er fickt mich, hält meine Lust auf einem konstanten Level, ohne mir jedoch die ersehnte Erlösung zu verschaffen. „Ich brauche mehr.“

Louis schüttelt den Kopf. Schweißperlen stehen ihm

auf der Stirn, sein Kinn ist nach unten geneigt und er beobachtet mich. Seine Augen halten die meinen gefangen, seine Lippen sind zusammengepresst und er setzt seine Folter fort. Ich lege meine Finger um seine Unterarme und bohre meine Fingernägel in seine Haut.

Als seine Stöße immer härter werden, stöhnt er laut auf. „Du wirst dich nach mir verzehren, wenn du nach Las Vegas kommst. Jeder verdammte Teil von dir, Tullie."

Mit geschlossenen Augenlidern wälze ich den Kopf hin und her und wimmere. Ich bin kurz davor, meinen Verstand zu verlieren, wenn er mich nicht endlich kommen lässt. Da es so keine Minute länger weitergehen kann, überlege ich, die Dinge selbst in die Hand zu nehmen.

Louis lacht, zweifellos über meinen Anblick. Das ist mir egal. Er kann sich meinetwegen kringeln vor Lachen, aber wenn ich nicht bald einen Orgasmus bekomme, drehe ich durch.

„Verdammt, Baby, du bist so ein geiler Anblick", knurrt er und nimmt die Hand von meinem Hals, um sie zwischen meine Beine gleiten zu lassen. Ich schwöre, dass vor meinen Augen ein Feuerwerk explodiert, sobald er seinen Daumen auf meine Klitoris presst.

Meine Augen und mein Mund öffnen sich gleichzeitig, als ich komme, und ein Keuchen entweicht meinen Lippen. Louis lehnt sich noch weiter vor, sodass er mich küssen und zugleich tiefer in mich eindringen kann. Als auch er zu keuchen beginnt, schlucke ich seine Laute. Meine Hände streichen seine Arme hinauf, dann kratze ich mit meinen Nägeln über seinen Rücken.

Als er sich bis zum Anschlag in mir vergräbt, wirft er erst den Kopf in den Nacken, dann legt er ihn an meinen Hals. Ich höre ihn stöhnen, während er seinen

Samen in mich hineinpumpt. Wir atmen beide schwer und bleiben miteinander vereint, bis wir uns wieder beruhigt haben.

„Ich liebe dich, Tullie-Baby. Ich vermisse dich schon jetzt."

„Ich vermisse dich auch", seufze ich.

Seine Härte schwillt langsam in mir ab, weshalb er sich stöhnend aus mir zurückzieht. Ein Wimmern verlässt meine Lippen, da ich mich ohne ihn plötzlich leer fühle.

„Ich will nicht gehen", sagt er, nachdem er aufgestanden ist und nun seitlich neben dem Bett steht. Sein Blick huscht zwischen meinen Beinen und meinem Gesicht hin und her. Langsam schließe ich meine Schenkel wieder. „Es ist eine Schande, so einen hübschen Anblick zu verdecken."

„Hübsch?", wiederhole ich und rümpfe die Nase.

Lachend bückt er sich nach seinen Klamotten, hebt sie auf und wirft sie aufs Bett, dann zieht er sich seine Boxershorts wieder an. „Ja, hübsch. Deine Pussy, geschwollen und mit meinem Sperma gefüllt, ist verdammt schön, Baby."

„So wie du es sagst, klingt es irgendwie schmutzig." Ich lache.

Seine Augen strahlen. Eine Hand gleitet zwischen meine Beine und drückt meine Schenkel auseinander. Wortlos dringt er mit zwei Fingern in mich ein, woraufhin ich stöhnen muss. Louis' Blick ist auf mich gerichtet, er wirkt ernst und grimmig.

Mein Lächeln erstirbt, als seine Finger in mein feuchtes, klebriges Inneres hinein und wieder herausgleiten. „Nichts daran ist schmutzig, Tulip. Mein Samen in dir ist verdammt geil. Es ist das Heißeste, was ich jemals gesehen, was ich jemals gefühlt habe." Während er mich weiter fingert, presse ich die Lippen aufeinander und atme tief durch die Nase ein. „Wenn ich den

Kampf gewonnen habe, werde ich dich wieder damit füllen, Tulip. Du wirst so gottverdammt voll mit meinem Sperma sein, dass du triefst. Wir werden zusammen feiern und später werde ich deinen schönen Körper besprenkeln, Baby."

Die Beschreibung dessen, was er mit mir anstellen will, sollte mich abtörnen, aber das tut es nicht. Ich bin so dermaßen erregt, dass ich will, dass er all das jetzt sofort mit mir macht. Ich will einen Vorgeschmack darauf. Seine Finger sind noch immer in mir und ich will es, ich will alles.

Louis' Daumen reibt meine Klitoris, während ich die Hüften anhebe. Meine Lippen öffnen sich und ich stoße einen Seufzer aus, da er mich immer näher in Richtung Orgasmus peitscht. Ich bin superempfindlich, fast wund, aber das ist genau das, was er will, und er wird es mir geben. Es macht mir nichts aus, nicht im Geringsten, weil es sich so verdammt gut anfühlt.

„Ja", zische ich. „Gott, ja."

Der Höhepunkt fegt über mich hinweg. Er kommt so schnell, dass ich nicht mit ihm gerechnet habe. Mein ganzer Körper ist angespannt, doch Louis hört nicht auf. Immer wieder dringt er mit seinen Fingern in mich ein und zieht sie wieder aus mir zurück.

Bis es an der Tür klopft.

Erst dann stoppt er seine Bewegungen. Er dreht den Kopf über seine Schulter, sagt aber nichts, bis Aarons Stimme durch die geschlossene Tür dringt.

„Das Auto zum Flughafen ist da", ruft Aaron.

„Bin gleich unten", bellt Louis zurück.

Seine Aufmerksamkeit gilt wieder mir und seine Lippen verziehen sich zu einem kleinen Lächeln. „Ich werde dich vermissen, Tullie-Baby", murmelt er und küsst mich. „Sei anständig, pass auf dich auf, bleib gesund. Wir sehen uns in ein paar Tagen wieder", flüstert er gegen meinen Mund und zieht seine Finger aus mir zurück. In Windeseile zieht er sich an und geht zur Tür. Erst dann finde ich meine Sprache wieder.

„Das werde ich, Louis, ich verspreche es.“

Kapitel 31

Tulip

W„illst du das alles behalten?“, fragt Hutton mich und hebt eine schäbige Jogginghose auf, die selbst vor zehn Jahren schon mal bessere Tage gesehen hatte.

Lachend schüttele ich den Kopf. „Ich habe einfach alles hier hineingeschmissen. Vermutlich hätte ich es sortieren sollen, bevor ich es einpacke.“

Channing sitzt auf dem Bett und kichert. Ihre Beine sind aufgestellt, ein kleiner Teller ruht auf ihrem Bauch. Sie beobachtet uns, und ich kann nicht leugnen, dass sie einfach hinreißend ist.

Reese ist den Nachmittag über bei Rylan, da es ein trüber Regentag ist und er nicht arbeitet muss. Sie sind alle hergekommen, um mir beim Auspacken unter die Arme zu greifen.

Eigentlich habe ich eher das Gefühl, dass sie hier sind, um zu sehen, wie es mir geht. Zumal ich ein intensives Gespräch mit Channing hatte. Ich muss zugeben, dass ich das gebraucht habe, um wachgerüttelt zu werden. Ich war dabei unterzugehen, ich bin es immer noch irgendwie, aber die Welt scheint heute weniger schwarz und mehr hellgrau zu sein.

„Weißt du schon, was du zum Kampf anziehen wirst?“, fragt Channing.

„Eine Jeans und ein T-Shirt. Ich meine, spielt das eine große Rolle?“

Hutton und Channing starren mich beide an wie ein Reh im Scheinwerferlicht. Hutton schüttelt den Kopf. „Ja. Es tut mir leid, aber ja, Tulip.“

„Warum? Wir schauen uns einen Kampf an. Es werden Fäuste fliegen und Blut wird spritzen. Wen kümmert es, was ich anhabe?“

Channing presst in dem Versuch, ein Lachen zu unterdrücken, ihre Lippen zusammen. Ihre Augen funkeln. Offensichtlich findet sie die Tatsache, dass ich zu einem Boxkampf eine Jeans und ein Shirt tragen will, urkomisch und ich verstehe nicht, wieso.

„Das ist nicht nur ein Kampf oder ein Ausflug mit ein paar Freunden nach Austin, um das HEB-Center zu besichtigen. Der Boxkampf wird live im Fernsehen übertragen. Die günstigsten Tickets kosten etwa dreihundert Dollar. Du wirst neben Promis sitzen, weil Normalsterbliche sich keine Eintrittskarte leisten können. Du solltest wenigstens ein Kleid tragen. Besser noch Diamanten und Pelze, wenn du so etwas hast.“

Allein der Gedanke daran, im Besitz von Diamanten und Pelzen zu sein, bringt mich zum Lachen. Kurz darauf stimmt Channing mit in mein Lachen ein und nach ein paar Augenblicken auch Hutton.

„Okay, vielleicht sind Diamanten und Pelze doch ein bisschen zu übertrieben“, meint Channing.

„Findest du?“, hake ich nach.

Channing schüttelt den Kopf. „Aber du brauchst trotzdem ein Kleid. Ein kleines Schwarzes und hohe Absätze. Klassisch, nicht zu auffällig, aber trotzdem sexy.“

„So etwas besitze ich nicht“, murmele ich.

„Ich auch nicht“, meint Hutton. „Ich bin selbst auch eher ein Jeans-und-T-Shirt-Mädchen. Beau hat mir ein paar neue Sachen für die Preisverleihung gekauft, aber damit wärst du viel zu overdressed. Ich meine, ich bin sicher, einige würden so etwas bestimmt zu diesem Anlass tragen, aber ich bezweifele, dass du dich darin wohlfühlen würdest.“

Ich schnaube. „Nein, das würde ich nicht. Ich habe auch echt keine Zeit zum Shoppen.“

Hutton lacht. „Ich habe Lauries Wohnungsschlüssel. Sie hat bestimmt etwas Passendes im Schrank. Das weiß ich, weil sie immer versucht, mich dazu zu bringen, ihre Klamotten zu tragen. Warum treffen wir uns nicht morgen Abend bei ihr?“

„Wird sie nicht sauer sein, wenn wir einfach in ihre Wohnung gehen, wenn sie selbst nicht zu Hause ist?“

„Quatsch, es wird sie nicht interessieren, aber ich schreibe ihr trotzdem eine Nachricht, nur um ganz sicher zu gehen. Morgen um fünf? Danach könnten wir zusammen Essen gehen.“

Ich kann nicht fassen, dass das mein Leben ist. Dass ich echte Freundinnen habe, die sich um mich sorgen und mir helfen wollen. Ich habe so viel Zeit meines Lebens mit Joey verbracht, dass *Freunde finde* nicht wirklich meine oberste Priorität war.

Die Arbeit war alles, was ich bis dahin kannte. Ein Hauch von Schuldgefühlen überkommt mich. *Charlie.* Ich muss sie anrufen, denn schließlich ist auch sie meine Freundin und ich habe schon lange nichts mehr von ihr gehört.

„Können wir gerne machen.“ Ich nicke. „Ich habe am frühen Nachmittag allerdings noch eine Verabredung, sodass ich euch erst dort treffen kann.“

„Ein Treffen mit der Schule?“, mutmaßt Hutton.

Meine Wangen glühen aufgrund ihrer Frage. Ich weiß nicht, warum ich plötzlich peinlich berührt bin. Vielleicht, weil ich fünfundzwanzig Jahre alt bin und bisher nur Berufserfahrungen in einem Supermarkt und einem Stripclub gesammelt habe. Vielleicht aber auch, weil Hutton so versiert ist.

„Ja“, hauche ich.

„Du wirst das großartig meistern, Tulip. Und wenn ich ganz ehrlich bin, kann Laurie dringend Hilfe gebrauchen. Ich komme hin und wieder vorbei, um sie zu unterstützen, aber ich arbeite nicht mehr dort. Sie ist jetzt auf sich alleingestellt. Außerdem hat sie keine Lust darauf, dass irgendjemand Fremdes sich bei ihr im Salon einmietet, also wäre das eine Win-Win-Lösung für alle.“

Nickend beiße ich die Zähne zusammen und mache mich wieder daran, meine Sachen wegzuräumen. Mein Kopf ist voller Zweifel, tonnenweise Selbstzweifel. Mit den Nerven bin ich schon jetzt völlig am Ende, wenn ich nur an dieses Treffen denke.

Glücklicherweise wechseln wir das Thema, da Hutton uns von Laurie erzählt und wie sich die Dinge zwischen ihr und Jesse entwickeln. Ich hoffe, dass sich für die beiden alles zum Besten wendet, aber es hört sich für mich an, als hätte Laurie es zu weit getrieben.

Hutton und ich sind schnell mit meinen Klamotten durch und haben einen weiteren Stapel mit Sachen, die gespendet werden sollen, zur Seite gelegt. Channing bittet mich, die Kleidung in ihren Wagen zu packen, damit Rylan sie morgen auf dem Weg zur Arbeit abgeben kann.

Ich bedanke mich bei den beiden für ihre Hilfe, umarme sie und verspreche Hutton, dass ich morgen um siebzehn Uhr bei Laurie sein werde. An der Haustür lehnend, winke ich den beiden zu, als sie in Channings Auto steigen.

Da Hutton und Beaumont quasi bei Louis um die Ecke wohnen, hat Channing Hutton auf dem Weg zu mir eingesammelt. Beide winken mir noch kurz zu. Als das Auto so weit die Straße entlanggefahren ist, dass ich die Rücklichter nicht mehr sehen kann, schließe ich die Haustür und schließe sie ab.

Ich drehe mich um, lehne mich mit dem Rücken gegen die Tür und schließe die Augen. Ich bin jetzt allein. Mutterseelenallein. Ich habe Louis versprochen, dass ich mich wacker schlagen werde. Es sind ja nur ein paar Tage. Mein Flug ist gebucht, um ihn während des Kampfes zu unterstützen, und ich habe mir eine Mitfahrgelegenheit zum Flughafen organisiert.

Ich schaffe das. Ich werde das durchstehen und Louis beweisen, dass ich stark bin. Auch Silas' Missbrauch kann mir nicht meine Stärke rauben. Ich habe die Stärke, all das zu bewältigen.

Ich öffne die Augen und gehe in die Küche, um mir etwas zu essen zu machen. Jedoch nicht, bevor ich den Fernseher eingeschaltet habe, um von Hintergrundgeräuschen umgeben zu sein.

Denn obwohl ich das Gefühl habe, dass ich alles schaffen kann, weiß ich, dass die Stille mich zermürben würde.

***

Louis

Als ich mich in meinem Apartment in Las Vegas umschaue, runzele ich die Stirn. Dieser Ort sollte sich eigentlich wie mein Zuhause anfühlen, aber das tut er nicht. Nicht nur, weil Tullie nicht hier ist, sondern weil sich alles falsch anfühlt.

Die Stadt ist viel zu laut, es gibt viel zu viel Beton und kaum Grün- und Freiflächen zum Laufen. Jetzt, da ich wieder hier bin, nimmt mein Plan, diese Wohnung zu verkaufen, immer konkretere Formen an.

Ich halte mir mein Handy ans Ohr und rufe meine Maklerin an. Sie versichert mir, dass sie bereits ein paar Gebote hereinbekommen hat, aber dass es aufgrund meines geforderten Verkaufspreises noch etwas dauern wird. Ich danke ihr für ihre Arbeit und trete dann an das große Fenster mit Blick auf die bekannteste Luxusmeile hier, den Strip.

Überall sind Menschen und Autos, nicht so wie in Gallup. Ich schüttele den Kopf und schaue lächelnd auf mein Handy. Auf dem Sperrbildschirm ist ein Foto von Tulip zu sehen. Sie liegt auf der Seite und strahlt mich an.

Man kann es auf dem Bild nicht erkennen, aber ich weiß, dass sie völlig nackt gewesen ist, als ich das Foto geschossen habe. Ich hatte sie gerade zweimal zum Höhepunkt gebracht. Sie sah so umwerfend aus, dass ich den Moment für immer festhalten musste.

Ich öffne ihre Kontaktdaten und streiche mit dem Daumen darüber, beschließe dann aber, noch bis zum Abend mit dem Anruf zu warten, um mich nach ihrem Wohlergehend zu erkundigen.

Als es plötzlich an meiner Tür klopft, fluche ich, da ich genau weiß, wer mich stört. Es gibt nur wenige Leute, die wissen, dass ich wieder in der Stadt bin.

Mein Pressesprecher und mein Agent sind damit beschäftigt, die Woche durchzuplanen und alle Details miteinander abzustimmen. Aaron zieht heute in eine gemeinsame Wohnung mit Shawn. Wir haben ein Treffen für die frühen Morgenstunden ausgemacht.

Die einzige Person, die also noch übrigbleibt, ist meine Mutter. Wir haben uns nicht gerade im Guten getrennt, als sie mich das letzte Mal anrief. Sie war traurig und ich war wahrscheinlich nicht mitfühlend genug. Mit einem tiefen Atemzug gehe ich auf die Tür zu und öffne sie, ohne durch den Spion zu schauen.

Als meine Mom vor mir steht, lächele ich. Sie wirkt müde, sie ist etwas dünner als ich sie in Erinnerung habe. Ihre Haare sind perfekt gelockt, weshalb ich schlussfolgere, dass sie gerade vom Friseur kommt.

„Mama", murmele ich und trete einen Schritt zur Seite, um sie hereinzulassen.

Sie tritt ein und schaut mich an. „Ich werde nicht zu dir nach Texas ziehen. Irving und ich sind wieder zusammen", verkündet sie.

Ich hätte sie öfter anrufen müssen. Ich hätte sie nicht linksliegen lassen dürfen, nachdem sie mir mitgeteilt hat, sie würde zu mir nach Texas kommen. Ich hasse es, dass mein Stiefvater sich wieder einen Platz in ihrem Leben erschlichen hat, doch noch mehr hasse ich es, dass sie das zugelassen hat.

„Ich dachte, diesmal wäre er für immer gegangen?" Ich verschränke die Arme vor der Brust.

Meine Mutter zuckt nur mit den Schultern und weicht meinem Blick aus. Sie will mir nicht in die Augen sehen. Sie weiß, dass sie einen Fehler gemacht hat, dass sie ihn nicht hätte zurücknehmen sollen. Aber sie hat es trotzdem getan, damit sie sich nicht so allein fühlt. Sie begreift nicht, dass sie mit einem anderen vielleicht ihr wahres Glück finden könnte, wenn sie denn nicht so verdammt feige wäre.

„Was?", fragt sie. „Mehr willst du nicht sagen?"

„Ich will nur, dass du glücklich bist, Mom. Wenn er derjenige ist, der dich glücklich macht, dann soll es so sein. Es ist dein Leben, nicht meins."

„Ich weiß nicht, ob ich glücklich bin, aber ich gehöre zu ihm, Louis. Eines Tages wirst du das verstehen. Ehen sind nicht einfach, man muss an ihnen arbeiten."

„An seiner Ehe zu arbeiten, ist nicht dasselbe, wie sich von jemandem völlig den Geist, den Körper, das Geld und die Seele aussaugen zu lassen."

Meine Mutter nickt kurz, denn sie weiß, dass Irving ein Arschloch ist. Sie weiß, dass er sie ausnutzt. Sie weiß, dass sie sich nicht den Rücken krumm schuften müsste, während er mit seinem fetten Arsch auf der Couch abhängt, sie betrügt und wie ein Stück Scheiße behandelt, wenn er ein anständiger Kerl wäre.

„Ich habe jemanden kennengelernt. Ich werde ihr nach meinem Kampf einen Antrag machen. Falls du sie kennenlernen willst, sie wird während des Kampfes und ein paar Tage danach in der Stadt sein", sage ich und wechsele das Thema.

Die Sache mit Irving scheint wohl nie ein Ende zu

finden. Ich möchte ihn nicht sehen oder mit ihm reden. Ich will nicht darüber nachdenken, dass ich mich in eine Frau verliebt habe, die ein ähnliches Leben wie meine Mom geführt hat. Nur dass es bei meiner Mutter umgekehrt war, erst hatte sie meinen Dad und in ihrem zweiten Lebensabschnitt kam dann Irving.

Tulips Irving war Joey. Sie muss sich nie wieder über so ein faules Stück Scheiße ärgern, denn nun hat sie mich, und ich werde mein ganzes Leben lang hart dafür arbeiten, dass sie es nie bereut, meine Frau zu sein.

„Ist sie… was für ein Mädchen ist sie?"

Meine Lippen zucken. Ich kenne meine Mom, sie wollte immer, dass ich mit einem guten Mädchen zusammen bin. Einem Mädchen, das sich um mich kümmert und nicht so sehr im Rampenlicht steht wie ich. Sie wollte jemanden, der bodenständig und liebenswert ist.

„Du wirst sie mögen."

„Ich möchte nur, dass du glücklich bist", erwidert sie.

„Ja, das ist auch alles, was ich mir für dich wünsche, Mom."

Meine Mutter nickt, dann kommt sie auf mich zu und legt ihre Arme um mich. Ich drücke sie zurück, ziehe sie eng an mich heran und halte sie einfach nur fest. Ich liebe meine Mutter. Ihre Entscheidungen sind zwar, zumindest im Hinblick auf Männer, eine Katastrophe, aber das liegt vielleicht daran, dass sie meinen Dad noch immer liebt. Ich bin mir nicht sicher. Aber ich wünschte, sie würde sich selbst mehr lieben. Ich kann sie nicht dazu zwingen, auch wenn ich wünschte, ich könnte es, verdammt.

„Wir können leider nicht zum Kampf kommen, aber vielleicht können wir am Tag danach zusammen brunchen?"

„Lass uns aus dem Brunch ein Abendessen machen und wir haben einen Deal." Ich grinse, da ich genau weiß, dass ich meinen Sieg bis in die frühen Morgenstunden feiern und vor dem Abend ganz bestimmt nicht aus dem Bett kommen werde.

„Üblicher Treffpunkt?", will sie wissen.

Üblicher Treffpunkt.

Fast schnaube ich wegen ihrer Frage. Irving geht gerne dorthin, weil er weiß, dass ich bezahlen werde. Er bestellt für gewöhnlich das zweihundert Dollar teure Tomahawk-Ribeye-Steak mit mehreren Beilagen, einem Salat, Cocktails und einem Dessert. Und das alles auf meine Rechnung.

„Ich reserviere heute Abend einen Tisch", murmele ich.

Meine Mutter streichelt mir über die Wange. „Ich kann es kaum erwarten, sie kennenzulernen. Ich weiß, dass sie wirklich etwas Besonderes sein muss, wenn es dir so ernst mit ihr ist."

„Das ist sie", stimme ich ihr zu.

Sie nimmt ihre Hand von meiner Wange, wendet sich von mir ab und verlässt meine Wohnung durch die Haustür. Ich hasse es, wie sich die Dinge entwickelt haben, dass sie wieder zu Irving zurückgegangen ist. Ich hasse es, dass sich nicht das tut, was sie glücklich machen könnte. Und das nur, um nicht allein zu sein.

Letzten Endes geht mich ihr Privatleben nichts an, auch wenn ich mich nur zu gerne einmischen würde, aber das wäre nicht fair.

Ich nehme mein Handy zur Hand und wähle Tulips Nummer. Es klingelt nur zweimal, ehe sie rangeht.

„Hallo?"

„Alles in Ordnung, Baby?", frage ich sie.

Ich höre, wie die Hintergrundgeräusche allmählich leiser werden. „Ich habe gerade das Geschirr abgewaschen und ferngesehen", antwortet sie.

Ich erwidere nichts darauf, weil ich abwarte, dass sie mir sagt, ob es ihr gut geht oder nicht. Sie holt tief Luft, dann höre ich ihr süßes Flüstern.

„Es ist alles in Ordnung, Louis."

Ich schließe die Augen und stoße einen Seufzer aus. „Hast du schon ausgepackt?"

Sie erzählt mir, dass alle Kisten leer sind. Außerdem berichtet sie mir von ihrem Plan, morgen zur Schule zu fahren, dann zum Salon, zum *Headlights* und sich anschließend mit Hutton bei Laurie zu treffen, um ihren Kleiderschrank nach etwas Passendem zu durchforsten.

„Warum kaufst du dir nicht einfach ein neues Kleid?", frage ich sie. „Ich habe einen Umschlag mit Bargeld dagelassen. Wenn du mehr Geld brauchst, gib mir einfach Bescheid."

Ihr stockt der Atem, bevor sie mir darauf antwortet. „Warum hast du das getan? Und wo ist er?"

„Ich wollte bloß sicherstellen, dass es dir gut geht. Er ist gut versteckt."

„Ich werde mir ein Kleid von Laurie leihen, weil ich kein neues brauche. Wieso so viel Geld ausgeben, wenn man es sowieso nie wieder trägt? Aber ich werde mir wahrscheinlich ein neues Paar Schuhe kaufen."

Lächelnd lehne ich den Kopf gegen die Couch. „Okay, Tullie. Aber du wirst dir von meinem Geld die Schuhe kaufen, ja?"

„Ich habe eigenes Geld. Ich muss keine Miete mehr bezahlen und werde mit meinem Chef im Supermarkt über andere Arbeitszeiten verhandeln, da ich wegen der Schule kürzertreten muss."

„Darüber sprechen wir nach dem Kampf. Warum fährst du zum *Headlights*?"

„Weil ich mit meinem Boss sprechen und meinen letzten Gehaltsscheck abholen will."

„Gut. Ich habe es gehasst, dass du dort gearbeitet hast, aber ich fand es verdammt scharf, wie du auf der Bühne ausgesehen hast." Ich lache.

Und so verbringe ich den Rest meines Abends. Ich telefoniere stundenlang mit meiner Frau. In dieser Zeit erfahre ich weitaus mehr über sie als während meines Aufenthalts in Gallup. Vor allem, weil ich sie durch das Handy weder schmecken noch ficken kann.

Das hier ist so schön, so unschuldig, so verdammt wundervoll. Ich frage mich, warum zum Teufel ich sie nicht dazu gebracht habe, direkt mit mir herzufliegen und nun verdammte vier Tage auf sie warten muss.

Kapitel 32

Tulip

Ich verlasse das *Headlights*, das mein vorletzter Stopp gewesen ist, bevor ich mich mit Hutton bei Laurie treffe. Mein Chef hat sich großartig verhalten. Ich finde, er war fast ein bisschen zu begeistert, dass ich gekündigt habe. Ich glaube, er hatte einfach genug von dem Drama rund um meine Person, und um ehrlich zu sein, ich habe es auch satt. Ich hoffe, dass sich die Dinge nun wieder beruhigen.

Nachdem ich bei der Bank einen Zwischenstopp eingelegt habe, fahre ich zum Supermarkt. Das Treffen mit meiner neuen Schule verlief tausend Mal besser, als ich mir das erhofft habe.

Ich werde im nächsten Semester dort anfangen, in Vollzeit. Ich wusste nicht, wie die Schulzeiten gestaltet sind, aber es sieht so aus, als könnte ich nicht weiter im Laden arbeiten, außer während der Spätschichten und an den Wochenenden.

Als ich mein Auto auf dem Parkplatz abgestellt habe, beiße ich mir auf die Lippe, da mir der Gedanke nicht gefällt, spät abends und an den Wochenenden hier zu arbeiten, sobald Louis wieder zurück ist. Doch leider reichen meine Ersparnisse nicht aus, um nicht zu jobben. Ich kann gerade mal so das Schulgeld bezahlen.

Wie aufs Stichwort klingelt mein Telefon. Als der Name des Anrufers aufblinkt, lächele ich. „Hey, Louis", sage ich, nachdem ich den Anruf entgegengenommen habe.

„Wie ist es gelaufen?"

„Sie sagten, ich sei so gut wie dabei. Ich habe den ganzen Papierkram erledigt."

„Und warum klingst du dann nicht so glücklich, wie du es eigentlich sein solltest?", fragt er mit tiefer Sorge in der Stimme.

Ich starre durch die Windschutzscheibe auf den Eingangsbereich des Supermarktes und kann mir nicht helfen, aber ich bin ein bisschen traurig darüber, zu kündigen. Ich arbeite hier, seit ich die High School verlassen habe.

Es war mein erster Job und der einzige Ort, der mir eine Chance gab. Dieser Supermarkt hat mich vor der Obdachlosigkeit bewahrt. Der Laden hat mich am Leben gehalten, und ich habe das Gefühl, als würde ich das alles nun hinter mir lassen.

„Der Unterricht findet in Vollzeit statt. Das heißt für mich, dass ich nur noch die Spät- und Wochenendschichten im Supermarkt machen kann", erkläre ich ihm.

Louis schnaubt. Eine Reaktion, die ich erwartet habe. „Und wenn du gar nicht mehr arbeitest und dich voll und ganz auf die Schule konzentrierst?"

Ich schließe seufzend die Augen. „Was ich angespart habe, reicht gerade mal so für das Schulgeld."

„Ich kümmere mich um alles andere, Tullie. Du hast so hart für diese Schule gearbeitet. Ich will, dass du jeden verdammten Moment genießt."

Lachend schüttele ich den Kopf, wohlwissend, dass er mich nicht sehen kann. „Du willst doch nur, dass ich am Abend zu Hause bin und die Wochenenden mit dir verbringe", sage ich.

Er grunzt. „Verdammt richtig. Genau das will ich."

„Einverstanden", hauche ich.

„Echt?"

Ich nicke. „Ja."

„Wie viele Tage noch?"

„Drei", seufze ich.

Im Hintergrund höre ich erst eine Stimme ertönen, dann Louis' Murmeln, bevor er ein tiefes Grummeln von sich gibt. „Okay, Gary, in einer Minute", schnauzt er. „Ich muss jetzt leider los, Baby. Kann ich dich heute Abend noch mal anrufen?“

„Unbedingt“, flüstere ich ihm durch das Telefon ins Ohr.

„Fuck, ich liebe es, wie du klingst, wenn du deine Antworten hauchst.“

„Nur noch drei Tage.“

„Verdammt richtig.“

Nachdem er den Anruf beendet hat, kann ich nicht anders, als noch ein paar Augenblicke lang ins Leere zu starren, um Louis tiefes Brummen noch etwas in meinem Ohr nachklingen zu lassen.

Meine Gedanken kreisen darum, dass er sich offensichtlich um mich kümmern möchte, mich dabei aber nicht unter Druck setzt. Er will nicht jeden Aspekt meines Lebens dominieren, aber er stärkt mir den Rücken und ist bereit, alles für mich zu tun, was er kann.

Ich liebe ihn. Das tue ich wirklich und das nicht nur, weil er sexy und heiß ist. Auch nicht, weil er Geld hat, obwohl ich eigentlich gar keine Ahnung habe, wie reich er ist. Ich liebe ihn, weil er für mich da ist und mich unterstützt, ohne dabei erdrückend zu sein.

Er ist bereit, mein Leben in die Hand zu nehmen, wenn ich es brauche, aber er reißt es mir nicht einfach so aus den Händen, sondern lässt mich versuchen, mich so gut es geht allein durchzuschlagen.

Er ist ein starker, stiller Beobachter, er ist einfach perfekt.

Ich steige aus dem Auto und gehe in Richtung des Ladens. Dieser Ort war meine einzige Konstante, er war da, um mich über Wasser zu halten, und mir den Rücken zu stärken, wenn ich es nötig hatte. Aber nun brauche ich diesen Ort nicht mehr, jetzt habe ich Louis, der ebenfalls all das leistet und noch so viel mehr.

Als ich den Laden betrete, sehe ich Mark an Brendas Kasse stehen. Eigentlich sollte ich meine Kündigung jemand anderem geben, aber es erscheint mir passender, dass ich sie, nach allem, was passiert ist, bei Mark einreiche. Ich will jedoch nicht mit ihm allein im Pausenraum sein, weshalb ich zum Kundeninformationsschalter gehe.

Langsam kommt er auf mich zu. Sein Gang ist selbstbewusst und sicher. „Tulip", säuselt er.

„Ich wollte dich nur wissen lassen, dass ich nicht wiederkommen werde."

Nach den Ereignissen mit Silas habe ich eine Pause eingelegt. Eine Ruhe- und Erholungspause, die man mir aufgezwungen hat, und die ich sehr gerne angenommen habe. Allerdings ist es immer mein Plan gewesen, wiederzukommen, doch die Dinge haben sich geändert.

Mark blinzelt, dann kneift er die Augen zusammen. „Warum? Wieso gehst du?", bellt er.

Es geht ihn zwar nichts an, aber ich spüre, dass er kurz davor ist, aus der Haut zu fahren, und ich habe keine Ahnung, wozu er fähig ist, wenn das passiert. Auch wenn er nicht derjenige war, der die Zettel in meinem Auto deponiert hat, will ich mir nicht selbst vorgaukeln, er wäre plötzlich vertrauenswürdig.

„Ich habe beschlossen, wieder zur Schule zu gehen. Es ist Zeit für mich, weiterzuziehen", sage ich leise und vorsichtig.

Mark runzelt die Stirn und neigt den Kopf zur Seite. „Du meinst es also ernst mit diesem Typen?"

Ich nicke und presse die Lippen aufeinander, um ihm nicht zu sagen, dass ihn das nichts angeht. Gleichzeitig bin ich wirklich froh, ihn nicht mehr jeden Tag sehen zu müssen.

Es ist wirklich schwer, ihm nicht mitzuteilen, was ich über ihn denke. Sogar so schwer, dass ich mir die ganze Zeit über auf die Innenseiten meiner Wangen beißen muss.

„Okay, einverstanden. Ich habe jetzt ja Charlie. Pass gut auf dich auf, okay? Ich werde immer für dich da sein", haucht er und macht einen Schritt auf mich zu, während er seine Arme öffnet.

Ich weiche einen Schritt zurück, halte meine Hand hoch und winke ihm zu, während ich mich weiter rückwärts bewege, um seinen Annäherungsversuch abzuwehren.

„Danke, Mark, und bis bald." Ich lächele, als ich diese Lüge ausspreche. Ich möchte ihn auf gar keinen Fall jemals wiedersehen.

„Die Dinge sind nicht ganz so gelaufen, wie geplant, aber das ist okay, irgendwann werden sie das", murmelt er.

Ich frage ihn nicht, was er damit meint, denn es ist mir egal. Ich will einfach nur hier weg. Deswegen kehre ich ihm den Rücken zu und sprinte regelrecht aus dem Laden.

Ich hole aus meiner Handtasche meine Autoschlüssel und mein Handy hervor. Als ich endlich im Auto sitze, den Motor angelassen und den Rückwärtsgang eingelegt habe, rufe ich Charlie an. Etwas an Mark war wirklich, wirklich seltsam – noch merkwürdiger als sonst.

Sie geht nach dem dritten Klingeln ran und klingt müde, total K.O.

„Charlie?"

Sie brummt. „Tulip."

„Wo bist du?"

Es herrscht einen Moment lang Stille. Etwas zu lange. Mein Herz setzt zu schlagen aus, während ich den Atem anhalte und darauf warte, dass sie mir antwortet. Sie stöhnt auf, dann höre ich ein Rascheln.

„Bei mir zu Hause", haucht sie.

„Schick mir deine Adresse, ich komme vorbei."

Ich rechne damit, dass sie ablehnen wird, doch stattdessen überrascht sie mich. „Okay", seufzt sie und legt auf.

Als ich noch einmal zum Supermarkt zurückschaue, sehe ich, dass Mark mich mit einem verschmitzten Grinsen im Gesicht beobachtet. Zeitgleich trudelt eine WhatsApp-Nachricht auf meinem Handy ein.

Ich wende den Blick von Mark ab, richte meine Aufmerksamkeit auf mein Telefon und mache mich dann auf den Weg zu Charlie. Irgendetwas stimmt mit ihr nicht.

Ich hatte mit meinen eigenen Problemen zu kämpfen, aber trotzdem ist mir nicht entgangen, dass sie die letzten Male, als ich versucht habe, sie zu kontaktieren, mich entweder extrem schnell wieder abgewürgt hat oder gar nicht erst ans Telefon gegangen ist.

Als ich bei ihrem kleinen Bungalow angekommen bin, parke ich erst meinen Wagen und laufe dann zu ihrer Haustür. Ich klopfe gar nicht erst an, sondern drücke direkt die Türklinke herunter und trete ein. Das erste, das mir auffällt, ist, dass es hier riecht. Nein, es stinkt.

Überall liegt Müll herum. Zugegeben, ich kenne Charlie nicht besonders gut, aber sie kam mir nie wie ein Messie vor. Und genauso sieht es hier aus. Leere Lebensmittelverpackungen liegen überall auf dem Boden des Wohnzimmers verteilt. Auf meinem Weg in den hinteren Teil ihres Hauses, trete ich auf einen Pizzakarton.

„Charlie?", rufe ich.

Ich höre ein dumpfes Geräusch, das vermutlich aus ihrem Schlafzimmer kommt. Ich atme tief ein, huste gegen den Gestank an und stoße die Tür auf. Beim Anblick, der sich mir bietet, dreht sich mir der Magen um.

Charlie liegt auf dem Bett, völlig nackt. Ihr ganzer Körper ist mit blauen Flecken übersät. Einige sind frisch, andere sehen so aus, als ob sie schon eine Weile da wären, da sie sich langsam grün und gelb verfärben. Sie hat ihre Haare, und vermutlich auch ihren Körper, wahrscheinlich schon seit einer Woche, oder länger, nicht mehr gewaschen.

Warum sie nicht die Polizei gerufen hat, ist mir ein Rätsel. Zaghaft mache ich einen Schritt auf sie zu und rufe ihren Namen. Sie dreht langsam den Kopf zur Seite, nein, sie müht sich ab, als würde es sie all ihre Kraft kosten in meine Richtung zu schauen und die Augen zu öffnen.

„Tulip", röchelt sie. „Du bist so hübsch."

Ich blinzele. Ihre Worte überrollen mich wie ein Güterzug. „Und du bist high", flüstere ich.

Sie leckt sich über die Lippen und versucht, mir zuzulächeln, aber ihre Lippen sind so rissig, dass sie zu bluten anfangen. Ich bin wie erstarrt und weiß nicht, was ich tun soll. Ich könnte sie hochheben, sie baden und ihr Haus aufräumen, aber was dann?

Ich kann Hutton, Channing und Exeter nicht um Hilfe bitten. Sie sind alle schwanger. Ein kranker Gedanke macht sich in mir breit: Hat Mark ihr das angetan? Das ist nicht mehr dieselbe Charlie, die ich vor ein paar Wochen zu ihm auf den Beifahrersitz steigen sah.

Ich hole mein Handy aus der Gesäßtasche und rufe die einzige Person an, die mir einfällt.

„Bist du okay?", fragt er mich ohne ein Wort der Begrüßung.

Ich schlucke und atme tief ein. „Ich brauche Hilfe. Für eine Freundin."

„Wo bist du?"

„Bring Beaumont mit, wenn er Zeit hat", bitte ich ihn. „Ich schicke dir meinen Standort."

Ich beende das Telefonat und schicke eine Nachricht an Ford mit Charlies Adresse. Ich weiß, dass er mindestens dreißig Minuten brauchen wird, bis er hier ist.

Ich halte mein Handy fest umklammert und lasse Charlie nur so lange allein, bis ich alle Türen abgeschlossen habe. Ich weiß nicht, ob Mark ihr das angetan hat oder ob er einen Schlüssel für ihr Haus hat, aber da die Haustür unverschlossen war, hoffe ich, dass er keinen besitzt.

Ich weiß nicht, ob ich dazu in der Lage sein werde, Charlie alleine sauber zu machen, denn sie ist mindestens zehn Zentimeter größer als ich. Deshalb fange ich erst einmal damit an, den Müll um mich herum aufzusammeln. An der Art, wie sich ihr Körper verändert hat, kann man sehen, dass sie länger nichts gegessen hat. Mittlerweile verfestigt sich der Glaube, dass Mark ihr das angetan hat.

Mein Herz schmerzt, da sie wie ein Zombie in ihrem Bett liegt, während ich mich um sie herumbewege. Sie müffelt nicht nur nach Sex und Sperma, sondern auch nach Urin und Fäkalien.

Es kostet mich all meine Kraft, nicht wegen des Anblicks meiner Freundin zusammenzubrechen und zu weinen.

Als es an der Haustür klopft, zucke ich zusammen und ein kleiner Schrei entweicht meinen Lippen. Ich eile dem Geräusch entgegen und linse durch den Türspion. Dankbar sehe ich, dass es Ford und Beaumont sind, die völlig verwirrt auf der anderen Seite warten.

Ich reiße die Tür auf und lege den Kopf in den Nacken, um ihnen in die Augen schauen zu können. „Das hier ist das Haus meiner Freundin Charlie. Ich habe mir Sorgen um sie gemacht. Wir haben zusammen im *Headlights* gearbeitet. Eines Abends ist sie mit meinem Chef Mark nach Hause gegangen, und seither habe ich nicht mehr wirklich mit ihr gesprochen. Als ich sie heute anrief, klang sie total seltsam, sodass ich sie dazu überredet habe, vorbeikommen zu dürfen", fasse ich die Situation im Schnelldurchlauf zusammen.

Ford hebt das Kinn und schaut an mir vorbei ins Innere des Hauses. Ich sehe, wie er die Nase rümpft, als er den Gestank einatmet. „Was erwartet uns?"

„Ich glaube, er hat sie unter Drogen gesetzt. Ich meine, sie könnte schon vorher süchtig gewesen sein und ich habe es nicht mitbekommen, aber ich glaube nicht, dass das stimmt", erkläre ich ihm.

Beaumont und Ford schieben sich an mir vorbei, ich sperre die Tür wieder zu. Dann eile ich den Jungs hinterher. Ihre Körper kommen zum Stillstand, als sie Charlie im Bett liegen sehen: nackt, verwundet und in ihrem eigenen Dreck liegend.

„Ich war nicht stark genug, um sie anzuheben", flüstere ich.

Ford dreht sich zu mir um. „Ruf den Sheriff an. Sofort."

„Ford?"

Er schüttelt den Kopf. „Tu es, Tulip!"

Ohne noch länger zu zögern, tue ich, was Ford verlangt. Aber ich verlasse nicht den Raum. Ich rechne damit, dass die beiden sie anheben und in die Badewanne packen, aber sie tun es nicht. Sie stehen einfach nur da. Als ich das Telefonat mit der Polizei beendet habe, gehe ich mit einem finsteren Blick auf sie zu.

„Der Sheriff muss sie so sehen, wie wir sie vorgefunden haben, Tulip. Sie atmet, sie lebt, wir behalten sie im Auge, aber die Polizei muss ihren gegenwärtigen Zustand aufnehmen", erklärt Beaumont.

„Er hat ihr das angetan, nicht wahr?"

Beaumont zuckt mit einer Schulter. „Ich war selbst schon mal abhängig, aber nie von solchen Drogen. Deswegen kann ich hierzu keine Aussage machen. Aber es sieht so aus, als hätte er es getan. Sie hat

Glück, eine Freundin wie dich zu haben, Tulip."

„Ich hätte schon viel früher bei ihr vorbeikommen müssen. Ich war egoistisch", wispere ich.

Ford schnaubt. „Ich kenne dich schon eine ganze Weile, Tulip Fisher, und ich habe noch nie erlebt, dass du egoistisch agierst. Also schlag dir diesen Scheiß sofort wieder aus dem Kopf. Charlie ist erwachsen. Derjenige, der ihr das angetan hat, ist ein verdammt kranker Perverser. Ich habe keinen Zweifel daran, dass er das geplant hat. Du hättest es also nicht verhindern können."

Ich spreche es nicht laut aus, aber alles, woran ich denken kann, ist Silas. Er wollte mich genauso haben: abhängig von ihm, um jeden Preis. Wie kann eine so kleine Stadt so viele kranke Perverse hervorbringen?

„Herrgott", zischt Deputy Hernandez hinter mir.

Ich schreie auf und frage mich, wie er ins Haus gekommen ist. Ich muss wohl völlig weggetreten gewesen sein, weil ich an Silas und alles, was vor ein paar Wochen passiert ist, denken musste. Wie etwas ähnliches meiner wunderbaren Freundin zustoßen konnte, ist mir noch immer unbegreiflich.

„Charlie", sagt er und schüttelt mit dem Kopf.

„Kennen Sie sie?", erkundige ich mich.

Er drückt seinen Mund gegen sein Walkie-Talkie und gibt ein paar Codes durch. „Das kann man wohl sagen. Charlie ist meine Schwester", murmelt er. „Sie hat in der Vergangenheit Drogen konsumiert, aber ich dachte, sie wäre mit dem Scheiß durch."

Er wirkt resigniert. Nicht überrascht, nicht sauer, nur niedergeschlagen. „Selbst wenn sie die Drogen freiwillig genommen hat, kann sie sich doch diese blauen Flecken nicht alle selbst zugefügt haben. Ich habe neulich gesehen, wie sie mit Mark, dem Filialleiter des Supermarkts, unterwegs war", sage ich und fühle mich wie eine Petze, aber etwas an Mark ist nicht ganz richtig. Nichts hiervon ist richtig.

„Keine Sorge, ich werde der Sache auf den Grund gehen. Danke, dass Sie mich angerufen haben“, murmelt er mit gesenktem Kinn.

„Sollte das nicht besser ein anderer Beamter machen? Sind Sie nicht ein bisschen zu nah dran?“, fragt Ford.

Hernandez schnaubt. „Machen Sie sich keine Sorgen um mich und meine Angelegenheiten. Danke, Sie drei können jetzt gehen.“

Er kehrt uns den Rücken zu und eilt an das Bett seiner Schwester. Nur widerwillig verlassen wir ihr Haus, doch wir steigen nicht sofort in unsere Autos. Der Krankenwagen ist mittlerweile vorgefahren, sodass wir mitbekommen, wie die Sanitäter ins Haus eilen.

„Das war total merkwürdig“, flüstere ich.

„O ja“, stimmt Beaumont mir zu.

„Kommst du ab hier allein zurecht?“, will Ford wissen, sein Blick ist auf mich gerichtet.

Ich nicke. „Ich treffe mich mit Hutton bei Laurie und fahre danach nach Hause, wo ich versuchen werde, den Vorfall irgendwie zu verarbeiten.“

Die Jungs begleiten mich zu meinem Wagen. Ich bedanke mich bei ihnen, dass sie hergekommen sind, obwohl es, im Nachhinein betrachtet, überhaupt keinen Sinn ergeben hat. Als ich in meinem Auto sitze, fahre ich zu Lauries Haus.

Ich bin total in Gedanken versunken. Mein Verstand kann nicht aufhören, an Mark und Charlie, an den Sheriff und an alles andere, was heute passiert ist, zu denken.

Als ich mich irgendwann Lauries Haus nähere, lächele ich, da ich Hutton schon auf mich warten sehe. Sie winkt mir freundlich zu. So sehr ich auch die Ereignisse des Tages verdrängen möchte, es gelingt mir nicht. Der Abend endet damit, dass ich in Huttons Armen liege und völlig zusammenbreche, nachdem ich versucht habe, sexy Kleider für den Kampf anzuprobieren.

„Es wird alles wieder gut, ich verspreche es", flüstert sie mir zu und hält mich in ihren Armen.

„Wie?"

„Sie wird die Hilfe bekommen, die sie braucht, und hoffentlich wird dieser Vollidiot dorthin gebracht, wo er hingehört."

Ich schüttele den Kopf. „Ich wusste, dass er gruselig ist. Ich habe es gespürt und sie nicht aufgehalten. Das ist alles meine Schuld."

Hutton packt meine Schultern, um mich zu schütteln. „Lass das. Nichts war deine Schuld. Du kannst die Handlungen und Taten anderer Leute nicht kontrollieren. Er wird das bekommen, was er verdient, und wenn ihr Bruder sie liebt, wird er sich so um sie kümmern, wie sie es braucht."

„Es fühlt sich einfach so furchtbar an."

„Ja, weil es das auch ist."

So verweilen wir noch eine Weile, nur sie und ich, und halten uns gegenseitig fest. Ich bin dankbar dafür, dankbar für ihre Fürsorge.

Später am Abend ruft Louis mich einmal an, aber ich kann mich nicht dazu durchringen, ihm zu erzählen, was heute passiert ist. Er soll sich keine Sorgen um mich machen. Aber ich kann nicht leugnen, dass ich immer wieder an Silas und Joey denken muss.

Ich denke daran, dass Joey noch nicht beerdigt wurde, dass Silas seinen eigenen Sohn getötet hat. Auch denke ich an die Dinge, die Silas mir angedroht hat, und daran, dass Mrs. Perry über alles Bescheid wusste und die kranken Perversionen ihres Mannes jahrelang stillschweigend hingenommen hat.

Je länger ich über all das nachdenke, desto schlechter wird mir. In dieser Nacht bin ich nicht dazu in der Lage, in den Schlaf zu finden. Allerdings verspüre ich eine Stärke in mir, von der ich noch vor einer Woche nicht wusste, dass ich sie habe.

Ich werde dafür sorgen, dass Charlies Stimme gehört wird, dass Mark für seine Taten bezahlt. Ich werde mich darum kümmern, dass meine Freundin nicht länger leiden muss.

Sie hat es verdient, gehört zu werden, und auch den Frauen, denen Silas wehgetan hat, gebührt das gleiche Recht. Ich weiß nicht, wer für sie sprechen, wer für sie Gerechtigkeit einfordern wird, wenn ich es nicht tue.

Kapitel 33

Tulip

Die Tür zum Büro des Sheriffs steht offen, als ich mich ihr nähere. Die Dame hinter dem Schreibtisch schaut nicht mal zu mir auf, als ich auf sie zugehe. Sie ist völlig in ihren Papierkram vertieft, sodass ich sie erst nicht stören möchte. Ich bin nur hier, weil ich wissen muss, ob etwas wegen Mark unternommen wurde.

„Kann ich Ihnen helfen?", fragt sie mich.

Ich räuspere mich und atme tief ein. „Ist Deputy Hernandez zu sprechen?"

Langsam hebt sie den Kopf. „Sie sind diejenige, die ihn wegen seiner Schwester angerufen hat, oder? Und das Opfer von Silas Perry, richtig?"

Es überrascht mich, dass sie sich zusammengereimt hat, dass das alles mit mir zu tun hat. Langsam nicke ich. Sie neigt den Kopf zur Seite und nickt einmal, ehe sie sich erhebt, sich von mir wegdreht und verschwindet.

Wenige Augenblicke später erscheint Deputy Hernandez. Seine dunklen Augen treffen auf meine, er hebt das Kinn und dreht sich um.

„Dort ist sein Büro", verkündet die Schreibkraft.

Meine Füße bewegen sich wie von selbst und bevor ich überhaupt begreife, was passiert, folge ich ihm auch schon. Hernandez geht in ein kleines Büro, in das ich ihm folge. Er setzt sich auf einen Stuhl hinter seinem kleinen Schreibtisch und ich bin dankbar, dass ihm gegenüber einer für mich steht.

„Charlie geht es gut. Sie ist auf Entzug."

„Da bin ich aber froh. Und was ist mit Mark?", will ich wissen.

Ein hässlicher Ausruck huscht über sein Gesicht. Ein

Knurren verlässt seine Lippen. „Ich habe ihn letzte Nacht eingebuchtet.“

„Wie bitte?“ Ich atme auf.

„Er wird wegen mehrerer Vergehen angeklagt. Unter anderem wegen Misshandlung älterer Menschen.“

Meine Lippen spalten sich und ich schlage mir eine Hand vor den Mund. „Was?“

Er schnaubt. „Die Zeitung wird einen sehr ausführlichen Bericht über ihn veröffentlichen, dessen bin ich mir sicher. Seine Mutter wurde in einem ähnlichen Zustand wie Charlie aufgefunden. Die Parallelen konnten wir nicht als Zufall verbuchen oder ignorieren. Ich möchte mich bei Ihnen dafür bedanken, dass Sie nach ihr gesehen haben, dass Sie mich dazu gedrängt haben, ihn zu überprüfen. Wären Sie nicht gewesen, hätte ich Charlies Zustand als Rückfall abgetan und keine Nachforschungen angestellt.“ Er atmet aus. „Da wäre noch etwas. Wie viel wissen Sie über Mark und seine Familie?“

„Moment mal, wenn Sie sagen, dass sie seine Mutter in einem ähnlichen Zustand vorgefunden haben…“

Hernandez stößt einen gequälten Laut aus. „Unter Drogen gesetzt und nackt, Tulip.“

„O mein Gott.“

„Das ist so ziemlich das Wesentliche. Wirklich, eine verdammt kranke Scheiße. Also, noch mal danke, Tulip. Aber ich muss wissen, wie viel Sie über Mark wissen.“

„Nicht viel. Er hat vor ein paar Monaten im Supermarkt angefangen, und war mir schon von Anfang an unheimlich. Ich habe ihm nicht viele persönliche Fragen gestellt. Ich wusste nur, dass er bei seiner Mutter wohnt“, teile ich ihm wahrheitsgemäß mit.

Deputy Hernandez räuspert sich und schaut mich an. „Mark ist Joeys Cousin. Seine Mom und Silas sind Geschwister. Silas ist also sein Onkel“, murmelt er.

Ich zucke zusammen. Mein Herz rast. „Nein“, hauche ich.

„Doch. Mark hat wie ein Vögelchen gesungen, um seinen Arsch zu retten. Anscheinend hatten sie einen Plan geschmiedet. Sie wollten Sie entführen und festhalten. Joey sollte Sie zum Strippen bewegen und Ihren Ruf in der Stadt ruinieren, sodass niemand Nachforschungen anstellen würde, wenn Sie einfach verschwunden wären. Allerdings hat Joey diesen Plan durchkreuzt, indem er sich zurückzog und behauptete, er wolle nichts mehr damit zu tun haben und sein Leben endlich auf die Reihe bekommen. Den beiden Männern gefiel das nicht, und dann haben Sie auch noch Louis kennengelernt und sind mit ihm ausgegangen. Das war ein viel größeres Problem. Silas und Mark verloren die Geduld. Silas hatte es auf Sie abgesehen, und Mark auf Charlie.“

„Kann ich sie sehen?“, frage ich ihn. Ich zittere am ganzen Körper durch seine Worte.

Seine Lippen verziehen sich zu einem kleinen Lächeln. „Sie ist im Krankenhaus. Ich kann Ihnen aber gerne ihre Zimmernummer geben. Sie wird sich ganz bestimmt freuen, Sie zu sehen.“

Er reicht mir seine Visitenkarte, auf deren Rückseite er in einer krakeligen Handschrift das Stockwerk und die Zimmernummer notiert hat.

„Danke“, flüstere ich.

Ich stehe auf, wende mich von ihm ab und bin im Begriff das Büro zu verlassen, als er meinen Namen ruft. Ich schaue ihn über meine Schulter hinweg an und warte darauf, dass er spricht.

„Dankeschön, Tulip. Ich weiß, dass es wahrscheinlich sehr schwer für Sie war, meine Schwester gestern so zu sehen. Und was ich Ihnen gerade erzählt habe, ist sicher auch schwer zu verdauen, aber ich möchte, dass Sie wissen, dass ich Sie sehr dafür schätze.“

„Ich bin nur froh, dass es endlich vorbei ist."

„Das ist es." Er nickt. „Die beiden werden in nächster Zeit niemanden mehr verletzen."

Da ich nicht weiß, was ich darauf erwidern soll, sage ich einfach gar nichts. Deputy Hernandez hält meinem Blick noch einen Moment lang stand, dann widmet er sich wieder seinem Papierkram. Ich weiß nicht, ob er wirklich arbeitet oder mir nur eine Gelegenheit gibt, mich ohne antworten zu müssen davonzuschleichen.

Als ich das Gebäude verlasse, ist der Empfang nicht mehr besetzt. Nachdem ich wieder draußen bin, fühle ich mich ein wenig leichter.

Die Welt ist so ein hässlicher Ort, ich habe einige der hässlichsten Teile von ihr gesehen, aber das Wissen, dass ich dazu in der Lage war, meiner Freundin zu helfen, lässt das Gewicht, das auf meinen Schultern lastet, ein wenig leichter erscheinen.

Als mein Telefon läutet und ich sehe, dass Louis mich zu erreichen versucht, lächele ich. Er meldet sich während seiner Mittagspausen bei mir, was ich sehr zu schätzen weiß. Er ist so sehr mit seinen Trainings, Interviewterminen und Fotoshootings beschäftigt, dass wir kaum Zeit zum Reden hatten.

„Was machst du gerade?", erkundigt er sich.

Ich denke darüber nach, ihm alles zu erzählen, entscheide mich aber letztlich dann doch dagegen. Ich werde es ihm persönlich sagen, nach seinem Kampf. Im Moment muss er sich auf sich selbst konzentrieren, auf sein Training, auf das, was auf ihn zukommt. Außerdem gibt es hier nichts, was er noch tun könnte, denn alles ist bereits geregelt.

„Bist du bereit? Wie fühlst du dich?", frage ich und wechsele bewusst das Thema, während ich mich auf den Weg zum Krankenhaus mache.

Er schweigt einen Moment lang, dann seufzt er. „Ich tue genau das, was man mir sagt. Das ist wahrscheinlich nicht die Antwort, die du hören wolltest. Ich weiß nicht, wie ich mich fühle. Ich habe zwar nicht mehr von ihm geträumt, aber ich habe echt Schiss vor dem Kampf."

„Ich werde an deiner Seite sein", flüstere ich. „Du wirst das ganz wunderbar meistern. Ich weiß, dass du großartig sein wirst und alles gut verlaufen wird."

Natürlich flunkere ich. Ich weiß nicht, ob alles glatt gehen wird. Ich weiß nicht, wie er sich schlägt oder ob er gewinnen wird, aber er kann es nicht gebrauchen, Zweifel aus meinem Mund zu hören. Was er hingegen höre muss, ist, dass seine Frau ihm den Rücken stärkt. Und nichts anderes.

„Okay, Baby", murmelt er. „Ich werde mich vermutlich besser fühlen, wenn du hier bist. Ist denn bei dir alles in Ordnung? Ich habe mir Sorgen um dich gemacht."

„Mir geht es gut, Louis. Ich kann es kaum erwarten, dich wiederzusehen."

Wir unterhalten uns noch einen Augenblick lang, dann beenden wir das Telefonat. Aber nicht, bevor er mir noch einmal versprochen hat, sich am Abend wieder zu melden. Ich schließe die Augen, denn ich hasse es, ihm gegenüber nicht ganz offen gewesen zu sein, aber ich kann das nicht. Nicht jetzt. Ich werde ihm, ungelogen, sobald wir uns persönlich gegenüberstehen, reinen Wein einschenken. Hoffentlich wird er nicht allzu wütend sein.

***

Louis

Irgendetwas beschäftigt Tulip. Als ich endlich im Bett liege, nachdem ich zum zweiten Mal an diesem Tag mit ihr telefoniert habe, frage ich mich, was sie mir verschweigt. Ich weiß, dass da etwas ist. Ich mache das an der Art und Weise fest, wie sie mir ausweicht oder das Gespräch bewusst lenkt, sowie der Tatsache, dass sie nicht oft zu Hause war.

In ein paar Tagen werde ich die Gelegenheit haben, sie danach zu befragen, aber die Vorstellung, dass sie etwas vor mir verheimlicht, bereitet mir Unbehagen. Bevor ich ging, vertraute ich ihr blind. Zu hundert Prozent. Ich hasse es, dass ich das jetzt nicht mehr tue.

Ich schließe die Augen und zwinge mich zum Schlafen. Morgen früh habe ich ein Fotoshooting. Außerdem ist es fast an der Zeit fürs Wiegen und für die eigentlichen Vorbereitungen für Samstag. Alles, was mir in den kommenden Tagen bevorsteht, finde ich zum Kotzen.

Ich weiß, dass es mir wie ein verdammter Albtraum vorkommen wird, jeden einzelnen Schritt des letzten Kampfes noch einmal zu erleben, bei dem ich einem Mann das Leben genommen habe.

Das Gefühl, für etwas nicht bereit zu sein, schnürt mir die Kehle zu und lässt mich gleichzeitig würgen. Es ist einfach Fakt, dass ich noch nicht so weit bin. Ich werde vielleicht nie bereit sein, aber es sind ja auch erst ein paar Monate vergangen.

Am nächsten Morgen liege ich wach im Bett. Die ganze Nacht über habe ich verdammt unruhig geschlafen. Ich dusche und ziehe mich an, danach schicke ich eine Nachricht an Tulip.

Ich: *Guten Morgen, Tullie. Nur noch ein Tag.*

Tulip: *Ich kann es kaum erwarten!!!*

Ich: *Wir sehen uns bald, Baby.*

Tulip: *Hab einen schönen Tag. Ruf mich an, wenn du Zeit dafür hast.*

Ich: *Mache ich.*

Ich stecke mein Handy in die Hosentasche und mache mich auf den Weg in die Sporthalle. Der Fotograf will uns dort treffen. Ich weiß nie, wer der offizielle Veranstaltungsfotograf sein wird, denn normalerweise heuern sie immer den Billigsten an.

Als ich die Sporthalle betrete, überrascht es mich nicht, dass Aaron schon da ist. Shawn ist ebenfalls anwesend und macht sich am Sandsack warm.

Ich nicke Aaron zu und gehe zur Schminkstation, die in einer Ecke der Halle aufgebaut ist. Ich hasse diesen Scheiß.

Make-up.

Das ist so verdammt hirnrissig, vor allem, weil die Bilder sowieso mit Photoshop nachbearbeitet werden.

„Der Fotograf wird gleich hier sein und *Sports Illustrated* schickt auch jemanden vorbei. Eventuell kommt auch jemand von *Men's Health*. Es wird ein harter Tag. Alles klar soweit?", fragt Gary, ohne dabei von seinem iPad aufzublicken.

„Ja, alles bestens", gebe ich zurück.

Schließlich ist das genau das, was er von mir hören will. Es ist ihm scheißegal, ob ich mich gut fühle oder nicht. Er will nur, dass ich ihm sage, dass alles perfekt ist.

„Gut. Wir legen um die Mittagszeit eine kurze Pause ein, aber sie wollen Fotos, auf denen du in Aktion bist und Gestellte. Das wird wohl den ganzen Tag in Anspruch nehmen."

„Verdammt, für diesen Mist habe ich also monatelang trainiert", schnauze ich.

Gary hebt den Kopf und er verdreht aufgrund meines Tonfalls die Augen. Mein Pressesprecher kümmert sich nur um die Dinge, die sich auf das Endergebnis auswirken, die seine Provision beeinflussen. Aber dabei vergisst er, dass ich ein verdammter Mensch bin. Er nickt einmal, dann dreht er sich um und lässt mich Gott sei Dank in Ruhe.

Ich schließe die Augen und lasse die Maskenbildnerin ihren Job machen, wobei ich jede Sekunde davon hasse. Als sie endlich fertig ist, führt mich eine Stylistin zu einem Kleiderständer und überreicht mir ein Paar brandneuer goldener Box-Shorts.

Ich nicke Aaron zu, der mir in die Umkleidekabine folgt. Schnell ziehe ich die Shorts an, während er sich ein Paar knallrote Handschuhe schnappt, wie es die Stylistin verlangt hat. Er bandagiert meine Hände für die Bilder ohne Handschuhe und hilft mir anschließend dabei, die Boxhandschuhe anzuziehen.

„Dein Mädchen kommt morgen an?", fragt er mich.

Ich senke den Kopf und atme aus. „Shawn holt sie morgen ab und fährt sie zu mir nach Hause."

„Hast du alles unter Kontrolle?"

Lachend schüttele ich den Kopf. „Nicht mal annähernd."

Er mustert mich einen Moment lang. „Wird schon schief gehen", sagt er und verlässt die Umkleidekabine. Nachdem ich mich geräuspert habe, folge ich ihm.

„Okay, lasst uns mit ein paar Schnappschüssen im Ring starten", höre ich eine weibliche Stimme rufen.

Ich kenne diese Stimme. Es ist Jahre her, seit ich sie gehört habe, aber es ist keine Stimme, die ich je wieder vergessen könnte. Langsam hebe ich den Blick und sehe die einzige Frau im Raum stehen, die mir jemals etwas bedeutet hat, vor Tulip.

Meghan steht direkt vor mir. Ein Kameragurt ist um ihren Hals geschlungen und sie hält einen Fotoapparat in der Hand.

Sie dreht ihren Kopf in meine Richtung und sieht mich an. Ich beobachte, wie sich ihre Lippen zu einem Lächeln verziehen. Anders als ich, ist sie überhaupt nicht überrascht, mich zu sehen. Das liegt vermutlich daran, dass sie wusste, dass ich der Star des heutigen Shootings bin. Wahrscheinlich hat sie sich deswegen um diesen Job beworben.

„Das machst du jetzt also?", frage ich sie, als ich in den Ring steige.

Irgendetwas lässt ihr Lächeln kurz verschwinden und gekünstelt wirken. „Ich bin eine alleinerziehende Mutter. Was tut man nicht alles, um über die Runden zu kommen?" Sie zuckt mit den Schultern.

Wegen ihrer Worte muss ich beinahe lachen. Ich sollte verdammt noch mal schadenfroh sein, aber ich weiß, dass sie nicht glücklich darüber ist, alleinerziehende Mutter zu sein. Vor etwa einem Jahr hätte ich Schadenfreude empfunden, aber ich habe mich verändert. Ich hasse sie nicht, eigentlich empfinde ich gar nichts mehr für sie.

„Startklar?", will ich wissen.

Sie zuckt aufgrund meines forschen Tonfalls zusammen, aber ganz ehrlich, ich will den Scheiß einfach nur hinter mich bringen. Das ist der Teil des Jobs, den ich am wenigsten mag. Während des gesamten Shootings wechseln wir kein Wort miteinander. Als wir fertig sind, wende ich mich zum Gehen, doch sie ruft nach mir.

„Was gibt's?", frage ich und drehe mich zu ihr um.

Sie kommt auf mich zu. „Ich wollte nur… Ich weiß, dass du Single bist, und ich wollte einfach bloß wissen, ob du nicht Lust hättest, mit mir etwas trinken zu gehen. Ich werde einfach das Gefühl nicht los, dass das mit uns noch nicht zu Ende ist."

Bevor ich überhaupt die Chance dazu habe, meinen Mund zu öffnen und etwas auf ihre Worte zu erwidern, hat sie auch schon die Hand auf meine nackte Brust gelegt, um ihre Finger über meine Haut bis zu meinem Hals gleiten zu lassen.

„Ich habe dich nie vergessen, Louis. Nie. Ich war damals nur ein dummes kleines Mädchen. Bitte“, flüstert sie mir zu.

Das ist alles, was ich je von ihr hören wollte, nur kommt es leider fast zwei Jahrzehnte zu spät. Damals dachte ich, dass ich sie liebe, dass ich alles für sie tun würde. Letztlich brachte ihr Verlust mich dazu, härter an mir zu arbeiten, um der Mann zu werden, der ich heute bin. Das sage ich ihr natürlich nicht, denn sie verdient es nicht, das zu wissen. Sie hat es nicht verdient zu denken, dass sie zu meinem heutigen Ich beigetragen hat. Völlig teilnahmslos stehe ich vor ihr und schaue auf sie herab.

„Ich bin vergeben, Meghan. Ich habe eine wundervolle Frau an meiner Seite, die sich einen Dreck darum schert, dass ich nicht weiß bin. Sie ist stolz auf mich und das, obwohl sie weiß, dass ich ein Killer, dass ich halb schwarz bin. Sie versteht mich verdammt noch mal, und wenn ich das sage, will ich eigentlich damit ausdrücken, dass ich ganz und gar ihr gehöre. Das war bei dir nie der Fall.“

Ihre Lippen zittern, sie tritt einen Schritt zurück und zieht ihre Hand zurück. „Ich war doch noch ein Kind. Aber das scheinst du nicht zu verstehen“, wispert sie.

Schnaubend schüttele ich den Kopf. „Ich verstehe, dass du mich sofort hast fallen lassen, als jemand einen dummen Kommentar über meine Hautfarbe zum Besten gegeben hat. Du hast mir nie den Rücken gestärkt. An der High School war ich der verflucht heiße Athlet, nur leider wusste niemand an deinem College, wer ich bin. Du konntest nicht mehr stolz damit prahlen, dass du mit einem heißen Sportler zusammen bist. Und als die Leute anfingen, über mich herzuziehen, hast du mich blitzschnell fallen gelassen und nie wieder zurückgeblickt. Das sagt eine Menge über die Frau aus, die du damals warst."

„Aber so bin ich nicht, nicht mehr", schluchzt sie.

„Wie lange bist du schon geschieden?", will ich von ihr wissen.

„Nächsten Monat wird die Scheidung rechtskräftig."

„Ich glaube, du bist noch immer genau dieselbe Frau. Ich vermute, du hast diesen Typen geheiratet, weil er Kohle hatte. Und nun suchst du dir dein nächstes Opfer. Wie praktisch, dass du dich mit Eventfotografie über Wasser hältst."

„Sei nicht so gemein", flüstert sie.

„Vergiss nicht, anständige Fotos von mir und meiner Frau zu schießen, wenn ich den Kampf gewonnen habe."

Ich drehe mich um und lasse sie stehen. Genauso wie sie es damals mit mir gemacht hat. Und ich werde verdammt noch mal ebenfalls nie wieder zurückblicken.

Kapitel 34

Auf dem Weg zur Gepäckausgabe, sehe ich Shawn, der ein Schild in den Händen hält und damit herumwedelt. Ich kann ihn schon von Weitem sehen und lese, was er in großen schwarzen Buchstaben auf das Willkommensplakat geschrieben hat.

Willkommen zurück aus der Porno-Reha, Tulip.

Erst muss ich nur kichern, doch kurz darauf bekomme ich einen riesigen Lachanfall, sodass die Person, die neben mir auf der Rolltreppe steht, zusammenzuckt. Die Frau, die schätzungsweise Mitte fünfzig ist, schaut mich über ihre Schulter mit großen, fast ängstlichen Augen an.

Ich kann den Blick der Frau noch immer auf mir spüren, als ich lachend auf Shawn zugehe. Kopfschüttelnd gebe ich ihm einen kräftigen Klaps auf die Brust. Er zuckt nicht einmal zusammen und auch er kann nicht aufhören zu lachen.

„Der Ausdruck in den Gesichtern der Leute war unbezahlbar", keucht er.

„Die Dame vor mir war ziemlich entsetzt", entgegne ich.

Er zuckt mit den Schultern, dann legt er einen Arm um mich und begleitet mich zur Gepäckausgabe. „Sie sah aus, als würde ihr ein wenig Lockerheit gut tun."

„Wie geht es ihm?", möchte ich wissen.

Ich habe gestern Abend nicht mit Louis telefoniert. Er hatte zwar versprochen, mich anzurufen, schickte mir aber nur eine Nachricht, um mir mitzuteilen, dass er beschäftigt sei und deswegen nicht anrufen könne.

Ich muss zugeben, ich bin leicht in Panik geraten, weil er mich nicht angerufen hat.

Seit er weg ist, haben wir jeden Tag miteinander telefoniert. Ich fühlte mich gestern innerlich ein wenig leer und einsam wegen der mangelnden Kommunikation. Aber ich darf mich darüber nicht ärgern, denn er ist noch völlig ahnungslos, was die letzten Tage passiert ist. Noch habe ich ihn nicht aufgeklärt. Außerdem war es nur ein Abend, an dem er nicht angerufen hat. Wie kann ich da bloß so eine *Klette* sein?

Als ich mein Gepäck auf dem Förderband entdecke, trete ich einen Schritt vor und will es mir schnappen. Doch bevor ich den Griff des Koffers zu packen bekomme, ist Shawn schneller. Mühelos zieht er meinen großen, schwarzen Koffer vom Gepäckband. „War das alles?", fragt er mich.

„Ja, brauche ich denn noch mehr?"

Er begutachtet meinen Koffer, dann sieht er mich an und zuckt mit den Schultern. „Mein Mädchen reist mindestens mit dreifach so viel Gepäck. Selbst wenn wir nur ein Wochenende unterwegs sind. Es ist irgendwie erfrischend, dass du eine Minimalistin zu sein scheinst."

Ich presse die Lippen aufeinander und fast platzt es aus mir heraus, dass, wenn man so arm ist wie ich und sein ganzes Leben nie wirklich Geld hatte, Minimalismus einfach eine Lebenseinstellung ist. Aber ich tue es nicht, weil ich glaube, dass ich wirklich minimalistisch bin. Ich könnte mir nicht einmal vorstellen, was ich alles in drei Koffer für ein Wochenende packen sollte.

Gemeinsam verlassen wir den Flughafen und steuern geradewegs auf ein am Straßenrand parkendes Auto zu. Shawn deutet mit seinem Kinn auf den Beifahrersitz, weshalb ich seinem stummen Wink folge und einsteige. Ein Mann sitzt hinter dem Lenkrad. Er wendet sich mir zu und schenkt mir ein kleines Lächeln.

„Du bist Tulip Fisher, richtig?“

Nickend atme ich ein, da ich ihn sofort erkenne. Er ist der Mann, der mich in Louis Haus angegangen ist. „Das bin ich, und du bist?“, frage ich, obwohl ich genau weiß, wer er ist, denn Louis hat es mir gesagt.

„Ich bin Gary, Louis‘ PR-Manager. Ich dachte mir, das hier wäre ein idealer Zeitpunkt, um mit dir darüber zu sprechen, was von dir während und nach dem Kampf erwartet wird.“

Er tut so, als wäre er vor ein paar Wochen kein Arsch zu mir gewesen. Wie dem auch sei. Ich kann auch das brave Mädchen spielen. Doch die Dinge, die er soeben gesagt hat, lassen mir den Atem stocken.

Shawn steigt ebenfalls in den Wagen, während sich mir der Magen umdreht. *Was von mir erwartet wird?* Ich dachte, von mir würde nichts anderes erwartet werden, als dass ich ein kleines, schwarzes geliehenes Kleid und meine neuen hellrosa High Heels trage und Louis anfeuere, wenn er gegen seine Dämonen anzukämpfen hat.

„Sei nett zu ihr, Gary. Louis hat dich gewarnt“, meint Shawn.

Gary zuckt mit den Schultern, schaut durch die Windschutzscheibe und fädelt sich in den dichten Flughafenverkehr ein. Als er kurz darauf mit mir zu sprechen beginnt, nehme ich nur die Hälfte seiner Worte wahr.

Meine Gedanken kreisen um Mark, Charlie und wie ich Louis alles erzählen werde, was in den letzten Tagen vorgefallen ist.

„Du sprichst nicht mit der Presse. Nicht ohne mich oder Louis an deiner Seite. Du sagst absolut nichts, hast du das verstanden?“, schnauzt Gary.

„Verstanden. Keine Unterhaltungen mit irgendjemanden, wenn du oder Louis nicht in der Nähe seid“, murmele ich.

„Gut. Eine Stylistin wird gleich kommen, um dich mit einem Kleid, Schuhen und Schmuck für den Kampf auszustatten.“

„Ich habe schon ein Kleid“, informiere ich ihn.

Gary schnaubt. „Du wirst im Fernsehen zu sehen sein und die Kamera wird oft zu dir herüberschwenken. Du repräsentierst nun die Marke *Louis Kingston*. Dementsprechend musst du dich präsentieren. Ich bezweifele stark, dass ein Kleid, das du in einem Kuhkaff in Texas gekauft hast, für eine Stadt wie Las Vegas akzeptabel ist.“

„Gary“, warnt Shawn.

Ich beschließe, nichts darauf zu erwidern. Das hier ist Louis‘ Welt, und wenn es das ist, was er will, dann bin ich damit einverstanden. Ich habe keine Ahnung davon, wie die Dinge hier laufen. Ich habe noch nie einen Kampf im Fernsehen gesehen, geschweige denn live. Ich war noch nie in Las Vegas, also ist das alles hier ein Abenteuer für mich.

„Wir fahren direkt zum Wiegen. Eigentlich hätte ich schon vor zehn Minuten dort sein müssen“, murmelt Gary. „Die Presse wird ebenfalls vor Ort sein und du wirst brav den Mund halten, verstanden?“

Ich starre ihn an, sage aber kein Wort. Er nickt bloß und fährt weiter. Zum Glück spricht er nicht länger mit mir. Ich bin mir nicht sicher, ob dieser Kerl mich interessieren sollte, aber da er nun mal Louis‘ Pressesprecher ist, werde ich keine Wellen schlagen.

Wir kommen auf ein Gebäude zu, das wie ein Casino aussieht. Ich suche nach einem Schild oder irgendetwas, das mich wissen lässt, was es ist, aber ich finde nichts. Außerdem weiß ich nicht, wonach ich eigentlich suchen soll.

Gary steigt als Erster aus dem Auto. Ich greife nach dem Türgriff, doch Shawn sieht mich an, ehe ich meine Tür öffnen kann.

„Ignoriere diesen Arsch. Er glaubt, dass er weiß, was das Beste für Louis ist, aber er kennt ihn eigentlich nicht wirklich. Er schert sich nur um das Image, das Louis verkörpert. Du hingegen kennst den wahren Louis."

„Ich werde einfach die Klappe halten." Ich lächele. „Louis steht schon genug unter Druck, sodass ich ihm nicht noch mehr zur Last fallen möchte."

Shawn nickt. „Deshalb hat Louis dich auserwählt, Tulip. Du bist genau das, was er braucht."

Er öffnet seine Tür, steigt aus und öffnet dann meine. Ich schlüpfe aus dem Auto und trockne meine verschwitzen Handflächen an meiner Jeans ab. Ich trage heute nichts, was auch nur im Entferntesten sexy ist. Ich habe mich für bequeme Reisekleidung entschieden. In diesem Moment wünschte ich mir, dass ich mich irgendwo hätte umziehen können.

Ich zucke zusammen und begutachte meine flachen Turnschuhe, meine ausgewaschene Skinny-Jeans und mein Oversize-Shirt. Ich versuche nicht daran zu denken, dass ich ungeschminkt bin und meine Haare zu einem unordentlichen Dutt hoch auf meinem Kopf zusammengebunden habe.

Und dann wäre da noch der Umstand, dass ich eine viel zu große Strickjacke anhabe, die das Gesamtbild abrundet. Meine Klamotten sind weit, bequem und keineswegs ideal dafür, um mich zum ersten Mal einer großen Menschenmenge zu präsentieren, die sich hier versammelt hat, um beiden Kämpfern beim Wiegen zuzuschauen.

Shawn legt seine Hand mittig auf meinen Rücken und schiebt mich sanft vorwärts. Meine Beine bewegen sich widerwillig voran. Zittrig atme ich ein, als Shawn mir die Hintertür aufhält.

Sobald ich eingetreten bin, vernehme ich eine Menge

Lärm, das Klicken von Kameras, Geschrei und Rufe nach Louis und einer mir fremden Person. Es ist komisch, dass ich nicht einmal weiß, gegen wen Louis kämpfen wird. Bei allem, was los war, meinen ganzen Angelegenheiten und seinen Ängsten wegen morgen, habe ich nicht daran gedacht, ihn nach dem Namen des Mannes zu fragen, gegen den er antreten wird.

„Es ist ganz schön laut hier drin, aber die gute Nachricht ist, dass noch niemand weiß, wer du bist. Du kannst dich also entspannt zurücklehnen und einfach zusehen", meint Shawn.

Als ich den Raum betrete, in dem sich der ganze Trubel abspielt, blinzele ich wegen des Anblicks, der sich mir bietet. Es ist kein so kleiner Raum, wie ich dachte. Nein. Shawn und ich stehen seitlich neben einer Bühne, und es sind Hunderte von Menschen anwesend.

Wir sind in einem verdammten Auditorium.

Die Fans schreien, mindestens zwanzig Leute stehen auf der Bühne um eine Wage herum und riesige Bildschirme wurden hinter der Bühne errichtet, zudem tummeln sich überall Kamerateams.

„Ziemlich beeindruckend, oder?", fragt Shawn und wippt auf seinen Fußballen.

Ich nicke und kann meinen Blick nicht von Louis abwenden. Er trägt eine Sporthose und ein enganliegendes T-Shirt. Bei seinem Anblick lecke ich mir über die Lippen. Obwohl er nur mit dem Rücken zu mir steht, lässt seine Erscheinung mich fast in Ohnmacht fallen. Die Menge beginnt zu kreischen, als der Moderator etwas ins Mikrofon sagt, das ich nicht verstehe.

Unverzüglich zieht sich Louis Gegner aus und stellt sich auf die Waage. Er dreht den Kopf, schaut zu Louis herüber und knurrt. Dann bellt er irgendetwas in seine Richtung, das ich nicht hören kann. Nach der Art zu urteilen, wie Louis den Rücken durchdrückt, bin ich froh darüber, es akustisch nicht verstanden zu haben.

Sie verkünden das Gewicht des Mannes: dreiundneunzig Kilogramm. Er schlägt sich brüllend mit den Fäusten auf seine Brust. Offensichtlich scheint er sehr glücklich über sein Gewicht zu sein.

„Sie müssen über neunzig Kilogramm wiegen, um in der Schwergewichtsklasse zugelassen zu werden", erklärt Shawn mir.

„Und als nächstes betritt Louis K.O. Kingstooooooon die Waage", brüllt der Moderator ins Mikrofon.

Die Menge tobt. Es gibt kein anderes Wort für das Durcheinander, das bei der Bekanntgabe von Louis' Namen ausbricht. Auch er greift nach dem Saum seines Shirts, zieht es sich aus und reißt die Arme in die Höhe, während er sich im Kreis dreht.

Mit einem schnellen Ruck fällt dann auch seine Shorts zu Boden, sodass er nur noch eine kleine, enge Boxershorts trägt. Meine Wangen werden heiß und ich bin mir sicher, dass sie wegen des Anblicks meines Freundes, der quasi jeden Zentimeter von sich zur Schau stellt, rot geworden sind.

„Nun", hauche ich.

Shawn lacht, legt einen Arm um meine Schulter und schüttelt mich. Ich beobachte voller Ehrfurcht, wie der andere Kämpfer anfängt, Obszönitäten auf Louis abzufeuern. Er beschimpft ihn nicht nur, er nennt ihn einen Killer, einen Mörder, woraufhin mir das Herz in die Hose rutscht.

„Er weiß, dass das alles zur Show dazu gehört", murmelt Shawn, aber ich bin mir da nicht so sicher, dass ihm das bewusst ist.

Ich weiß nämlich, dass er noch immer extrem mit seinen Schuldgefühlen zu kämpfen hat. Das Letzte, das er gebrauchen kann, ist, dass sein Gegner ihn in der Öffentlichkeit dermaßen bloßstellt. Mein Herz krampft sich zusammen, während ich tatenlos dabei zusehen muss und darauf warte, was als nächstes passiert.

Louis stellt sich auf die Waage und starrt mit eiserner Miene geradeaus. Er zuckt nicht einmal mit der Wimper wegen der Worte, die auf ihn niederprasseln. Der Ansager verkündet ein paar Dinge, aber ich bin zu sehr auf Louis konzentriert, bis er dessen Gewicht mitteilt.

„Achtundneunzig Kilogramm."

Die Menge bricht erneut in Jubel aus. Ich sehe meinem Freund dabei zu, wie er die Arme in die Höhe reißt, von der Waage springt und im Kreis hüpft. Dann, als wären sie zwei Tiere, pirschen die beiden Männer aufeinander zu. Sie stehen sich gegenüber, Nase an Nase.

Louis' Gegner beleidigt ihn munter weiter, doch das Gesicht meines Mannes zuckt nicht einmal. Dann, als ich denke, dass alles vorbei ist, sehe ich, wie Louis ihm etwas zuknurrt. Der Kerl zuckt zurück, Louis dreht sich um und entfernt sich von ihm.

Als er sich in meine Richtung bewegt, folgt ihm ein Fotograf. Doch er hat mich noch nicht entdeckt. Er kann im Moment gar nichts sehen. Ich weiß, dass er mich wahrgenommen hat, als er vor mir steht.

Sein schönes Gesicht entspannt sich und seine Lippen verziehen sich zu seinem Grinsen. Dann endlich legt er eine Hand um meine Taille und zieht mich ganz sanft zu sich heran.

Ich lege meine Finger auf seine Brust, lehne den Kopf zurück und schaue ihm in seine wunderschönen grünen Augen, die ich so vermisst habe – er hat mir gefehlt.

„Hi, Louis", hauche ich ihm zu.

Seine Lippen zucken und er lächelt so breit, dass ich seine weißen Zähne sehe. „Hey, Baby."

Ohne ein weiteres Wort zu verlieren, beugt er sich zu mir herunter und presst seine Lippen, die ich so sehr liebe, zu einem harten, fordernden, öffentlichen Kuss auf meine. Helle Lichter umgeben mich, doch dann verschwinden sie zusammen mit dem ganzen Lärm, während mich mein Mann zum ersten Mal seit Tagen küsst.

Mein ganzer Körper entspannt sich. In diesem Moment geht es meinem Herzen, meinem Geist und vor allem meiner Seele gut.

***

Louis

Garry scharwenzelt um mich herum, sobald alle die Bühne verlassen haben. Ich ignoriere ihn und lege einen Arm um die Hüfte meiner Frau. Ich blende alles um mich herum aus, denn sie ist jetzt hier, und plötzlich fühle ich mich zum ersten Mal seit Tagen völlig ruhig.

„Ich muss mir jetzt etwas überziehen und dann können wir nach Hause", murmele ich und senke das Kinn, um sie anzuschauen.

Tulip legt den Kopf in den Nacken und schenkt mir ein strahlendes Lächeln. Verdammt, sie könnte nicht schöner sein, einfach unglaublich, jedes Mal, wenn ich sie ansehe, raubt sie mir den Atem.

Ich senke noch ein letztes Mal den Kopf und streife ihre Lippen mit meinen, dann löse ich mich von ihr und jogge zur Umkleidekabine.

„Bist du dir sicher, dass du dich nicht lieber mit einem Model oder so öffentlich zeigen willst und der Welt erzählst, Tulip ist bloß eine gute Bekannte?", fragt Gary mich, sobald wir den Raum betreten haben.

Aaron grunzt missbilligend wegen Garys Vorschlag.

Ich drehe meinen Kopf zu ihm.

„Fuck, was bist du nur für ein Arschloch“, schnauze ich ihn an. „Tulip ist meine Frau. So ist das nun mal. Du triffst so viele Entscheidungen für mich, doch wen ich ficke, geht dich absolut nichts an.“ Shawn grinst und Aaron lacht sich kaputt. „Lasst uns von hier verschwinden. Ich habe keine Lust darauf, Benny Meetze wiederzusehen, bis ich mit ihm im Ring stehe. Er hat bereits bewiesen, dass er kein Problem damit hat, auch unterhalb der Gürtellinie zuzuschlagen. Ich will mich nicht länger in der Nähe dieses Stücks Scheiße aufhalten.“

Ich jogge aus dem Raum, höre mein Gefolge hinter mir, doch wir kommen nicht weit, denn was sich vor unseren Augen abspielt, lässt mich erstarren.

Tulip steht noch genau dort, wo ich sie zurückgelassen habe, aber sie ist nicht länger allein. In den fünf Minuten, die ich gebraucht habe, um mich anzuziehen, hat Meghan die Gunst der Stunde genutzt, um sich zu ihr zu gesellen. Und ich habe keine verdammte Ahnung, was dieses Miststück mit Tulip bequatscht.

Meine Füße lösen sich vom Boden, und ich stapfe auf die beiden zu. Tulip muss meine Anwesenheit spüren, denn ihr Blick sucht sofort den meinen. Sie schaut mich mit großen Augen an. Schmunzelnd strecke ich ihr meine Hand entgegen und meine Brust wird breiter, als sie ihre Hand in meine legt.

Ich ziehe sie zu mir heran, schaue zu Meghan herüber und recke ihr das Kinn entgegen. „Wir gehen jetzt“, sage ich entschlossen.

Ohne ihre Antwort abzuwarten, verlassen Tulip und ich die Halle. Der SUV wartet schon auf uns, Gary sitzt auf dem Fahrersitz. Shawn und Aaron fahren mit ihrem eigenen Auto nach Hause, ich wollte nicht selbst fahren.

Gary hält das Lenkrad fest umklammert, doch ich

ignoriere ihn, als wir einsteigen. Die Stimmung zwischen uns während der Heimfahrt ist angespannt, denn ich lasse mir nicht in mein Privatleben reinquatschen.

Wer neben mir im Bett liegt und wen ich liebe, hat nichts mit meiner Karriere zu tun. Tulip ist die Frau, für die ich mich entschieden habe, und Gary und all die anderen haben da kein Mitspracherecht.

Ein paar Augenblicke später sind Tulip und ich endlich alleine. Ihr Gepäck steht neben der Eingangstür. Ich hebe den Blick, um sie anzusehen und warte neugierig darauf zu erfahren, was Meghan zu ihr gesagt hat.

„Wirst du mir erzählen, was sie zu dir gesagt hat?", frage ich sie.

Tulip zuckt mit einer Schulter. „Dass sie die erste Frau war, die du je geliebt hast. Dass sie dich zurück will und dass sie dich über kurz oder lang auch zurückbekommen wird. Dass ich dich nie so lieben werde, wie sie dich geliebt hat. Dass ich dich nicht so gut kenne, wie sie dich kennt."

Erst schnaube ich, dann muss ich lachen. „Und du glaubst ihr?"

Abermals zuckt Tulip mit den Schultern. „Ich möchte ihr nicht glauben, vor allem, weil ich weiß, dass du mich besser kennst als Joey mich jemals kannte. Du liebst mich mehr als er es je gekonnt hätte, und ich liebe dich mehr, als ich ihn je geliebt habe."

„Sie hat gesagt, sie will mich zurück, doch das will sie nur, weil sie sich scheiden lässt und ihr Mann ihr Goldesel war. Sie ist jetzt Fotografin, um sich Geld dazuzuverdienen. Sie kennt mich nicht. Nicht im Geringsten. Niemand kennt mich so gut wie du, Tullie."

Tulip nickt und ich kann den kleinen Zweifel in ihren Augen sehen, während sie mich beobachtet. Ich gehe einen Schritt auf sie zu, komme ganz nah an sie heran und lege meine Hand auf ihre Wange.

„Es gibt niemand anderes, Tullie. Du bist die einzige Frau, die ich je geliebt habe.“

Kapitel 35

Gestern Abend haben Louis und ich zusammen zu Abend gegessen und dann sind wir ins Bett gegangen. Er erinnerte mich daran, dass wir keinen Sex haben werden, bis wir seinen Sieg feiern. Im Bett liegend, schaue ich ihm beim Duschen und Anziehen zu. Er hat erst einen Interviewtermin und den restlichen Nachmittag über eine Meditationseinheit.

„Kommst du zurecht?", will er wissen.

Nickend setze ich mich auf. „Shawn holt mich kurz vor dem Kampf mit seiner Freundin ab. Ich werde neben ihnen sitzen. Ich komme schon klar."

Ebenfalls nickend zieht er sich eine Jeans an. „Ich werde gewinnen."

Ich schiebe meine Beine über die Bettkante und stehe auf. Dann trete ich an ihn heran, lege meine Hände auf seine immer noch nackte Brust und lehne den Kopf zurück.

„Du wirst ihn besiegen und dann kommen wir hierher zum Feiern." Ich lächele.

Er schüttelt kurz den Kopf, seine Lippen zucken. Dann hebt er die Hand, um seine Finger in meinen Haaren zu vergraben. Er zupft sanft an meinen Strähnen, senkt den Kopf und berührt mit seinen Lippen die meinen.

„Wir werden schon in der Umkleidekabine mit dem Feiern starten, damit er hören kann, wie verdammt unschlagbar ich bin", knurrt Louis.

„Ich glaube, ich will nicht wissen, was er beim Wiegen zu dir gesagt hat."

Louis lacht. „Nein, das willst du nicht. Aber glaub mir, wenn ich sage, dass Männer wie er dringend einen

Dämpfer brauchen. Und so sehr ich mich auch davor fürchte, wieder in den Ring zu steigen, werde ich nicht zögern, ihn von seinem selbsterbauten Podest zu stoßen."

Meine Finger streichen über seine Brust. „Wir sehen uns heute Abend."

„Ich habe mich noch nie auf irgendetwas so sehr gefreut, wie dich am Ring sitzen zu sehen, Baby."

Ich wünschte, mir ginge es genauso, aber Fakt ist, dass ich extrem nervös bin. Es scheint, dass ich tatsächlich aufgeregter als Louis bin, oder vielleicht versucht er auch bloß sich selbst zu pushen. Ich weiß es nicht. Sicher ist nur, dass sich ein gewaltiger Knoten in meinem Magen gebildet hat.

„Ich werde da sein und dich anfeuern", murmele ich.

Er küsst mich so lange, bis es an der Tür klopft. „Das ist meine Mitfahrgelegenheit. Du kommst zurecht? Ruf Shawn an, wenn du irgendetwas brauchst. Er wohnt in der Nähe und steht dir voll und ganz zur Verfügung."

„Ich komme schon klar."

Louis macht einen Schritt zurück, sein Blick sucht meinen. Dann zieht er sich ein Paar Latschen an und ein Shirt über. „Verdammt, du bist so hübsch, Baby."

Ich schüttele den Kopf und muss wegen seiner Worte grinsen. „Geh, du schaffst das schon."

Nickend wendet er sich ab. Ich sehe ihm nach, als er das Zimmer verlässt, nicht ohne sich noch einmal zu mir umzudrehen und mich über seine Schulter hinweg anzusehen.

„Ich liebe dich, Tulip."

„Ich liebe dich auch."

Er zwinkert mir noch einmal zu, dann ist er weg. Ich höre, wie die Tür ins Schloss fällt. Nachdem ich mich gesammelt habe, gehe auch ich duschen. Man hat mir ziemlich genaue Instruktionen gegeben, nicht meine

Haare zu waschen und mich auch nicht zu schminken.

Mir bleibt nur noch Zeit für ein schnelles Mittagessen und eine Dusche, ehe die ersten Leute hier aufschlagen. Offensichtlich denkt Gary, dass ich keine Ahnung habe, wie ich mich selbst herrichten, mir die Haare und das Make-up machen, meine Kleidung, Schuhe, Schmuck und seltsamerweise sogar die Unterwäsche aussuchen kann.

Der Stylist ist nett, er heißt Moe. Er scheint derjenige zu sein, der hier das Sagen hat, denn er kommandiert jeden, und ich meine wirklich jeden, ohne zu zögern herum. Als meine Haare auf Lockenwickler aufgerollt sind, zeigt er mir ein paar Kleider.

Er versucht, mir ein Rotes aufzuschwatzen, doch ich rümpfe die Nase. Louis' Shorts ist königsblau, seine Boxhandschuhe schwarz. Manchmal trägt er rote, aber ich habe ihn extra gefragt und er hat mir versichert, dass er heute die Schwarzen tragen wird.

„Okay…", sage ich, ohne zu wissen, was das alles mit mir und meinem Kleid zu tun hat.

„Du musst ihn ergänzen", seufzt Moe völlig entnervt.

Ich beiße mir auf die Lippen und schaue zu dem Kleiderständer, den er aufgebaut hat. „Was ist denn mit dem Königsblauen?", frage ich und deute mit dem Finger auf ein trägerloses, paillettenbesetztes kurzes Kleid.

Moe dreht sich um, um über seine Schulter auf das glitzernde Kleid zu schauen. „Ich hätte dich nicht für ein Glitzer-Mädchen gehalten."

„Bin ich auch nicht, aber wir sind in Las Vegas und ich werde ganze vorne sitzen", erwidere ich.

Er nickt. „Okay, probiere es an, dann stylen wir dich und werden sehen."

Ich presse die Lippen aufeinander und warte darauf, dass die Styling Crew zusammenkommt. Ich wünschte, ich dürfte Lauries stretchiges, kleines schwarzes Kleid tragen. Das würde alles so viel einfacher machen, aber Gary und Moe sind der Meinung, dass die Frau von *Louis K.O. Kingston* so etwas unter keinen Umständen tragen darf, wenn sie in der ersten Reihe sitzt. Was auch immer das zu bedeuten hat.

Gary verlässt uns, nachdem er meinen Look abgesegnet hat. Kurz darauf packt auch der Rest des Teams seine Sachen zusammen und geht. Nun stehe ich mitten in Louis' Wohnzimmer und beobachte das Treiben um mich herum. Währenddessen frage ich mich, wie zum Teufel ich diesen Abend nur überstehen soll.

Ein Klopfen an der Tür lässt mich in den roségoldenen Pumps aufspringen, die, wie Moe mir versichert hat, bestens zu meinem Kleid passen.

Moe geht zur Haustür und reißt sie auf, sodass ich Shawn neben einer hinreißenden, zierlichen Brünetten stehen sehe. Shawn und seine Frau kommen herein, woraufhin Moe und sein Gefolge gehen.

Als endlich alle weg sind, schaue ich Shawn an. „Geht es dir gut?", will er wissen.

Den Kopf schüttelnd atme ich tief ein. „Ich bin schrecklich nervös", gebe ich zu.

Shawn grinst. „Keine Sorge, er wird gewinnen."

Ich sage ihm nicht, dass er mittlerweile genau wie Louis klingt. Stattdessen richte ich meinen Blick auf seine Begleitung und strecke ihr meine Hand entgegen.

„Ich bin Tulip." Ich lächele ihr zu.

Shawn flucht, als sie ihre Hand in meine legt. „Ich bin Mary-Beth."

„Sorry", stöhnt er.

Mary-Beth schüttelt den Kopf. „Du bist eben ein großer, ungehobelter Kerl, da kann man einfach nichts machen", sagt sie grinsend. Ich kann nicht anders, als über ihre Worte zu lachen.

„Wenn ihr damit fertig seid, mir auf den Sack zu gehen, können wir dann los?", fragt Shawn.

Gemeinsam verlassen wir die Wohnung. Als ich auf dem Rücksitz des bereits auf uns wartenden Autos sitze, meldet sich mein Handy. Hutton hat mir geschrieben, sodass sich das Unwohlsein in meinem Magen etwas legt.

Hutton: *Er wird fantastisch sein. Kann es kaum erwarten, dich im Fernsehen zu sehen.*

Und dann, wie ein Blitzeinschlag, ist meine Übelkeit zurück. Nur weil sie erwähnt hat, dass ich im Fernsehen zu sehen sein werde.

Ich: *Ich hoffe, sie richten die Kameras überhaupt nicht auf mich.*

Während ich die Worte eintippe, bin ich nicht überrascht, dass genau das auch die Wahrheit ist. „Ich will ja nicht neugierig sein, aber ich konnte mir nicht helfen, das zu lesen", meint Mary-Beth, die neben mir sitzt. „Du siehst großartig aus. Sie werden nur Augen für dich haben. Und ich sage das, weil ich finde, dass du das wissen solltest, bevor du da reingehst: Jemand hat der Presse gesteckt, dass du Louis' Freundin bist."

„Wie bitte?", krächze ich.

„Ich weiß, das muss hart für dich sein, aber sie hätten es so oder so herausgefunden. Du wirst in diesem sexy Kleid dort hereinspazieren, mit erhobenem Kopf, und die Kameras ignorieren. Denn das Einzige, was in diesem Raum zählt, ist Louis."

Ich blinzele und frage mich, was für ein Glück ich habe, dass dieses Mädchen hier ist. Angesichts ihres entschlossenen Gesichtsausdrucks presse ich nickend die Lippen aufeinander. Als mein Blick Shawns im Rückspiegel findet, zwinkert er mir zu.

„Ich liebe dich, Baby", ruft er ihr zu.

Sie wird knallrot, und ich schwöre, dass es so süß ist, dass es mich fast anwidert. Ich sinke tiefer in den Sitz, schließe die Augen und frage mich, was zum Teufel mich gleich erwarten wird. Vielleicht interessiere ich niemanden? Vielleicht werden sie sich nur auf Louis fokussieren und ich dramatisiere gerade bloß alles?

Ich beschließe, dass ich überreagiere. Niemand wird sich einen Dreck um mich scheren, um irgendeine unwichtige Tussi, die Louis mitten im Nirgendwo in Texas getroffen hat. Nickend nehme ich eine aufrechtere Sitzposition ein, sobald wir den schicken Strip Boulevard passieren.

„Wow", hauche ich und schaue mir alle Gebäude an.

Ich habe in meinem ganzen Leben noch nie so viele hohe Häuser, so viele verschiedene Farben und Lichter, so viele Menschen gesehen. Sicher, ich war schon ein paar Mal in einer größeren Stadt, aber Gallup und Burnet haben eigentlich alles, was ich zum Leben brauche. Ich bin nicht oft unterwegs und war noch nirgendwo, wo es annähernd so aussieht wie hier.

„Bist du zum ersten Mal in Vegas?", will Mary-Beth wissen.

„Ich bin das erste Mal überhaupt woanders."

Auf ihrem Gesicht spiegelt sich etwas wie Mitleid wider, aber das ignoriere ich. Die meisten Leute finden, mein Leben sei ziemlich traurig, und ich habe keinen Zweifel daran, dass die jüngsten Ereignisse ihr Mitleidsgefühl nur noch verstärken würden, aber ich kenne nichts anderes und mir gefällt es, wie es ist. Außerdem hatte ich noch nie wirklich Zeit, mich selbst zu bemitleiden, also fange ich auch gar nicht erst damit an.

Shawn lenkt den SUV um die Ecke und ich bin ein

wenig enttäuscht, dass diese Seite des Casinos und der Arena nicht ganz so pompös ist. Offensichtlich haben sich die Veranstalter nur auf den Eingangsbereich konzentriert.

„Es gibt zwar einen roten Teppich, doch Louis meinte, du hättest keine Lust darauf. Wenn du aber unbedingt willst, können wir über den roten Teppich ins Gebäude gehen“, meint Shawn und dreht sich zu mir um, um mich anzusehen.

Der Gedanke, dass ich über irgendeinen roten Teppich laufen soll, lässt mich schallend lachen.

„Gott sei Dank, ich bin schon ins Schwitzen gekommen, als ich dachte, du würdest Ja sagen“, flüstert Mary-Beth.

„Du willst auch nicht?“

Sie schüttelt den Kopf. „Es ist furchtbar. Es sind viel zu viele Leute da, die nach dir schreien und Fotos mit grellen Blitzlichtern schießen. Igitt.“

Hm. Ich habe nie daran gedacht, Hutton zu fragen, wie sie darüber denkt. Ich weiß, dass sie Beaumont mindestens schon zu einer Preisverleihung begleitet hat, aber das auch nur, weil ganz Gallup und ich sie im Fernsehen gesehen haben.

Gemeinsam machen wir uns auf den Weg zum Hintereingang des Gebäudes. Mary-Beth und ich gehen hinter Shawn her. Wegen unserer hohen Absätze können wir nicht so schnell laufen wie er, weshalb wir ihm mit etwas Abstand Arm in Arm folgen.

„Ich bin froh, dass ich diesmal nicht alleine zu so einer Veranstaltung muss“, flüstert sie mir zu. „Es macht mir nichts aus, zu Shawns Kämpfen zu gehen, denn normalerweise sind sie unspektakulär und machen Spaß, aber diese Veranstaltung ist einfach nur wahnsinnig.“

Shawn dreht sich zu uns um und überreicht jeder von uns einen Backstage-Pass zum Umhängen, der personalisiert ist. Ich rümpfe die Nase und frage mich, was Moe jetzt wohl dazu sagen würde, wenn er mich mit dieser riesigen Plastikkarte um den Hals sehen könnte, die seine ganze harte Stylingarbeit ruiniert.

Ich hänge sie mir um, da ich beschlossen habe, dass es keine Rolle spielt. Ich bin nicht hier, um gut auszusehen, sondern um Louis zu unterstützen. Ich weiß, dass er nervös ist, das sollte er auch sein. Aber ich weiß auch, dass wenn er mich im Publikum wird sitzen sehen, etwas von seiner Angst und Nervosität verfliegt.

Wir drei passieren einen langen Gang. Ich kann von hier aus bereits das Gebrüll der Menge in der Arena hören. Ich zittere am ganzen Leib vor nervöser Anspannung. Louis ist irgendwo in diesem Gebäude. Er bereitet sich darauf vor, sich seinen Dämonen zu stellen, und ich weiß, dass er nicht dazu bereit ist, ihnen entgegenzutreten.

Er muss sich seinen Dämonen aber nicht allein stellen, denn ich werde mich in unmittelbarer Nähe des Rings aufhalten und ihn anfeuern. Ich werde immer an seiner Seite sein und ihn ermuntern, egal was er tut. Als wir eine Doppeltür erreichen, bleibt Shawn stehen und schaut uns an.

„Ab hier gehen Mary-Beth und ich zusammen weiter, während du erhobenen Hauptes zu deinem Platz stolzierst. Da wir neben dir sitzen, folg uns einfach, Tulip. Du schaffst das, Babe."

Ich nicke ihm zittrig zu. Auch meine Oberschenkel zittern und meine Knie pochen, aber ich schaffe das, oder zumindest täusche ich Selbstsicherheit bei jedem einzelnen Schritt vor, den ich zu meinem Platz machen werde, bis ich mich auf meinen Hintern fallen lassen kann.

Mary-Beth drückt mir kurz den Arm, dann lässt sie mich los und eilt an Shawns Seite. Als die Tür aufschwingt, ist die Geräuschkulisse so extrem laut, dass ich es am ganzen Körper spüre. Ich zittere, vibriere geradezu aufgrund der Musik und der gigantischen Menschenmenge, die schreit, jubelt und anfeuert.

Meine Schritte werden unsicherer, während ich darum bemüht bin, Shawn und Mary-Beth zu folgen. Ich beiße mir auf die Innenseite meiner Wange und halte Schritt. Ich versuche, einfach bloß geradeaus zu schauen und konzentriere mich auf Mary-Beths wunderschönes, glänzendes Haar.

„Das ist sie", schreit jemand neben mir.

Ich gucke nicht rüber, denn ich kann nicht. Plötzlich werden eine Million Handykameras auf mich gerichtet und die Leute rufen meinen Namen, während ich noch heftiger zittere als sowieso schon.

Ich bleibe weiterhin nur auf Mary-Beth konzentriert und hoffe darauf, dass wir bald unsere Plätze erreichen. Zum Glück sind wir schnell da, woraufhin ich genau das tue, was ich vorhatte: ich lasse mich auf meinen Hintern fallen und atme durch.

„Da wusste jemand, wer ich bin", flüstere ich.

Mary-Beth lächelt mich an. „Nach heute Abend werden alle wissen, dass Tulip die Freundin von Louis Kingston ist. Also schnall dich an und genieß die Fahrt."

Kopfschüttelnd lege ich mir eine Hand an den Hals. „Ich will die Fahrt nicht genießen. Vor ein paar Tagen war ich noch eine unbedeutende Kassiererin in einem Supermarkt."

Mary-Beths Lächeln wird breiter. „Und jetzt sieh dich nur an."

Sie drückt mir ihr Handy in die Hand. Ich starre auf das Display und sehe ein Foto von Louis und mir, wie er seine Hand auf meine Hüfte gelegt hat und mich gegen seine Brust drückt. Es existiert noch ein weiteres Bild, auf dem er mich küsst. Diese Fotos wurden gestern geschossen und ich wette, dass ich weiß, wer sie an die Presse verkauft hat.

„Das ist viel zu viel Aufmerksamkeit“, wispere ich.

„Lass die Welt doch denken, was sie will. Du hast einen Mann, der dich liebt, der dir den Rücken stärkt. Das ist alles, was du brauchst.“

„Du klingst wie meine Freundinnen zu Hause.“

„Sie scheinen sehr klug zu sein.“ Sie zwinkert mir zu.

Nickend hole ich mein eigenes Handy aus der Handtasche. „O ja, das sind sie.“

Die nächsten Minuten verbringe ich damit, all diesen klugen Frauen eine Nachricht zu schreiben. Ihre Antworten beruhigen mich und ich bin fast völlig entspannt, als das Licht gedimmt wird und der Ansager in die Ringmitte tritt.

Ich: *Let's get ready to rumble.*

Diese Nachricht schicke ich an Hutton, Exter und Channing, während der Moderator genau diese Worte ins Mikrofon brüllt. Dann schließe ich die Augen und spreche ein kleines Gebet. Ich bitte um Louis Schutz, bitte für seinen Geist, seinen Körper und seine Seele. Bitte darum, dass ihm die Angst genommen wird.

Kapitel 36

Louis

Die Rufe der Menschen durchströmen mich, treiben meinen Adrenalinspiegel in die Höhe und fluten mich, bis ich fast platze. Mein Körper vibriert regelrecht, während Aaron meine Hände tapet. Der Offizielle schaut dabei zu und achtet penibel darauf, dass wir nur das vorgeschriebene Maß an Tape pro Hand verwenden.

Regeln sind nun mal Regeln, in diesem Sport.

Ich springe auf und ab, um mich warm zu machen, um mich selbst zu pushen, obwohl ich das eigentlich überhaupt nicht nötig habe, da die Menge mich schon aufpeitscht.

„Seine Handschuhe wurden gewogen", sagt der Offizielle zu einem anderen Mann. Er nickt und beide schauen dabei zu, wie Aaron mir die Boxhandschuhe überstreift und befestigt.

Ich lasse den Nacken knacken, bewege ihn von einer Seite zur anderen und wippe weiter auf meinen Zehenspitzen, während ich die Augen schließe. Ich atme tief durch die Nase ein und lasse den Atem wieder durch den Mund entweichen. Ich stelle mir vor, ich könnte fliegen, wäre leicht genug, um das Vierfache meiner Größe überspringen zu können.

„Bist du bereit?", fragt Aaron mich. Ich öffne die Augen und nicke. „Mach deinen Kopf frei. Konzentriere dich auf deinen Körper. Zieh jeden Schlag voll durch."

Ich schaue ihm in die Augen. „Ich werde siegen."

„Du wirst gewinnen", bestätigt er mir. „Du wirst gegen Meetze kämpfen und erfolgreich sein, du wirst diese Dämonen bezwingen."

Ich atme tief ein und grinse. „Ich bin Louis, fucking

K.O., Kingston. Niemand kann mich in meiner eigenen Halle schlagen", knurre ich.

„Verdammt richtig", brüllt Aaron.

Vom Flur aus ruft jemand nach mir. Ich hebe das Kinn und recke es, als Aaron mir meinen Mantel überstreift. Auf den Fußballen springend, verlasse ich die Kabine. Wir durchqueren einen langen Flur, die Rufe der Menge werden mit jedem Schritt lauter.

Mein Körper bebt und zittert, aber nicht vor Angst, sondern vor Aufregung. Ich dachte, dass ich mich vor diesem Moment, vor dem Gang zum Ring, fürchten würde, aber dem ist nicht so. Ich bin mit meinem Körper im Einklang, ich bin mit nichts weiter als purem Adrenalin vollgepumpt.

Als ich an all den Leuten vorbeimarschiere, blende ich ihre Worte völlig aus. Meine Augen suchen die vorderen Reihen ab, damit ich weiß, wo sie sitzt. Als ich endlich ihr blondes Haar entdecke, schaue ich auf ihr Gesicht und muss grinsen. Sie ist stark geschminkt, aber es wirkt nicht unattraktiv. Ich bevorzuge sie ohne Make-up, aber sie ist auch so verdammt hübsch.

Als ich ihr nah genug bin, lege ich einen kurzen Umweg ein und gehe in die erste Reihe, bis ich direkt vor ihr stehe. Wegen des kurzen, enganliegenden, glitzernden Kleides hebe ich eine Augenbraue.

„Ein Stylist", erklärt sie mir mit einem Schulterzucken.

Ich lege meinen Arm um ihre Taille und ziehe sie dicht an mich heran. Ihre Hände landen auf meiner Brust, als sie sich über die Absperrung lehnt. „Küss mich, Baby", verlange ich. Ihre Lippen verziehen sich zu einem kleinen Lächeln. „Du siehst gut aus in diesem Outfit."

Lachend schlinge ich meine Arme um sie und neige den Kopf, um meinen Mund auf ihren zu drücken. Ich bin mir sicher, dass das das Gerede der Leute zur Folge hat, aber es ist mir scheißegal.

Tulip ist meine Frau und ich werde sie küssen, bevor ich in diesen Ring steige. Sie ist der Grund, warum ich nicht nur die Kraft, sondern auch den Willen besitze, diesen Kampf zu gewinnen.

Ich beende den Kuss und schaue auf sie herab. Langsam hebt sie den Blick, um meinen Augen zu begegnen. „Viel Glück, Louis", flüstert sie mir zu.

„Wenn ich gewonnen habe, werde ich dich in der Umkleidekabine ficken", lasse ich sie wissen.

Sie seufzt. „Einverstanden."

„Verdammte Scheiße, Baby." Kopfschüttelnd lege ich meine Stirn gegen ihre. „Ich liebe dich, Tullie."

Sie atmet tief durch die Nase ein. „Tritt ihm in den Arsch, Louis."

Schmunzelnd lasse ich sie los, trete einen Schritt zurück und zwinkere ihr zu, dann drehe ich mich um. Was ich nicht wusste, war, dass die Kamera die ganze Zeit über auf uns gerichtet war.

All das wurde nicht nur auf den riesigen Videowürfeln für die Zuschauer in der Arena aufgezeichnet, sondern auch für die Fernsehzuschauer, einschließlich all der Frauen und Männer in Gallup, die ich als meine Familie betrachte.

Ich steige in den Ring und positioniere mich in meiner Ecke, während der Ansager seines Amtes waltet. Ich ignoriere ihn. Ich blende das Publikum, sogar Tulip, aus und konzentriere mich nur auf mich und meinen Gegner.

Meetze starrt mit verengten Augen zu mir herüber, er beobachtet mich so verdammt fokussiert, womit er mich aus dem Konzept zu bringen versucht, doch es klappt nicht.

Aaron nimmt mir den Mantel ab und streift ihn mir von den Armen, als das Startsignal ertönt. Ich drehe meinen Kopf in seine Richtung und öffne den Mund, damit er meinen Mundschutz einsetzen kann.

Auf den Fußballen tänzelnd, mache ich mich auf den Weg in die Ringmitte, wo der Ansager steht. Meetze redet nicht, seine Kiefermuskulatur ist angespannt. Ich drehe den Kopf von einer Seite zur anderen und halte meinen Körper locker. Wir heben beide die Boxhandschuhe an und stoßen unsere Fäuste aneinander, bevor wir uns ein paar Schritte voneinander wegbewegen.

Die Glocke läutet. Ich bleibe auf meinem Platz stehen, bewege mich nur, wenn es nötig ist. Meetze springt um mich herum, verspottet mich und verbraucht dabei viel zu viel Energie.

Ich reiße meine Hände hoch, decke mein Gesicht und gehe leicht in die Hocke. Wenn er nah genug vor mir steht, strecke ich den Arm aus, um meinen Handschuh auf seinen Körper krachen zu lassen. Er stöhnt, ich höre es unter seinem schweren Atem. Wir machen so lange so weiter, bis die Glocke geläutet wird, und man uns signalisiert, dass die Runde vorbei ist und wir in unsere Ecken zurückkehren müssen.

„Er ist eine verdammte Pussy. Hast du schon genug mit ihm gespielt?", fragt Aaron.

Grinsend drehe ich mich zu ihm um und öffne meinen Mund. Er spritzt etwas Wasser hinein, ich spüle meinen Mund durch und spucke die Flüssigkeit in einen Eimer. Aaron schüttelt den Kopf, seine Augen sprühen nur so vor Adrenalin, das auch in rauen Mengen durch meinen Körper fließt.

Ich bin noch nicht fertig damit, mit Meetze zu spielen. Noch lange nicht. Der Gedanke an Antoni, die Bilder, wie er vor meinen Augen starb, sind mit einem Mal wie weggeblasen. Ich bin völlig bei mir, konzentriert auf den Kampf, auf ein einziges Ziel: zu gewinnen.

Das Einzige, was an diesem Kampf anders ist als an

all den anderen, ist die Tatsache, dass ich nicht länger den Ausdruck *töten* benutzen kann.

Ich will niemanden töten.

Ich bin kein Killer.

Ich will nur meinen Gegner verdammt nochmal k.o. schlagen. Ich will seinen Arsch auf dem Boden liegen sehen. Dann will ich mein Mädchen küssen, bevor ich sie Backstage tragen und sie gegen die Tür meiner Kabine ficken kann. Wieder und wieder will ich sie ficken, bis wir beide so verdammt befriedigt und erschöpft sind, dass wir uns nicht mehr rühren können.

Grinsend stehe ich auf, als die Glocke die nächste Runde einläutet, und spiele noch ein wenig mit Meetze. Er sieht müde aus, wirkt erschöpft. Ich hingegen könnte locker noch zehn Meilen laufen. Ich bin verdammt bereit.

***

Tulip

Als die behandschuhte Faust seines Gegners in Louis' Gesicht einschlägt, keuche ich auf. Ich sehe, wie ihm Blut von seiner Augenbraue tropft. Ich sitze auf der Kante meines Stuhls, mein Blick klebt an Louis, der durch den Ring tänzelt, Schläge austeilt und einsteckt. Mein Herz klopft wie verrückt gegen meinen Rippenbogen und ich kann nicht atmen.

Eine Zeit lang sah es danach aus, als würde Louis bloß ein bisschen mit seinem Gegner spielen und ihn anstacheln. Jetzt wirkt er erschöpft. Der Kampf geht mittlerweile in die neunte Runde.

Lange halte ich das nicht mehr aus.

Ich will, dass es endet. Beide Männer atmen schwer. Die Menge ist völlig außer sich und ich kann nichts anderes tun, als den Ring anzustarren und darauf zu hoffen, dass es bald vorbei ist.

Mary-Beth greift nach mir. Sie schlingt ihre Finger um meinen Unterarm und drückt zu. Ich drehe mich nicht zu ihr, ich kann es nicht. Ich darf auf keinen Fall auch nur eine Sekunde dieses Schlagabtauschs verpassen.

Als Louis seine Faust gegen Meetzes Gesicht schlägt und sein Kopf heftig zur Seite fliegt, zucke ich zusammen.

Etwas in Louis scheint sich zu verändern. Etwas ergreift von ihm Besitz und es scheint, als wäre er mit dem Spielen durch. Er beginnt damit, auf Meetze einzudreschen. Rechts, links, rechts, links, oben rechts, oben links.

Er wechselt zwischen Gesichts- und Körperschlägen. Seine Schläge prasseln nur so auf ihn ein, er verlangsamt sein Tempo nicht, bis Meetze irgendwann schließlich zu Boden geht.

Die Menge dreht durch. Der Ringrichter stellt sich in die Mitte des Schauplatzes und beginnt Meetze auszuzählen, bis er schließlich nach Louis' Handgelenk greift und seinen Arm in die Luft reckt.

„Tulip, komm", ruft Shawn mir zu.

Sanft legt er seine Finger um meinen Oberarm und hilft mir auf meine wackeligen, hochhackigen Füße zu kommen, ehe er mich zum Ring führt.

Die Sicherheitsleute lassen uns passieren, und dann, ich weiß nicht wie, liegen eine Reihe von Händen auf mir und ich gelange irgendwie in die Mitte des Boxrings.

Dort steht Louis. Er dreht sich zu mir um, lässt seinen Arm sinken und legt ihn mir um meine Taille, um mich an seine Seite zu drücken.

Nachdem er seinen Mundschutz ausgespuckt hat, liegt auf schon sein Mund auf meinem. Er schmeckt nach Salz, Blut und nach ihm. Als er seine Zunge in meinen Mund gleiten lässt, heiße ich sie herzlich willkommen.

Ich höre, dass uns ein Reporter Fragen stellt, doch
wir ignorieren ihn. Louis beendet den Kuss, seine
Lippen verziehen sich zu einem breiten Grinsen.

„Ich brauche dich, Baby."

Er streckt eine Hand aus. Jemand reicht ihm ein
Handtuch, mit dem er etwas von meinem Gesicht
wischt, von dem ich annehme, dass es Blut und
Schweiß ist. Dann lässt er das Tuch auf den Boden
fallen.

Ich höre, wie Gary den umstehenden Leuten sagt,
dass Louis für Interviews auf der angesetzten Pressekonferenz zur Verfügung steht, die für morgen am
späten Nachmittag geplant ist.

Viel mehr nehme ich nicht wahr, denn Louis tritt einen Schritt zurück, beugt sich zu mir herunter und
stößt mit seiner Schulter gegen meinen Bauch, bevor
er mich hochhebt und über besagte Schulter wirft.

Meine Arme hängen an seinem Rücken herab und
umklammern den Bund seiner kleinen, seidigen, blauen Hose, während er seine Hand auf meinem Hintern
ablegt und hoffentlich meine Pussy bedeckt. Jemand
ruft meinen Namen, woraufhin ich lächelnd den Kopf
anhebe.

Da eine Kamera genau auf mein Gesicht gerichtet ist,
weiß ich, dass sie Fotos von mir schießen, die sicherlich bald überall im Internet zu sehen sein werden,
aber das ist mir in diesem Moment herzlich egal.

Alles, woran ich denken kann, ist, dass Louis mich
endlich fickt. Es ist schon über eine Woche her, seit er
das letzte Mal in mir war. Ich schäme mich nicht, zuzugeben, dass ich ihn dringend in mir spüren muss.

Louis bahnt uns schnell einen Weg durch die Menschenmenge hindurch, eilt durch ein paar Doppeltüren und hastet den langen Flur entlang. Ich weiß nicht, wohin er mich bringt, aber er scheint auf einer Mission zu sein, und ich kann es kaum erwarten. Er öffnet eine weitere Tür, der Lärm, der aus der Arena dringt, ist mittlerweile so gedämpft, dass ich ihn kaum noch hören kann.

Langsam lässt er mich von seiner Schulter seinen ganzen Körper der Länge nach herabgleiten, bis meine Füße wieder den Boden berühren. „Du musst sie mir ausziehen“, murmelt er und streckt mir seine Hände entgegen, die in Boxhandschuhen stecken.

Ich trete einen Schritt zurück und fummele so lange an den Handschuhen herum, bis ich sie endlich ausgezogen bekomme. Seine Finger sind mit Tape umwickelt, weshalb ich damit beginne, das Band zu entfernen, während er aufstöhnt und den Kopf schüttelt.

„Lass das Tape, wo es ist“, knurrt er und greift nach mir. Er schlingt seine Hände um meine Hüften und zieht mich erst an seine Brust, dann dreht er mich um und drückt mich mit dem Rücken gegen die Wand.

Ich fahre ihm mit dem Daumen über seine Unterlippe. „Du warst großartig.“

Zum Ende des Satzes gerät meine Atmung ins Stocken. Louis hebt mich hoch und drückt mich fest gegen die Wand. Als er mein Kleid bis zur Taille hochschiebt, schlinge ich meine Beine um seine Hüften und stöhne laut auf. Er schiebt den kleinen Tanga, den ich trage, zur Seite und dringt mit zwei Fingern in mich ein.

Mein Hinterkopf kracht gegen die Tür, während seine Finger in mich hinein und wieder heraus gleiten.

Ich greife zwischen unsere Körper und versuche, ihm diese sexy Shorts auszuziehen, doch ich scheitere. Louis lacht, und plötzlich sind blitzschnell sowohl seine Hose als auch seine Finger verschwunden. Ich spüre seine Schwanzspitze an meinem Eingang und beiße die Zähne zusammen, während ich darauf warte, dass er mich in Besitz nimmt.

„Sieh mich an“, fordert er mich auf.

Ich öffne meine Augen, und genau in diesem Moment, versenkt er sich tief in mir. Ich stoße einen Schrei aus, er knurrt. Er fickt mich nicht nur gegen diese Tür, er gibt es mir so richtig. Während er hemmungslos in mich hineinstößt, kann ich nichts anderes tun, als zu atmen. Er nimmt mich, wie er es braucht. Sein Blick löst sich dabei nie von meinen Augen. Es ist absolut fantastisch.

Ich erlebe schreiend einen Orgasmus, der meinen Körper in Stücke zu reißen droht, doch Louis hat noch lange nicht genug. Seine Stöße werden immer härter, und mit jedem Eindringen streift sein Becken meine Klitoris, sodass mein Höhepunkt in die Länge gezogen wird.

Eine Hand liegt zwischen meinem Kopf und der Tür, die andere Hand ruht fest auf meiner Arschbacke. Seine Finger graben sich in meine Haut – tief.

Das hier ist Perfektion.

„Härter“, stöhne ich.

Seine Augen weiten sich, dann stößt er fester und tiefer zu. Mir wird bestimmt später alles wehtun, denn verdammt, das tut es jetzt schon, aber das ist mir egal. Es fühlt sich zu gut, zu animalisch, zu perfekt an, um sich darum zu scheren.

Als er bis zum Anschlag in mich stößt und sein Gesicht gegen meinen Hals drückt, weiß ich, dass er gleich kommen wird.

Louis' Schwanz zuckt, bevor ich fühle, wie er seine Erlösung in mir verströmt. Gleichzeitig stöhnt er gegen meine schweißgetränkte Haut. Seine Hüften bewegen sich nur noch langsam, seufzend berührt sein Mund meinen Hals, während er auf den Wellen seines Höhepunkts reitet.

Als er den Kopf anhebt, sucht er meinen Blick. Ich

bin zufrieden, glücklich und trage so viel Liebe in mir, dass es fast lächerlich ist.

„Du verbrennst dieses Kleid", verkündet er.

Mein Körper wird stocksteif und ich öffne schockiert den Mund, um ihn zu fragen, warum ich das tun sollte, aber ich bekomme kein Wort über die Lippen. Er bewegt die Hüften ein wenig, wobei sein halb erschlaffter Schwanz noch immer in mir steckt.

„Es ist so verdammt sexy an dir, Baby. Es hat mich extrem erregt, was bedeutet, dass der Rest der Welt dich auch auf diese Weise sehen konnte und vermutlich ebenfalls einen Ständer bekommen hat. Dein Arsch hat praktisch unter dem Stoff hervorgeblitzt. Ich mag es, wenn du dich ein bisschen mehr bedeckst und nur ich zu sehen bekomme, was du so zu bieten hast."

„Du klingst wie ein Chauvinist, das ist dir doch wohl hoffentlich klar, oder?"

Louis küsst mich. „Das ist mir scheißegal. Ich will nicht, dass jeder Kerl, der heute Abend zugesehen hat, wenn er eine Hand um seinen Schwanz legt, dabei an meine Frau denkt."

„Louis", zische ich. „Das ist ekelhaft."

Er schnaubt. „Stimmt, Baby. Du warst heute die Heißeste von allen, und ich weiß, dass die Kamera auf dich gerichtet war, und zwar ständig."

„Darüber will ich gar nicht nachdenken. Nicht jetzt und auch nicht in Zukunft", flüstere ich.

Er lacht. „Das nächste Mal bleibst du in der Kabine und schaust von hier aus dem Fernseher zu."

Erst grinst er, dann lässt er seine Zunge in meinen Mund gleiten. Und als wäre er im Besitz von übernatürlichen Kräften, fickt er mich noch einmal gegen die Tür, *zum zweiten Mal.*

Kapitel 37

Ich hätte das nicht zulassen dürfen. Ich hätte es sofort absagen müssen. Heute Morgen haben wir lange geschlafen. So lange, dass gerade noch genügend Zeit war, etwas zu essen, bevor ich zu meiner Pressekonferenz musste.

Der Großteil der Fragen drehte sich um mich, meinen Kampf und wie ich seit Antonis Tod zurechtkomme. Der Rest der Fragen bezog sich auf Tulip.

Ich wusste, dass diese Fragen kommen würden, weshalb ich mich darauf vorbereitet habe, aber als eine Klatschreporterin die Stripperei erwähnte, verkrampfte sich mein ganzer Körper. Ich hatte gehofft, niemand würde dahinterkommen. Niemals.

Obwohl es mir gegen den Strich ging, dass Tulip ihren Körper so zur Schau stellte, verstand ich, warum sie es tat. Das heißt nicht, dass es mir gefallen hat oder dass ich jemals darüber reden will. Schon gar nicht in der Öffentlichkeit.

„Wir sind hier durch", sagt Gary ins Mikrofon, als er meine Wut hochkochen spürt.

Einige Reporter rufen mir ihre Fragen hinterher, doch ich ignoriere sie, stehe auf und verlasse die Bühne. Gary bleibt vor mir stehen, sein Mund öffnet sich, er schüttelt den Kopf. „Zu schade, dass dieser Wichser, der versucht hat, sie zu entführen, den Job nicht zu Ende gebracht hat."

Der Atem gefriert in meiner Lunge. Garys Augen weiten sich und er spitzt die Lippen, als könne er selbst nicht glauben, diesen Scheiß laut ausgesprochen zu haben. Ich greife nach seiner Schulter, drücke fest zu und treibe ihn von der Menge weg in Richtung Umkleidekabine.

Ich stoße ihn hinein und schließe die Tür hinter uns zu. „Was hast du da gerade gesagt?"

Garys Augen sind noch immer weit aufgerissen. „Diese kranken Hinterwäldler wollten sie doch. Sie wollten nun mal das tun, was gestörte Hinterwäldler so tun. Sie hätten sie einfach mitnehmen sollen. Ich verstehe nicht, warum sie es verkackt haben. Es hätte mein und dein Leben um einiges einfacher gemacht."

„Was weißt du darüber?", verlange ich von ihm zu wissen und bin bemüht, meine Stimme kühl und ruhig klingen zu lassen.

Es entsteht ein Moment des Schweigens zwischen uns, und Gary, der irgendwie keinen Selbsterhaltungstrieb zu haben scheint, zuckt mit den Schultern.

„Glaubst du, dass die Dinge einfach so passiert sind? Alles war strategisch durchgeplant. Sie wurde nicht wirklich einfach so von ihnen entführt. So einfach ist das. Ich habe dir einen Ausweg angeboten, Louis, doch du warst zu dumm, um ihn zu nutzen."

Kopfschüttelnd lege ich meine Finger um meinen Nacken. „Ich wusste schon immer, dass du ein Wichser bist, Gary. Ich hätte nur nicht gedacht, dass du so ein großes Arschloch bist. Was zum Teufel ist falsch mit dir? Wie warst du in die ganze Sache verstrickt?"

Meine Stimme klingt ruhig, mein Ton emotionslos, aber innerlich brodele ich. Ich mache meiner Wut aber keine Luft. Er ist es nicht wert, denn Gary ist ein Mann, der nur eine Sprache versteht: Geld. Und genau da werde ich ihn treffen.

Unsere Geschäftsbeziehung ist beendet. Es ist mir egal, dass wir einen Vertrag geschlossen haben. Ich werde einen Ausweg finden, das kann er mir glauben.

„Ich habe Silas und Mark im Strip-Club getroffen, als ich deine Kleine ausgecheckt habe. Ich habe ihnen nur einen kleinen Wink gegeben. Ich dachte nicht, dass sie ihr wirklich wehtun. Ich dachte, die zwei würden sie mögen. Ein Provinzmädchen wie sie muss unter ihresgleichen bleiben.“

„Wir sind miteinander fertig, Gary. Du wirst bald von meinem Anwalt hören.“

Er öffnet den Mund, um etwas zu sagen, vielleicht aber auch um mir zu drohen oder mich zu bitten, meine Entscheidung noch einmal zu überdenken. Als stumme Warnung, dass er seine verdammte Fresse halten soll, schüttele ich den Kopf, und bin dankbar dafür, dass er schweigt.

Ohne noch ein Wort an diesen Bastard zu verlieren, verlasse ich die Kabine und nehme mir ein Taxi, um zu meiner Wohnung zu fahren. Ich weiß, dass Tulip in meinem Apartment ist, um sich für das Abendessen mit meiner Mom und meinem Stiefvater fertigzumachen. Eine weitere, beschissene Veranstaltung, der ich niemals hätte zustimmen und direkt absagen sollen.

Als ich meine Wohnung betrete, bin ich überrascht, wie still es ist. Stirnrunzelnd schließe ich die Tür hinter mir und wundere mich, ob sie vielleicht verschlafen hat. Wir wollten eigentlich in fünfzehn Minuten zum Essen aufbrechen. Wenn sie wirklich verschlafen hat, werden wir es auf keinen Fall mehr pünktlich schaffen.

Ich entschließe mich dazu, ihr nichts von der Sache mit Gary zu erzählen. Ich werde die Angelegenheit unter den Teppich kehren. Sie kann nicht noch mehr Scheiße gebrauchen, mit der sie beworfen wird. Genug ist genug. Ich werde sie auf die beste Art und Weise beschützen, die ich kenne.

Ich schleiche mich ins Schlafzimmer und erstarre. Tulip hat nicht verschlafen. Sie ist fertig angezogen und steht mit dem Rücken zu mir vor dem Schlafzimmerfenster und starrt auf die Stadtlandschaft unter ihr.

„Tullie?“, frage ich voller Sorge.

Sie blickt mich über ihre Schulter hinweg an. Ich betrachte ihr Gesicht und bin mir nicht sicher, was der Ausdruck zu bedeuten hat. Ich wünschte, ich könnte ihre Gedanken lesen, aber ich kann es nicht. Vielleicht werde ich eines Tages dazu in der Lage sein, aber heute noch nicht.

Sie dreht sich um, da registriere ich das Kleid. Es ist schwarz und enganliegend und zum Glück nicht so kurz wie das blaue Kleid, das sie gestern Abend trug.

„Bereust du es, dass du mich gewählt hast, Louis?", fragt sie seltsamerweise.

Den Kopf schüttelnd, bleibe ich wie festgefroren auf meinem Platz stehen, da ich nicht weiß, wohin ihre Frage führen soll. „Niemals, Baby. Wir wären schon viel früher zusammengekommen, wenn du es zugelassen hättest."

Ich sehe, wie sich ihre Zähne in ihre Unterlippe bohren, während sie schweigend vor mir auf die Knie sinkt. Ich stoße einen Fluch aus, als sie meine Hose aufknöpft und sie nebst meiner Boxershorts bis zu meinen Knien herunterschiebt.

„Tulip?"

Sie hebt den Blick und sieht durch ihre dichten Wimpern hindurch zu mir auf. „Danke, dass du mich liebst, Louis. Danke für alles."

Als sie den Mund öffnet und mich tief bis in ihre Kehle einsaugt, stöhne ich laut auf. Ich streiche mit meinen Fingern durch ihre Haare und dirigiere ihren Kopf, wobei ich mich echt zusammenreißen muss, meinen Schwanz nicht komplett in ihre Kehle zu schieben.

Ich weiß nicht, warum sie ausgerechnet jetzt vor mir auf die Knie gegangen ist, aber ich werde es auch nicht hinterfragen. Ich schließe die Augen und ziehe ein wenig an ihren Haaren, da ich kurz vorm Kommen bin. Sie lässt nicht locker, saugt mich tiefer und fester in ihren Mund ein. Kurz bevor ich ihr in den Mund spritze, keuche ich laut auf.

Bevor sie aufsteht und ihre Arme um meine Taille schlingt, geben meine Knie fast nach. Ich schaue in ihre wunderhübschen blauen Augen, die mich wie verdammte Sterne anstrahlen.

„Was sollte das?", will ich wissen.

Sie zuckt mit einer Schulter. „Ich habe die Pressekonferenz verfolgt, habe gesehen, wie du das ganze Gerede um meine Person im Keim erstickt hast. Es war verflucht sexy, sodass ich dir meine Wertschätzung zeigen wollte."

„Wir müssen in zehn Minuten los und jetzt bleibt mir nicht mehr genug Zeit, dir zu zeigen, wie sehr ich es schätze, dass du meine Frau bist", beschwere ich mich.

„Du kannst das heute Abend wiedergutmachen", wispert sie.

Ich lache. „So wie ich meinen Stiefvater kenne, habe ich keinen Zweifel daran, dass ich später eine ganze Menge wiedergutzumachen habe."

„Ich bin mir sicher, dass das Treffen wundervoll wird." Sie lächelt.

Kopfschüttelnd beuge ich meinen Kopf zu ihr herunter, um sie zu küssen. Ich bezweifele, dass es wundervoll werden wird. Dieser Abend wird aushaltbar, und der einzige Grund, weswegen ich ihn aushalte, ist, dass ich meine Mom liebe, trotz ihres beschissenen Männergeschmacks.

„Bist du startklar?", fragt sie und tritt einen Schritt zurück.

Ich angele nach meiner Hose und Boxershorts und ziehe sie wieder hoch. „Ich muss mir nur noch eben etwas Passenderes anziehen. Dauert nur eine Minute, Baby."

Ich brauche wirklich nicht lange, bis ich umgezogen

bin. Ich jogge zu meinem Kleiderschrank und hole eine schöne marineblaue Anzugshose sowie ein langärmliges, hellgraues Hemd heraus. Ich lasse die obersten Knöpfe offenstehen, sodass ein Teil meiner Brust entblößt bleibt und schlüpfe in meine dunkelbraunen Boots.

Ich schnappe mir meine Lieblingsarmbanduhr aus dem Hause *Bulgari* und lege sie um mein Handgelenk, dann lege ich meine dicke Goldkette um. Wenn ich in Texas bin, habe ich nie eine Gelegenheit, sie zu tragen. Es ist lange her, dass ich eine Kette um den Hals getragen habe, sodass sie sich ein bisschen unangenehm, irgendwie fremd, anfühlt.

Ich bin gerade dabei, meine Manschettenknöpfe fest zu machen, als ich Tulip keuchen höre. Ich hebe den Kopf und sehe sie an. Sie steht mir gegenüber und starrt mich mit großen Augen schockiert an, vielleicht sogar ein wenig ehrfürchtig.

„Bist du bereit?", frage ich sie.

„Du siehst fantastisch aus."

Schmunzelnd streiche ich den Ärmel meines Hemdes glatt, bevor ich auf sie zugehe. Ich lege meine Hände auf ihre Taille und ziehe sie gegen meine Brust. Ich lasse das Kinn sinken und küsse sie.

„Manchmal mag ich es, mich herauszuputzen. Ich kann so etwas in Texas nicht ganz so oft anziehen, deswegen lagert es hier, aber bald werden all meine Sachen dort sein, neben deinem ganzen Scheiß", murmele ich.

„Du bist viel schicker als ich", meint sie und rümpft die Nase.

Ich berühre mit meinen Lippen ihre verdammt süße Nasenspitze. „Kauf dir irgendetwas Schickes, wenn du willst, Baby. Aber ganz ehrlich, ich mag dich so, wie du bist, verdammt. Schicker Scheiß macht doch keinen gottverdammten Unterschied."

„Selbst dann nicht, wenn ich all meine Klamotten bei Walmart kaufen würde?“

„Für mich macht das keinen Unterschied. Du siehst in allem gut aus. Außerdem bist du nett und freundlich. Du siehst mich an, als wäre ich etwas Besonderes, und zwar aus keinem anderen Grund als dem, dass du es einfach tust. Außer Respekt und Liebe, verlangst du nichts von mir, und das gebe ich dir gerne. Also, Tullie, zieh an, was immer du willst, aber bloß nicht wieder dieses blaue Kleid. Da ziehe ich eine harte Grenze.“

Ihre Augen weiten sich und sie wirft lachend den Kopf in den Nacken. Ihr Lachen ist so verdammt schön, dass ich ihr nur dabei zusehen und das Echo, das von den Wänden widerhallt, in mir aufsaugen und es abspeichern will.

***

Tulip

Das Restaurant ist schick, wirklich nobel, weshalb ich sehr froh bin, dass Gary gestern einen Stylisten für den Kampf organisiert hat, damit ich heute Abend Lauries schwarzes Kleid tragen kann. Als wir zum Eingang gehen, schaue ich zu Louis herüber. Er hat immer noch Platzwunden und blaue Flecken im Gesicht, aber er sah noch nie sexier aus.

Er drückt meine Hand und ich erwidere die Geste, während wir zum Empfangspult gehen. Als das Mädchen Louis registriert, weiten sich ihre Augen und ihre Lippen verziehen sich zu einem schüchternen, verführerischen Lächeln.

„Hallo, Mr. Kingston, wünschen Sie Ihren üblichen Tisch?“

Ich runzele die Stirn und frage mich, wie oft er wohl

schon in diesem pikfeinen Restaurant gewesen ist. Manchmal bin ich etwas überfordert, was ihn betrifft. Ich bin die schicken Klamotten und was es bedeutet, Louis Kingston zu sein, nicht gewohnt. Ich bin an *meinen* Louie gewöhnt.

Während die Servicekraft uns zu unserem Tisch führt, denke ich darüber nach. Ich denke an alles, außer daran, dass ich gleich auf seine Mutter treffen werde. Sie senkt den Kopf und tritt zur Seite, sodass wir zwei Personen gegenüberstehen, von denen ich annehme, dass es Louis' Mom und sein Stiefvater sind.

„Mutter", murmelt Louis.

Die Frau kommt auf mich zu und mir fällt sofort auf, wie klein sie ist. Ich hatte angenommen, dass die Frau, die Louis geboren hat, irgendwie größer ist. Sie misst etwa einen Meter sechzig und ist rundlich, aber nicht auf eine unattraktive Weise.

Sie ist kurvig und weich, ihr dunkles Haar ist zu einem Dutt zusammengebunden, ihr Make-up ist dezent, ihre Haut hat einen herrlichen Teint, der ein paar Nuancen dunkler als der von Louis ist, und ihre Augen ruhen nur auf mir, selbst als sie Louis in eine Umarmung zieht.

„Du musst das Mädchen sein, das meinem Sohn das Herz gestohlen hat", schnauzt sie mich fast an.

Blinzelnd starre ich sie einen Augenblick lang an, bevor ich ihr die Hand reiche, um die ihre zu schütteln. „Ich bin Tulip Fisher."

Sie neigt den Kopf zur Seite, nimmt meine dargebotene Hand aber nicht an. Ich lasse die Hand wieder sinken und schaue verwirrt zu Louis, der aber weder auf mich noch auf seine Mutter achtet. Sein Fokus ist auf den Mann gerichtet, der sich nicht einmal die Mühe gemacht hat, uns zu begrüßen oder von den Brothäppchen und dem Cocktail aufzublicken, die vor ihm stehen.

„Setzen wir uns doch“, flüstere ich Louis zu.

Er zuckt zusammen und seine grünen Augen blicken wütend drein, soweit ich das beurteilen kann.

Er nickt. „Ja, Tullie“, erwidert er und rückt mir einen Stuhl zurecht.

Ich habe bisher nur Joeys Eltern kennengelernt, daher weiß ich nicht, ob dieses Verhalten normal ist. Wenn man jedoch bedenkt, dass Joeys Eltern nicht wirklich so normal sind, wie ich immer geglaubt habe, kann ich das wohl nicht einschätzen.

„Irving, hast du dich schon Louis' Freundin vorgestellt?“, fragt seine Mom.

Ich presse die Lippen aufeinander, da ich weder ihren Vor- noch Nachnamen kenne, aber jetzt den Namen seines Stiefvaters weiß. Irving hebt den Kopf, gerade lange genug, um in meine Richtung zu schnaufen, bevor er sich ein großes Stück Brot in den Mund schiebt.

Louis greift unter dem Tisch nach meiner Hand, um seine Finger mit meinen zu verschränken. Ich drücke sie, um ihm meine Unterstützung zu signalisieren. Diese Situation fühlt sich irgendwie so seltsam, so unbehaglich an. Ich spüre, dass das hier nicht richtig ist. Es ist nicht normal, und mein Herz schmerzt für Louis mit.

„Hier, Baby“. Louis reicht mir mit seiner freien Hand eine Speisekarte.

Ich nehme sie an mich und blättere langsam durch die Seiten. Als ich die Preise sehe, weiten sich meine Augen. Dann stelle ich fest, dass die Hauptgerichte alle ohne Beilagen serviert werden. Die muss man sich extra dazu bestellen.

Ich rechne kurz zusammen, wie viel eine Vorspeise, eine Beilage und ein Teller Suppe für eine Person kosten würde, und schnaufe.

Louis schaut mich an. „Bestell dir, was immer du

willst. Wenn du versuchst, sparsam zu sein, bestelle ich etwas für dich."

„Es ist zu teuer", flüstere ich ihm zu.

Er schüttelt den Kopf. „Ist es nicht. Bestell, was du willst, Baby."

Nickend presse ich die Lippen aufeinander und stimme ihm weder zu noch widerspreche ich ihm. Stattdessen richte ich meinen Blick wieder auf die Speisekarte und versuche, eine Auswahl zu treffen, über die er sich nicht aufregen kann und die zudem am wenigsten kostet.

Das Essen wird im Laufe des Abends noch viel unangenehmer. Irving ist noch vor dem ersten Gang völlig betrunken. Lallend hält er Louis vor, was er gestern Abend hätte besser machen können.

Er sagt ihm, dass er Geld verloren habe, weil er gewettet hat, dass er Meetze in der dritten Runde k.o. schlägt. Während er redet, sprüht seine Spucke über den Tisch, doch schockierenderweise reagiert Louis überhaupt nicht auf seine Worte.

Mir stockt der Atem, als Bette, Louis' Mutter, ihm nickend zustimmt und das Gespräch von Louis und dem Kampf auf mich lenkt. Ich rechne damit, dass sie mich über meine Zukunftspläne ausfragt, oder darüber, wie wir uns kennengelernt haben. Doch stattdessen kommt sie auf etwas zu sprechen, dass ich zu vermeiden gehofft hatte.

„Ich habe gehört, du hast meinen Sohn bei der Arbeit an der Stange kennengelernt? Weißt du, du bist nicht die erste Stripperin, die er mit ins Bett genommen hat, aber tatsächlich die Erste, die er mir vorstellt."

„Mama", warnt Louis sie.

Ich blinzele und muss leicht husten. Ich öffne den Mund, schließe ihn aber schnell wieder, da ich nicht weiß, was ich darauf erwidern soll. Zum Glück muss ich gar nicht antworten, denn Louis war nach seinem *Mama* noch nicht fertig. Er hat nur einen Moment gebraucht, um sich zu sammeln.

„Wir sind hier fertig“, sagt er und steht auf.

Er kramt mehrere Hundertdollarscheine aus seiner Tasche und wirft sie auf den Tisch. Dann wendet er sich mir zu und streckt mir seine Hand entgegen. Ich lege meine Finger in seine und stehe ebenfalls auf.

„Was glaubst du, wo du hingehst?“, bellt Bette ihn an.

„Bist du schon so lange mit Irving zusammen, dass du es nicht mehr merkst, wenn du unhöflich und respektlos bist? Seitdem wir hier angekommen sind, benimmst du dich unmöglich. Von Irving habe ich nichts anderes erwartet, aber von dir, Mama? Ich bin echt enttäuscht. Wir reisen gleich morgen früh ab und ich weiß nicht, wann wir wiederkommen. Aber wann immer das sein mag, erwarte ich mehr von dir.“

Ohne dem noch etwas hinzuzufügen, geht er ein paar Schritte, drückt mich an seine Seite und legt einen Arm um meine Taille, woraufhin wir gemeinsam das Lokal verlassen. Mein erstes Treffen mit seiner Familie und ich habe jede Sekunde davon gehasst.

Sobald wir draußen stehen, presst Louis seine Lippen gegen meinen Kopf und atmet tief ein, während wir darauf warten, dass der Einparkservice seinen schwarzen Wagen vorfährt.

„Es tut mir so leid“, flüstere ich.

„Es gibt nichts, wofür du dich entschuldigen musst, Tullie. Du warst wie immer sehr liebenswert und zuvorkommend.“

Ich lehne den Kopf zurück und schaue ihm in seine grünen Augen. „Dein Dad muss wirklich etwas ganz Besonderes gewesen sein.“

„O ja, das war er. Sehr sogar. Meine Mutter war ganz anders, als er noch lebte. Ich hoffe immer noch, dass

sich die Dinge eines Tages wieder ändern, doch so
langsam glaube ich nicht mehr daran.“

„Das tut mir leid, Louis.“

Brummend drückt er meine Arme. „Mir auch. Ich
werde mein ganzes Leben die Hoffnung nicht aufgeben, aber ich brauche Freiraum.“

„Was immer du brauchst, ich bin für dich da und un-
terstütze dich.“

Er dreht mich so, dass ich ihn ansehen muss, und
neigt den Kopf, um seine Lippen zu einem harten,
aber emotionsgeladenen Kuss auf meine zu legen.

Kapitel 38

Louis

„Ich muss mit dir über etwas reden", sagt Tulip.

Blinzelnd lege ich meine Arme um ihren nackten Körper und ziehe sie näher an mich heran. Nach dem beschissenen Abend mit meiner Mom sind wir nach Hause gekommen und haben miteinander gevögelt. Ich wusste, sie war wund, aber ich wusste auch, dass der Abend mit Irving und meiner Mutter kein Zuckerschlecken werden würde. Also brauchte ich es sanft und zärtlich, genauso wie sie.

Aber reden.

Ich muss mit dir reden.

Das hört sich gar nicht gut an.

Ich lege meine Arme um sie und gebe ihr einen leichten Stubs, damit sie endlich weiterspricht.

Sie atmet tief ein, dann beginnt sie damit, mir von Mark, ihrer Freundin Charlie und all dem Scheiß zu erzählen, der vor einer Woche passiert ist. Ich schließe sie so fest in die Arme, dass ich mir sicher bin, dass ich sie zu doll drücke.

„Du hast all das gemacht, bist zu ihrem Haus gefahren, allein?", frage ich mit tiefer Stimme, da ich versuche, meine Wut zu kontrollieren.

Tulip stemmt sich hoch, indem sie ihre Handfläche auf meine Brust legt. „Ich wusste doch nicht, dass Mark sie unter Drogen gesetzt und missbraucht hat. Ich wusste nicht, dass er und Silas verwandt sind. Von alledem hatte ich nicht den blassesten Schimmer."

Ich nicke einmal, denn jetzt ergibt alles einen Sinn, was Gary über das Treffen mit Mark und Silas im Club gefaselt hat. Ich habe es nicht verstanden, und habe mir ein paar Stunden den Kopf darüber zerbrochen. Aber verdammt. Tulip hätte genauso enden können wie Charlie, wenn ich sie nicht rechtzeitig gefunden hätte.

„Warum hast du mir nichts gesagt, als es passiert ist? Wieso haben Ford und Beau es mir verheimlicht?", will ich wissen und verdränge all den anderen Scheiß aus meinem Kopf.

Tulip klettert auf mich herauf, ihre Schenkel sind über meinen Hüften gespreizt. Wenn ich nicht so verflucht angepisst wäre, würde ich mich völlig auf das Gefühl ihrer warmen Pussy an meinem Schwanz konzentrieren, und nicht auf die Wut, die mein Blut zum Kochen bringt.

„Du solltest dich auf deinen Kampf konzentrieren. Dir ging mehr als genug Scheiße durch den Kopf und deswegen habe ich mich dazu entschieden, vorerst die Klappe zu halten. Das gleiche Versprechen habe ich Beau und Ford abgenommen. Du solltest dich in Ruhe auf diesen Kampf fokussieren. Darauf, wieder in den Ring zu steigen. Du solltest dir keine Gedanken über einen durchgeknallten Mark machen, der drei Staaten von dir entfernt ist, wenn du doch sowieso nicht dort sein und etwas gegen ihn unternehmen konntest."

Ich greife nach ihren Hüften und drücke sie. Verdammte Scheiße. Ihre Augen sind so groß und glühen vor Wut, dass sie verdammt schön sind. Sie bewegt ihr Becken so, dass ihre Pussy an meinem Schwanz entlang gleitet, und ich beiße mir auf die Unterlippe.

„Louis", zischt sie.

„Du bist echt hübsch, wenn du angepisst bist, Baby", murmele ich. „Auch wenn du versuchst, mich zu beschützen, verdammte Scheiße."

Sie schüttelt den Kopf, ihre Haare fliegen ihr um die Schultern. Ich lege eine Hand auf ihren Rücken, übe ein wenig Druck aus und schiebe ihre Brust gegen meine. Ich vergrabe meine Finger in ihren Haaren und suche ihren Blick.

„Danke, dass du an mich gedacht hast, Tullie, aber tust du mir bitte einen Gefallen?"

Sie nickt einmal, und ihr Atem geht in ein süßes, kurzes Keuchen über. Denn ich habe meine Hüften angehoben und meinen Schwanz durch ihre feuchte Mitte gleiten lassen. Ich ziehe so lange an ihren Haaren, bis ihre Lippen meine berühren.

„Ja", haucht sie und reibt sich an mir.

„Verheimliche mir nie wieder etwas. Niemals. Ich sage nicht, dass es falsch war, aber nie wieder, okay?"

„Okay, Louis."

Als sie ihre Hüften leicht anhebt, muss ich grinsen. „Führ mich in dich ein, Baby."

Ein Schauer durchzuckt bei meinen Worten ihren Körper. Ich gleite mit der Zunge in ihren Mund, während ihre Hand zwischen unsere Köper wandert und schließlich meinen Schwanz auf ihre Mitte ausrichtet. Mit einem festen Griff um ihre Hüften stoße ich sie nach unten, hebe das Becken an und fülle sie vollständig aus.

„O ja", schreit sie, während ihr Kopf nach hinten fliegt.

Meine Hand ist noch immer in ihren Haaren vergraben und während ich die Strähnen festhalte, beginnt sie damit, ihre Hüften zu bewegen. Sie fickt mich, indem sie das Becken kreisen lässt, während sie mich reitet. Ich ziehe ihren Kopf leicht zurück und stelle mit Freude fest, wie sie den Rücken für mich wölbt und mir ihre Titten entgegenstreckt.

Der Anblick, der sich mir bietet, ist verdammt schön. Ein Gefühl durchströmt mich, das mich zu überwältigen droht. Ich will nicht nur, dass Tulip meine Freundin ist und mit mir zusammenwohnt, sondern dass sie meine Frau wird. Ich will sie verdammt noch mal für immer in meinem Leben. Ich will dabei zusehen, wie ihr Bauch mit meinem Baby wächst. Ich liebe sie, ganz und gar.

Doch dazu ist sie noch nicht bereit. Ich bin auch noch nicht so weit. Ich würde ihr sofort einen Antrag machen, aber ich weiß, dass wir einfach zu viel durchgemacht haben, und wir erst mal einen Moment zum Durchatmen brauchen. Irgendwann wird sie meine Frau werden. Jedoch brauchen wir beide noch ein bisschen Zeit für uns, ohne dass um uns herum das totale Chaos herrscht.

Ich nehme meine Hand von ihrer Hüfte und presse meinen Daumen gegen ihre Klitoris. Ich stehe kurz davor, mein Sperma in sie abzufeuern. Doch vorher will ich sehen, wie sie kommt.

„Louis", keucht sie, während ihr Körper zu beben anfängt. Ihre Hüften zucken immer heftiger und schneller, woraufhin ich weiß, dass sie kurz davor ist.

Ich kann meinen Blick nicht von ihr abwenden, ich muss sie jede verdammte Sekunde beobachten. Sie stöhnt und öffnet ihren Mund, jedoch verlässt kein Ton ihre Lippen.

Dann, wie aufs Stichwort, erstarrt sie und ihre Pussy zieht sich hart um meinen Schwanz herum zusammen. Ich hebe meine Hüfte an und stoße noch so lange in sie hinein, bis mein eigener Höhepunkt mich überwältigt und ich ihren süßen Körper mit meiner Erlösung flute.

„Louis", seufzt sie, beugt sich vorne über und berührt meine Lippen mit einem zarten Kuss.

Ich löse den Griff um ihr Haar, schlinge meine Arme um ihren Rücken und drücke sie fest an meine Brust. Sie legt ihr Gesicht an meinen Hals, ihr Mund liebkost meine Haut auf die schönste Weise.

„Es tut mir leid, dass der heutige Abend nicht so gut verlaufen ist", flüstert sie mir zu.

Ich drehe sie zu mir herum und halte sie einen Moment lang noch fester, dann streiche ich mit der Hand über ihren Rücken bis rauf zu ihren Haaren. Ich ziehe ihren Kopf leicht zurück, sodass ich in ihre traurigen Augen blicken kann. Ich schüttele den Kopf und versuche, ihr ein Lächeln zu schenken.

„Ich wusste, was mich erwartet. Meine Mom war unverzeihlich unfreundlich zu dir und das ist inakzeptabel. Irving ist immer unhöflich, damit kann ich mich abfinden, aber niemand darf dich in meiner Gegenwart so behandeln, wie sie es getan haben. Ich hatte vor ein paar Wochen die Hoffnung, als Mom sagte, sie wären miteinander fertig, dass sie sich wirklich endgültig getrennt hätten, aber ich glaube nicht, dass meine Mutter ihn jemals verlassen wird."

Tulip streichelt mir über die Wange. „Ich wünschte, es wäre anders, Louie."

„Ich auch, Baby. Aber ich habe dich, und ob du es glaubst oder nicht, nichts kann mich je wieder runterziehen. Nicht eine einzige gottverdammte Sache. Nicht, solange du zu mir gehörst."

Tulip legt ihre Mund auf meinen. „Ich liebe dich, Louis Kingston."

Ich drehe sie auf den Rücken und lasse sie daher los, gleite aber mit meinen Hüften zwischen ihre Beine. „Ich liebe dich mehr, als ich es je für möglich gehalten hätte, Baby."

Ich neige den Kopf zur Seite und presse meine Lippen auf ihre. Ich lasse meine Zunge in ihren Mund gleiten, um sie zu schmecken, um meine Zukunft zu schmecken – um einfach alles zu schmecken.

***

Tulip

Völlig befriedigt habe ich mich an Louis Seite gekuschelt. Als das Telefon plötzlich klingelt, richte ich mich panisch auf und mein Herz beginnt zu rasen. Stöhnend greift Louis nach dem Nachttisch. Er fummelt an seinem Telefon herum und hält es sich ans Ohr.

Bevor er auch nur ein *Hallo* loswerden kann, beginnt auch mein Handy zu summen. Ich nehme das Gerät an mich, entsperre das Display und öffne den Messenger. Als meine Augen klar genug sind, um die Worte zu lesen, die Channing mir geschrieben hat, erschrecke ich.

Ich drehe mich zu Louis um, wir tauschen Blicke aus. „Wir sind schon auf dem Weg. Wir sind so schnell wie möglich da", sagt er.

„Exeter liegt in den Wehen", lasse ich ihn wissen.

Stöhnend steigt er aus dem Bett. „Ich weiß. Steh auf und zieh dich an. Lass uns von hier verschwinden."

„Was ist mit all unseren Sachen?", hake ich nach und schaue mir die Klamotten an, die auf dem Boden verteilt, im Schrank und in der Kommode liegen.

Als er schon in der Tür zum Badezimmer steht, schaut er mich über die Schulter hinweg an. „Nächste Woche kommt ein Umzugsunternehmen vorbei, um alles einzupacken. Sie werden auch deine Sachen mitnehmen."

„Und was ist mit meiner Unterwäsche?"

Louis' Augen weiten sich, dann grinst er. „Willst du mit einer Plastiktüte gefüllt mit Slips reisen?" Ich beiße mir auf die Unterlippe. „Pack all deine Tangas in eine kleine Tasche, Baby. Und jetzt komm, wir müssen duschen."

Das Duschen geht fix. Ich wasche Louis, er schrubbt mir den Rücken, obwohl ich mir wünsche, wir könnten etwas mehr Zeit damit zubringen, uns gegenseitig einzuseifen, doch Exeter liegt in den Wehen. Ich will nicht verpassen, wie das Baby geboren wird. Ich weiß, dass wir nicht mit im Zimmer sein werden, aber ich finde, dass wir alle vor Ort sein sollten, um sie zu unterstützen.

Ich ziehe mir eine Jeans und ein Tanktop an und schlüpfe dann in ein Paar Sneakers, ehe ich mein Haar zu einem unordentlichen Dutt zusammenbinde. Es ist albern, aber ich kann den Gedanken nicht ertragen, dass Fremde meine Unterwäsche anfassen. Also tue ich genau das, worüber Louis gerade noch gescherzt hat, und werfe alle BHs und Höschen in eine Tüte.

„Du bist verdammt süß", murmelt Louis, als ich die Tüte schultere.

Achselzuckend eile ich aus der Tür, sodass wir uns gemeinsam auf den Weg zum Ausgang des Gebäudes begeben können. Dort wartet bereits ein Auto auf uns, das uns zum Flughafen bringen wird. Louis hat es vorhin bestellt und einen Flieger gechartert, der uns nach Hause fliegen soll.

„Gewöhn dich nicht dran." Er lacht. „Normalerweise fliege ich auf die gewöhnliche Weise, aber heute muss es schnell gehen."

Ich sehe ihn an und lächele. „Ich bin das erste Mal in meinem Leben geflogen, um hierherzukommen. Ich bin also an gar nichts gewöhnt."

Louis legt seine Hand auf meinen Oberschenkel und drückt zu. „Gewöhn dich ans Reisen, Tullie. Ich bringe dich überall hin, wohin du auch willst."

Wir sprechen nicht weiter miteinander. Ich richte meinen Blick auf meinen Schoß und grinse vor mich hin. Am liebsten würde ich mich kneifen. Es sind schon so viele verrückte Dinge passiert, aber alles in allem ist ein Traum wahr geworden, seitdem ich mit Louis zusammen bin.

Nachdem wir das Flugzeug bestiegen haben, bleibe ich so lange wach, bis wir gestartet sind. Dann schlafe ich vor Erschöpfung an Louis' Schulter ein, der meine

Hand fest in seiner hält.

Endlich bin ich zufrieden und glücklich und ich weiß, dass das allein an Louis liegt. An der Art und Weise, wie er mit mir umgeht, wie er mich liebt.

Es scheint, als hätte ich nur eine oder zwei Minuten geschlafen, als Louis mich aufweckt. Gemeinsam stürmen wir aus dem Flugzeug. Ich bin überrascht, als ich sehe, dass Beaumont am Rand des Rollfelds auf uns wartet.

„Beeilt euch. Wyatt hat gesagt, dass das Baby jeden Moment kommt", ruft er uns zu.

Meine Füße brennen, als ich zum Pick-up sprinte. Beaumont hat die Türen bereits für uns geöffnet, und ich schwöre, dass ich regelrecht auf den Rücksitz fliege. Louis und Beaumont lachen beide, als sie den Wagen besteigen. Alles Reden und Lachen verstummt, als Beaumont den Truck in einer Mordsgeschwindigkeit vom Rollfeld lenkt.

Wir rasen zum Krankenhaus. Nachdem Beaumont eine freie Parklücke gefunden hat, hechten wir aus dem Auto und rennen so schnell wie möglich über den Parkplatz.

Während wir hinter Beaumont hereilen, legt Louis seinen Arm um meine Taille und wir sprinten in Richtung Entbindungsstation.

Als wir das Wartezimmer betreten haben, halten wir inne. Alle sind hier. Channings Hand ruht auf ihrem Bauch, Rylan hält den schlafenden Reese gegen seine Brust gedrückt. Hutton sitzt auf einem Stuhl, mit hochgelegten Füßen. Auch Wyatts Eltern sind da, sowie eine ältere Dame, die wohl die berühmte Großmutter sein muss.

„Ist das Kind schon da?", frage ich und versuche, wieder zu Atem zu kommen.

Hutton und Channing lachen. „Noch nicht. Sie presst gerade." Channing grinst.

„Wir haben es noch rechtzeitig geschafft", sage ich und schaue Louis an. Seine Finger bewegen sich zu meiner Hüfte.

Gemeinsam gesellen wir uns zu unseren Freunden. Als die Mädels mich zu sich rufen, entlässt Louis mich mit einem Kuss auf die Schläfe. Nachdem Channing mich umarmt hat, setze ich mich zwischen sie und Hutton.

Während wir auf Neuigkeiten von Exeter warten, stellen sie mir eine Million Fragen über den Kampf, und kommentieren das Kleid, das ich getragen habe.

„Louis meinte, ich müsse es verbrennen und dürfe es nie wieder tragen", murmele ich.

„Das glaube ich sofort." Exeter schnaubt. „Aber es war supersexy."

„Stimmt, aber ich habe mich ein wenig verkleidet gefühlt." Ich zucke mit den Schultern.

„Es hat aber total gut zum Anlass gepasst", meint Channing.

Ich nicke zustimmend, dann passiert es. Die Tür öffnet sich und Wyatt betritt den Raum. Sein Kopf ist Richtung Boden geneigt. Langsam hebt er den Blick, sodass selbst ich, die auf der anderen Seite des Zimmers sitzt, die Tränen in seinen Augen schwimmen sehen kann.

„Elizabeth Johnson ist geboren. Sie wiegt drei Kilogramm und ist einundfünfzig Zentimeter groß. Sie ist gesund und glücklich und Exeter war eine wahre Kriegerin", verkündet er stolz.

Exeters Großmutter erschrickt. „Ihr habt ihr meinen Vornamen gegeben?"

Wyatt wendet sich der alten Damen zu. „Ich habe ihn vorgeschlagen. Unser Mädchen soll den Namen der Frau tragen, die ihre Mutter ihr ganzes Leben lang geliebt und umsorgt hat."

Wir schauen alle dabei zu, wie Exeters Großmutter

auf Wyatt zugeht, ihre Arme um ihn schlingt und ihn in eine feste Umarmung zieht. Es ist wunderschön. Alle im Zimmer schauen sprachlos zu. Es ist so still, dass man eine Stecknadel zu Boden fallen hören könnte.

„Komm mit und lern deine Ur-Ur-Enkelin kennen, Oma."

Tränen kullern mir über die Wangen. Ich schaue zu Hutton und Channing herüber und sehe, dass auch sie weinen. Es ist so schön, so unglaublich atemberaubend, dass wir alle vor der Beziehung dieser Familie in Ehrfurcht erstarren.

Louis kommt an meine Seite und streckt mir die Hand entgegen. Ich lege meine Finger in seine und lasse mich von ihm auf die Füße ziehen. Er schließt mich in seine Arme.

„Du gehörst nun zu meiner Familie, Tulip. Ich liebe dich so sehr."

Ich bin nicht nur sprachlos, sondern scheine dazu völlig erstarrt zu sein, als seine Lippen auf meine treffen. Ich liebe ihn auch. Mehr als er ahnt. Diese Menschen um uns herum, sind meine neue Familie, und er hat sie mir geschenkt. Er hat mir seine pure Liebe und eine Familie gegeben. Ich glaube nicht, dass ich jemals glücklicher sein könnte.

Niemals.

Epilog

Zwei Monate später

Tulip

Etwas berührt meine Schulter.
Lippen.
Dann ersetzt Nässe die sanfte Berührung.
Eine Zunge.
Meine Augen flattern auf, und ich drehe mich auf den Rücken. Louis liegt auf der Seite, das Laken ist bis zu seiner Hüfte hochgezogen, seine Hand stützt seinen Kopf und er beobachtet mich. Mit dem Zeigefinger zeichnet er eine Linie von meinem Hals bis runter zu meinem Bauchnabel.

„Louie?", hauche ich.

Er grinst, sieht mich aber nicht an. „Ich kann noch immer nicht glauben, dass Exeter und Channing ihre Babys geboren haben. Laurie und Hutton sind als nächstes an der Reihe."

„Wie kommst du da jetzt darauf?"

Louis legt eine Hand auf meinen Bauch und schaut mich an. Mir stockt der Atem, da ich ahne, was er als nächstes sagen wird.

„Ich will das auch, Tullie. Ich will ein Baby mit dir. Ich will eine Familie mit dir gründen."

„Louis?"

Das ist das Einzige, was ich sagen kann. Der Rest meiner Worte bleibt mir in der Kehle stecken.

„Ich wollte irgendetwas Großes für dich organisieren, aber ich kann nicht länger warten. Keine verdammte Minute länger."

Er nimmt seine Hand von meinem Bauch, schiebt sie hinter seinen Kopf und greift nach etwas, um es mir anschließend hinzuhalten. „Heirate mich, Tullie."

Sofort füllen sich meine Augen mit Tränen. Sie fließen nicht direkt, denn ich gebe mir die größte Mühe, sie zurückzuhalten. Doch als er meine Hand nimmt und den Ring auf meinen Finger schiebt, gibt es kein Halten mehr. Sie laufen mir über die Wangen, während ich versuche, sie wegzublinzeln, um den Ring an meinem Finger zu betrachten.

Ein Platinring mit eingefasstem Diamanten im Birnenschliff. Ich weiß nicht, wie viel Karat er hat, aber es muss viel sein, denn ich kann mich praktisch in dem Steinchen spiegeln. Ich lege meine Hand an seine Lippen und sehe ihm dabei zu, wie er den Ring küsst.

„Ja", hauche ich ihm zu.

„Dabei habe ich dich nicht wirklich gefragt", gluckst er.

Meine Augen weiten sich. „Wie? Wolltest du das gar nicht?"

Louis schüttelt den Kopf. „Wir werden heiraten, Baby. Du wählst das Datum aus und ich werde da sein. Und in unserer Hochzeitsnacht mache ich dir ein Baby. Ich habe so verdammt lange damit gewartet, mir ein schönes Leben aufzubauen, dass ich keine Minute länger vergeuden will."

Ich lasse den Atem mit einem Stoß aus meinen Lungen entweichen. „Louis."

Er lächelt. „Baby."

„Wie bin ich nur an einen so wunderbaren Mann wie dich geraten, der mir in dieser hässlichen Welt eine so unvergleichliche Schönheit zeigt? Was habe ich getan, um dich zu verdienen?"

Sein Lächeln wird eine Spur breiter. „Genau das Gleiche frage auch ich mich jeden verdammten Tag, Tullie."

Wir reden nicht länger miteinander, zumindest nicht mit Worten. Stattdessen lassen wir unsere Körper sprechen. Mein Verlobter schläft mit mir, und auch diesmal ist es genauso spektakulär wie all die anderen Male, wenn wir zusammen sind. Genau hierhin habe ich immer gehört.

Meine Vergangenheit, Joey und meine Eltern, die Grausamkeit dieser Welt, all das hat mich hierhergebracht, damit ich all die Schönheit, die Louis mir schenkt, zu schätzen weiß.

***

Louis

Wir betreten das Gerichtsgebäude, Hand in Hand. Unsere Freunde sitzen bereits im hinteren Teil des Verhandlungszimmers. Nein, besser gesagt, unsere Familie sitzt dort. Ich recke ihnen das Kinn entgegen. Die Frauen nicken mir zu, die Männer erwidern die Geste auf die gleiche Art.

Tulip und ich machen uns auf den Weg in die erste Reihe, ich führe sie nach vorne. Wir sind wegen Charlie hier, als ihr Unterstützungskomitee. Charlie dreht sich zu uns um, ihre Augen sind bereits mit Tränen gefüllt.

„Ihr seid gekommen", flüstert sie.

Tulip streckt nickend die Hand aus und legt ihre Finger auf Charlies Schulter.

„Natürlich sind wir hier."

„Danke", haucht sie, dann werden wir aufgefordert, uns für den Richter zu erheben.

Der Prozess zieht sich zum Glück nicht in die Länge. Hätte der Wichser nicht auf Unzurechnungsfähigkeit plädiert, wäre uns dieser ganze Zirkus erspart geblieben. Doch nun sitzen wir hier und unterstützen Charlie, die am Rande des Wahnsinns balanciert, während sie den Albtraum rund um Mark aufs Neue durchleben muss.

Allerdings hatte Charlie großes Glück. Ähnlich wie bei Silas ist sie nicht das einzige Opfer gewesen, jedoch hat sie den Horror als einzige überlebt. Die familiären Parallelen sind, vor allem in Hinblick auf die widerlichen Vorlieben, größer als ich dachte. Sie sind beide kranke Perverse.

Marks Mutter wurde ins Krankenhaus eingeliefert, doch leider war sie zu alt und hat zu lange unter dem Einfluss der Drogen gestanden, sodass sie den Entgiftungsprozess nicht überlebt hat. Ihr Herz hat der Belastung nicht standgehalten.

Heute ist der letzte Verhandlungstag, das Urteil wird gefällt und wir sind alle für Charlie hergekommen. Wir sind eine Familie, von der sie nicht wusste, dass sie sie hat, wir stehen hinter ihr.

Der Richter bittet uns, aufzustehen, und kommt anschließend direkt zur Sache. Er spricht über die abartigen Dinge, die Mark in seinem Leben getan hat. Er stimmt zu, dass Mark tatsächlich krank ist, woraufhin ich glaube, dass er freikommen wird.

„Ganz egal, wie krank Mark LaFleur auch sein mag, er ist nicht geisteskrank. Mr. LaFleur ist ein Möder, ein Missbrauchstäter und ein sehr gestörtes Individuum. Ich verurteile ihn daher zu einer lebenslangen Haftstrafe ohne die Möglichkeit einer Bewährung."

Mark schreit auf, doch der Richter ignoriert ihn und verlässt sein Richterpult. Charlie dreht sich zu Tulip um, ihre Augen schwimmen in Tränen, dann strömen sie über ihre Wangen. Tulip steht auf, damit die beiden Frauen sich umarmen können.

„Bist du bereit, Charlie?", frage ich sie.

Sie hebt den Blick und nickt mir zu. Ich hatte meine Wohnung in Las Vegas zum Verkauf angeboten, doch sie wurde noch nicht gekauft. Neulich habe ich das Angebot zurückgenommen, da ich Charlie dort einziehen lasse, damit sie einen Neuanfang starten kann.

Sie muss aus Gallup fort, weg von all den schlimmen Erinnerungen, die sie hier quälen.

Gemeinsam machen wir uns auf den Weg nach draußen. Ich sehe ihren Bruder, Deputy Hernandez, auf dem Gehsteig vor dem Gerichtsgebäude warten. Er wird sie zum Flughafen begleiten, sie dort verabschieden.

Charlie dreht sich zu mir um, in ihren Augen schwimmen noch immer Tränen. Tulip unterhält sich mit den anderen Frauen, daher weiß ich, dass sie uns nicht hören kann. Charlie legt ihre Hände auf meine Schultern und zieht mich anschließend in eine Umarmung.

„Ich danke dir, Louis. Ich danke dir für alles, aber vor allem dafür, dass du Tulip beschützt und sie so liebst, wie du es tust. Von keinem anderen Mann hätte ich je gedacht, das mal sagen zu können, aber ich danke dir dafür, dass du der Mann bist, den sie verdient.“

Charlie gibt mich wieder frei und bevor ich etwas auf ihre Worte erwidern kann, läuft sie auch schon zu ihrem Bruder. Ich sehe ihr dabei zu, wie sie sich auf den Beifahrersitz des Streifenwagens setzt.

Tulip kommt zu mir und legt einen Arm um meine Taille. Ich schaue zu ihr herunter, aber ihr Blick ist auf den Wagen des Sheriffs fokussiert, der gerade davonfährt.

„Was hat sie zu dir gesagt?“, erkundigt sie sich.

Ich drücke sie ein wenig fester an mich. „Nichts, was für deine Ohren bestimmt ist.“

Tulip sieht endlich zu mir auf, und ich schenke ihr ein kleines Lächeln. „Danke, dass du das alles für sie möglich gemacht hast. Du hättest das nicht tun müssen, deswegen weiß ich es umso mehr zu schätzen.“

„Sie brauchte jemanden, der ihr ein wenig Freundlichkeit entgegenbringt. Sie hat dich und ihren Bruder, die ihr Liebe geben können, aber sie brauchte auch eine andere Art der Güte, und ich bin froh darüber, dass ich ihr das schenken konnte“, entgegne ich.

Tulips Augen füllen sich umgehend mit Tränen, die sie nicht zurückhalten kann. Sie laufen ihr über die Wangen. „Ich habe dich nicht verdient.“

Kopfschüttelnd lege ich meine Lippen auf ihre Stirn. „Doch, Tullie, das hast du. Und auch ich verdiene dich, Baby. Ich habe mein ganzes Leben lang nur darauf gewartet, mit dir zusammen sein zu können, und jetzt werde ich dich nie wieder gehen lassen.“

AUßERGEWÖHNLICHE HELDEN: PROTECTOR
(LAURIE & JESSE)

Prolog

Laurie

Jesse presst seine Lippen auf meine. Er hebt mich hoch und stößt mich mit dem Rücken gegen die Zimmertür, dann dringt er in mich ein. Mein Kopf schlägt gegen das Holz und ein Miauen verlässt meine Kehle. So einen Laut habe ich noch nie von mir gegeben.

„Sieh mich an", knurrt er.

Ich halte mich an seinen Schultern fest und blicke ihm direkt in die Augen. Seine Kiefermuskulatur ist angespannt, sein Blick ist nur auf mich gerichtet. Er grinst, weil er spürt, wie gut es ist, in mir zu sein. Er hat den Größten, den ich je hatte, und so wie er seine Hüften bewegt, weiß er genau, was er tut.

Dieser eingebildete Ficker.

„Härter", stöhne ich.

Er schüttelt den Kopf. „Tut mir leid, Babe. Ich amüsiere mich gerade prächtig." Er grinst.

„Pussy", schnauze ich zurück.

Er lacht. „O ja, tief in deiner Pussy."

Er schiebt sein Becken gegen meine Klitoris, woraufhin ich aufkeuche. Jesse beugt sich vor, seine Lippen sind nur eine Haaresbreite von meinen entfernt. Ich spüre, wie sein Atem über meinen Mund strömt und will, dass er mich küsst. Ich brauche seinen Kuss. Er grinst und weiß genau, was er in mir auslöst.

„Wirst du auf meinem Schwanz kommen, Babe?", flüstert er.

„Nur, wenn du endlich loslegst."

„Fuck, Laurie", bellt er.

Seine Hände ruhen auf meinem Arsch und er drückt zu, ehe er uns umdreht. Mit seinem Schwanz noch immer tief in mir, geht er zum Bett. Er legt mich auf dem Rücken ab, während er weiterhin stehen bleibt.

Jesse legt eine Hand auf meine Taille, die andere um meinen Nacken. Dauerhaft hält er Blickkontakt. Ich schwöre, dass meine Pussy bereits krampft. Noch nie hat mir ein Mann so intensiv in die Augen geschaut, wie Jesse.

„Fick mich, Jesse."

Die Art und Weise, mit der er mich betrachtet, ändert sich. Ein Knurren entweicht seiner Kehle, als seine Fingerspitzen sich tiefer in meine Haut graben. Dann, ohne Vorwarnung, tut er endlich, was ich von ihm verlangt habe.

Er fickt mich.

Hart.

Besitzt mich.

Dieser Mann, der nur meinen Vornamen kennt, nimmt mich völlig ein.

Das ist verdammt beängstigend.

***

Jesse

Erstaunlich.

Vielleicht liegt es daran, dass ich sie im völlig nüchternen Zustand vögele? Vielleicht ist es auch, dass sie kein Groupie ist? Vielleicht laufen die Dinge in einer Kleinstadt anders, aber verdammt, Laurie ist ein gottverdammter Knaller und die Beste, die ich je hatte.

Ich vergrabe meinen Schwanz tief in ihr, presse mein Gesicht gegen ihren Hals und stöhne. Dann komme ich. Intensiv. So intensiv wie noch nie zuvor in meinem verfluchten Leben. Na ja, vielleicht nicht ganz so intensiv wie beim ersten Mal, als ich abspritzte. Das war so verdammt hart, dass ich Sterne gesehen habe.

Sie schlingt ihre Beine um mich, und einen Moment

lang fühle ich mich irgendwie seltsam. Ich verspüre einen inneren Frieden. „Jesse", wispert sie.

Ich will meinen Kopf nicht von ihrem Hals nehmen. Ich will nicht, dass das Gefühl endet, doch ich weiß, dass es vermutlich darin liegt, dass ich sie nicht kenne. Ich weiß nur, dass sie mit Beaus Neuer befreundet ist.

Langsam nehme ich den Kopf von ihrem Hals und blicke ihr in die Augen. Ein verdammt tiefes Braun, so gottverdammt tief, dass es mich einsaugt und mich verdammt noch mal erstarren lässt.

„Jepp?", grunze ich.

„Willst du duschen und dann eine zweite Runde?"

Meine Lippen verziehen sich zu einem Grinsen. „Fuck, ja, Babe."

So verläuft der Rest des Abends. Mit blasen, ficken, lecken und noch mehr vögeln. Sie bläst meinen Schwanz wie keine andere, und selbst als kein Tropfen Sperma mehr übrig ist, will ich es noch mal mit ihr treiben.

Noch nie in meinem Leben habe ich mich so gefühlt.

Ich stecke in gottverdammten Schwierigkeiten.

Kapitel 1

Ich reiße die Hände in die Luft, als ich sehe, wie sie ihre Arme unter ihren fülligen Titten verschränkt. Laurie Howard ist ein verdammtes Miststück. Ein verdammt sexy Miststück. Die Beste, die ich je flachgelegt habe, aber eben ein Miststück. Ich habe versucht, sie dazu zu bringen, es wenigstens zu versuchen. Nicht für mich, nicht für sich selbst, sondern für das Baby, das sie unter ihrem Herzen trägt. Doch sie weigert sich verfickt noch mal.

„Was willst du?", frage ich sie.

Sie zuckt mit den Schultern, ihr Blick ist auf den Fußboden gerichtet. Wir stehen mittig in ihrem gottverdammten Salon in Burnet, Texas. Dieser Kack ist nichts für mich. Und trotzdem bin ich seit zwei Monaten hier und versuche dieses Miststück dazu zu bringen, vernünftig mit mir zu reden.

Ich habe die Nase gestrichen voll.

„Schön", schnauze ich zurück. „Du willst das allein durchziehen? Bitte schön."

Ich wende mich von ihr ab und stapfe zur Tür. Ich reiße sie auf und schaue über meine Schulter zurück, als ich sie meinen Namen rufen höre. Ich blicke in diese dunklen Augen, die ich mehr will, als Worte es beschreiben können.

„Wohin willst du?"

Mit zusammengekniffenen Augen schüttle ich den Kopf. Sie ist nicht nur ein Miststück, sie auch verdammt noch mal verrückt. „Ich fahre nach Kalifornien zurück. Mein Anwalt wird den Auftrag bekommen, Papiere für den Unterhalt auszuarbeiten und einen Besuchsplan aufzusetzen."

„Jesse."

„Wenn dir die ganze Scheiße um die Ohren fliegt, denk daran, dass du dich dafür entschieden hast, es allein durchzuziehen."

Mehr sage ich dazu nicht. Ich warte auch nicht darauf, dass sie mir antwortet. Ich gehe. Zurück in dem Airbnb, in dem ich gewohnt habe, packe ich meine Sachen und verschwinde. Ich bleibe keine Sekunde länger, als ich verflucht noch mal muss.

Sobald ich gepackt habe und mein ganzes Zeug im Mietwagen verstaut ist, halte ich auf der Einfahrt des Hauses, das ich angemietet habe, und schicke Beaumont eine Nachricht.

Ich: *Sie will es nicht mit mir versuchen. Ich habe die Schnauze voll. Bin auf dem Weg nach Hause. Wir sehen uns, wenn du das nächste Mal in der Stadt bist.*

Beau: *Du hast es versucht. Fuck. Tut mir leid.*

Ich: *Mir auch.*

Ich befördere mein Handy auf den Beifahrersitz, setze den Wagen zurück und fahre los. Ich habe nicht vor, wieder herzukommen, bis mein Baby geboren ist. Dieser ganze gottverdammte Ort ist nichts weiter als eine schlechte Erinnerung.

***

Laurie

Ich glaube, ich habe gerade Mist gebaut. Scheiße. Ich lege meine Hände auf meinen Bauch und starre auf die Tür, durch die Jesse vor ein paar Stunden verschwunden ist. Ich beiße mir auf die Lippe, kneife die Augen zusammen und versuche, die Tränen wegzublinzeln.

Warum kann ich mich ihm nicht einfach öffnen? Wieso kann ich es nicht einfach versuchen?

Ich rümpfe die Nase, öffne die Augen und seufze. Ich weiß die Antwort bereits. Wenn ich mich ihm öffne, wenn ich mich in ihn verliebe, hat er die Macht mich zu verletzen. Ich will mir nicht wehtun lassen. Nie im Leben. Dieser Mann ist nichts weiter als ein großes Paket voller Schmerz, verpackt in einem tollen Körper.

Nein. Nein Danke. Auf keinen Fall.

Ich räume den Salon auf, schließe ihn ab und gehe zu meinem Auto. Der Anblick von Beaumont, der an meiner Fahrertür lehnt, lässt mich ins Stocken geraten. Jesse hat ihn angerufen, so muss es sein. Verdammt noch mal.

„Ich muss mit dir sprechen, Laurie", sagt Beaumont.

Kopfschüttelnd straffe ich die Schultern und gehe auf ihn zu. Ich erwarte einen Vortrag. Vermutlich wird er mir sagen, dass ich es verkackt habe, aber das muss er überhaupt nicht, denn das weiß ich selbst.

„Ich will mich nicht in die Sache mit dir und Jesse einmischen, aber ich wollte mich vergewissern, ob es dir gut geht."

Nickend hebe ich langsam den Blick. „Ich glaube, es ist alles in Ordnung."

Beaumont streckt die Hand aus und legt seine Finger um meinen Oberarm, dann drückt er sanft zu. „Er hat die Stadt verlassen, aber ich nehme an, dass du das bereits geahnt hast. Du sollst nur wissen, dass, egal was auch passiert, Hutton und ich immer für dich und das Baby da sind."

Ich senke den Kopf und trete mit einem gemurmelten *Dankeschön* gegen einen imaginären Stein. Beaumont drückt abermals meinen Arm.

„Außerdem wollte ich dir sagen, falls du es doch mit

Jesse probieren willst, dass er ein wirklich guter Kerl ist."

„Er spielt in einer Rockband ..."

Beaumont grinst. „Ja, ich auch und ich bin der Leadsänger."

Ich verdrehe kopfschüttelnd die Augen. „Das ist etwas völlig anderes. Du warst schon immer ganz scharf auf Hutton, seit du jung und dumm warst. Meine Situation ist eine völlig andere."

Beaumont zieht seine Hand zurück und zuckt mit den Schultern. „Mag sein. Ich sage ja nur, dass Jesse vielleicht eine Chance verdient hat. Vor allem, weil du sein Kind in dir trägst. Es ist doch seins, oder?" Ich starre ihn streng an, woraufhin er kapitulierend die Hände in die Höhe reckt. „Hey, ich habe das Gerücht gehört, dass du und Ford was miteinander hattet. Das ist alles."

Ich schlucke hart. „Es ist von Jesse", flüstere ich. „Zumal es Fakt ist, dass er kein Kondom benutzt hat. Frag mich nicht, warum wir nicht daran gedacht haben. Ich war einfach auf andere Dinge konzentriert. Aber ja. Ford hat eins benutzt, weil er tief in seinem Inneren ein guter Mann ist, der sich um sein Mädchen kümmert, auch wenn er im Bett ein bisschen zu hart rangeht."

Beaumonts Augen weiten sich, da er offensichtlich nicht alle Einzelheiten über mich und Jesse oder mich und Ford hören wollte.

„So viele Infos brauchte ich nicht."

Ich lächele. „Aber du hast sie trotzdem bekommen. Frag nicht, wenn du es nicht wissen willst."

„Du kommst schon klar", murmelt Beau, als würde er mit sich selbst sprechen.

„Natürlich."

Beau hilft mir dabei, ins Auto einzusteigen, und ich schenke ihm ein strahlendes Lächeln und winke ihm zu, als ich den Motor starte und den Innenstadtbereich verlasse. Ich fahre jedoch nicht nach Hause. Stattdessen suche ich Jesses Miethaus auf. Genau wie Beau gesagt hat, steht es leer. Das bemerke ich schon, als ich in die Einfahrt einbiege. Ich kann spüren, dass er gegangen ist.

Sofort schießen mir Tränen in die Augen. Ich bleibe so lange dort stehen, bis die Sonne untergeht, und heule wie ein feiges Miststück.

Kapitel 2

Eine Woche verstreicht, dann die zweite. Ich höre nichts, absolut gar nichts von Jesse. Plötzlich wird mir klar, dass er nicht zurückkommen wird. Ich habe es vermasselt und er ist weg. Es ist besser so, definitiv das Beste. Das sage ich mir jeden einzelnen Morgen, wenn ich mich aus dem Bett quäle.

Es ist jetzt zwei Wochen, drei Tage und vierzehn Stunden her, seit Jesse den Salon verlassen hat. Heute ist einer dieser seltenen Tage, an denen ich nicht arbeite, und ich fühle mich kreuzelend. Ich bade im Selbstmitleid, während ich vor dem Fernseher hocke.

Es klopft an meiner Haustür. Ich bin mir zwar nicht sicher, wer es ist, sprinte aber trotzdem zur Tür und hoffe darauf, dass es Jesse oder irgendjemand anderes ist, der mich von dem Chaos ablenkt, das sich mein Leben schimpft. Zwei Wochen ohne seine Hartnäckigkeit, zwei Wochen ohne einen Anruf, und mir wird bewusst, dass ich den Fehler, den ich begangen habe, schwer bereue.

Ich hätte ihm die Chance geben sollen, die er verdient. Die Chance, die ich ihm tief im Inneren auch geben wollte. Aber er sollte darum kämpfen, sollte um mich kämpfen und niemals, niemals aufgeben. Ich hatte schon zu viele Menschen um mich herum, die mich aufgegeben haben. Hutton ist die einzige Konstante in meinem Leben. Meiner Erfahrung nach geht jeder irgendwann, und Jesses Schweigen beweist das.

„Hallo?", frage ich den fremden Mann, der auf meiner Veranda steht.

„Laurie Howard?"

„Ja?"

Er überreicht mir einen Umschlag. „Damit ist die Mitteilung ordnungsgemäß zugestellt."

Ohne ein weiteres Wort zu verlieren, dreht er sich um und joggt von meinem Grundstück. Mein Herz krampft sich zusammen, und dann passiert etwas, das ich nie für möglich gehalten hätte. Ich dachte, ich hätte es immer gut beschützt, aber es geschieht trotzdem – mein Herz zerbricht.

Ich trete einen Schritt zurück, gerade weit genug, um die Tür zuzuschlagen. Dann drehe ich mich um und lasse mich auf meinen Hintern fallen. Mit dem Rücken gegen die geschlossene Tür gelehnt, reiße ich den Umschlag auf und hole die Papiere heraus. Meine Augen füllen sich schon mit Tränen, bevor ich überhaupt lesen kann, was zum Teufel drinsteht.

Alles auf dem Papier ist verschwommen. Doch das Wesentliche habe ich klar und deutlich verstanden. Ich habe ihn verloren. Ich habe die einzige Chance darauf, glücklich zu sein, gehen lassen. Denn ob man es mir glaubt oder nicht, die wenigen Male, die ich mit Jesse zusammen war, waren die glücklichsten in meinem ganzen Leben.

Ich schluchze und kneife die Augen zusammen. Es ist vorbei. Es ist aus. Er will nichts mehr mit mir zu tun haben. Er hat mir über seinen Anwalt Unterhaltszahlungen angeboten und ein Besuchsrecht beantragt. Er will mich nicht einmal persönlich darüber informieren.

Ich lege mich auf die Seite, rolle mich zu einer kleinen Kugel zusammen und weine mich auf den harten Kacheln im Eingangsbereich in den Schlaf. So verharre ich volle vierundzwanzig Stunden. Niemand weiß, wo ich bin oder was ich tue. Niemanden kümmert es.

***

Ich bekomme eine SMS und muss sie nicht einmal lesen, um zu wissen, was dort steht. Trotzdem tue ich es. Beim Anblick der Zeile dreht sich mir der Magen um.

Nachricht zugestellt.

Ich kneife die Augen zusammen, werfe mein Handy auf den Nachttisch und lege mir den Arm über das Gesicht.

Fuck.

Das war das Letzte, was ich wollte. Fakt ist, dass ich verdammt aufgebracht war, weil ich Laurie geschwängert habe. Ich bin ausgeflippt, aber als ich mich wieder beruhigt hatte, wurde mir klar, dass das verdammt cool ist.

Laurie ist heiß, sie ist süß und sie ist eine verdammte Granate in der Kiste. Ich wüsste nicht, ob es je eine bessere Frau für mich gäbe. Aber sie ist auch so verdammt stur und kommt mir nicht einen gottverdammten Zentimeter entgegen.

Mein Handy vibriert auf dem Nachttisch, und ich überlege, ob ich einfach nicht rangehen soll. Schließlich nehme ich es doch zur Hand, ohne einen Blick aufs Display zu werfen.

„Hallo", belle ich in den Hörer.

„Du klingst beschissen", grollt eine tiefe Stimme, die ich eindeutig zuordnen kann.

Ich brumme und weigere mich, ihm zu stecken, dass ich mich auch beschissen fühle. Ich erzähle ihm auch nichts von den Dokumenten meines Anwalts, die der Kurier ihr heute zugestellt hat. Es fühlt sich wie eine Lüge an, aber es ist zu persönlich, um es mit ihm zu teilen.

„Sie ist verletzt, Mann."

Mein Bauch krampft sich bei diesen Worten zusammen. „Sie hat es so gewollt, Beau. Sie war diejenige, die mich wieder und wieder von sich gestoßen hat, bis mir keine andere Wahl blieb, als zu gehen."

„Vielleicht gibt es dafür einen Grund. Hast du schon mal daran gedacht?"

Ich schüttle den Kopf, obwohl ich genau weiß, dass er es nicht sieht. „Daran habe ich keine Zweifel. Keine Frau läuft ohne Grund erst so heiß, nur um dann im nächsten Augenblick kalt wie Stahl zu sein und mich abblitzen zu lassen. Sie wird mir keinen Millimeter entgegenkommen, Beau. Kein Durchbruch in Sicht. Ich weiß nicht, was ich sonst noch tun soll, außer mit dem Kopf gegen eine Wand zu rennen."

„Ich habe es verstanden", behauptet er. Hat er aber nicht. Er hat eine Frau, die ihm regelrecht zu Füßen lag, als er versuchte, wieder in ihr Leben zu treten. Laurie ist nicht so. Ganz und gar nicht. „Ich hasse es, dabei zuzusehen, wie ihr beide den Scheiß bereuen werdet."

„Geht mir genauso", gestehe ich ihm flüsternd.

Beaumont schweigt einen Moment, dann seufzt er. „Ich bin in ein paar Monaten wieder in der Stadt, dann können wir Aufnahmesessions planen."

Ich sage ihm, dass sich das gut anhört und bin dankbar für den Themenwechsel. Wir legen auf und ich lasse mich aufs Bett zurückfallen, halte mir einen Arm über die Augen und frage mich, ob ich es so richtig verbockt habe.

Dann komme ich zu dem Entschluss, dass sie, wenn sie mich wirklich will, auf mich zukommen muss. Ich kann sie nicht ständig anflehen, nicht mehr. Ich habe bei dieser Frau mehr gebettelt als je zuvor. Kein anderes Miststück hat es mir je in meinem gottverdammten Leben so schwer gemacht.

Kapitel 3

Laurie

„Du tust *was?*", schreit Hutton schockiert auf. Nickend drücke ich ihr die Papiere gegen die Brust. „Wenn er will, dass ich diesen Scheiß unterschreibe, muss er mich persönlich darum bitten. Ich werde diesen passiv-aggressiven Mist nicht den Rest meines Lebens mitmachen", schnauze ich.

Offensichtlich ist meine Traurigkeit in Wut übergangen. Denn genau das bin ich. Einfach nur verflucht wütend. So eine Pussy. Er wird sich mir stellen müssen, wenn er will, dass ich unterzeichne. Mir in die Augen sehen und mir sagen, dass es das ist, was er will.

„Laurie, ich dachte, das ist genau das, was du willst? Ich denke, er könnte …" Ihre Stimme ist sanft und süß, genau wie sie, doch sie beendet den Satz nicht.

Ich schüttle den Kopf und schaue zu Boden, um auf meine hochhakigen Wildlederstiefeletten zu blicken. O Gott, ich weiß, dass ich sie nicht tragen sollte, aber ich liebe sie. Ich liebe hohe Absätze und ich trage sie so lange, bis es eben nicht mehr geht.

„Er könnte was?", will ich wissen.

Sie schaut zu Boden, dann holt sie ihr Handy aus der Tasche und reicht es mir. Es zeigt ein Foto von Jesse und einer mysteriösen Frau, die kaum bekleidet ist. Auf seinem Balkon.

Ich sehe Hutton direkt in die Augen. „Ich will das, was du mit Beau hast. Ich will, was Channing und Exeter haben. Ich will, worauf Tulip und Louis zusteuern. All das. Ich will das alles."

Meine Augen schwimmen in Tränen und das hasse ich. Hutton hat mich noch nie heulen sehen. Niemals. Sie weiß längst nicht über alles in meinem Leben Bescheid. Wir sind seit Jahren befreundet, aber das meiste, was in meinem Leben passiert ist, habe ich ihr verschwiegen. Sie hat keinen blassen Schimmer. Sie hält mich für ihre wilde, männerverrückte, sexbesessene Freundin.

Hutton greift nach mir, schlingt die Finger um meinen Unterarm und drückt sanft zu. „Dann solltest du es bekommen. Ist Jesse denn derjenige, mit dem du es haben willst?"

Ich nicke leicht. „Kein Mann hat mich je so fühlen lassen, wie er. Ich werde dem Foto auf den Grund gehen", lasse ich sie wissen und reiche ihr das Telefon.

„Dann gib bloß nicht kampflos auf."

Ich lege meine Arme um ihre Schultern und ziehe sie in eine Umarmung. Mein dicker Bauch kommt uns in die Quere, woraufhin wir lachen. „So leicht gebe ich nicht auf. Ich weiß nicht, was passieren wird. Aber was ich weiß, ist, dass ich mich hassen werde, wenn ich es nicht wirklich versuche."

Hutton grinst. „Geh und hol dir deinen Mann."

„Du weißt, dass das verdammt peinlich für mich wird, oder?"

Sie zuckt mit einer Schulter. „Ich würde mich lieber schämen, als in Reue zu leben."

Ich nicke. „Das ist der einzige Grund, warum ich das überhaupt tue."

„Du schaffst das. Du bist die stärkste Frau, die ich kenne." Sie reicht mir die Papiere zurück, und ich atme tief aus.

Ich lasse sie allein, sage nichts weiter, nehme die beschissenen Dokumente und mache mich auf den Weg zu meinem Auto. Ich starte den Motor und blicke zu ihr zurück. Sie ist nicht mehr allein, Beaumont steht hinter ihr, und beobachtet mich. Wenn ich raten müsste, würde ich darauf tippen, dass er alles mitangehört hat. Ich hoffe nur, dass er nicht direkt zu Jesse rennt, denn ich will das Arschloch überrumpeln.

***

Jesse

Das Hausmädchen putzt um mich herum. Ich kenne ihren Namen nicht, habe ihn nie erfahren. Sie wurde lediglich von mir eingestellt, weil sie echt heiß ist. Gott, ich bin so ein Vollidiot. Sie zappelt in kurzen Trainingsshorts vor mir herum, aus der an der Unterseite ihre Arschbacken raushängen, und trägt einen Sport-BH, der kaum ihre Titten bedeckt.

Ich verfolge sie mit meinen Blicken, aber mein Schwanz zuckt nicht einmal. Ich schwöre, er ist kaputt. Ich habe mich betrunken, nachdem Beaumont mich vor zwei Tagen angerufen hat. Ich sollte nicht saufen, sondern üben, Musik schreiben, irgendetwas anderes tun, als ein fauler Sack zu sein und eine verdammte Selbstmitleidsparty zu feiern.

„Brauchen Sie noch etwas, Mr. Morales?", wispert sie und beugt sich ein wenig zu weit vor. Denselben Scheiß hat sie bereits vor ein paar Tagen gemacht, als ich versucht habe, mir auf dem Balkon die Erinnerungen wegzusaufen.

„Nö", schnauze ich.

Sie nickt, leckt sich über ihre künstlich aufgespritzten Lippen und grinst. „Ruf mich einfach an, Tag oder Nacht, und ich werde herkommen, um dir eine helfende Hand zu sein", säuselt sie.

Ich winke ab. Ich werde sie nicht kontaktieren. Niemals. Ich schließe die Augen, lasse den Kopf gegen die Stuhllehne fallen und führe die Flasche an die Lippen. Ich höre, wie sich die Tür öffnet und wieder schließt. Ein paar Sekunden später geht sie ein weiteres Mal auf und fällt wieder ins Schloss.

Ich warte ab, um zu sehen, was sie von mir will. Vielleicht hat sie etwas vergessen. Allerdings ruft sie nicht nach mir, sie spricht kein einziges Wort.

Das ist alles.

Bis ich eine Stimme höre, mit der ich nie gerechnet hätte. „Deine Freundin sieht aus wie eine Nutte."

Ich öffne die Augen und hebe den Kopf und all das geschieht so schnell, dass mir schwindelig wird. Ich denke, dass hier ist ein Traum, also blinzle ich. Aber das ist keiner. Sie ist hier, steht in meinem Wohnzimmer. Die Arme vor der Brust verschränkt, mit diesem verdammten Bauch. Ihr Bauch ist noch größer als beim letzten Mal, als ich sie sah, und er ist so verflucht atemberaubend. Er ist wunderschön, genau wie sie.

„Sie ist nicht meine Freundin", krächze ich.

„Bist du bereits um drei Uhr am Nachmittag besoffen?", fragt sie mit strengem Blick.

Ich zucke mit der Schulter. „Ich habe im Moment nichts Besseres zu tun."

„Du bist so ein Arschloch", schnauzt sie und pfeffert mir dann den Umschlag um die Ohren.

Ich schaue ihn mir an und zucke erschrocken zusammen. „Wie bist du hierhergekommen? *Warum* bist du hier?"

„Weil ich eine Idiotin bin", flüstert sie. „Ich gestatte es mir nicht, mich verletzlich zu zeigen, und trotzdem bin ich hier. Und ich wusste, dass ich dafür einen Arschtritt kassieren werde. Trotzdem bin ich gekommen, weil ich eben eine Idiotin bin."

Kapitel 4

Jesse blinzelt, aber er spricht kein Wort. Ich glaube nicht, dass sein Verstand gerade auf Hochtouren arbeitet. Er sieht völlig fertig aus, und seinem Geruch nach zu urteilen, ist er schon seit mindestens zwei, vielleicht sogar drei Tagen, in diesem Zustand.

Er versucht aufzustehen, kann sich aber nicht halten und landet wieder auf seinem Arsch. Ich beobachte, wie er sich knurrend an den Armlehnen festhält.

„Das nächste Mal, wenn du mir so etwas zukommen lassen willst, mach es gefälligst persönlich. Wie ein Mann", schnauze ich ihn an und deute auf den Umschlag in seinem Schoß. „Schick nie wieder einen Kurier, du Pussy."

Ich wende mich von ihm ab und will gehen, komme aber nicht weit. Ich weiß nicht wie, aber Jesse hat seinen Arsch hochbekommen und presst seine Brust gegen meinen Rücken, während er mit seinen Händen sanft meine Oberarme umschließt. Als ich spüre, wie seine Lippen meinen Nacken berühren, bekomme ich eine Gänsehaut.

„Jesse", hauche ich.

Seine Hände gleiten meine Arme herab, dann lässt er sie zu meinem Bauch hinabgleiten. Er hält ihn fest.

„Geh nicht wieder weg, Babe. Halte mich nicht von dir fern", haucht er gegen meine Haut.

Ich schüttle den Kopf, kneife die Augen zusammen und versuche, die Tränen zurückzuhalten. „Ich kann das nicht."

„Was, Laurie?"

„Das hier. All das. Ich kann mich dir nicht öffnen und zulassen, dass du mir wehtust. Es geht nicht."

Jesses Finger schmiegen sich enger an meinen Bauch

und er fährt mit der Zunge über meine Haut, um meinen Hals zu schmecken. Meine Knie beben und meine Schenkel zittern bei diesem irren Gefühl. Ich lehne mich gegen ihn, hebe eine Hand und schlinge meine Finger um seinen Nacken.

Ich drehe den Kopf zur Seite und berühre mit meinen Lippen die Unterseite seines drei Wochen nicht rasierten, borstigen Kiefers. „Jesse", hauche ich.

Es ist ein unschuldiger Moment, ich kann das Versprechen, das seine Hände und sein Mund mir zu verstehen geben, fühlen. Ich will all das. Ich will ihn behalten, und ich habe Angst, dass ich vielleicht zu spät sein könnte.

„Du machst mich verdammt unglücklich, Laurie", murmelt er gegen meinen Nacken, seine Aussprache ist leicht undeutlich. „Aber ich habe mich auch noch nie so glücklich wie in deiner Gegenwart gefühlt. Was zum Teufel soll ich jetzt tun?"

Ich drehe mich in seinen Armen um und lege eine Hand in seinen Nacken, die andere positioniere ich auf seiner Brust.

„Ich habe so etwas noch nie gemacht."

„Was?", will er wissen und sieht so verdammt verloren aus. Ich hoffe nur, dass er sich morgen noch an das hier erinnert, denn ich weigere mich, diesen Scheiß zu wiederholen. Nicht noch einmal.

„Ich war noch nie in einer Beziehung. Noch nie hinter einem Mann her. Ich wollte nie, dass mir jemand zu nahe kommt."

„Wovor hast du Angst?", fragt er.

Ich zucke mit den Schultern, obwohl ich genau weiß, wovor ich mich fürchte. Ich habe keinen Schiss, sondern eine Mordsangst. Er sucht meinen Blick, aber ich kann es ihm noch nicht sagen. Ich muss ihm erst vertrauen können und im Moment, vertraue ich nicht einmal mir selbst.

„Vor allem", hauche ich.

***

Jesse

Ich neige den Kopf zur Seite und berühre mit meinem Mund ihre Lippen. Ich bin mir sicher, dass ich nach Alkohol schmecke, den ich in rauen Mengen getrunken habe, aber das ist mir egal. Laurie ist hier, direkt vor mir. Sie ist verflucht real und sie öffnet sich mir auf eine Art und Weise, wie sie es, wenn ich ganz ehrlich bin, noch nie getan hat.

„Ich gehe nirgendwohin, Babe", rassle ich.

„Ach ja?" Sie zieht eine Augenbraue in die Höhe. „Der Brief, den du mir hast schicken lassen, lässt etwas anderes schlussfolgern."

„Ich wusste nicht, wie ich reagieren sollte. Ich war ratlos. Du hast sehr deutlich gemacht, dass du mich nicht willst, dass du uns nicht willst."

„Ich bin eben eine Idiotin."

Ich schnaube. „Nein, du hast Schiss. Und ich auch. Lass uns zusammen Angst haben."

„Ich kann es versuchen. Du musst aber geduldig mit mir sein."

Meine Lippen zucken und ich bin mir schon jetzt sicher, dass sie angepisst sein wird, aber da ich nicht mehr zwischen richtig und falsch unterscheiden kann, haue ich es einfach raus. „Du bleibst in meinem Bett, du fickst mich genau so, wie ich das will, und im Gegenzug kann ich scheißgeduldig sein."

„Du bist ekelhaft", haucht sie, aber ihre Augen weiten sich und das bedeutet, dass sie das Gleiche will.

Ich grinse. „Du liebst es doch, Babe."

„Ich finde es nicht in Ordnung, dass du andere Frauen gevögelt hast, während ich in Texas war", schnauzt sie, und ihre Körpersprache verändert sich im Handumdrehen.

Stirnrunzelnd neige ich den Kopf zur Seite. Als sie einen Schritt zurücktritt, sind ihre Augen nicht mehr weich und verschwommen, sie glühen nun von einem sexy Feuer, dass in ihnen lodert.

„Wovon zum Teufel faselst du?", frage ich, wohl wissend, dass ich mir noch nicht mal einen runtergeholt habe, seit ich wieder zu Hause bin.

Sie verschränkt die Arme vor der Brust und drückt ihre üppigen Titten wieder nach oben. „Ich habe die Bilder von euch auf deinem Balkon gesehen und die Schlampe kam mir vorhin entgegen, als ich herkam. Sie hat die Dreistigkeit besessen, sich über die Lippen zu lecken und mir brühwarm zu erzählen, wie wund sie sei."

Meine Augenbrauen schießen in die Höhe, ich stemme die Hände in die Hüften, neige den Kopf nach unten, blicke auf meine nackten Füße und versuche, mir ein Lächeln zu verkneifen. Laurie stampft mit ihren hochhakigen, gestiefelten Füßen auf, woraufhin ich wieder aufsehe.

Verdammtes Feuer.

Verdammt sexy.

Verdammte Scheiße.

Mein Schwanz wird steinhart bei ihrem Anblick. Wie sie sich aufregt, wie eifersüchtig sie ist und wie sie ganz zu mir gehört.

„Sie ist meine Putzfrau. Ich kenne nicht mal ihren Namen."

„In so einem Outfit?"

Ich zucke mit einer Schulter. „Das Outfit war der Grund, warum ich sie eingestellt habe, aber ich schwöre dir, dass ich sie nie angerührt habe."

„Und das soll ich dir glauben?"

Ich gehe auf sie zu, lege meine Hände um ihre Hüfte

und ziehe sie an mich heran. „Ja, verdammt. Du bist das einzige Miststück, das in den letzten Monaten Bekanntschaft mit meinem Schwanz gemacht hat. Nur du, Babe.“

„Lügner“, schnaubt sie.

Kopfschüttelnd lege ich meinen Mund auf ihren. „In letzter Zeit kriege ich nicht mal mehr einen hoch, Laurie. Verdammt, nur du schaffst das.“

Kapitel 5

Laurie

Ich bin auf allen Vieren, habe den Hintern weit zurückgeschoben und achte darauf, dass mein dicker Bauch nicht das Bett berührt. Meine Schenkel sind weit gespreizt und Jesse befindet sich hinter mir. Ich halte den Atem an und warte darauf, dass er endlich in mich eindringt, aber er rührt sich nicht. Seine Hände gleiten die Rückseiten meiner Oberschenkel hinauf und ein Keuchen verlässt meine Lippen.

„Jesse", beschwere ich mich, als er meinen Hintern packt und meine Arschbacken auseinanderzieht, aber dann nichts weiter tut.

Er lacht und bringt sich hinter mir in Stellung. Seine Lippen berühren eine meiner Pobacken. „Ich lasse mir Zeit. Ich hatte dich schon so lange nicht mehr, und verdammt, du hast mir gefehlt, Laurel."

Seine Worte kommen einem Flüstern gleich. Es ist mir nicht entgangen, dass er meinen richtigen Vornamen benutzt hat, was mich erschauern lässt. Dieser Moment hat fast etwas Niedliches an sich. Er ist wirklich süß. Mit seinen Fingern tänzelt er meine Seite hinauf und gleitet über meinen Bauch. Doch er verweilt dort nicht. Stattdessen umfasst er mit beiden Händen meine Brüste und presst sie fest zusammen.

Als er endlich in mich hineingleitet, stöhne ich auf. Ich werfe meinen Kopf zurück, da er bis zum Anschlag in mich stößt. Er dehnt mich, es ist so gut. Ich dachte, ich könnte mich an das Gefühl erinnern, aber das war ein Irrglaube. Ich habe es vergessen, auch wenn ich das nie für möglich gehalten hätte.

Dann, bevor ich überhaupt die Chance habe, mich zu bewegen, legt er seine Hände auf meine Brüste und zieht meinen Oberkörper in eine aufrechte Position, sodass mein Rücken an seiner Brust liegt. Sein Mund legt sich auf meinen Hals. Es ist eine einzige, fließende, geschmeidige Bewegung.

„Jesse", wispere ich.

Er brummt gegen meine Haut. Ich spüre, wie das Geräusch durch meinen ganzen Körper pulsiert. Eine seiner Hände verlässt meine Brust und findet meine Pussy, während er mit der anderen in meine Brustwarze kneift und daran zieht.

„Fick mich, Laurel", stöhnt er.

Ich verliere keine Zeit. Ich drücke mich ab und senke mich wieder auf ihn herab – hart. Wir beide stöhnen auf. Jesse wirft den Kopf in den Nacken und ich tue es ihm gleich, indem ich mich leicht drehe, damit ich mit den Lippen die Unterseite seines Kiefers berühren kann.

Jesses Finger beginnen damit, meine Klitoris zu massieren. Er spielt gekonnt mit ihr, während ich seinen Schwanz reite. Mein Mund ruht auf seinem Kiefer. Während ich mich bewege, zupft, zwirbelt und spielt er an mir.

„Ja", hauche ich, da ich meinem Orgasmus näher und näher komme.

Ich bin so verdammt nah dran. So verdammt nah.

„Nimm alles von mir, Laurel. Nimm dir verdammt noch mal, was du brauchst, alles, du kannst alles von mir haben", sagt er keuchend.

Diese Aufforderung ist alles, was ich brauche, um loszulassen. Ich komme. Es ist der kraftvollste, größte Höhepunkt, den ich je erlebt habe, und er raubt mir den Atem. Alles, was ich tun kann, ist meinen Mund an seinem Kiefer zu öffnen und zu stöhnen.

„Fuck", knurrt er.

Zeitgleich zieht er seine Hände von meiner Brust und meiner Pussy zurück und legt sie um meine Hüften. Als er meinen Körper benutzt, um sich Erleichterung zu verschaffen, stockt mir der Atem. Seine Bewegungen ziehen meinen Orgasmus so sehr in die Länge, dass ich mich nur noch gegen ihn lehnen und den köstlichen Ritt genießen kann.

Jesse kommt ebenfalls. Sein Höhepunkt ist genauso intensiv wie meiner. Das merke ich daran, wie er brüllt, wie sein Schwanz noch weiter anschwillt. Dann spüre ich sein Sperma in mir. Anschließend schlingt er die Arme um mich und presst mich fest gegen seine Brust, während er hinter mir um Atem ringt.

***

Jesse

„Sprich mit mir", dränge ich sie, als sie sich an mich drückt.

Wir liegen unter den Laken, in meinem Bett. Das Zimmer ist in Dunkelheit getaucht. Ich halte sie fest und versuche, Informationen aus ihr herauszubekommen. Ich sehe es ihr an, dass ihr Kopf rattert. Ich will die Dinge wissen, die in ihr vorgehen.

„Was willst du hören?"

„Warum du solche Angst hast."

Sie schweigt und ich glaube nicht daran, dass sie mir antworten, dass das mit uns wirklich funktionieren wird. Doch überraschenderweise tut sie es, und als sie zu sprechen beginnt, bricht mein verdammtes Herz für sie. Nein, es zerspringt in eine Million Stücke.

Hier und jetzt schwöre ich mir, dass ich sie für immer beschützen werde. Ich werde auf sie aufpassen. Nicht nur auf ihren Körper, sondern auch auf ihr Herz.

„Mein Vater schlug mich das erste Mal, als ich fünf Jahre alt war. Ich erinnere mich noch genau an diesen

Moment. Er stieß meine Mom zu Boden. Sie wurde ohnmächtig. Er schaute mich mit feurigen Augen an und spie mir entgegen, dass ich eine undankbare kleine Fotze sei. Ich wusste nicht, was das bedeutet, aber es klang wirklich schlimm.“

Ich drücke sie an mich und versuche, ihr den Schmerz zu nehmen, der sich in ihr aufgestaut haben muss.

„Im Laufe der Jahre hat er mich gebrochen. Langsam, aber sicher. Ich sah dabei zu, wie meine Mutter verkümmerte. Bis sie eines Tages einfach verschwand. Ihr Körper war zwar noch anwesend, aber hinter ihren Augen war nichts weiter als Leere zu erkennen. Daran war mein Vater schuld. Er war kurz davor, mir das Gleiche anzutun. Bis zu dem Tag, an dem ich achtzehn Jahre alt wurde.“

„Was hast du dann getan, Babe?“

„Ich habe mich an Hutton gehalten, wie ich es immer tue. Sie dachte wohl, sie würde mich nachahmen, wahrscheinlich weil ich lauter als sie bin, aber dem war nicht so. Ich war immer lauter, richtig vorlaut, weil es so für mich leichter war, den Schmerz zu verbergen. Ich bin ihr auf die Kosmetikschule gefolgt. Ich bin ihr immer hinterhergekommen. Sie war der einzige Lichtblick in meinem Leben, die einzige Konstante.“

„Jetzt hast du auch mich“, sage ich ihr.

Sie schweigt einen Moment lang, dann höre ich ihr Flüstern. „Ich hoffe, dass dem so ist, Jesse. Der Gedanke, dich zu verlieren, macht mir Angst.“

Ich berühre mit meinen Lippen ihren Kopf. „Keine Sorge, Babe. Ich verlasse euch beide nicht. Niemals.“

„Wir werden sehen“, haucht sie so leise zurück, dass ich nicht glaube, dass sie überhaupt bemerkt hat, dass sie die Worte laut geäußert hat.

Epilog

Drei Monate später

Laurie

„Ich will, dass er da rauskommt. Komm *raus*, sage ich dir“, fauche ich.

Jesse lacht und legt seine warmen Handflächen auf meinen nackten Bauch. Ich stöhne auf und genieße es, wie sich seine Wärme auf meiner Haut anfühlt. Fast wie ein Heizkissen. Es ist so perfekt, so beruhigend, aber es ändert nichts an der Tatsache, dass ich ihn aus meinem Bauch haben will.

„Er ist noch nicht so weit“, murmelt Jesse und berührt mit seinen Lippen seitlich meinen Bauch.

Ich lege den Kopf schräg und schaue ihn böse an. „Er muss aber bereit sein. Betrachte dieses Kind als vertrieben, es soll raus.“

Diesmal lacht Jesse nicht. Stattdessen schüttelt er den Kopf und starrt mich an, als hätte ich eine Schraube locker, aber er spricht es wohlweislich nicht laut aus.

„Er kommt, wenn er dazu bereit ist, Babe.“ Knurrend schließe ich die Augen. „Du gibst ihm ein gutes Zuhause. Er ist glücklich.“

„Er schlägt Purzelbäume in mir und dehnt mich auf eine Weise, die verboten werden sollte. Ich bin müde, ich kann nicht mehr“, jammere ich.

Jesse brummt, seine Lippen liegen noch immer auf meiner Haut. „Ich weiß. Er wird bald bei uns sein. Du musst ihn nur noch ein wenig ausbrüten. Du bist eine verdammte Überlebenskünstlerin, Babe. Du schaffst das.“

Ich hebe eine Hand, fahre mit den Fingern durch seine Haare und ziehe leicht an ihnen, damit er mir in die Augen sieht. Er hebt seinen Blick, schaut mich an, und seine Augen werden sanft. Als er sich so hinlegt, dass sein Gesicht nur noch wenige Zentimeter über meinem schwebt, halte ich den Atem an.

„Laurel", murmelt er. „Du packst das. Du bist so verdammt stark und wirst meinen Jungen zur Welt bringen. Ich weiß, dass du müde bist, aber du bist so verdammt perfekt."

Meine Augen füllen sich mit Tränen und sie laufen mir über die Wangen. Ich habe seit zwei Wochen Kontraktionen, schmerzhafte Übungswehen. Zweimal war ich im Krankenhaus und viermal beim Arzt. Bettelnd, um Linderung flehend. Ich bin erschöpft, und niemand holt dieses Baby aus meinem Bauch.

„Ich liebe dich, Jesse", flüstere ich.

Es ist erst das dritte Mal, dass ich ihm diese Worte sage. Er lächelt, seine weißen, hellen Zähne kommen zum Vorschein. Er sieht immer so verdammt begeistert aus, wenn ich ihm sage, dass ich ihn liebe. Es ist keine Floskel, die ich oft daher sage, denn Liebe ist etwas, mit dem ich wenig Erfahrung habe. Außerdem habe ich noch immer Angst, was ihn und mich betrifft.

Seine Lippen berühren meine und er stößt einen kleinen Seufzer aus. „Ich liebe dich auch, Babe."

Meine Brust schwillt aufgrund seiner Worte an. Im Gegensatz zu mir ist Jesse sehr großzügig mit Liebesbekundungen und jedes Mal kommt es für mich einem Geschenk gleich, das ich sehr schätze und bewundere. Er sagt die Worte aber nicht nur, er zeigt sie mir jeden einzelnen Tag.

Das Erste, das er tat, als ich regelrecht auf Händen und Knien zu ihm zurückgekrochen kam, war, ein Haus für uns in Gallup zu kaufen. Seltsamerweise stand ein Haus zum Verkauf, das nur ein paar Meilen die Straße hinauf von Beaumont, Louis, Wyatt und Ford gelegen ist. Alles, was jetzt noch fehlen würde, wäre, dass Rylan und Channing etwas in dieser Straße finden. Dann hätten wir praktisch ein Familienanwesen. Das einzig Blöde ist, dass das Haus noch entkernt und umgebaut werden muss, also wohnen wir so lange in meiner kleinen Wohnung, bis es fertig ist.

***

Jesse

Als ich in dem Haus stehe, das bald das Zuhause meiner neuen Familie sein wird, schaue ich zur Decke und stelle fest, dass da irgendetwas fehlt. Neben mir schnalzt Beaumont mit der Zunge. Ich gucke zu ihm herüber und sehe, dass er ebenfalls die Decke anstarrt.

„Da fehlt doch etwas", sage ich.

„Balken. Du brauchst ein paar Holzbalken."

Stirnrunzelnd blicke ich wieder an die Decke und stelle fest, dass er recht hat. Ich hole mein Handy aus der Hosentasche und rufe direkt meinen Bauunternehmer an. Wir sprechen über die Balken. Möchte ich sie aus Massivholz oder aus Kunstholz? Sollen sie aus knorriger Erle sein, wie die Schränke in unserer Küche, oder aus einem anderen Material?

Mein Telefon piept, weil sich ein Anruf ankündigt, aber ich ignoriere es, weil ich die Sache mit den Balken klären will, ehe es zu spät ist. Ein paar Sekunden später piepst es erneut. Abermals ignoriere ich es und unterhalte mich weiter mit dem Bauunternehmer.

Da Beaumonts Telefon jetzt auch noch zu klingeln anfängt, wende ich mich von ihm ab, da ich in Ruhe die Diskussion fortführen will, in die ich gerade vertieft bin.

„Jesse", schreit Beaumont. Ich drehe mich zu ihm um und hebe verwirrt die Augenbrauen, weil ich nicht verstehe, warum er mich stört. „Es ist Laurie. Es geht los.“

Ich erstarre. Der Bauleiter stellt mir eine Frage, aber ich höre sie nicht wirklich. Das Telefon fällt mir aus der Hand und kracht auf den Betonboden in meinem Wohnzimmer. Ich kann mich nicht rühren, ich kann nicht atmen, ich kann nicht denken ... ich kann verdammt noch mal gar nichts tun.

Es ist so weit.

Jetzt.

JETZT.

Beaumont kommt auf mich zu und hebt mein Handy auf. Ich höre, wie er dem Bauunternehmer sagt, ich würde ihn zurückrufen, aber es klingt für mich, als wäre er eine Million Meilen von mir entfernt. Dann packt er mich bei den Schultern und schüttelt mich kräftig durch.

„Dein verdammtes Baby kommt, beweg deinen Arsch. Ich fahre“, brüllt er. Ich bewege mich nicht sofort, meine Füße kleben am verfluchten Fußboden fest. „Laurie braucht dich“, bellt er und in diesem Moment geht ein Ruck durch meinen ganzen Körper.

Ich renne. Wir laufen beide. Beaumont fährt zum Krankenhaus, aber er fährt nicht schnell genug. Laurie braucht mich, meine Laurie. Der Gedanke, dass ich nicht an ihrer Seite bin, weckt Schuldgefühle in mir.

Als wir im Krankenhaus ankommen, sucht Beaumont zum Glück nicht erst nach einer freien Parklücke. Stattdessen hält er vor dem Eingang und lässt mich raus. Ich reiße die Tür auf und sprinte los. Ich weiß, wo ich die Entbindungsstation finde, da Laurie mich auf eine dieser langweiligen Krankenhausführungen mitgeschleppt hat. Meine Füße tragen mich zu ihr. Exeter steht im Wartezimmer und ihre Lippen verziehen sich zu einem Lächeln, als sie mich sieht. Ich bin mir sicher, dass ich wie ein Stück Scheiße aussehe, aber das ist mir egal.

„Sie liegt in Zimmer vier. Durch diese Tür und dann nach rechts“, sagt sie.

Ich hebe den Kopf und bewege mich schnell in Richtung ihres Zimmers. Ich höre Laurie schreien und stoße die Tür auf. Hutton steht mit geweiteten Augen neben ihr.

„Du hast es geschafft“, murmelt Hutton.

„Ich bin hier“, erwidere ich, aber mein Blick ist auf Laurie gerichtet.

Hutton weicht vom Bett zurück, bewegt sich auf mich zu und berührt meine Schulter. Dann weist sie mich an, zu Laurie zu gehen. Ich eile zu ihr herüber und lege meine Hand in ihre.

„Ich bin so müde, Jesse“, wimmert sie.

Ich nicke, schlucke und drücke ihre Hand. „Du bist eine verdammte Kriegerin, Babe. Du schaffst das.“

Der Arzt kommt zur Tür herein, sein Blick wandert von mir zu Laurie, dann setzt er sich ans Ende ihres Bettes. „In welchen Abständen kommen die Wehen?“

„Zwei Minuten“, stöhnt Laurie.

Der Arzt hebt den Kopf und nickt einmal. Ich weiß nicht, was das zu bedeuten hat. Aber ich muss es wissen. Mein Herz beginnt zu rasen, als er seine Hände zwischen die Beine meiner Frau schiebt. Sie knirscht mit den Zähnen und wirft den Kopf zurück.

„Nun, wer ist bereit, ein Baby zu bekommen?“, fragt er.

Ich schlucke und schaue von ihm zu Laurie. Sie lächelt mir erschöpft zu. Ich hebe die Hand und streiche ihr über die Wange. „Du schaffst das. Ich liebe dich, Laurel.“

Sie nickt einmal, dann wendet sie sich dem Arzt zu. „Lasst es uns hinter uns bringen“, stößt sie hervor.

Ich senke den Kopf und berühre mit meinem Mund Lauries Stirn. Das ist der Moment, in dem ich den Entschluss fasse, diese Frau zu meiner Frau zu machen. Sie gehört zu mir, sie ist meine Familie und ich kann nicht mehr ohne sie leben.

„Machen Sie sich bereit zum Pressen. Er ist bereit für seinen großen Auftritt.“

Laurie leckt sich über die Lippen. Ich halte ihren Fuß und ihre Hand, während sie nach unten schiebt und drückt. Es dauert nicht lange, es geht sogar viel schneller, als ich je für möglich gehalten hätte, und schon kommt mein Sohn auf die Welt. Voller Ehrfurcht starre ich auf seinen süßen, kleinen Körper, als er auf Lauries Brust gebettet wird.

„Fuck“, wispere ich. Ich hebe meine Hand und berühre seinen Kopf, während ich meine Lippen gleichzeitig auf Lauries Schläfe drücke. „Danke, Babe. Danke, dass du mir dieses unfassbare Wunder schenkst.“

Lauries Körper zittert und Tränen laufen ihr über das Gesicht. „Ich kann es immer noch nicht glauben.“

„Heirate mich“, platzt es aus mir heraus.

Ihr Blick wandert von unserem Baby zu mir. „Ja. Natürlich, ja. Ich liebe dich.“

Ich küsse sie und grinse gegen ihre Lippen. „Nichts auf dieser verdammten Welt könnte mich glücklicher machen, als ich es in diesem Moment bin.“

„Geht mir genauso.“ Sie seufzt.

Die Krankenschwestern untersuchen das Baby und tun alles, was sie tun müssen. Danach sind wir drei für mindestens eine Stunde nur für uns. Das ist ein verdammt überwältigendes Glücksgefühl.

Autorin

Als Einzelkind musste Hayley Faiman sich mit sich selbst beschäftigen. Im Alter von sechs Jahren begann sie, Geschichten zu schreiben, und hörte nie wirklich damit auf. Die gebürtige Kalifornierin lernte ihren heutigen Ehemann im Alter von sechzehn Jahren kennen und heiratete ihn mit zwanzig Jahren im Jahr 2004. Nach all den vielen gemeinsamen Jahren ist er immer noch die Liebe ihres Lebens. Mit ihrem Mann und den gemeinsamen Kindern lebt Hayley Faiman heute im Osten von Texas.

Die meisten Tage verbringt Hayley damit, sich um ihre beiden Söhne zu kümmern, ihnen bei den Hausaufgaben zu helfen oder zum Sporttraining zu gehen. Ihre Abende verbringt sie mit ihrem Mann und ihre Nächte damit, sich neue Romane mit heißen Alpha-Helden – gemäß dem Motto „Alphas Do It Better" – auszudenken.

www.hayleyfaiman.com